UN PDG SINON RIEN

UN MILLIARDAIRE SINON RIEN, TOME 7

JULIA KENT

UN PDG SINON RIEN

UN MILLIARDAIRE SINON RIEN, TOME 7

par Julia Kent

e suis ravie d'être la demoiselle d'honneur au mariage de mon amie, mais le témoin, Andrew McCormick, est un beau macho avec un sacré complexe de supériorité.

Et je n'arrête pas de l'embrasser dans les placards.

(Ne me demandez pas pourquoi.)

C'est le frère du marié et le PDG de mon plus gros compte de visites mystères, mais il refuse tout à coup d'assister au mariage. Il ne veut pas en parler. Il ne veut pas entendre raison.

Un vrai homme, quoi.

Et il n'arrête pas de m'embrasser dans des placards.

(Dieu merci.)

Je suis une réparatrice. C'est ma spécialité. Je peux tout arranger si on m'en donne l'occasion. Mais quand le jeu est truqué, il n'y a pas grand-chose que je puisse faire.

La balle est dans son camp à présent.

Que la partie commence !

Un PDG sinon rien est la suite de la série *Un Milliardaire sinon rien* figurant dans le classement du *New York Times* et célébrée par *USA Today*. Lorsque le PDG Andrew McCormick et la cliente mystère Amanda Warrick se retrouvent dans l'improbable position de demoiselle d'honneur et de témoin lors du mariage de l'année de Boston, réunissant tout le gratin, l'attirance indéniable entre ces deux têtes de mules jette de l'huile sur le feu dans cette comédie romantique de Julia Kent.

REMERCIEMENTS

À mes amis bêta lecteurs, je vous adresse mes remerciements les plus sincères.

À mon formidable mari, je te donne mon cœur et le reste de ma vie.

À ma chère amie Gretchen Galway, merci de m'avoir fourni la meilleure réplique de Josh lors du cours de préparation à l'accouchement ;)

Et surtout, je vous remercie, vous, mes lecteurs, du plus profond de mon âme. Vous n'avez pas idée de l'importance que vous avez à mes yeux.

CHAPITRE 1

— *E*t quand j'ai emmené la petite Maisy chez le vétérinaire pour la première fois pour faire exprimer ses glandes anales, la facture a failli faire exploser *mes* glandes anales, raconte mon rencard en gloussant, tendant la main vers sa pinte de Guinness.

Il la descend d'une traite, laisse échapper un énorme rot, puis se penche en avant, les coudes sur la table, la mâchoire entre les mains comme s'il avait un secret énorme à partager.

Je me penche en *arrière*. Pour m'éloigner de lui.

— C'est à ce moment-là, dit-il en prenant ma main dans les siennes, que je me suis tourné vers ce bon vieux YouTube et que j'ai décidé de me mettre au DIY.

— Au DIY ?

Ce type emploie plus de jargon qu'un étudiant en sociologie.

— J'ai appris moi-même comment exprimer ses glandes anales, se vante-t-il. Je l'ai fait ce matin même.

Je regarde nos mains.

Je peux bien me passer d'une main, n'est-ce pas ?

— Il faut plus de vigueur qu'on ne le pense, murmure-t-il.

C'est la *pire* phrase d'accroche *de tous les temps*.

— Une autre bière ? l'interrompt la serveuse.

C'est ma nouvelle meilleure amie.

Je hoche vigoureusement la tête et je retire ma main, en

priant pour une intervention divine. Ou un couteau électrique pour me scier la main. Je devrais me contenter d'une bière. Si je bois suffisamment, j'oublierai peut-être que mes mains se sont frottées à...

Attendez un peu. Arrêtons-nous un instant.

Vous m'avez bien entendue. Je suis en rendez-vous. Sauf que je ne suis *pas* en rendez-vous. Techniquement, je travaille en ce moment. C'est un rendez-vous pour le travail. Je sors avec lui *professionnellement*.

Attendez, ne vous faites pas d'idées. Je ne suis pas... enfin, ce n'est pas *ce* genre de rendez-vous professionnel. Je ne vais pas me faire trois cents dollars la nuit pour lui lécher les orteils ou le fouetter ou lui servir d'escorte professionnelle ou quoi que ce soit d'autre.

(Bien que je commence à envisager sérieusement ce type de carrière...)

Tout ce à quoi je peux prétendre, c'est mon salaire habituel, le remboursement de mon repas et une commission de dix-huit dollars pour écouter M. Glandes anales assis en face de moi parler de Maisy le roquet merveilleux comme si c'était sa petite amie. Je ferais quant à moi office de troisième membre de leur petit trio polyamoureux humain-humain-chien.

Vous avez bien entendu. Je suis *payée* pour faire ça.

Avec son entreprise, Consolidated Evalu-Shop, mon patron, Greg, a obtenu un nouveau contrat d'évaluation de services de rencontres en ligne, et ce rendez-vous fait office de prototype. Je dois créer la série de questions auxquelles les futurs clients mystères répondront lorsqu'ils évalueront tous ces services de rencontres. L'objectif ? Déterminer si tout fonctionne comme prévu, et aider à améliorer le service à la clientèle, la rétention des clients et l'efficacité générale.

Je suis la vierge sacrificielle.

Bon, techniquement, je ne suis pas vierge, mais... vous voyez ce que je veux dire.

« DoggieDate : Pour les amoureux des chiens » est un service de rencontres en ligne pour les passionnés de chiens.

Reniflement. Allez-y. Dites-le.

5

Le slogan a besoin d'être retravaillé.

Mon enquête mystère porte sur le service client et l'algorithme de *match* de DoggieDate. C'est mon premier rendez-vous. À en croire leur système, Amanda Warrick, âgée de vingt-sept ans et pesant *ça-ne-vous-regarde-pas* kilos, titulaire d'un diplôme universitaire, intéressée par les chihuahuas et les bichons frisés, propriétaire de Spritzy le mini chihuahua et amatrice de fruits de mer, est à quatre-vingt-trois pour cent compatible avec…

M. Glandes anales, quarante-neuf ans, trois fois divorcé, triathlète vegan, spécialiste du marketing sur Internet, propriétaire de Maisy le roquet et…

Mais je m'égare. Reprenons.

— Vous savez, Amanda, dit-il en me saisissant à nouveau les mains.

Ron. Son vrai nom est Ron. Il s'est peigné de manière à cacher sa calvitie, et ses bras ressemblent à des câbles d'acier, bronzés et sans poils.

— Si vous êtes comme moi, vous en avez assez de tout ce système de rencontres. Et si on évitait toutes ces conneries et qu'on allait droit au but pour voir si nous sommes compatibles ?

Nouvelle pause.

Ce n'est pas la première fois que je fais des rencontres en ligne. C'est juste la première fois que je le fais professionnellement. Le résultat ne m'intéresse pas réellement. Je ne fais que mon travail.

Mais.

Je sais ce que Ron s'apprête à dire, alors prenez une chaise. Ça ne va pas être triste.

Et on reprend.

— Alors, révélez-moi tous vos fantasmes sexuels secrets.

Je l'avais vu venir.

— Tous ? demandé-je, en me penchant en avant. Parce que je ne suis pas sûre que nous ayons assez de temps pour ça.

Ses yeux s'illuminent. Ils ont la couleur de la baie après une grosse tempête, le genre de gris brunâtre qui n'apparaît qu'en remuant des tas de merde.

Je renifle l'air. Vous sentez ça ? C'est l'odeur du désespoir.

Ou des glandes anales de Maisy.

Difficile à dire.

Mais je dois me concentrer sur mon travail. Ce n'est pas un vrai rendez-vous. Si c'était le cas, je déclencherais un SMS de secours de ma meilleure amie Shannon prétextant qu'elle est aux urgences pour m'échapper. Vu la fréquence à laquelle Shannon finit *réellement* aux urgences, j'aurais environ une chance sur dix de ne pas mentir.

— Dites-moi tout sur Maisy ! dis-je, d'un ton soudain enjoué.

Le pauvre Ron a un mouvement de recul.

— Elle n'a rien à voir avec mes fantasmes sexuels !

Je n'insinuais rien de tel, mais le fait qu'il soit si prompt à le préciser me fait flipper.

— Non, non, bien sûr que non, dis-je d'une voix apaisante.

La serveuse m'apporte ma bière et j'en descends la moitié, une longue goulée de nectar alcoolisé.

Ron se détend. Il a les cheveux très courts (à l'exception de sa mèche ramenée sur son crâne) et il est rasé de près. Ses yeux gris-bruns ne sont encadrés que par la peau de ses paupières.

Et puis ça me frappe.

Il n'a pas de cils. Pas de sourcils non plus. C'est pour ça qu'il a l'air si intéressé par tout ce que je dis.

— Je voulais juste dire, continué-je, que j'adore mon petit Spritzy. C'est pour ça que j'ai rejoint DoggieDate. Je me demande à quoi ressemble Maisy.

Ron se détend.

— En fait, dit-il avec un sourire conspirateur, elle n'est qu'à moitié à moi.

À moitié ? Comment peut-on posséder la moitié d'un chien ? Maisy est-elle une chienne inventée ? Ron utilise-t-il un faux chien pour draguer les femmes ?

Ou pire, peut-être qu'il garde vraiment la *moitié* d'un chien quelque part. Dans un congélateur. Comme les victimes de Jeffrey Dahmer.

— Mon ex-femme et moi, on partage sa garde.

— Ohhhhh, dis-je lentement, en avalant la seconde moitié de ma bière.

La serveuse le remarque et, avant que je ne pose la bouteille, elle croise mon regard.

Le code-des-femmes-lors-du-premier-rencard fonctionne. Troisième bière en route. C'est une bonne chose que je prenne un taxi pour rentrer. Et aux frais de mon patron, tant qu'à faire. Il n'est pas question que j'assiste à vingt rendez-vous comme ça sans bière et sans taxi.

Vous avez bien entendu. Vingt. J'ai des rencards avec *vingt* amoureux des chiens, hommes et femmes, dans le but de créer une enquête aussi approfondie que possible pour les centaines de clients mystères à travers le pays qui évalueront DoggieDate.

Maudites glandes anales.

— Comment partage-t-on la garde d'un chien ? demandé-je, intriguée.

Ma troisième bière apparaît et je réprime un rot. Seuls les hommes peuvent roter pendant les rencards.

Les femmes doivent lentement évacuer leur CO_2, comme un char qui se dégonfle lors du défilé de Thanksgiving de Macy's. Hors de question de lâcher du lest.

— Elle a Maisy une semaine sur deux. On échange pendant les vacances. Chacun a le droit de l'avoir pour son anniversaire.

Il est sérieux.

— Qui paie la pension ? plaisanté-je. Vous vous retrouvez dans un parking de McDonald's pour l'échanger en territoire neutre ?

— Non. Chez Whole Foods. Et je gagne plus, alors je donne à Alicia 82 dollars par semaine pour aider à payer les séances de Reiki de Maisy.

Oh mon Dieu.

— Je vois, super, marmonné-je, en hochant vigoureusement la tête.

Je vois, super est le code pour *Vous êtes fou à lier.*

Il me vient alors à l'esprit que c'est là tout l'intérêt de ces évaluations mystères. DoggieDate est conçu pour les mordus de chiens.

Si Ron est la norme, alors techniquement, c'est moi l'anomalie ici.

Ma mère me prête son mini chihuahua, Spritzy, pour les rendez-vous où l'autre demande à ce que je vienne avec mon chien. Ron a refusé. Selon lui, les humains doivent s'assurer d'être compatibles avant de prendre la décision très sérieuse de laisser leurs chiens se rencontrer.

Du Reiki pour chiens ? Ce type paie 82 dollars par semaine pour offrir à son chien des séances de Reiki, mais il colle ses mains sur la rondelle de son toutou pour faire des économies ?

Et *je* suis l'anomalie ?

Je termine ma troisième bière et la serveuse me regarde. Elle s'approche avec l'addition. Ron l'ignore.

Oh, Ron.

— Je voudrais une eau pétillante à l'orange, demandé-je à la serveuse.

Elle hoche la tête et s'en va.

Ron ricane.

— Qu'est-ce qu'il y a de si drôle ? demandé-je.

— L'eau pétillante aromatisée. Vous savez ce qu'ils utilisent pour faire le goût ?

Un coin de sa bouche se retrousse alors que sa main frôle la coupelle pour l'addition. Mais il ne prend pas la note. Je suis défrayée pour ces rendez-vous, donc ce n'est pas grave. En plus, techniquement, c'est purement professionnel, alors pourquoi je me soucie que ce type ne semble pas vouloir payer ?

Mais ce rencard ressemble un peu trop à un vrai à mes yeux.

Cela n'a rien à voir avec le fait que je n'ai pas assisté à un vrai rendez-vous – pour lequel on ne me paie pas – depuis des mois.

Rien du tout.

— Amanda ?

Ron me pousse doucement la main.

— Oh, oui ?

Je ne suis plus là, perdue dans mes réflexions.

Il sourit.

— Des glandes anales de castor.

— De castor, *hein* ?

La serveuse pose ma bouteille d'eau pétillante aromatisée sur la table. Ron la montre du doigt.

— L'arôme. Ils expriment les glandes anales de castor pour créer la plupart de ces parfums.

Je verse la bouteille dans le verre rempli de glaçons et j'éclate de rire.

Alors que je prends une gorgée, je croise son regard.

Il hausse les épaules.

— Vous n'avez qu'à chercher. C'est vrai.

Je descends le verre d'un seul trait.

Puis je récite l'alphabet en rotant.

CHAPITRE 2

À ma grande surprise (ou pas), Ron me laisse tomber, son téléphone vibrant de façon suspecte environ deux minutes après mes rots spectaculaires. Je n'exagère pas : mes rots étaient si réussis que des étudiants assis à une table voisine m'ont ovationnée.

Le faux SMS de Ron est tellement grillé qu'il pourrait tout aussi bien s'accompagner de lumières rouges et bleues clignotantes.

Il me laisse avec l'addition. Je sors ma carte professionnelle et je verse un pourboire de 50 % à la serveuse. Elle le mérite.

Les trois bières dans ma vessie viennent me déranger alors que j'essaie, à plusieurs reprises, de prendre des notes rapides sur le rencard pour m'aider à rédiger mon enquête.

Impossible. Je suis incapable d'écrire quoi que ce soit. Je dois évacuer la substance des castors.

Attendez un peu. Ça a l'air vraiment, vraiment dégueu dit comme ça…

En me dirigeant vers les toilettes, je me refais le rencard. Les amoureux des chiens ont des besoins différents du célibataire lambda désespéré qui cherche l'amour. En tant que célibataire lambda désespérée qui cherche l'amour, je sais de quoi je parle.

Et DoggieDate a définitivement trouvé une niche dans le domaine des rencontres.

Une niche dont je ne risquerai pas de m'approcher en temps normal.

Ce restaurant se trouve sur le front de mer de Boston, le long d'une rangée de bâtiments qui font face au port maritime. Les toilettes sont couvertes de marbre et de faux luminaires Tiffany, avec des perles de verre et de nombreux reflets. Je fais ce que j'ai à faire, puis je me frotte les mains très fort quand je les lave, me demandant si Ron disait vrai.

Des glandes de castor pour aromatiser l'eau ? J'aurais vraiment tout entendu.

Je sors du restaurant en vacillant légèrement, un peu éméchée par ces bières. Depuis leur table, les étudiants lèvent le pouce à mon intention. L'un d'entre eux ne me quitte pas des yeux tandis que je m'éloigne. Je le sais parce que je vois son reflet dans les portes à double vitrage quand je m'en approche.

Je n'ai pas perdu la main.

Du moins, quand il s'agit d'impressionner des étudiants de vingt ans avec ma maîtrise des rots.

Le début du printemps dans le port de Boston est fabuleux la nuit, quand la neige a fondu et que souffle une brise chaude, ce qui est le cas ce soir. Je sors et je fixe l'eau qui ondule, d'un noir d'encre avec des reflets dorés, la lune brillant au-dessus, donnant aux vagues l'aspect de lames de couteau qui s'agiteraient de part et d'autre. Mon épais pull-over est juste assez épais pour m'empêcher de mourir de froid.

Pas aussi chaud que le bras d'un homme enroulé autour de mes épaules, mais mon pull n'a pas essuyé de fesses de chien récemment, alors je m'en contenterai.

Je m'assois sur un petit banc perpendiculaire à l'eau et j'essaie de trouver un moyen de rentrer chez moi grâce à une application sur mon smartphone. Je déteste ces appareils. J'aurais préféré garder mon vieux téléphone à clapet, mais Greg insiste pour que nous utilisions des smartphones pour nos visites mystères.

Il insiste aussi pour que je fasse semblant de sortir avec des hommes comme Ron.

Un de moins, plus que dix-neuf rendez-vous.

En cherchant mon téléphone, je trouve mon rouge à lèvres. Passion Prune. Non, mais où est-ce qu'ils vont chercher des noms pareils ? Pour la peine, je réapplique un peu de couleur. Non pas que ça m'avance à quoi que ce soit. Après un (faux) rendez-vous comme ça, ce qu'il me faudrait pour attirer un amoureux des chiens, c'est du Beige Biscuit. Que diriez-vous de Rose Chiot ? Bourgogne Beagle ?

Non. Attendez.

Castration Givrée.

Je m'appuie contre le dossier du banc et je ferme les yeux, appréciant la légère brise qui soulève les pointes de mes cheveux. J'ai retrouvé ma couleur naturelle – un châtain fade – après des années passées à faire des visites mystères de salons de coiffure où j'enchaînais les couleurs. J'aimerais jeter mes talons hauts et enfiler un pantalon de yoga, au lieu de quoi je me tortille pour essayer d'être un peu plus à l'aise dans ma gaine, histoire d'inspirer pleinement.

Ah, tous ces faux rendez-vous…

Quelle *chienne*… de vie…

Mon sac à main vibre légèrement. J'ai reçu un texto. Je sais que je devrais le lire, mais je suis presque sûre que c'est ma mère, et j'aimerais profiter de ces quelques instants libérés du poids des attentes d'autrui. Des nuits comme celle-ci demandent un instant de répit, aussi fugace soit-il.

Le rire d'un homme flotte dans l'air comme des signaux de fumée, suivi du rire d'une femme. J'ouvre les yeux et je suis le son.

Un homme en costume se tient sur les escaliers menant au quai, où sont amarrés quelques bateaux. Il me tourne le dos, un bras tendu vers une femme une ou deux marches en dessous de lui. Le clair de lune révèle un costume de prix. Il a un dos de cobra, plus large en haut, avec les épaules musclées d'un nageur. Sa veste est ouverte et laisse entrevoir un soupçon de sa taille, son torse coupé en deux par une épaisse ceinture en peau d'alligator maintenant un pantalon si bien ajusté sur son fessier musclé et sculpté que je pourrais transformer ses fesses en œuvre d'art si j'étais une artiste.

Il attire la femme vers lui et se retourne. Je le vois de profil.

C'est Andrew McCormick.

Oh, mon Dieu.

Je ne l'ai pas vu depuis des mois. Je ne l'ai pas embrassé depuis cette fois aux urgences. Ma meilleure amie, Shannon, avait avalé la bague de fiançailles que son frère, Declan, lui avait offerte lorsqu'il l'avait demandée en mariage.

(Un conseil : ne cachez jamais une bague en diamant de trois carats dans une part de tiramisu d'un restaurant chic pour demander une femme en mariage. *Quelle que soit* la femme. Pourquoi gâcher un si bon dessert ?)

J'ai été choisie comme demoiselle d'honneur pour le mariage. Andrew est le témoin. Nous avons réussi à nous éviter jusqu'à présent, mais le mariage est dans trois mois. Je savais que ce jour finirait par arriver.

Mais je ne m'attendais pas à ce que ce soit *aujourd'hui*.

Mon cœur se met à battre à tout rompre tandis que je l'observe de loin, protégée par l'angle de mon banc. Il est loin de se douter que je le surveille. Il a des cheveux épais, coupés courts et avec le genre de sophistication d'un coiffeur qui facture des coupes à trois chiffres. Un regard de braise pénétrant, mélange de brun et de miel qui vous fait fondre à l'intérieur. Il est en costume complet, la cravate encore serrée contre son cou, le clair de lune se reflétant sur une chemise blanche. Son sourire est contagieux. Le mien s'élargit alors que je penche la tête et me laisse aller à l'émerveillement.

La femme qui l'accompagne monte la dernière marche et s'éloigne de lui. Leur langage corporel est facile à déchiffrer. Ce n'est pas un rencard. Si c'était le cas, elle se rapprocherait.

Il sourit. Elle aussi. Puis je vois la liasse de papiers dans ses mains.

Une réunion d'affaires.

Le soulagement qui inonde mon corps me grise davantage que les trois bières que je viens de boire. Mon cœur continue à battre à un rythme plus irrégulier que celui des Red Sox. Je n'ai pas le droit de me sentir soulagée. Je n'ai pas à ressentir les émotions scandaleusement inappropriées que je ressens présentement, assise seule, rejetée par M. Glande anales, en train d'observer l'homme qui m'embrasse secrètement dans les placards sceller une sorte d'affaire.

Vous avez bien entendu. Dans les placards.

Et il est question de baisers. Au pluriel. Ma relation – ou, plus précisément, mon *absence* de relation – avec Andrew McCormick, un cadre d'Anterdec Industries, le plus gros client de ma société, est pleine de mystère, de malaise, de complexité et…

De placards.

Trop de placards.

Il y a plus d'un an, j'ai fait irruption dans son bureau et je leur ai fait entendre raison à ses frères, son père et lui. J'ai monté de toutes pièces une fausse visite mystère d'hôtel pour Shannon, impliquant tout ce beau monde, pour que Declan et Shannon puissent enfin parler et pour dissiper tout malentendu.

Andrew et moi avons fini par nous embrasser dans le placard de son bureau.

Trois bières et je me noie dans les souvenirs. Avec une quatrième bière, je serai prête à vous raconter toute l'histoire.

Et puis il y a eu cette minuscule salle de garde aux urgences où nous nous sommes embrassés alors que le tiramisu de Shannon avait failli la tuer l'année dernière.

Je regarde un des bateaux. Les bateaux n'ont pas de placards, n'est-ce pas ?

Il se tourne vers moi, comme si j'avais pensé à haute voix. Les nuages striant le ciel ressemblent à de la barbe à papa. Sous le clair de lune intermittent, Andrew ressemble à un tableau, l'ombre et la lumière jouant sur sa peau et ses vêtements comme s'il était une toile de délice. Un terrain de jeu.

— Je suis sûre que vous allez adorer la péniche, Andrew. Elle semble parfaitement convenir à votre nouvelle vie, dit la femme qui l'accompagne d'une voix suave.

Dommage que j'aie une hyperacousie et que je puisse entendre les sifflets pour les chiens.

Et les secrets des hommes qui m'embrassent dans les placards.

— Merci, Marcy. J'attends ça avec impatience, répond-il.

Il a l'air si suffisant. Si sûr de lui. Si sensuel, avec cette satanée voix qui me caresse le cou comme de la soie, chaque fois qu'il parle.

— Avec le retrait de votre père et votre nomination officielle en tant que PDG d'Anterdec, je comprends que vous soyez impatient de...

— Chuuut, dit-il en plaquant un doigt sur sa bouche, tout sourire. Cette information est toujours sous embargo. Vous êtes au courant seulement parce que le bateau est un achat professionnel.

Il pose une main sur son épaule. La femme penche la tête vers la gauche et ramène ses cheveux dans son dos.

Je plisse les yeux.

Elle lui adresse un sourire conspirateur.

— Bien sûr.

Je fonce vers la gauche, la tête cachée par un buisson. Mais je peux toujours le voir en me tournant. Andrew serre la main de Marcy, l'intermédiaire secrète, et elle s'en va. Il sursaute légèrement, puis met la main dans la poche de poitrine de sa veste.

Un appel téléphonique.

Tout en parlant, il tire sur le nœud de sa cravate, la desserrant. Avec deux doigts exercés, il défait le bouton du haut de sa chemise. Le vent se lève et lui ramène des mèches de cheveux sur le front. Il frissonne.

Je ne peux pas m'empêcher de le regarder.

PDG ? Andrew est officiellement le PDG d'Anterdec Industries maintenant ? Son père a-t-il vraiment démissionné ? Je sais par Shannon que Declan est mécontent que James McCormick ait préparé Andrew à reprendre le flambeau. Tous deux se battent pour être le loup alpha du clan McCormick comme des Highlanders ivres du XVIIIe siècle ayant quelque chose à prouver et rien à perdre.

Shannon va être folle quand elle va savoir ça.

Et contrairement à Marcy, je n'ai pas juré de garder le secret. Hum.

Andrew fait les cent pas sur le quai. Il décrit trois longues enjambées, se retourne, puis répète le mouvement. Il est plongé dans sa conversation, s'entretenant avec quelqu'un sur le ton de la confidence. Ce n'est pas une négociation commerciale. Quel que soit le sujet, ce n'est pas une source de stress. Pourtant, sa voix est dominante. Contrôlée.

Assurée.

Ses cuisses épaisses et musclées le portent d'un côté à l'autre. J'ai vu ces cuisses en personne, moites et contractées, couvertes de Lycra. Il portait un cycliste. Dans son bureau.

Le jour où il m'a embrassée.

Le *premier* jour où il m'a embrassée.

Je me perds dans sa contemplation, puis je me force à me tourner et à m'asseoir dos à lui, ne faisant plus qu'un avec le banc. Je regarde le ciel. Mes yeux se ferment lentement, mes cils créant un effet de stores vénitiens alors que les étoiles s'intercalent entre les couches de la nuit.

Je respire l'air salé. J'entends les vagues qui claquent contre les solives du quai.

Je laisse échapper un soupir de frustration et de regret, une sorte de mélancolie à l'idée d'être coincée dans une vie sans...

Placards.

Je ne devrais pas regarder. Je sais que je ne devrais pas. Mais mes cils s'ouvrent comme si une force invisible était à l'œuvre, et je cède à l'impulsion.

Il raccroche et glisse son téléphone dans la poche intérieure de sa veste. Il me tourne le dos à présent, et lève la tête. Est-ce qu'il regarde les étoiles ? Les vagues de l'océan à des kilomètres de là provoquent de minuscules ondulations qui se heurtent aux poteaux de bois des quais. Un faux bateau de la Boston Tea Party se balance au loin, l'air aussi ivre que moi, sauf que je suis sur la terre ferme.

Mon téléphone sonne. Je bondis, fouillant frénétiquement dans mon sac à main. Le bruit fait sursauter Andrew. Il se retourne et croise mon regard.

Je me fige. Mon téléphone émet un gargouillis étouffé, enfoui sous tous mes reçus et mes notes, sous des baumes à lèvres et des tampons, perdu dans le kilo et demi de bordel que je porte à l'épaule.

JULIA KENT

Il me lance un regard interrogateur, mais ne s'approche pas. Puis il plisse les yeux et me demande :

— Depuis combien de temps tu es assise là ?

Assez longtemps pour apprécier les heures que tu passes avec ton entraîneur, M. Fessier Sculpté.

Il hausse les sourcils. Oh mon Dieu. Est-ce que j'ai dit ça à voix haute ?

Je fais ce que ferait toute femme qui se respecte, qui a embrassé le type deux fois en privé, qui n'a rien dit à sa meilleure amie la deuxième fois, et qui vient de subir l'humiliation totale d'avoir été larguée lors de son premier rendez-vous avec un type du nom de M. Glandes anales.

Je prends mes jambes à mon cou.

Le temps de faire le tour du bâtiment, je repère un taxi Prius jaune garé le long du trottoir. Sans même prendre la peine de le héler, je m'écrase contre la porte, je l'ouvre à la volée et me jette sur le siège arrière.

Je donne l'adresse de Shannon au chauffeur de taxi, puis je compose frénétiquement son numéro tandis qu'il démarre. Cet appel manqué venait de Shannon, dans tous les cas. Autant lui rendre visite tant qu'à faire.

Je regarde par la fenêtre.

Aucun signe d'Andrew.

Deux pensées naissent simultanément dans mon cerveau brumeux :

Dieu merci.

et

Il ne m'a pas suivie.

CHAPITRE 3

*S*hannon ne répond ni à mes coups de fil, ni à mes textos, mais le chauffeur de taxi me dépose quand même devant son immeuble. Dans le pire des cas, elle n'est pas chez elle.

Dans le meilleur des cas, elle est à la maison avec un tiramisu sous la main. Le genre sans bague.

Je sonne à sa porte. Sur un petit écran vidéo apparaît soudain le visage de Marie, envahissant, comme un chat qui aurait découvert une caméra vidéo cachée. Un chat recouvert de sauce au thon.

— Qui est là ? demande-t-elle aimablement.

— MAMAN ! crie Shannon.

Elle a une petite voix, mais je suis soulagée de l'entendre.

— On t'a déjà dit de ne pas répondre à notre place.

— Quoi ? Alors maintenant je suis malpolie parce que je veux vous aider ? Quand tu vivais avec ta sœur, tu ne te souciais pas que je réponde à ta place.

— Si, Amy et moi, ça nous dérangeait déjà à l'époque, dit Shannon sans ambages.

— Alors pourquoi vous ne m'avez rien dit ? Je ne lis pas dans les pensées, rétorque Marie.

— On te l'a dit…

— Laisse tomber, chérie, dit une voix de baryton. Ne commence pas à la chercher, elle est folle.

La voix de Marie ressemble à une bouilloire à thé.

— Je ne suis pas folle...

Bzzzz.

Le hall de cet immeuble rappelle un édifice grec construit à Athènes il y a des millénaires, sauf qu'il est équipé de l'air conditionné et d'un système de sécurité sans fil. La conciergerie se trouve sur la droite, avec une ribambelle de femmes habillées de la même façon, les cheveux attachés en chignon, parlant d'une voix suave dans des casques sans fil.

Ça ressemble un peu trop à Grey Enterprises à mon goût. Je n'ai jamais fouiné dans l'appartement de Declan, mais je ne serais pas du tout surprise d'y trouver une chambre rouge de la douleur.

Lorsque Shannon et Declan sont revenus de New York, fiancés et prêts à organiser leur mariage, il a posé une simple condition : Shannon devait emménager avec lui. Elle a accepté sans hésiter et a déménagé la plupart de ses biens, à l'exception de Chatoune.

Amy a hérité du chat. Et elle est déterminée à ce que Shannon ne l'oublie pas. En échange, Shannon a demandé à Declan d'aider Amy à trouver un emploi dans une pépinière d'entreprises de haute technologie à Waltham, où non seulement vous pouvez amener votre animal de compagnie au travail, mais où ils ont un toiletteur ainsi qu'un chaman pour animaux qui vous aide à découvrir les vies antérieures de votre animal.

Chatoune s'avère avoir été Vlad l'Empaleur dans une vie antérieure.

Je sais ce que vous vous dites. Je ne suis pas surprise non plus.

Je monte un milliard de marches jusqu'au penthouse, puis je m'arrête juste avant l'ouverture des portes de l'ascenseur. Je suis confuse et sonnée, et une douleur persiste en moi.

Une douleur liée à...

Andrew.

Son nom flotte dans ma tête, nuage inattendu dans une journée ensoleillée.

Mais je suis bête. N'importe qui semblerait formidable à côté de « Ron qui murmure au cul des chiens ». Même un chaman pour les animaux ferait un meilleur rencard.

J'entre dans le salon. Le vaste espace vitré est assez sobre, dans les tons gris fumé.

— J'en sais maintenant bien plus sur les glandes anales que tout être humain, annoncé-je.

— Un autre sexe-shop ? demande Marie.

— Non.

— Tu travailles avec les glandes anales, euh… pour le plaisir ? demande Declan.

Il est moins perplexe qu'il ne l'aurait été par le passé. Je pense que nous l'épuisons. Il est habillé en tenue décontractée pour un McCormick, ce qui signifie que sa cravate est lâche. Il n'a vraiment pas de pantalon de survêtement ou de t-shirt de concert déchiqueté de 2003 ?

— Visite mystère chez un proctologue ? réfléchit Marie. Hmmm.

Elle se tourne vers Shannon.

— Ton père doit faire une coloscopie, et la quote-part est ridicule. Tu penses que Greg pourrait ajouter Jason à ses clients mystères et lui proposer un cabinet de proctologues ? demande-t-elle avec espoir.

— Des glandes anales de *chiens*, dis-je en accentuant le mot.

— Tu as fait une visite mystère chez un proctologue qui travaille avec des *chiens* ? demande Marie.

Tous les trois me regardent comme si c'était *moi* qui inventais tout ça.

— Non. Je suis sortie avec un gars qui tâte le cul de son roquet pour s'amuser.

— Oh, dit Marie de manière distraite en plaçant un post-it jaune sur un calendrier géant. Je suis sortie avec un type comme ça à l'époque, entre James et Jason.

— Tu veux dire qu'il n'est pas unique en son genre ? demandé-je.

Declan hausse un sourcil tandis qu'on sonne à la porte. Prenant congé avec un air soulagé, il s'approche de l'interphone, nous laissant, Shannon et moi, fixer Marie avec la même expression confuse.

— Qu'est-ce que ça veut dire, maman ? demande Shannon pendant que je réclame un câlin.

Je ne l'ai pas vue depuis qu'elle et Declan sont rentrés d'un voyage d'affaires de deux semaines en Nouvelle-Zélande, et l'accolade dure plus longtemps qu'elle ne devrait. Elle m'a manqué. Alors qu'elle appuie ses mains sur mon dos, je peux sentir la froideur de sa bague de fiançailles.

L'anneau qui connaît plus intimement le corps de Shannon que Declan lui-même. La némésis de Shannon sur Twitter, Jessica Coffin, a fait la chronique du, euh…transit de la bague de fiançailles en diamant de trois carats après que Shannon l'a avalée pendant la demande. Le hashtag #surveillancedecaca a causé bien du souci à Shannon, mais elle a surmonté tout ça avec grâce.

Marie hausse le ton comme si elle donnait un cours magistral.

— Ça signifie qu'il ne faut jamais sortir avec un homme qui est obsédé par son chien. Ils sont pires que ceux qui sont attachés à leur mère par le nombril. Les mordus de chiens feront toujours passer leurs animaux de compagnie avant leur femme.

— Papa était vétérinaire quand vous vous êtes rencontrés, dit Shannon en s'éloignant de moi.

Son expression est un mélange de bonheur et d'exaspération, ce qui signifie que Marie est là depuis un certain temps.

— Oui, mais il n'était pas obsédé par, tu sais…

Manifestement distraite, la voix de Marie s'atténue lorsqu'elle regarde la table à manger géante, croisement entre une tornade et la salle de briefing du président sur la bombe nucléaire. Avez-vous déjà vu ces émissions de télé-réalité sur les survivalistes qui achètent des choses comme de la farine de noix de coco dans des bidons de 250 litres, ou qui déshydratent 4 000 kilos de cerises pour le jour où les zombies prendront le dessus ?

Marie est la version survivaliste de la mère de la mariée. Il suffit de remplacer les cerises par des fontaines de chocolat et du haggis.

— Des culs de chien ? demande gentiment Shannon.

Andrew arrive à ce moment précis. Évidemment. Cet homme sait déjà comment *sortir* de ma vie. Encore et encore et encore. On peut dire qu'il maîtrise la chose.

Et maintenant, apparemment, il perfectionne l'art des *entrées* gênantes.

— En parlant de trous du cul, murmuré-je.

Mon cœur s'emballe à sa vue. Mais cette fois, c'est moi qui ai le dessus. Je sais des choses sur lui.

Et il le sait.

— Tu vas bien, me dit-il d'une voix étrange.

Crispée, comme en colère, mais soulagée, comme s'il s'en souciait.

— Bien sûr que je vais bien. De quoi tu parles ?

— Tu as disparu à la marina.

Declan, Marie et Shannon nous accordent à présent toute leur attention, et Marie laisse tout tomber. Ses yeux s'illuminent. Oh, non.

Non, non, non, non, non.

Elle est déjà occupée à organiser *un* mariage.

Elle n'a pas besoin d'en organiser un autre, même si c'est seulement dans sa tête.

— Vous aviez un *rendez-vous* à la marina ? demande Marie d'une voix qui monte à la fin comme une érection de planification de mariage. Comme si tout le sang de son corps se dirigeait vers « quelque chose de bleu ».

— Ce n'était pas un rendez-vous. En fait, je me promenais au bord de l'eau et j'ai croisé Andrew en train de parler de sa nouvelle nomination en tant que P…

Avant que j'aie pu finir, Andrew se précipite vers moi de l'autre bout de la pièce, et passe ses bras chauds et musclés autour de moi, plaquant ses lèvres sur les miennes. Il me renverse, comme pour un baiser de cinéma, comme si la façon dont ses mains s'appuient sur ma taille et mon dos n'était qu'un geste superficiel.

Il a le goût du vin et de près de deux ans de questions.

Je me demande si j'ai le goût de la bière et de près de deux ans de frustration.

Mes pensées frémissent, puis s'estompent, tandis que le baiser me fait fondre. Si c'est pour le spectacle, il y met pourtant tout son cœur et toute son âme. Et sa langue. *Clairement.* Ses mains descendent le long de mon dos. L'une d'elles m'attrape une fesse et l'autre m'attire contre lui avec force. Sa langue prend son temps, comme s'il entamait les négociations pour le contrat de sa vie.

Peut-être est-ce le cas.

Il n'est pas pressé.

— Je ne comprends pas, entends-je Marie dire comme si elle était à mille kilomètres dans les airs, flottant au vent avec une centaine de ballons à hélium serrés dans une main. Andrew est M. Glandes Anales ?

Le charme est rompu.

— Est-ce qu'il a un roquet au moins ? demande-t-elle à une Shannon bouche bée qui nous regarde Andrew et moi, comme si elle avait vu Bigfoot en train de manger des petites versions en tempura de la Fée des dents et des lutins du père Noël.

Andrew s'écarte, la bouche couverte de mon rouge à lèvres. Passion Prune. Nos regards se croisent et il m'adresse le même sourire espiègle qu'il a affiché les deux autres fois où nous nous sommes embrassés.

Il fourre son nez dans mon cou. Je ne peux pas respirer, et pourtant je halète. Tellement que mon rouge à lèvres devrait s'appeler Halètement total.

Et puis il murmure :

— Ne dis rien sur ma nomination au poste de PDG.

Je me fige.

C'est *tout* ? C'est la seule raison pour laquelle il m'a poursuivie et m'a embrassée ? Pour me faire taire ?

Je fais donc ce que toute femme qui se respecte ferait à un type qui l'a maintenant embrassée deux fois dans les placards lors de crises dans la vie de sa meilleure amie.

Je recule et je le gifle si fort que ma paume devient violette.

À cause du rouge à lèvres.

Marie laisse échapper un hoquet de stupeur. Shannon, un petit cri.

Declan sourit, le genre de sourire qui n'a rien de réjouissant, et murmure quelque chose qui ressemble à :

— Formidable. Un sommet sur les connards de petits amis ce soir. Je vais devoir prendre mon mal en patience.

Marie plisse les yeux. Du coin de l'œil, je la vois s'approcher de l'énorme réfrigérateur en acier inoxydable et ouvrir la partie congélateur.

— Shannon, murmure-t-elle de façon théâtrale. Il va nous falloir plus de glace pour gérer ça.

— Je pense que toute la glace du monde ne suffirait pas à gérer cette situation, maman, répond Shannon d'une voix haut perchée et rauque.

Ça fait tellement de bien de gifler ce salaud. Non, vraiment. C'est comme si mon bras s'était tenu aux aguets, attendant comme un chasseur assis pendant des jours avant de tuer la bête parfaite.

Andrew est une *bête*. Un Adonis des temps modernes, absolument magnifique et totalement égoïste, qui pense qu'il peut m'embrasser en privé et que je le laisserai faire. Comme si j'avais signé un contrat lui permettant de m'embrasser à volonté.

— Merci d'arrêter de m'embrasser. Ce n'est pas dans le contrat conclu par nos sociétés respectives, déclaré-je.

Mon cœur bat si fort que c'est comme s'il boxait avec lui-même, mes côtes faisant office de punching-ball, mon pouls palpitant au rythme de la rage folle d'être lésée par un homme que je ne peux m'empêcher de trouver attirant.

Et merde.

La mâchoire entrouverte, il a plaqué sa main à l'endroit où je l'ai giflé, qui se pare d'une rougeur grandissante. Ma main picote sous l'effet de sa barbe de dix-sept heures et de l'humiliation de réaliser que toute cette passion que je ressentais n'était qu'un jeu pour lui. Ses yeux d'un brun profond me fixent avec une intensité qui trahit ce que je ressens.

— Ça devrait l'être, grogne-t-il.

Et sur ces mots, il tourne les talons et s'en va.

— Je te raccompagne, marmonne Declan.

Shannon lui jette un regard. Declan se dirige vers la porte qu'Andrew vient de passer et soupire.

— Caramel salé cette fois ? Deux pots ou trois ?

Ses doigts s'enroulent autour du cadre de la porte en attendant une réponse.

Elle me regarde avec la profonde intensité d'un psychothérapeute analysant un enfant sauvage.

— Un paquet de marshmallows. Un paquet de Cheetos.

Declan hausse un sourcil.

— Maman ! lance Shannon. Est-ce qu'on a du beurre ?

— Oui. On en a deux, s'écrie Marie.

Declan tique. Je vois ce qui se passe dans ses yeux. *Oserais-je demander pour le beurre ?* Mais c'est un homme intelligent, et il choisit la voie de la moindre résistance.

Le silence.

Andrew se sert aussi du silence, réalisé-je en forçant mon pouls à retrouver un rythme ne dépassant pas le mur du son. Il utilise sa bouche pour me faire taire.

Pourquoi ?

— Très bien. Je vais acheter des marshmallows et, euh… des Cheetos.

La main, sur la poignée de la porte, Declan lance à Shannon un regard qui veut dire :

— *S'il te plaît, ne m'oblige plus à acheter de tampons.*

— Tu n'envoies pas Gerald ? demande-t-elle d'un ton surpris.

Gerald est le principal chauffeur de limousine de Declan. Vous avez remarqué cette phrase ? *Principal* chauffeur de limousine. Il a des renforts. Je suis sûre que les chauffeurs de limousine de secours ont eux-mêmes des remplaçants, comme les doublures des stars de Broadway.

Les milliardaires vivent une vie tranquille et touchée par la grâce. D'autres personnes sont chargées d'en lisser toutes les aspérités, de prévenir tout accroc, et de veiller à ce qu'ils n'aient pas, vous savez… à acheter des guimauves, des Cheetos et des tampons dans un magasin de proximité le vendredi soir.

C'est un miracle qu'Andrew n'ait pas envoyé son chauffeur de limousine m'embrasser pour me faire taire. Quand vous engagez quelqu'un d'autre pour faire tout le sale boulot à votre place…

Une étincelle de panique s'allume dans les yeux verts mousse de Declan. Il la réfrène rapidement. Il a du mérite, il faut bien l'avouer.

— J'aurais bien besoin d'air, marmonne-t-il. Alors je vais y aller.

— Lâche, dit Shannon avec un gloussement.

Il s'éclaircit la gorge de manière significative.

— Je préfère le terme *ninja*.

Un baiser rapide sur la joue et un mouvement du poignet, et Declan est parti avant qu'elle ne puisse ouvrir la bouche.

C'est un homme intelligent. Tous les points de QI ont dû être partagés entre son frère aîné, Terry et lui. Andrew a hérité d'un cul sexy, d'un sourire sensuel et d'une âme couverte de charbon qui susurre des mots doux et maléfiques à la conscience.

Embrasse-la dans le placard de ton bureau, dit-elle. *Embrasse-la dans le placard de l'hôpital*, murmure-t-elle. *Embrasse-la pour la faire taire*, siffle-t-elle.

Je parie qu'il ne s'attendait pas à ma petite gifle.

— Je devrais être fière de moi, gémis-je alors que Marie se précipite, un verre de vin blanc à la main, l'approchant de mes lèvres comme un prêtre donnant la première communion. Je me suis défendue. Je lui ai dit clairement que je n'étais pas une femme avec laquelle il pouvait jouer.

— Et il ne t'aura fallu que deux ans, dit Marie en hochant la tête.

Je suppose que c'est censé être réconfortant. Marie peut être assez imprévisible.

— Et de trois baisers ! grommelé-je entre deux gorgées de vin blanc.

Shannon marque un temps d'arrêt.

— Trois ? Il y a eu un *troisième* incident ? grimace-t-elle, faisant ressortir son mignon petit nez de lapin. Quand est-ce que vous…

— Est-ce que c'était la fois où Jason et moi, on t'a vue à l'hôpital pendant la surveillance du caca ? demande Marie.

Elle porte un magnifique châle de soie lilas et ses cils sont si longs qu'on dirait qu'elle les a confiés à une entreprise d'asphalte. Elle se penche sur le comptoir entre la cuisine et le salon, les yeux grands ouverts et fascinés.

Shannon me lance un regard glacial.

— Tu as embrassé Andrew alors que j'étais aux urgences, *en train de m'étouffer* ?

Grillée.

Et puis elle se retourne contre Marie.

— Et arrête de l'appeler la surveillance du caca.

— Chérie, c'est comme ça que tout le monde l'appelle.

— Non, maman, c'est comme ça que *Jessica Coffin* l'a appelé, rétorque Shannon en fronçant les sourcils. Attends. Tu as utilisé le présent. Tu as dit « appelle ». Pas « *appelé* ». Elle se moque encore de mon… du… de tu sais…

— La surveillance du caca, disons Marie et moi à l'unisson.

Elle lève les mains en signe d'exaspération. C'est soit ça, soit elle s'est transformée en chanteuse de gospel.

— Ce n'est pas drôle !

Jessica est brièvement sortie avec l'ex de Shannon, Steve, et a eu le béguin pour Declan. En tant qu'actrice de premier plan de la scène mondaine de Boston, les tweets de Jessica peuvent faire ou défaire un restaurant, même si elle a perdu une partie de son pouvoir. Humilier Shannon en ligne semble être le passe-temps favori de Jessica.

Marie et moi nous regardons et nous éclatons de rire. Nous ne pouvons pas nous en empêcher, même si nous ne devrions pas. Marie pose une main parfaitement manucurée sur l'épaule de Shannon. Ses ongles sont d'un violet profond avec un bout lilas.

— La surveillance du caca sera toujours drôle, ma chérie.

Shannon plisse les yeux comme si elle était à O.K. Corral et prête pour l'affrontement.

— Très bien, puisque tu utilises le mot qui me pousse à bout. J'en ai un aussi pour toi.

Marie rit encore plus fort.

— Fugue.

Marie s'arrête de rire et blêmit.

— Tu n'oserais pas !

— Ah tu crois ça ?

— Mais chérie, la surveillance du caca est…

— Fugue !

La bouche de Marie se serre comme une pochette à cordon. Ses narines se dilatent. Ses yeux se rétrécissent et elle ressemble à une de ces pommes creusées et séchées pour avoir l'air d'une tête réduite.

Mais avec le front lisse et brillant d'une femme botoxée.

— Très bien, soupire Marie. Plus de blagues sur la surveillance du caca.

Elle s'empare d'une liste de choses à faire remplie de gribouillis et de ratures, d'ajouts et de flèches.

— Est-ce que ça concerne aussi le diaporama du mariage ?

— QUOI ? Pourquoi diable voudrais-tu faire un diaporama sur ma… sur la bague qui s'est coincée dans ma… sur la surveillance du caca ? hurle Shannon.

Marie sourit.

— Tu as dit le mot.

— Fugue.

Le visage de Marie se décompose.

— Et tu sais que Declan sautera sur l'occasion si je murmure ce mot ne serait-ce qu'une fois à son oreille, ajoute Shannon.

— Je ne sais pas quoi faire de toi ! renifle Marie, jouant les mères blessées. Tu es si égoïste que tu ne veux même pas d'enterrement de vie de jeune fille…

— Égoïste ? J'ai demandé à tout le monde de faire un don à une association caritative au lieu d'avoir le droit à des cadeaux et à une fête, maman !

— Et maintenant tu plaisantes sur le fait de t'enfuir. C'est comme si tu ne voulais pas d'un grand mariage mondain avec tout le glamour et le mystique et des milliers d'yeux braqués sur toi.

— Je n'en veux *pas !* Justement !

Je vois bien que Shannon est en train de monter dans les tours. Seule Marie parvient à la faire partir comme ça.

Marie se tourne vers moi et, comme si ça avait toujours été le sujet de la conversation, me demande :

— Andrew te mène encore en bateau ?

Je fonds en larmes.

Marie est une pro. Shannon est battue à plates coutures.

— J'ai giflé le PD..., euh, un client important ! Greg va être fou de rage quand il apprendra ce que je viens de faire à Andrew !

Je pleure à chaudes larmes. Elles coulent le long de ma mâchoire alors que je prends un biscuit fait par Marie sur un plateau et que je le fourre dans ma bouche.

Ça suffit. J'en ai assez. Il a pris chaque cellule de mon corps, l'a fait fondre, l'a transformée en poussière et l'a secouée si fort que je ne suis plus que des particules dans le vent, m'accrochant là où j'atterris.

Marie et Shannon échangent un regard, puis éclatent de rire.

— *Greg ?* Ton patron ?

— Chérie, Greg n'est jamais fou de rage, dit Shannon avec une douce gaieté. Il se contentera de bafouiller et ne dira rien à ce sujet. En plus, Andrew t'a embrassé sans ta permission.

Elle marque un point.

— Mais elle l'a laissé faire. Je l'ai vu. Ils étaient sur la même longueur d'onde, langue contre langue, rétorque Marie.

— Beurk, maman !

— Quoi ? Comme si Declan et toi ne l'aviez pas vu ? Même dans *Le Bachelor*, on n'a pas de gros plans comme ça, y compris en regardant en grand sur l'écran de l'iPhone.

J'arrête de pleurer et je la fixe.

— Je n'ai pas dit que je le faisais, marmonne-t-elle, en se fourrant un biscuit dans la bouche pour se donner une contenance.

— C'est un tel manque de professionnalisme, me dis-je en me réprimandant. C'est un client important. Je dois garder ma langue dans ma bouche.

— Et ne pas toucher à son cul, ajoute Marie.

— Ne pas… quoi ? Je n'ai pas touché à son… oh, non.

Un souvenir vague, mais remarquablement viscéral me revient. Mes mains grattant le tissu fin de son pantalon, le cachemire se transformant en beurre lorsque mes paumes enfiévrées rencontrent ses cuisses et son cul sexy sculpté dans du marbre…

Shannon fronce les sourcils comme pour dire *tss tss tss*.

Je suppose que j'ai profité de l'occasion pour explorer le, euh, terrain.

Son coach devrait recevoir un prix Nobel de sculpture.

Mon téléphone vibre, me faisant sursauter. Je consulte mes SMS.

— C'est ma mère, dis-je en gémissant.

Comme si cette nuit pouvait tourner davantage au cauchemar.

— Pam a-t-elle réussi à prononcer les mots « papier toilette » à haute voix ? demande Marie en reniflant.

Je soupire.

— Elle ne peut même pas dire « ménopause ».

Marie se tait et mange un autre biscuit, puis marmonne :

— Je ne peux pas vraiment le lui reprocher.

Il est 23 h 06. Tu as dit que tu serais rentrée pour 23 h, dit le texto.

Vous savez où cela nous mène, n'est-ce pas ? Moi aussi.

Je suis chez Shannon. Tout va bien. Je suis en retard, décidé-je de répondre. Mais l'écran indique *Envoi en cours* et mon message ne passe pas.

— Elle ne t'a pas encore implanté une micropuce pour te suivre ? plaisante Marie.

Je la regarde, toute blonde, coiffée et souriante. Marie est l'opposé de ma mère sur tous les plans, de son degré d'énergie à son assurance, et bien que je sache que je devrais répondre aux missives inquiètes de ma mère, et que je sache qu'elle se fait du mauvais sang, je ne peux pas. Je ne peux tout simplement pas. Andrew m'a goûtée, une fois de plus, et ça a la priorité.

En parlant de goûter, je prends un biscuit de réconfort. À ce stade, j'aurais besoin d'un *buffet* de réconfort. Où diable est passé Declan avec mes Cheetos et mes marshmallows ?

Et…pause. Parce que c'est bizarre, pas vrai ? Des Cheetos et… des marshmallows ? Voici l'astuce : préparer de petites douceurs à base de céréales de riz et de marshmallows. Il vous faut une boîte de céréales de riz, un paquet de marshmallows et du beurre. Vous mélangez le tout et vous pressez la mixture dans une poêle graissée.

Sauf qu'à la place des céréales de riz, vous insérez des Cheetos croquants.

Pause terminée. Vous pouvez maintenant vous émerveiller de l'ingéniosité de cette petite douceur. Je sais ! C'est comme si vous aviez vécu un mensonge culinaire pendant toutes ces années.

Bienvenue au club.

Marie agite un autre biscuit dans ma direction.

— La Terre à Amanda ! dit-elle en montrant du doigt la table à manger. Declan me disait justement qu'il adore l'idée d'un gâteau de mariage en forme de cornemuse.

Sur la table, je vois des schémas de gâteaux de mariage si complexes qu'on dirait qu'un cabinet d'architecte en a conçu les plans, avec poulies et systèmes d'extinction incendie.

Shannon me lance un regard qui dit tout sauf ça.

— Non, maman, il disait le contraire.

Marie inspire l'air entre ses dents.

— Non, c'est faux ! Il a dit qu'il aimerait avoir un gâteau en forme de cornemuse autant qu'il m'aime.

Elle adresse à Shannon un regard de biche.

— Il n'y a qu'une seule façon d'interpréter ce commentaire.

Shannon et moi échangeons un regard et disons, à l'unisson :

— Ouais.

Mon téléphone vibre à nouveau. Je tourne la tête.

Ma mère.

S'il te plaît, réponds avant que j'appelle la police, m'écrit-elle.

Declan arrive juste au moment où je lui réponds : *Je vais bien. Je rentrerai tard*. Cette fois, le texto passe. Ouf.

Il jette les marshmallows et les Cheetos sur le comptoir. Shannon ouvre la porte du réfrigérateur, se penche et cherche le beurre.

Declan lui « rentre dedans » par derrière et se penche sur elle, lui chuchotant quelque chose que j'imagine être assez salace à l'oreille, vu le rire à la Lauren Bacall qu'elle laisse échapper.

Je les regarde, l'effet des bières se dissipant, le goût d'Andrew McCormick s'attardant sur ma langue, la brûlure de sa joue gravée dans ma paume.

Shannon a le droit à tout. La mère géniale et charismatique. Le fiancé milliardaire.

Un père.

Je n'ai même pas ça. Le mien est parti quand j'avais cinq ans.

Je sens un nuage vert de jalousie m'entourer, comme une bombe fumigène, comme si des terroristes émotionnels venaient d'apparaître de nulle part dans un rassemblement éclair et avaient retiré les goupilles, jetant les bombes comme de la grêle dans une cellule orageuse soudaine.

Je suis jalouse. Je peux l'admettre. Ce n'est pas comme s'il y avait quelque chose de mal à cela. Je peux ressentir deux émotions opposées en même temps. Je suis capable de ressentir de la joie pour Shannon et sa nouvelle vie et de la tristesse pour mon propre naufrage. La vie n'a pas besoin d'être l'un ou l'autre. Il peut s'agir des deux.

Alors que Declan embrasse Shannon dans le cou et lui touche les fesses d'une manière qui me donne l'impression de regarder une émission de deuxième partie de soirée, je réponds à ma mère par un simple SMS :

J'arrive dans vingt minutes. Je suis en route.

— Je dois y aller, annoncé-je.

Le visage de Marie se décompose. Shannon et Declan se frottent comme des chèvres en rut au printemps. Je suis vraiment inquiète de la façon dont ils regardent tous les deux le beurre dans sa main.

— Mais on était sur le point de regarder les ongles en gel à carreaux pour les demoiselles d'honneur ! pleurniche Marie, tenant une brochure colorée d'un spa local avec – eh oui – des ongles en gel à carreaux.

— Tu veux vraiment que les demoiselles d'honneur aient des

ongles qui ressemblent à des kilts ? demandé-je, connaissant la réponse.

— Tout ressemblera à des kilts ! s'exclame Marie. J'ai même trouvé des ensembles soutien-gorge et string à carreaux assortis pour les demoiselles d'honneur. Et une jarretière pour Shannon.

Je jurerai avoir entendu Declan murmurer le mot *fugue*. Puis il dit distinctement d'une voix rauque :

— Une jarretière ?

— Est-ce qu'on va jeter du riz écossais ? plaisanté-je.

Marie laisse échapper un hoquet de stupeur.

— Ça existe ?

— Regarde sur Etsy, dis-je en me dirigeant vers la porte, essayant d'ignorer le désastre qu'est la cuisine.

Mon téléphone vibre encore et encore. Probablement ma mère, prise de panique.

— On peut tout trouver sur Etsy.

Même si on *ne devrait pas*.

— Hé ! Tu oublies les Cheetos et les marshmallows ? lance Declan alors que les portes de l'ascenseur se ferment.

Je ferme les yeux et je m'affale contre la paroi de l'ascenseur, me demandant comment ma nuit a pu commencer par des culs de chien et se terminer avec des ongles à carreaux.

CHAPITRE 4

$\mathscr{V}$ ivre avec Pamela Warrick est un véritable champ de mines, tant sur le plan physique qu'émotionnel. Elle a toujours été très tendue. Névrosée. Psychorigide. Maniaque. Si coincée qu'on pourrait lui insérer du charbon dans les fesses et qu'il en sortirait un diamant.

Mais seulement en privé.

Les TOC de ma mère sont comme le pollen des arbres au Massachusetts au mois de mai. Une fine couche qui recouvre la moindre surface, se matérialisant en une teinte verte spectrale à son apogée. Elle vous fait pleurer et vous démange la gorge. C'est un mal auquel vous ne pouvez pas échapper. Les cachets n'y peuvent rien. Croyez-moi, j'ai essayé, au lycée. Et pas avec le genre de médicaments qu'on achète en pharmacie.

J'ai entendu – et raconté – toutes les blagues possibles sur le fait que ma mère soit *coincée*.

Mais si on y ajoute la fibromyalgie qui l'a frappée lors de ma dernière année de lycée, c'est comme prendre un trouble obsessionnel compulsif et vivre avec, mais en vitesse rapide.

Sans parler de la douleur.

Quand elle est si intraitable que rien ne trouve grâce à ses yeux, pas même ma façon de respirer, je me rappelle que ce n'est pas sa faute. Et ce n'est pas le cas. Se faire emboutir au volant d'une compacte par un type qui conduit le plus gros SUV du marché et qui n'a même pas freiné n'est pas quelque chose que l'on provoque volontairement.

Sauf pour le connard de chauffeur qui envoyait – vous ne rêvez pas – des SMS.

Plus précisément des *sextos*, comme nous l'avons appris au cours du procès. Vous n'avez vraiment pas envie de voir ces pièces à conviction présentées dans une salle d'audience.

Sa femme non plus.

Parce que les photos sexy qu'il a reçues par texto ne venaient pas d'*elle*.

La décision du tribunal a permis de couvrir les frais médicaux de ma mère, une partie de ses massages et de sa rééducation en cours, et environ la moitié de mes frais de scolarité.

Mais tout l'argent du monde ne suffirait pas à compenser son changement.

Je me suis échappée de chez Shannon en lui promettant de revenir demain. Ce ne sont pas des paroles en l'air. La façon dont Declan m'a regardée montrait clairement qu'il ne se souciait pas tant de devoir aller acheter des articles étranges à l'épicerie à la pire heure de la journée, mais qu'il a trouvé mon excuse minable pour partir aussi crédible que les principes féministes d'un MRA – un militant des droits des hommes.

Je descends du taxi et je monte les marches de notre maison, un duplex que nous louons à Newton. Ce trajet m'est dramatiquement familier et réconfortant, comme si ma propre vie se répétait sans fin et que tout ce que je pouvais faire, c'était marcher dans les sillons profonds creusés par mes propres pas plus tôt.

— Amanda ? Est-ce que c'est toi ?

La voix de ma mère exprime un mélange d'inquiétude et d'anxiété.

— Qui d'autre ça pourrait être ? dis-je, réalisant mon erreur à mesure que les mots sortent.

— Qui d'autre ? Un voleur, répond-elle, outrée par mon insouciance. Un violeur. Quelqu'un essayant de voler ce bel ordinateur que ton patron t'a donné.

— C'est vrai.

Moins j'en dis, mieux c'est. Ai-je mentionné ce que ma mère fait dans la vie ?

C'est une actuaire. Elle travaille actuellement sur une assurance contre le terrorisme pour les grandes entreprises. C'est comme si Josh Duggar travaillait à la conception de costumes pour Hooters.

Rien de tel que de choisir un travail qui alimente votre plus grande faiblesse.

— Ça pourrait être Tommy Lee Jones, dit-elle.

— Attends, quoi ?

Sa voix se fait joyeuse.

— Haha. Je t'ai eue.

Une blague. Une petite blague pas très drôle suffit à m'éclairer sur son humeur. J'ai élaboré tout un tas de stratégies d'adaptation pour comprendre où elle se situe sur le plan émotionnel à l'instant T.

— Tu m'as eue, lui dis-je, en me dirigeant vers son vieux tourne-disque et en mettant du Thelonious Monk, répétant avec soin les étapes précises pour lancer l'appareil, un rituel apaisant que je connais par cœur, visant à rompre avec la folie de cette journée.

Ma mère m'a transmis sa passion des vinyles. Les rayures et les bosses rendent la musique granuleuse et réelle, et le jazz l'aide à se détendre.

— Qu'est-ce que tu faisais ? demande-t-elle, la musique servant de toile de fond à notre conversation.

— J'embrassais un milliardaire, laissé-je échapper.

— Vraiment ? Il y a vraiment beaucoup de milliardaires sur le marché actuellement. Shannon en a dégotté un. Est-ce qu'ils en distribuent des échantillons gratuits chez Costco maintenant ?

— Haha, dis-je, changeant de discours. Bien vu.

Elle gobe le mensonge. Que feriez-vous à sa place ?

— Oh, Amanda, dit-elle, en se déplaçant avec beaucoup d'efforts.

Je suis plus grande et plus ronde que la moyenne, mais ma mère est une fée. Minuscule et très tendue, elle dit que la fibromyalgie la transforme en blocs de béton enfoncés dans un collant de chair. La douleur doit être gérable aujourd'hui.

Certains jours, elle est incapable de plaisanter.

— Tu trouveras ton milliardaire un jour, ma chérie, dit-elle en bâillant.

C'est déjà fait, ai-je envie de lui dire. Je me pince l'avant-bras, cherchant à chasser cette idée.

Spritzy court dans la pièce, son collier émettant un cliquetis métallique.

Ma mère fait la grimace.

— Il faut faire quelque chose pour ce collier. Le choc métal contre le métal se répercute dans mes plombages en argent.

Sa fibro implique aussi une plus grande sensibilité au bruit.

Je prends le mini Chihuahua et lui donne un peu d'amour. Spritzy tremble dans mes bras avec une joie ininterrompue. Je me demande pourquoi je passe tant de temps à m'inquiéter de savoir si je trouverai un jour le véritable amour.

Je le tiens dans mes bras en ce moment même, avec ses 1,2 kg.

Dommage qu'on ne puisse pas réellement sortir avec son chien. Du moins, la personnalité de son chien.

— Je peux commander des médailles en plastique, maman. Ce n'est pas nécessaire qu'elles soient en métal.

Comme s'il était d'accord avec moi, Spritzy hoche la tête. Puis je me rends compte qu'il me lèche la main encore et encore, dodelinant de la tête. Je dois avoir l'odeur des biscuits de réconfort.

Erreur verbale numéro 2 avec ma mère. Nous sommes déjà passées par là, et…

— Les changer, ce serait dépenser de l'argent pour rien. Il faut juste que j'apprenne à vivre avec ce bruit.

Et 3…2…1…

Soupir.

Suis-je insensible de penser à sa fibromyalgie en termes de rubrique ? C'est comme lorsque je crée un nouveau questionnaire de visite mystère pour une nouvelle campagne de marketing. Étudier l'objectif. Déterminer la meilleure façon d'atteindre l'objectif. Répondre aux attentes des clients. Dépasser les attentes des clients.

Et toujours, toujours, gérer les attentes.

Mais le vrai talent consiste à savoir prévoir la suite des événements.

— Je vois bien que c'est difficile pour toi, maman, dis-je.

Ma compassion est réelle. Je me souviens de la mère qu'elle était avant l'accident de voiture. Je sais qu'elle ne veut pas être comme ça. Je sais que la douleur peut changer une personne.

— C'est vrai, dit-elle.

Sa voix est remplie de mille regrets et d'un million de sentiments qu'elle voudrait exprimer, mais en vain. Je comprends. Vraiment. Je suis une réparatrice. Je peux détecter presque n'importe quel problème dans la voix d'une personne, dans la façon dont elle balance ses jambes, dans le tic nerveux d'une paupière.

Dans le goût du baiser d'un homme lorsqu'il essaie de me faire taire pour que je ne détecte pas ce que je suis entraînée à faire.

Spritzy est en train de me lécher le visage. Il est mignon, mais il ne remplace pas Andrew.

— Est-ce que je peux faire quelque chose pour toi ? Tu veux que je te fasse chauffer une chaussette avec du riz ? Ou bien couler un bain ? demandé-je à ma mère.

Sa voix commence à trembler ; ses frémissements trahissant sa volonté de s'excuser pour une chose qu'elle regrette, bien qu'elle n'y soit pour rien.

— Une chaussette avec du riz, ce serait parfait. Merci.

Je repose Spritzy sur son lit de chien incroyablement petit et je me dirige vers la cuisine. Elle est impeccable. Les miettes sur le comptoir sont comme les germes dans un service d'oncologie : soigneusement exorcisées et tenues à distance à tout prix, comme si la punition en cas d'infraction était la mort.

Dans le monde de ma mère, c'est le cas.

La chaussette contient de la lavande, et alors que la magie du micro-ondes opère, je m'appuie contre le comptoir et je prends une profonde inspiration purifiante. J'évacue l'adrénaline des événements de la nuit, et mon esprit tourne à cent à l'heure. Je

JULIA KENT

me repasse toute la soirée comme une bobine de film numérique en cours de montage sur ordinateur, en 2x, 4x, 16x, à l'envers. Retour au début avec Ron le masseur de fesses de chien jusqu'à mon propre massage d'un fessier beaucoup plus attrayant.

Qu'ai-je fait ?

Ding !

Spritzy déboule dans la cuisine en entendant le micro-ondes sonner, son petit corps trop rapide pour ses impulsions, ses griffes si longues qu'il glisse sur le sol de la cuisine et s'écrase contre le mur, sautant et clignant des yeux comme si le mur l'avait attaqué.

En fait, il lui grogne dessus.

Attention à toi, mur !

Je ris et je mets la main dans le micro-ondes, la chaleur apaisante et l'arôme de la lavande m'offrant une douce clarté dont j'ai vraiment besoin.

La gratitude de ma mère lorsque je lui mets la chaussette sur les épaules me remplit d'une sorte de tristesse que je ne connais que trop bien. C'est le sens d'une vie vécue pour les autres. Tout ce que je fais consiste à régler les problèmes des autres : mon patron, nos clients, les clients mystères que je dirige, mes amis, ma mère, le monde entier.

On ne se refait pas.

Spritzy est sur le tapis dans le salon alors que je fais mine de monter à l'étage pour mettre cette journée derrière moi. Il me regarde, les yeux suppliants, puis il pose ses petites fesses sur le tapis et se traîne avec ses pattes avant.

Oh, *non.*

Mon téléphone vibre juste au moment où mes yeux horrifiés enregistrent les euh… indices évidents du chien.

Il s'agit d'un texto provenant d'un numéro privé. Un numéro que je ne connais pas.

Et tout ce qu'il dit, c'est :

Rendez-vous demain à onze heures dans mon bureau. Discrétion requise. Rouge à lèvres facultatif. AJM.

AJM ?

Je fronce les sourcils devant l'écran pendant que Spritzy viole le tapis. J'arrive en haut des escaliers et ça me frappe.

Andrew. Andrew James McCormick. AJM.

Andrew m'envoie enfin un SMS. Près de deux ans d'interrogations et d'attentes, de nuits entières à discuter avec Amy et Shannon, à disséquer et à analyser la situation, puis à abandonner.

Il a fallu que je le gifle pour qu'il me contacte ?

Ah, les hommes.

CHAPITRE 5

*L*e lendemain matin, je gare ma Cacamobile dans le parking des employés et j'appuie sur la télécommande pour la verrouiller à distance. Ensuite, je la déverrouille. Je ne la verrouille que par habitude, en souvenir de l'époque où je possédais ma propre voiture.

Quant à celle-ci... J'*espère* que quelqu'un la volera.

Mon patron, Greg, a décroché un contrat nous obligeant à conduire des véhicules publicitaires dans toute la ville. J'ai hérité de la voiture de Shannon lorsque M. le Milliardaire Parfait lui a offert le poste idéal à Anterdec. Elle a décidé de viser la perfection et nous autres, crabes restés dans le panier qu'est Consolidated Evalu-Shop, n'avons pas pu attraper ses chevilles assez vite pour la garder.

Euh, je veux dire... je suis heureuse pour elle.

Et j'ai sa voiture.

En réalité, c'est une publicité pour un café. Le grain de café brun et torréfié du dessus n'était pas censé ressembler à une crotte géante, mais c'est le cas.

Le slogan *Le café fait tout passer !* n'aide pas.

Et pourtant, tout cela n'est qu'une campagne de marketing postmoderne. Aucune des entreprises dont nous faisons la publicité n'est réelle. Nous circulons en voiture et nous cherchons à voir si les gens se rendent sur les sites Web affichés dessus. Jusqu'à présent, les résultats sont excellents. Nous avons gagné le droit de garder les véhicules une année de plus. J'ai vendu mon épave et j'ai économisé chaque mois une mensualité de crédit voiture, de sorte que j'aurai assez d'argent pour acheter quelque chose de neuf si ce compte tombe à l'eau.

Aux oubliettes.

Vous savez – s'il capote.

En parlant de capote, je lève la tête en entrant dans le bâtiment et je vois la voiture de mon collègue Josh, avec le visage de Marie placardé sur le côté, qui fait de la publicité pour des médicaments contre les troubles de l'érection. Il s'avère qu'il a séduit plus d'hommes avec cette publicité excentrique qu'avec sa belle voiture, alors il garde ce qu'il appelle la Draguemobile.

Pourquoi pas.

Je monte à pas lents les marches de béton. Pour décrire notre immeuble de bureaux, imaginez que Leningrad et le bâtiment du Boston Government Service Center se sont mariés et ont eu un bébé.

Avant même que je ne pose mon énorme sac à main sur mon bureau, Josh apparaît sur le pas de ma porte comme un vampire à moitié chauve et en sueur vivant du sang des damnés.

Des damnés de DoggieDate.

— Comment s'est passé ton rendez-vous ? demande-t-il en me tendant un latte.

Ah. Nous y voilà. Il me connaît si bien. Presque trop bien. Il y a de longues traversées du désert dans ma vie sentimentale où je me prends à regretter que lui et moi soyons attirés par les personnes du même sexe. Il serait le petit ami parfait. Il prépare de bons petits plats, fait le ménage, sait bien frotter le dos et il est remarquablement tolérant envers les personnes qui souffrent de troubles de la personnalité.

Ne négligez pas ce dernier trait. Plus je vieillis, plus je réalise à quel point c'est crucial.

— Les glandes anales, dis-je, en fouillant dans mon sac à main pour trouver mes reçus des visites mystères d'hier.

— Tu as touché ses glandes anales ? dit Josh, sa voix passant par quatre octaves. Ce n'est pas plutôt quelque chose qu'on fait au troisième rendez-vous ?

— Non.

Je suis distraite par une boîte en plastique rose dans mon sac à main ; que fait mon diaphragme dans mon sac ? Ce n'est pas comme si j'en avais eu besoin ces derniers temps. À ce stade, je devrais l'utiliser comme un shooter flexible.

— Attends. Les humains *ont* des glandes anales ? demandé-je.

Il fronce les sourcils.

Je m'éclaircis la gorge et le regarde d'un air entendu.

— C'est censé être *ton* territoire. Je n'arrive pas à croire que tu ne connaisses pas la réponse.

— J'ai fait des études d'informatique. Je n'ai jamais suivi de cours d'anatomie ou de physiologie.

Je croise les bras sur mes seins et je le fixe.

Il finit par flancher et par pointer du doigt le latte.

— Allez. Je t'ai apporté du café. À base d'espresso.

Je prends une gorgée. Il a un goût de citrouille-menthe. Je grimace.

— C'est un échantillon gratuit d'une visite mystère, c'est ça ?

Son regard se fait fuyant.

— *Jooooossssshhhhh* ! le réprimandé-je.

— Quoi ? Carol m'a forcée à en faire deux. Le goût de citrouille-menthe n'est pas si terrible que ça si tu te bouches le nez en buvant.

Il me fait une démonstration, en se pinçant les narines et en penchant la tête en arrière.

On est loin de l'approbation d'un nouveau produit.

— Ce café a un goût de *glandes* citrouille menthe.

— C'est quoi ces blagues sur les glandes anales ? demande-t-il.

— Le type avec qui j'ai matché sur DoggieDate a passé la majeure partie du rendez-vous à me décrire comment il a économisé vingt dollars en apprenant à exprimer les glandes anales de son chien en regardant des vidéos sur YouTube.

Sous le choc, Josh laisse tomber son café. Le couvercle se détache. La moitié du liquide se déverse sur la moquette industrielle marron. Fait remarquable, on ne voit même pas la différence. Nul ne pourrait se douter que 20 cl de lait entier aromatisé à l'espresso, au Bengué et à la citrouille pourrie se sont infiltrés dans la moquette de Consolidated Evalu-Shop.

La pièce se remplit instantanément du parfum des bonbons Lifesavers sacrifiés à un Roi Citrouille en colère.

— Tu l'as embrassé ? Tu as couché avec lui ?

Le changement total de sujet de Josh fait tourner mes pensées en boucle.

— Rien de tel qu'un bon changement de sujet, murmuré-je en allumant mon ordinateur.

Pourquoi le visage d'Andrew McCormick – certainement pas celui de Ron – m'a-t-il traversé l'esprit lorsqu'il m'a posé cette question ?

— Rien n'est plus romantique que d'écarter les fesses de son chien, dit Josh d'un ton jovial.

Greg choisit ce moment précis pour entrer. Il regarde Josh, en fronçant les sourcils.

— Fiston, dit-il en plaçant une main sur son épaule, je m'inquiète pour toi.

Le sourire de Josh s'efface.

— Peut-être que tu as besoin d'un peu de temps libre, dit-il en regardant Josh avec un regard compatissant. Non rémunéré, bien sûr, s'empresse-t-il d'ajouter.

— Je n'étais pas... bafouille Josh. Ce n'est pas ce que... Je ne suis pas... On parlait de *rencontres* !

Le froncement de sourcils de Greg s'accentue.

— Arrête de parler. Tu aggraves ton cas, siffle Carol, entrant avec un plateau rempli de ce que je suppose être d'autres désastres caféinés. Ça sent comme si un désodorisant des toilettes d'une station de métro avait fait l'amour avec une tarte au potiron ici, se plaint-elle.

Le téléphone de Greg sonne. Il répond, serre brièvement le cou de Josh et tourne les talons en marmonnant au téléphone quelque chose à propos de conformité et d'assurance qualité.

Josh se tourne vers moi, les yeux remplis d'un étrange mélange de honte, de fureur, de confusion et d'impuissance.

— Tout est de ta faute ! s'écrie-t-il.

— De ma faute ? En quoi est-ce ma faute si tu t'es lancé dans une rhapsodie sur les fesses de chiens ?

— Hmm, j'ai trouvé un nouveau slogan, murmure Carol. « DoggieDate : Pour les personnes qui aiment *vraiment* les chiens ».

— DÉGUEU ! lui crions-nous, Josh et moi.

La pomme n'est pas tombée très loin de l'arbre Marie, n'est-ce pas ?

— Tu nous racontais ton rendez-vous !

— Alors… ?

— Alors quoi ?

— Est-ce que tu as couché avec lui ?

— Non, frissonné-je.

— Des baisers ?

Des baisers… *Avec quelqu'un en particulier ?* Ma pause microscopique alors que j'essaie de trouver la réponse la plus honnête possible à cette question fait que Carol et Josh échangent un regard si lubrique que j'ai l'impression d'avoir besoin d'un proxénète pour me protéger de ce qu'ils me préparent.

— Tu l'as embrassé !

— Qui ?

— L'homme aux glandes anales ! s'exclame Carol.

Les sourcils de Josh s'abaissent, formant une chenille très confuse.

— Non, elle ne l'a pas embrassé, dit-il lentement. Elle l'a déjà dit.

Ils me regardent comme des détectives dans un épisode de *New York, unité spéciale*. J'ai l'impression d'être dans une salle d'interrogatoire avec un personnage quelconque joué par une actrice dont je ne connais pas le nom, mais que je me souviens avoir vue dans ces publicités sur le syndrome du côlon irritable.

— Qui, exactement, *as-tu* embrassé hier soir ? demande Carol.

— Elle a embrassé Andrew McCormick, annonce une voix dont le timbre rappelle celui de Carol.

— Shannon ! couine Josh, me laissant tomber comme s'il était Ben Affleck et moi Jennifer Garner. Qu'est-ce que tu fais là ?

— Contrôle des dégâts, halète-t-elle alors que Josh la presse comme si c'était une balle antistress.

Elle croise mon regard.

Plisse les yeux.

Oh oh.

Elle *sait*.

— De quoi parliez-vous ? demande-t-elle en regardant le bureau avec une expression qui signifie : *Je n'arrive pas à croire que j'ai travaillé dans ce trou* à rats.

— Le rencard d'Amanda ! Elle l'a embrassé.

Josh est tellement essoufflé qu'on dirait qu'il a une crise d'asthme.

— Tu ne nous as jamais dit que tu avais embrassé ton faux rencard, dit Shannon calmement, ses yeux exprimant à la fois un sang-froid calculé et une interrogation déterminée.

— C'est parce que ce n'est pas le cas.

— Tu as vraiment embrassé Andrew ? Andrew McCormick ? demande Carol à voix basse. Encore ?

— *Encore* encore, dit Shannon.

Carol fronce les sourcils.

— Tu veux dire que tu l'as embrassé *trois* fois ?

Elle est incapable de tenir ses comptes, mais elle sait décoder des déductions complexes sur les baisers dans les placards. Les mathématiques du sexe ont apparemment leur propre logique.

— Oui.

— Pourquoi ? demande Carol.

— Tu l'as bien regardé ? dit Josh d'une voix basse inquiétante qui ressemble exactement à celle de Carol il y a un instant. C'est un *dieu* absolument délicieux.

— Quand même pas, dis-je faiblement. Il est sexy, c'est sûr, mais de là à parler d'un *Dieu*...

Tous les trois s'ébrouent. Même Greg, depuis la tranquillité de son bureau. Si Spritzy était là, il reniflerait aussi.

— Et pourquoi pas un *demi-dieu* ? la défie Josh.

— Très bien. Je le reconnais, concédé-je. Mais ce n'est pas

pour ça que je l'ai embrassé.

— Techniquement, *tu* ne *l*'as pas embrassé. *Il* t'a embrassée. C'était comme dans un film de Bette Davis des années 1940, explique Shannon à Josh et Carol, qui boivent ses paroles, comme les bons petits employés qu'ils sont.

Pourquoi travailler pendant vos heures de bureau si vous pouvez plutôt parler de vos collègues ?

— Le film de Bette Davis où elle donne le rat à manger à sa sœur invalide ? demande Josh, confus.

— Oui, dis-je pince sans rire. Exactement.

— Est-ce qu'il a d'abord exprimé les glandes anales du rat ? demande Carol.

— J'ai entendu dire que le rat est un mets délicat dans certaines régions de l'Asie du Sud-Est, crie Greg depuis l'autre pièce.

— Comment en est-on passé d'Andrew McCormick aux rats ? s'émerveille Josh.

— C'est un lien naturel.

Mes mots restent suspendus dans l'air, planant comme Marie observant Shannon et Declan lors de leur premier rendez-vous.

Moins le verre de vin et le toast et les références aux poux.

Mon amertume fuit comme les serveurs du gouvernement entre les mains des Anonymous. Je ne peux pas m'empêcher d'être piratée par le monde extérieur. Peu à peu, mon sentiment de pouvoir tout réparer est ébranlé par une mystérieuse réalité ; tout ce que je pensais connaître sur moi ne serait qu'un tissu de mensonges.

Des mensonges révélés par un baiser.

Ou trois.

— Je pensais que tu aimais Andrew, dit Shannon, une ride lui barrant le front.

Elle brille à présent, comme si quelqu'un lui avait injecté dans le sang des lumières LED. Du botox nuptial. Elle est luminescente d'amour.

Moi, en revanche, je suis amère de trahison. Mais comment puis-je être trahie par un homme qui n'a aucun attachement ou aucune obligation envers moi ?

J'inspire lentement, pour gagner du temps, en la regardant. Elle est un peu enrobée, comme moi. Sa garde-robe a changé en même temps que ses revenus. Tout ce qu'elle porte lui va mieux. Le changement est discret, mais perceptible. Subtil et pourtant bien là. À un moment donné, en un clin d'œil, Shannon est devenue plus elle-même, elle est toujours l'ancienne Shannon et en même temps… elle est plus que ça. Plus présente. Plus consciente.

Tout simplement… *plus*.

Ses mains bougent avec l'élégance fluide de quelqu'un qui fait des gestes pour accentuer ses propos et non par nervosité. Ses yeux brillent de la conscience calculée d'une personne qui embrasse son environnement et l'observe plutôt que de le cataloguer nerveusement et de tenter de s'y adapter. Son sourire est plus authentique, moins anxieux. C'est un diamant brut, extrait d'une mine, puis taillé à la perfection.

L'amour en est le bijoutier.

Mon amertume s'estompe, remplacée par un sentiment que je ne peux que décrire comme de l'envie, mais ce n'est pas juste. Je ne veux pas enlever à Shannon ce qu'elle a avec Declan. Et je ne veux même pas ce qu'elle a, parce que vouloir ce qu'une autre personne a, c'est se contenter de trop peu. Mes propres besoins diffèrent de ceux de Shannon. Ma vie n'est pas la sienne, alors pourquoi voudrais-je coopter le fiancé milliardaire et le fabuleux poste de marketing dans une entreprise classée au Fortune 500 ?

Attendez un peu.

Permettez-moi de faire une pause.

Plus d'argent. De plus beaux vêtements. La sécurité financière. Le luxe au-delà de vos rêves les plus fous. Un homme sexy dans son lit…

Oubliez ce que je viens de dire.

Je veux ce que Shannon a. *Désespérément.*

— Alors, dit Carol en sirotant son café, en résumé, Andrew McCormick t'a fondu dessus après ton rencard avec un type qui caresse les fesses de chiens pour s'amuser et tu n'es pas contente ?

Je fronce les sourcils.

— C'est sûr que dit comme ça…

— Chérie, tu pourrais le formuler n'*importe comment* ; ce que tu dis n'aurait toujours aucun sens. Il a passé la majeure partie des deux dernières années à t'envoyer des signaux contradictoires et tu continues à ramasser les miettes, mais vous êtes tous les deux exaspérants.

— Exaspérants ? demandé-je, sincèrement confuse.

Shannon et Carol se rapprochent de moi. C'est comme avoir des versions légèrement modifiées et plus jeunes de Marie et Jason qui me bombardent d'amour.

— Il ne t'aurait pas embrassée s'il ne t'aimait pas, dit Shannon à voix basse.

— Je suis toujours làààààà, chantonne Josh. Je n'ai pas quitté la pièce. Vous n'avez pas le droit de faire ce truc de nanas.

— Ce truc de nanas ?

— Où vous me discriminez à cause de mon pénis.

— Quand est-ce qu'on a commencé à parler de ton pénis ? crié-je d'une voix aiguë.

— Est-ce qu'on peut revenir aux culs de chiens ? Je crois que ce sujet me dégoûte moins, chuchote Shannon.

— Vous m'évincez de cette discussion de filles parce que je n'ai pas le bon matériel et je n'apprécie pas d'être exclu.

Josh est sérieux. Oh, bon sang. Il n'est pas très souvent comme ça. Normalement, il n'établit cette démarcation que quand nous lui volons toutes les visites mystères impliquant des massages.

— Personne ne t'exclut à cause de ce que tu as dans le pantalon, dit Carol en roulant des yeux. Nous t'excluons parce qu'il est évident que tu as aussi un faible pour Andrew.

Cette pensée ne m'était jamais venue à l'esprit.

— C'est faux ! proteste Josh.

Mais son cuir chevelu devient rouge. C'est déjà assez compliqué, quand on rougit souvent, de voir ses joues et son cou devenir écarlates, mais le pauvre homme est en train de devenir chauve. On dirait Hellboy quand il est énervé.

Un Hellboy hipster ringard.

— Tu es venu au centre commercial quand Declan jouait les pères Noël l'année dernière juste pour pouvoir t'asseoir sur ses genoux !

L'accusation de Shannon a plus de mordant que je ne l'aurais cru.

— Je n'ai pas... OK, c'est vrai, admet Josh. Mais ça ne veut pas dire que je ne peux pas faire des commérages sur la vie sexuelle d'Amanda !

— C'est *ça* que nous faisons ? demandé-je, incrédule.

— Hu hu, disent-ils tous à l'unisson.

— La seule d'entre nous à avoir une vie sexuelle, c'est Shannon, et elle est installée et heureuse avec son milliardaire parfait et l'organisation de son mariage, donc ce n'est pas comme s'il y avait quelque chose de croustillant, explique Josh.

— À part ce qu'ils ont fait hier soir avec le beurre, plaisanté-je.

Tiens. C'est au tour de Shannon de rougir et de ressembler à Hellboy, à présent.

— Je ne fais l'amour qu'avec des choses impliquant une assistance technique en ligne pour la batterie, ajoute Carol. Nous *devons* parler de la vie sexuelle de *quelqu'un*. Et Josh est un cas désespéré depuis que son dernier petit ami l'a largué.

Josh acquiesce à tout ce que Carol a dit jusqu'à cette dernière partie.

— Désespéré ? On dirait qu'il est sur le point de pleurer. Tu penses vraiment que je suis un cas *désespéré* ?

— Tu te sers d'une voiture qui fait de la publicité pour des médicaments contre les troubles de l'érection pour avoir des rencards.

— C'est mieux que des culs de chiens.

— Touché.

Mais quelque chose me chiffonne. Je sens une fine ficelle se défaire, comme si un fil s'était pris dans l'ourlet de ma jupe, sauf qu'au lieu d'une jupe, il s'agit de mon esprit. J'ai oublié quelque chose. C'est important.

— Quelle heure est-il ? demande enfin Carol.

— L'heure pour Amanda de m'accompagner chez Anterdec pour notre réunion, déclare Shannon. Onze heures et demie.

Une réunion. De quoi parle-t-elle ?

— Oh, mon Dieu ! Le texto d'Andrew. J'ai une réunion avec *lui*, dis-je, pantelante.

— Vraiment ?

Tous les trois haussent les sourcils.

— Oui. À onze heures.

Shannon fronce les sourcils.

— Il m'a dit de le retrouver à onze heures et demie. Avec Declan. Pourquoi voudrait-il *te* voir plus tôt ?

C'est l'un de ces moments où je dois décider quel genre de personne je suis. Dois-je mentir à ma meilleure amie pour sauver la face de l'homme qui n'arrête pas de me transformer en sa propre petite cabine à baisers de la foire, ou est-ce que la loyauté prévaut ?

— Oh, tu sais, dis-je, en essayant de paraître désinvolte. Des histoires de demoiselle d'honneur et de témoin.

Apparemment, je suis le genre de personne qui serait prête à jeter sa meilleure amie sous un bus.

Shannon sourit, mais son sourire n'atteint pas ses yeux.

— C'est mignon. Vous allez aussi parler de ce baiser ?

— C'est à lui de décider, soufflé-je. Il ne m'a jamais parlé des autres baisers avant.

— Parce que c'est un connard, dit Carol sans ambages.

— Un trou du cul canon, dit Josh.

— Tu as des problèmes avec ça aussi ? dit Greg en passant dans le couloir. Laisse tomber le curry épicé. Il faut environ un jour pour que ça passe.

Nous grimaçons tous.

— Est-ce qu'Anterdec embauche ? demandons-nous tous les trois à Shannon en même temps.

Elle secoue la tête lentement, comme si elle savait quelque chose qu'elle ne pouvait pas dire.

C'est drôle.

C'est la même chose pour moi.

CHAPITRE 6

— *J*e vais conduire, dit Shannon alors que je prends mon sac à main et que j'ignore Greg.

Josh ou Carol lui diront que j'ai une réunion chez Anterdec. Peu importe qu'il s'agisse en réalité de parler de la nomination d'Andrew au poste de PDG. Il pensera que je suis en train de décrocher de nouveaux contrats pour Consolidated Evalu-Shop.

Nous sortons et descendons les marches en béton qui s'effritent. Une limousine attend devant.

— Declan est là ? demandé-je.

Andrew et lui se déplacent en ville en limousine. La seule fois que j'ai vu Declan conduire une voiture, c'était son SUV, et on aurait presque dit que c'était pour la frime. Il prétend qu'il peut travailler davantage quand quelqu'un d'autre conduit, mais alors pourquoi ne pas laisser Shannon conduire ?

Alors que Shannon semble embarrassée, mais déterminée, elle ouvre la porte et je regarde à l'intérieur.

Pas étonnant qu'elle apprécie d'être conduite en limousine. Le véhicule fait la taille de son ancien appartement.

— Pourquoi ça sent le chocolat ? demandé-je en me penchant et en m'installant.

Je regarde à ma gauche.

— C'est un bar à *gâteaux* ?

Elle rosit.

— Declan a reçu un nouveau client.

Elle nomme une cheffe célèbre qui laisserait tout le monde bouche bée. C'est mon cas.

— Elle a apporté un assortiment de desserts de sa nouvelle gamme qu'Anterdec utilisera dans toutes ses propriétés en Amérique du Nord. Les meilleurs clients trouveront, en entrant dans leur chambre d'hôtel, un plateau de ces petites douceurs, une bouteille d'eau gazeuse et des fraises enrobées de chocolat.

— Il y a du tiramisu ? plaisanté-je.

— Seulement sous forme de petits fours, et sans bague dedans.

Elle tape sur la vitre nous séparant du chauffeur, et nous démarrons, prenant la direction du quartier financier. En me retournant pour regarder l'immeuble de mon bureau, j'ai l'impression de sortir d'une favela brésilienne.

— Sérieusement. Il y a des postes à pourvoir à Anterdec ? Parce que je quitterais le navire comme le rat que je suis, dis-je, puis je me fourre un petit morceau de gâteau divin dans la bouche.

Elle sourit, sereine et posée. On dirait un Shannonbot.

— Oh, mon Dieu, c'est de la menthe à la pistache ? gémis-je.

— Avec une touche d'amaretto.

— Je crois que je viens d'avoir un orgasme.

— Tu ne serais pas la première dans cette limousine, soupire-t-elle.

J'ai la bouche sèche.

— Hum, merci ? Je n'avais pas besoin de l'image.

— En parlant d'orgasmes, dit-elle, ignorant mon commentaire, qu'est-ce qui se passe entre toi et Andrew ?

Ma bouche se transforme en Sahara.

— Tu devais vraiment gâcher un bon moment de délice anti-stress en mentionnant Andrew ? pleurniché-je.

— Désolé. Mais oui, il le fallait. Qu'est-ce que tu caches à son sujet ?

Elle est *vraiment* douée.

— Rien.

— Menteuse.

De la fureur. Une vague inattendue de fureur rouge me remplit, effaçant le goût divin dans ma bouche et le remplaçant par une amertume brutale qui me remplit de désespoir.

Et de colère.

Je ne me fâche jamais. Ce n'est pas mon style. Du moins, pas avec mes amis et ma famille. Toute ma vie, j'ai été la personne qui rationalise et organise, qui pense et planifie et qui complote pour se sortir de ses problèmes émotionnels. Je sanglote douce-ment sous la douche ou je me m'éclipse pour laisser sortir mes larmes de colère, mais ça ?

Ce genre de fureur survient lorsque la cocotte-minute a accumulé trop de pression. Mon monde intérieur est sur le point de se transformer en taches de spaghetti au plafond.

Je n'ai jamais, jamais été en colère contre Shannon. Nous nous connaissons depuis toujours et je peux compter sur les doigts d'une main le nombre de disputes que nous avons eues. Et par « disputes », j'entends des mots lapidaires qui se terminent par des pleurs, deux cuillères et un pot de glace.

OK… deux pots de glace.

— Ta vie parfaite ne te suffit pas ? craché-je, regrettant instantanément les mots au moment même où je les prononce.

Je me redresse sur la banquette, sachant que l'inexorabilité du moment rend ce que je dis d'autant plus odieux. Je ne peux pas m'arrêter. Cette avalanche a été déclenchée par son coup de feu – le mot « *menteuse* » – et maintenant, les vannes sont ouvertes.

Voyez par vous-même.

— Qu'est-ce que tu veux dire ? bégaie-t-elle. J'essayais juste…

— Tu as tout, murmuré-je entre mes dents serrées. Vraiment tout. Et je suis heureuse pour toi.

Ma bouche est si crispée que les muscles de mon visage longeant ma tempe ressemblent à des morceaux de bois plats et tendus capables de bouger.

— Je le suis vraiment. Il ne s'agit pas de ça. Il s'agit de… moi.

Je réalise à quel point ce dernier mot est vrai alors que Shannon me regarde avec des yeux grands ouverts, attentionnés et une expression de méfiance. Le contact visuel va à l'encontre de tout ce qui est en moi. Je suis un câble sous tension. Il n'y a personne au monde à qui je puisse dire ça.

À l'exception de ma meilleure amie.

— C'est parce que tu as récupéré la Cacamobile ? Parce que je suis vraiment désolée.

Je lui lance un regard dur.

— Très drôle. Non.

— C'est à propos d'Andrew et de ta mère, dit-elle en soupirant.

— Voilà bien une phrase que je ne m'attendais pas à entendre, dis-je, complètement déconcertée.

Le vent a quitté mes voiles. Seule Shannon a ce pouvoir.

— Qu'est-ce qu'Andrew et ma mère ont à voir l'un avec l'autre ?

— Tu te considères toujours comme une réparatrice, dit-elle, en tendant la main pour me toucher l'épaule.

Ses yeux sont si chaleureux, si calmes. Les aspérités de la Shannon que je connais depuis des années ont été gommées. Elle sait se maîtriser, et je lui suis reconnaissante de ne pas me crier dessus ou me rejeter. Pouvoir lui dire ce que je ressens vraiment représente bien plus que je ne le crois.

— Je suis une réparatrice.

— Mais qui règle tes problèmes à toi ?

— Moi.

— Exactement.

Je fronce les sourcils.

— Où veux-tu en venir ?

— C'est ce que je veux dire.

— Et…

— Tu règles les problèmes de ta mère. Tu règles les problèmes des clients. Tu es venue à ma rescousse et tu as réglé mon problème avec Declan il y a près de deux ans. Andrew ne fait pas partie des problèmes que tu peux régler.

— Je ne te suis pas.

— Il est exaspérant.

— OK, *ça* je suis d'accord.

— Il est imprévisible. Il n'arrête pas de t'embrasser, mais ne t'appelle jamais. Declan dit que tu embrouilles son frère.

— *Je* l'embrouille, *moi* ? Sacrée projection.

Un frisson me parcourt l'échine, diffusant chaleur et pulsations lubriques dans des endroits qui ont plus besoin d'un pouls.

— Attends. Andrew a parlé de *moi* à Declan ?

— Oui.

Je me sens comme une élève de quatrième, pantoise. Rahhh. Je *suis* une élève de quatrième, pantoise.

— Et ?

— Tu n'es pas le type d'Andrew.

— Tu veux dire parce que je ne fais pas payer à l'heure ?

Elle me lâche l'épaule et m'adresse un regard noir.

— C'est mon futur beau-frère. Ne parle pas de lui comme ça.

— C'est toi qui m'as dit que son assistante embauchait des prostituées pour lui !

— C'est faux !

— Tu m'as dit que Declan t'a raconté qu'il programmait des « réunions d'affaires » avec différentes femmes et qu'après avoir couché avec elles, elles s'en allaient. Comment tu appelles ça ?

— Des rencontres modernes ?

Elle sourit.

— Sans les glandes anales, chuchoté-je sous cape.

— Tu commences à m'inquiéter, dit Shannon en me serrant la main.

La limousine entre dans le parking des employés d'Anterdec et commence la lente et sinueuse ascension vers le niveau exécutif. Shannon jouit d'un certain standing à présent.

— Je me fais embrasser à l'improviste par ton futur beau-frère alors que j'élabore une enquête pour les clients mystères d'un site de rencontre de propriétaires de chiens. Je *devrais* t'inquiéter.

Son rire résonne dans la voiture.

— Il n'a jamais engagé de prostituée. Sors-toi ça de la tête. En plus, Andrew n'a pas de chien.

Un sentiment de culpabilité me frappe.

— À propos de ça...

— À propos des rendez-vous avec les mordus de chiens ? Tu aimerais fouiller dans la base de données des rencontres pour voir s'il y est ? Parce qu'il ne l'est pas.

Je frissonne.

— Tu ne veux pas savoir à quoi ressemble cette base de données. Crois-moi.

— Ça ne peut pas être pire que ce site de rencontres pour les gens mariés qui veulent avoir des aventures.

— Il y a des personnes dans la base de données DoggieDate qui ont un fétichisme sexuel consistant à mettre des costumes de chien correspondant à la race de leur chien réel et à prétendre être un chien.

— Oh. Bizarre.

— Sans compter les rapports homme-chien.

— Oh, c'est dégoûtant.

— Non, non, dis-je, levant les mains en signe de protestation. Ce n'est pas vraiment du sexe entre humains et chiens. Mais une personne joue l'homme et l'autre fait semblant d'être un chien. Elle porte le costume, mange dans la gamelle du chien...

— STOP ! Ces paroles vont rester gravées dans mon esprit.

— Ce qui est bizarre, c'est qu'il y a tout un tas d'*accessoires* pour des relations comme ça. Les possibilités de merchandising sont incroyables.

Shannon se fourre les doigts dans les oreilles tandis que nous sortons de la limousine. Le chauffeur tient la porte ouverte, le visage neutre et stoïque tandis que je lance :

— Et l'humain peut acheter des laisses spéciales, et le fétichisme implique...

Son visage n'est plus aussi stoïque maintenant.

— C'est professionnel. Nous parlons d'un client, José, s'empresse d'expliquer Shannon.

— Je n'en doute pas, madame, dit-il d'une voix ferme.

— Je parie que vous avez entendu pire dans votre métier, plaisanté-je.

Il établit un contact visuel.

— Pas vraiment, madame. C'est dans le top trois.

Formidable.

— Laissez-moi vous expliquer, dis-je, soudain profondément humiliée. Je suis responsable d'un service de visites mystères et je dois enchaîner vingt rendez-vous avec des chiens pour ce nouveau service de rencontres que j'évalue.

Oups, ce n'est pas ce que je voulais dire.

— Pas avec des chiens, dis-je en ricanant. Avec leurs propriétaires.

— Et certains propriétaires font semblant d'être des chiens, ajoute Shannon, en essayant de se rendre utile. C'est un fétichisme.

Hum, ça n'aide pas.

— Ce que vous faites dans votre... métier, madame, ne concerne que vous.

— Je ne suis pas une perverse ! lancé-je alors que Shannon me tire vers l'ascenseur, qui s'ouvre à ce moment précis pour révéler – vous avez deviné.

Andrew McCormick.

Ses yeux s'illuminent.

— Dommage.

C'est tout ce qu'il dit.

— Comment ça, *dommage ?* rétorqué-je.

— Dommage que tu ne sois pas une perverse. Rendez-vous à onze heures.

Et sur ces mots, il s'éloigne avec une telle fluidité qu'il semble monté sur roulettes, disparaissant dans la même limousine dont nous venons de sortir. José évite tout contact visuel avec nous.

Alors qu'il s'éloigne, je regarde ma montre. 10 h 33.

— Où va-t-il ? demandé-je à Shannon, qui entre dans l'ascenseur ouvert et me tire à l'intérieur.

Elle appuie sur l'étage des bureaux principaux d'Anterdec d'une main experte.

— On a rendez-vous !

— Qui sait ? Il va peut-être prendre une tasse de café ?

Elle a beau vivre avec un milliardaire, elle ne s'y est toujours pas faite, visiblement.

— Il a des gens qui vont lui chercher son café, dis-je, comme si je cherchais à expliquer la religion à un extraterrestre. Il a des gens qui vérifient qu'il n'est pas trop chaud pour lui. Il possède probablement une plantation de canne à sucre où ils récoltent à la main son édulcorant personnel. Comment peux-tu vivre entourée de riches sans savoir ça ?

— Je…

— Et je ne suis pas une perverse ! craché-je à nouveau.

Elle se met à rire. Son rire exprime le caractère incongru de la situation. Son ton n'est pas moqueur, et je me joins à elle, réalisant que je suis allée trop loin.

— Tu n'es vraiment pas une perverse, hoquète-t-elle. Tu es très traditionnelle.

— Comment puis-je être traditionnelle alors que je ne couche avec personne ?

Ces mots sortent de ma bouche juste au moment où l'ascenseur ralentit et où les portes s'ouvrent sur James McCormick.

Qui vient d'entendre chaque mot que j'ai dit.

CHAPITRE 7

— *C*'est la différence entre les hommes et les femmes, déclare-t-il d'une voix un peu plus forte qu'il ne le faudrait.

Il tient à captiver son audience. James McCormick est un homme qui est habitué à ce qu'on lui accorde une attention immédiate.

Tout comme Andrew.

— Les hommes font semblant de coucher avec plus de femmes qu'ils ne le font réellement. Les femmes se plaignent sans cesse de tous les hommes avec lesquels elles ne couchent pas. Les deux mentent toujours, déclare James avec un petit sourire suffisant.

— Mais je ne couche vraiment avec personne !

Je n'arrive pas à croire que je viens de dire ça en public.

James semble légèrement surpris.

— Andrew et vous ne faites pas…

Il émet une série de sons suggestifs du fond de la gorge, comme s'il testait des effets sonores sur un plateau de tournage de film porno.

— Quoi ? Non ! Qu'est-ce qui vous fait croire ça ?

Il m'adresse un clin d'œil et entre dans l'ascenseur alors que Shannon m'en fait sortir, la porte se fermant sur le renard grisonnant qui sifflote.

JULIA KENT

La panique fleurit dans ma poitrine comme un champ de tournesols se tournant tous vers la lumière en une synchronisation trop parfaite pour être une coïncidence.

— Comment ça ? Andrew parle de moi ? Avec son père ? Est-ce que Declan a dit quelque chose à James à propos du baiser d'hier soir ? Est-ce qu'il se passe plus de choses que je ne le pensais ?

— Amanda…

— Est-ce qu'Andrew aime les perverses ? Parce que je peux être perverse s'il préfère. C'est ennuyeux d'être traditionnelle. Je n'ai pas besoin d'être ennuyeuse. Je peux me hisser au niveau des meilleures perverses.

— AMANDA !

Un coup sec sur mon poignet et Shannon me fait traverser le couloir, jusqu'à son bureau. Elle me fait m'asseoir sur une petite causeuse, la tête entre les genoux, un coussin pour les yeux rempli de lavande sous le nez. Elle tient une bouteille d'eau pétillante et j'ai un peu peur.

— Qu'est-ce qui ne va pas chez toi ? demande-t-elle. Qui a enlevé ma meilleure amie à la tête froide et l'a remplacée par… ça ?

Les poignets de Shannon se dirigent vers moi comme des fouets.

Vous voyez ? Je ne suis pas si traditionnelle que ça.

— Je ne sais pas ! gémis-je, en levant les yeux. Andrew Mc-Cormick a fait disparaître toutes les cellules rationnelles de mon cerveau et m'a secouée comme si j'étais une boule à neige.

— Avec sa bouche ? demande Shannon d'un ton sceptique. Parce que jusqu'à présent, tout ce qu'il a fait, c'est t'embrasser sans te demander de sortir avec lui.

— Trois fois ! Il m'a embrassée dans son bureau le jour où j'ai essayé de régler le désordre entre Declan et toi. Il m'a embrassée dans la salle de garde de l'hôpital quand tu avais avalé la bague de fiançailles. Et puis hier soir, après mon rencard anal, il…

Toc-toc-toc.

Je lève les yeux et découvre l'assistante de Declan, Grace, sur le seuil de la porte ouverte.

— Rencard *quoi* ? demande-t-elle.

Si ma grand-mère était en vie, elle aurait l'âge de Grace. Elle aurait probablement ce même air de dégoût non dissimulé et d'extraordinaire curiosité.

— Son rencard *Glandes anales*, ajoute Shannon. Elle a oublié un mot.

— Ça n'est pas forcément plus clair, répond Grace.

Si elle fronçait davantage les sourcils, elle ressemblerait à un Shar-Peï.

Pourquoi est-ce que je pense sans cesse aux chiens ?

— Hier soir, je suis sortie avec un type qui aime exprimer... oh, peu importe.

J'abandonne. Mon téléphone vibre. Je le consulte.

Rappel : DoggieDate n° 2 à midi

— Oh, zut ! laissé-je échapper en me levant d'un bond. J'ai complètement oublié que j'ai un autre rendez-vous aujourd'hui. Pour le déjeuner. On se retrouve à l'Esplanade.

— Quoi de neuf, Grace ? demande Shannon, en essayant de changer de sujet.

Grace me jette un coup d'œil tandis que je consulte mon calendrier pour voir ce que j'oublie d'autre.

— Declan voulait que j'invite Amanda à déjeuner aujourd'hui à The Fort, mais je vois qu'elle a un déjeuner anal... enfin, un *autre* déjeuner.

Grace décampe, comme prise de haut-le-cœur.

Il est difficile d'ébranler cette femme.

Je suis donc si irrécupérable que ça ?

— Regarde, dis-je dans un profond soupir. Ce n'est pas moi. Vraiment pas. Regarde-moi !

— Tu ressembles à Amanda. Des cheveux châtain, de grands yeux, des lèvres trop maquillées et un corps d'ex-pom-pom girl.

— Tu vois ! Attends, quoi ? Trop maquillée ? Je ne suis pas trop maquillée !

La bouche de Shannon se crispe comme si elle venait de faire une gaffe.

— Euh, non. Bien sûr que non.

Toc-toc-toc.

Nous tournons la tête vers la porte. Declan entre, son eau de Cologne le suivant de quelques microsecondes, exhalant un mélange de clous de girofle et de coton. Il s'approche de Shannon et lui dépose un doux baiser juste sous l'oreille.

Je me demande ce que ça fait qu'un homme vous connaisse si bien. J'ai eu des petits amis de courte durée. Des potes de baise. Des coups d'un soir ici ou là. Je ne suis pas prude, mais je ne suis pas non plus une traînée. Il n'y a rien de mal à se situer entre les deux, mais ce que Shannon et Declan partagent me semble tellement hors de portée. Je ne peux pas m'imaginer vivre avec quelqu'un auprès de qui la frontière invisible qui fait que je suis *moi* et qu'il est *lui* se dissiperait à volonté.

Sous l'effet d'une force dépassant le simple consentement.

Des yeux verts de la couleur des dollars me regardent. Declan porte un costume qui coûte plus cher que ma première année d'université. Il tient Shannon contre lui, un bras autour d'elle, la main sur sa hanche comme si c'était une anse de tasse.

— Amanda, dit-il d'un ton aimable. Quelle bonne surprise de te voir ici.

— En quoi est-ce une surprise ? Grace vient de me demander si je déjeunais avec Shannon et toi après mes réunions.

La confusion se lit sur son visage.

— Grace a demandé ça ?

Shannon rit et se tourne vers moi.

— Grace dirige toute sa vie. Declan n'est qu'un passager.

— Tu vois ? dis-je d'un ton sarcastique. C'est comme la plantation de canne à sucre pour l'édulcorant d'Andrew.

Declan semble encore plus perplexe.

— Sa quoi ?

Avant que je puisse répondre, l'assistante exécutive d'Andrew apparaît.

— Mlle Warrick ? M. McCormick va vous recevoir.

CHAPITRE 8

*L*a dernière fois que j'ai mis les pieds dans le bureau d'Andrew, il portait un cycliste. Moulant. Un beau short en lycra si fin que j'aurais vraiment dû lui glisser un billet d'un dollar dans l'élastique en guise de pourboire pour le spectacle. Non pas qu'il ait besoin d'argent.

Pendant que son assistante me guide vers son bureau, j'essaie de me concentrer. Dans une heure, j'ai rendez-vous avec M. Mini Chihuahua, un type qui m'a été attribué principalement d'après ma description de Spritzy dans la base de données DoggieDate. Nous allons à l'Esplanade pour que je puisse rencontrer Muffin, son mini chihuahua chéri. Dans nos brefs échanges par e-mails, mon rencard a insisté sur le fait qu'il devait s'assurer que Muffin m'apprécie avant de passer à l'étape suivante et de lui faire rencontrer Spritzy, de peur que son chien ne s'attache trop à lui.

À *lui*.

Pas à moi.

Mon esprit tente de se concentrer sur autre chose qu'Andrew McCormick, qui me tourne actuellement le dos, exhibant ses épaules larges et musclées. Sa veste de costume anthracite est posée sur le fauteuil club en cuir en face de son bureau. Il regarde la ville à travers la paroi vitrée. Quelques étages plus bas, j'aperçois les arbustes Pac-Man de la société de conception de jeux vidéo dans l'immeuble voisin.

En regardant de plus près, je me rends compte qu'ils ont ajouté un parcours pour chiens.

Et est-ce bien une piscine… remplie de *chiens* ?

Hum. Note à moi-même : lancer une recherche dans la base de données de DoggieDate pour savoir combien d'employés de cette entreprise sont sur DoggieDate, et leur proposer des campagnes marketing dans le cadre d'une stratégie globale de renforcement des nouveaux comptes.

Vous voyez ? Je suis douée. Aussi douée que Shannon.

Anterdec devrait *m'engager, moi.*

Andrew se retourne dans son fauteuil Herman Miller et lève un doigt dans ma direction. Son visage est intense, ses yeux sombres et concentrés, et il a l'air frustré par des négociations qui seraient dans une impasse. Sa conversation téléphonique requiert probablement plus d'intimité, mais je fais instinctivement ce qu'il me dit et j'attends sans bouger.

Alors que je soulève la veste de son costume de son fauteuil, son eau de Cologne remplit l'air.

Il me faut faire preuve d'une grande maîtrise de moi-même pour ne pas le renifler comme un petit enfant avec des marqueurs parfumés aux fruits sans la surveillance d'un adulte.

Mes doigts échappent à mon contrôle. Ils ont fait sécession de mon esprit rationnel, caressant la fine étoffe qui reposait sur ses pectoraux soigneusement entretenus quelques minutes auparavant. Le tissu est encore chaud, comme s'il avait enlevé sa veste quelques secondes avant que j'entre. C'est presque comme quand j'étais dans ses bras la nuit dernière.

Presque.

Cette pâle imitation est pire que tout. Je préférerais ne jamais, jamais le revoir plutôt que d'être assise ici à lutter pour ne pas lécher sa veste en laine, en utilisant chaque once de retenue que je possède pour maintenir une apparence professionnelle qui révèle ma véritable nature.

Je suis une réparatrice.

Je peux arranger ça.

Je peux *me* réparer.

Andrew met fin à l'appel et m'accorde toute son attention. C'est comme boire à une fontaine et avoir soudain une lance à incendie pointée sur le visage.

Une lance à incendie sensuelle, torride, chaude comme la braise.

— Je suppose que tu as su tenir ta langue ? commence-t-il.

Rien de tel que d'aller droit au but. Je comprends le but de cette réunion. Nous sommes ici pour parler affaires. Concernant son poste secret de nouveau PDG d'Anterdec Industries. Rien de plus. Je peux jouer à ce jeu.

— Sauf quand tu m'embrasses.

Ou je peux jouer mon propre jeu. Mes règles. Mon plateau. Mes pièces.

Ma *langue*.

Il penche la tête juste au moment où sa bouche se serre, puis se déploie en un sourire. C'est comme regarder un arc-en-ciel se former dans le ciel.

— J'apprécie.

Sa voix est grave et suggestive. Aguicheuse, même. Je ne rêve pas.

— M'embrasser à pleine bouche ? J'ai remarqué, rétorqué-je sur le même ton.

Il cligne des yeux à plusieurs reprises, incapable de réprimer son sourire. Et ces fossettes. Mon Dieu, il a les fossettes des McCormick. Évidemment. L'ADN de sa famille comporte plus de fossettes que celui de Tom Brady.

— Je parlais du silence, dit-il en se levant soudain.

Le mouvement est brusque, mais sa grâce animale tout étudiée. Il sait comment son corps affecte le mien. Andrew McCormick est passé maître dans l'art de savoir analyser les autres.

Mais il a un problème.

Moi aussi.

Andrew a des tics. L'un de ses sourcils s'agite, trahissant le fait qu'il est moins sûr de lui que lorsque je suis entrée dans la pièce. La discussion ouverte sur les baisers l'intrigue, mais ne le distrait pas. Cette réunion a un but.

Et il est déterminé à rester concentré.

— Le silence. Tu veux dire le genre de silence qui s'installe une fois que tu as embrassé quelqu'un ? Ou le genre de silence dans lequel tu penses pouvoir t'engouffrer ? demandé-je.

Son sourcil redescend. Son visage se détend. Ses yeux charbonneux se plissent.

Maintenant, j'ai toute son attention.

— Je t'ai embrassée parce que tu étais sur le point de révéler un secret de famille alors que le moment était mal choisi.

Je regarde avec insistance la porte du placard de son bureau.

— Vraiment ? Quelle fois ? Après ta séance de vélo, juste là ? Je fais un geste vers la porte. Ou après que Shannon a avalé la bague de fiançailles de ta mère ?

— Tu sais parfaitement de quelle fois je parle.

Sa voix est pleine d'une douceur amusée. Au lieu de se rasseoir sur son siège derrière le bureau, il fait quelques pas, s'assied sur le bord du bureau et écarte les jambes devant moi. Moins de 50 cm nous séparent.

Le retour de l'eau de Cologne.

— Vraiment ?

On dirait que je suis essoufflée, comme Marilyn Monroe qui court après le camion de glaces.

— Ça devient difficile de garder le compte de tous ces baisers. Je vais finir par créer une feuille de calcul.

— Je peux demander à mon assistante de créer une base de données si tu préfères ?

— Tu as prévu de me rentrer si souvent ?

Il inspire profondément, puis se penche en avant avec le besoin de confirmer un fait. Ses mains sont repliées, ses avant-bras reposent sur ses cuisses. Mon esprit s'emballe, occupé à décortiquer ce que je viens de dire.

Ce que j'aurais dû dire, c'est : *Tu as prévu de me rentrer si souvent que ça dans la base de données ?* mais ce n'est pas ce qui est sorti.

Ce que j'ai dit n'est pas vraiment ce que je voulais dire, mais cela n'a plus d'importance maintenant, n'est-ce pas ?

Trop tard.

Les plis aux coins de ses yeux témoignent de son amusement et d'un soupçon de quelque chose de si dangereux que je suis incapable de respirer.

— Ça dépend, dit-il doucement.

— De quoi ?

Moins j'en dis, mieux c'est.

— Ça dépend si tu comptes me gifler à chaque fois que je te – il s'éclaircit la gorge de manière suggestive – rentre.

Il sourit, ses insinuations me donnant la permission de sourire en retour.

— Dans la base de données, je veux dire.

— Eh bien, *ça* dépend, rétorqué-je, en adoptant le même ton que lui, essayant tant bien que mal de rester sur une note légère et amusante.

Il ne s'agit que de ça, pas vrai ? Nous ne sommes que des partenaires d'entraînement qui s'attaquent verbalement, avec pour sujet les baisers. J'essaie de m'en convaincre, comme ça, si ce n'était rien de plus, alors je ne souffrirai pas lorsqu'il m'ignorera à nouveau, et si c'est plus, alors...

Je ne peux même pas y penser.

Je m'imprègne de son odeur, qui change au fur et à mesure de notre échange, la chaleur de l'air entre nous modifiant l'espace. Tels des alchimistes, nous prenons des mots avec des significations spécifiques, des caractéristiques fixes qui ne changent pas, et nous les transformons en quelque chose de complètement nouveau.

Sa chaleur me fait fondre, et je ne sais pas à quoi je ressemblerai quand je me matérialiserai en ce nouvel élément.

— Ça dépend de quoi ? demande-t-il.

La partie est lancée, et si les règles ne sont pas définies, le résultat l'est assurément. Nous savons tous les deux exactement comment marquer des points. La seule question qui reste est de savoir comment nous pouvons gagner, tous les deux.

— Ça dépend si tu aimes qu'on te gifle. Certains hommes aiment ça.

Je soulève une épaule et je me mords la lèvre supérieure, d'un air destiné à le taquiner, à le chercher. J'inspire lentement et le laisse me regarder. Je ne suis pas une femme que l'on cache dans des placards ou que l'on étouffe avec des baisers pour la faire taire.

Plus maintenant.

Pour combler la distance qui nous sépare, il tend la main vers moi. Je la prends et il m'attire vers lui, entre ses cuisses toniques. Même si mes hanches ne touchent pas ses jambes, je peux sentir ses muscles épais et durs, la puissance qu'ils renferment exerçant une forte attraction sur moi.

Sans y être invitée, je descends, pose mes mains sur ses genoux, et je regarde mes propres mains remonter jusqu'à sa ceinture. Lentement, avec un rythme exaspérant qui fait que les secondes ressemblent à des vies, je lève les yeux.

Je ne vois pas ses yeux, mais oh, comme je sens sa bouche. Contrairement à tous les autres baisers que nous avons partagés, celui-ci est planifié. Séducteur. Intentionnel. Andrew n'est pas pressé, et nous ne sommes pas pris au dépourvu. Nous ne nous cachons de personne – surtout pas de nous-mêmes.

Il passe ses bras autour de ma taille et mes mains remontent le long de son dos musclé. Le coton doux de sa chemise est si lisse qu'on dirait de la soie. Le bout de mes doigts touche la base de son cou et il mord une de mes lèvres, la suçant avec juste assez d'intensité pour me faire regretter de ne pas être le genre de femme qui garde une culotte de rechange dans son sac pour des occasions comme celle-ci.

C'est drôle qu'ils n'aient jamais abordé ce sujet chez les scouts.

Il recule, puis il me serre dans ses bras, s'agrippant à moi comme s'il me touchait pour la première fois, comme si nous nous découvrions avec une joie fortuite qu'il faut savourer et qui exige un contact constant. La pièce disparaît, les deux dernières années s'effacent, et toutes mes inquiétudes et insécurités à propos de cet homme si mystérieux et distant qui m'embrasse dans les placards se dissolvent comme la frontière entre nos corps alors que nous nous laissons *aller*.

— Quatre, murmure-t-il à mon oreille en reculant, sa joue

râpeuse contre la mienne me chatouillant juste assez pour me faire frissonner.

— Quatre quoi ? soufflé-je lorsqu'il plonge son nez dans mon cou, ses bras chauds toujours enroulés autour de moi.

Plus il me tient serrée contre lui, plus j'arrive à croire que c'est réel.

— Quatre baisers. Pour notre base de données.

— Oui. Quatre, dis-je faiblement.

Mes genoux picotent et cette sensation remonte le long de mon corps. C'est bien réel.

— Et si on partait plutôt sur cinq ?

— Cinq est un bon chiffre.

Un téléphone sonne au loin. Je me retourne dans ses bras et je regarde derrière nous. À ma grande surprise, la porte de son bureau est ouverte. Il m'embrasse en public. Ça fait deux fois maintenant.

Et ses bras sont toujours autour de moi.

— Six, c'est encore mieux.

Et sur ces mots, il ajoute tellement d'entrées dans la base de données que je perds le compte.

CHAPITRE 9

*L*e bruit d'un homme se raclant la gorge est le premier son qui parvient jusqu'à ma conscience.

— Hum hum ? La réunion de 11 h 30 ?

C'est Declan. Je m'extrais des bras d'Andrew et je ferme les yeux, honteuse, comme une enfant qui pense que si elle ne peut pas voir le monde, le monde ne peut pas la voir.

Andrew regarde par-dessus mon épaule. Je ressens le mouvement plus que je ne le vois, quand sa main glisse de la base de ma poitrine à ma hanche.

— Donne-nous une minute. On termine notre réunion.

— Tu ferais mieux, oui, marmonne Declan. Shannon et moi, on aura le premier petit-enfant. Tu ne vas pas gagner sur ce tableau aussi…

— Hé ! aboie Andrew, se précipitant pour fermer la porte au visage souriant de Declan.

Je regarde son corps, ma bouche bourdonnant de son goût, la sensation persistante de ses baisers me donnant le vertige. J'ai l'impression absurde d'avoir basculé vers un autre pan de l'existence pendant quelques minutes.

Comment un baiser (ou neuf) peut-il avoir cet effet ?

Andrew se tient devant la porte, le dos tourné. Il se redresse et hoche la tête. J'imagine qu'il se prépare en silence au moment où il va se retourner et me dire que ça ne signifie rien. Que nous faisons une erreur. Qu'un baiser (ou neuf) suffit. Que nous devrions nous quitter en bons termes et rester amis.

Il se retourne, me regarde et dit :

— Déjeuner ?

Ce n'est pas ce que je m'attendais à entendre.

— Pardon ?

— Allons déjeuner ensemble. Je vais annuler ma réunion avec Declan et on pourra poursuivre cette discussion sur la base de données pendant le déjeuner.

J'espère vraiment, vraiment que *discussion sur la base de données* est un code pour *s'embrasser*.

Mon estomac se contracte. Déjeuner. Déjeuner. Je regarde l'horloge.

11 h 32.

— Je... ne peux pas.

Il semble abasourdi.

— Tu ne peux pas ? Pourquoi ?

— Parce que j'ai un rencard.

— Un quoi ?

— Un rencard.

Un faux rencard. Mais je ne peux pas lui expliquer cette partie. Première règle du client mystère : ne jamais, jamais révéler sa véritable identité. Je ne peux pas admettre que les rencards DoggieDate auxquels je participe sont faux. Je ne peux pas lui dire la vérité. Une partie de moi voudrait enfreindre toutes les règles professionnelles en ce moment, et mon corps me crie de faire une exception.

Mais je ne peux pas.

Je ne peux pas.

Il m'adresse un regard noir.

— Un rencard ? Tu vois quelqu'un ? Tu as un petit ami ?

— Je n'ai pas de petit ami.

Il me regarde, perplexe. Il hausse les sourcils et ouvre de grands yeux.

— Mais tu vas à des rencards.

— Oui,

— Avec des hommes ?

— Pardon ?

— Tu sors avec des hommes ?

— Avec qui d'autre pourrais-je sortir ?

— Shannon.

— *Pardon ?*

— Tu es sortie avec Shannon. Pendant un certain temps. Du moins, tu as fait semblant, dit-il, l'air très confus. Declan ne m'a jamais vraiment raconté toute l'histoire. Il m'a dit que Shannon et toi vous étiez mariées, puis que vous ne l'étiez plus, et puis tu as fait irruption dans mon bureau et tu m'as embrassé et tu as exigé que mon père, Terry et moi, on prenne tous part à tes manigances à l'hôtel…

— Attends un peu. *Je t'*ai embrassé ?

— De toutes les choses que je viens de dire, c'est ce détail qui t'interpelle ? Et ma question sur les hommes ?

— Je ne t'ai pas embrassé ! *Tu m'*as embrassée !

Quant à savoir si j'aime les hommes, s'il n'a pas encore la réponse, alors il nous faut plus de baisers.

Euh, de discussions sur la base de données.

— Tu as fait irruption dans mon bureau et tu t'es mise à fulminer contre le connard qu'était Declan, juste après ma séance de vélo. Ensuite tu m'as attiré dans mon placard et tu as commencé à m'embrasser, raconte-t-il.

— Ta mémoire doit être faite en fromage suisse. Il y a plus de trous dans cette histoire que dans une robe de J. Lo aux Oscars.

— Tu n'as pas fait irruption ici ?

— Si, suis-je forcée d'admettre.

— Et tu ne m'as pas attiré dans mon placard ?

— Si. Pour me cacher de Shannon, qui est apparue comme par magie au pire moment.

— Et tu ne m'as pas embrassé ?

— Ah ça, NON. *Tu m'*as embrassée. Je m'en souviens parfaitement.

— Moi aussi.

— Ravie de l'entendre. C'est drôle que près de deux ans se soient écoulés sans un seul mot de toi. C'est bon de savoir que tu ne souffrais d'un rare cas d'amnésie du baiser.

Il croise ses bras sur sa poitrine et m'adresse un sourire étrange.

— C'est de ça qu'il s'agit ?

— De *quoi* tu parles ?

— De ton attitude.

— Je n'ai pas d'attitude particulière. C'est toi qui as cette attitude. Il y a deux minutes, tu étais en train de m'embrasser, puis tu as découvert que j'avais un rencard, et maintenant tu te comportes comme un homme de Néandertal.

— Un homme de Néandertal ? Qu'est-ce que c'est censé vouloir dire ?

— Ça signifie que tu dois apprendre à communiquer. Le mutisme, ça passait au temps des hommes des cavernes. Ça ne marche pas chez les hommes modernes.

Quelqu'un frappe à la porte et elle s'ouvre instantanément. Declan se tient là, Shannon juste derrière lui. Il martèle le montant de la porte.

— Écoute, petit frère, je n'ai pas toute la journée. L'hôtel de Maui a besoin de moi pour le pitch marketing d'un nouveau contrat de merchandising pour un écran solaire de marque, et…

— On vient de terminer. Amanda doit partir pour quelque chose de bien plus important, dit Andrew d'un ton sec et glacial.

Declan m'adresse un sourire éblouissant, tandis que les yeux de Shannon se font suspects.

— Plus important qu'Anterdec ? Qu'y a-t-il de plus important qu'une réunion avec nous ?

Andrew saisit sa veste de costume sur le fauteuil et l'enfile, la nuque crispée. S'il contracte davantage la mâchoire, il va se casser une dent. Il sort en trombe de la pièce et lance par-dessus son épaule :

— Un rencard.

CHAPITRE 10

— *L*es antidépresseurs ont fait des merveilles pour la petite Muffin.

Jordan a quarante-deux ans. Il est Italien et tout petit. Je ne pourrais jamais, jamais porter de talons avec lui si nous sortions vraiment ensemble, parce que je ressemblerais à Hagrid à côté de lui. Il m'a choisie parce que j'ai aussi un mini chihuahua.

Il est gentil et amical, chauve, avec des sourcils touffus dont s'échappent parfois quelques longs poils gris qui s'étirent comme des ressorts déroulés. Ce n'est clairement pas mon type, mais le genre de personne qui mérite de trouver une partenaire tranquille avec qui aller aux soirées bingo, aux tournois d'échecs et à la messe.

Ai-je mentionné qu'il va à la messe sept jours sur sept ? Son profil DoggieDate ne mentionnait pas qu'il était catholique, mais Jordan a réussi à le mentionner à neuf reprises. En quatorze minutes.

Alors que nous marchons le long de l'Esplanade, la rivière Charles remplie de rameurs et d'avirons, je me penche vers lui. Je n'ai pas le choix. Il parle si doucement que je ne l'entends pas sinon.

— C'est génial, dis-je avec le plus d'enthousiasme possible.

Muffin est une toute petite chose. À côté d'elle, le chien de ma mère, Spritzy, ressemble à l'incroyable Hulk. Je serais surprise qu'elle pèse plus de 900 grammes, et elle est si nerveuse qu'elle tremble en permanence.

Elle a également griffé ou mordu la plupart de ses poils, ce qui lui donne l'air d'un rat qui s'est fait électrocuter.

— Quand ma mère est morte, Muffin s'est effondrée.

Les yeux de Jordan se remplissent de larmes. Je suppose que Muffin n'est pas la seule.

— Ma mère vous aurait adorée, ajoute-t-il, en me jetant timidement un regard en coin qui me remplit de culpabilité.

En même temps, je suis soulagée de savoir que tout ça est faux.

— Hum…

— Vous aimeriez la rencontrer ?

Là, c'est le bug. Si sa mère est morte, alors qu'est-ce qu'il entend par là ? Est-elle assise dans un rocking-chair quelque part dans son appartement du North End ? Jordan ressemble soudain un peu trop à Norman Bates à mon goût.

— Comment pourrais-je, euh…

Muffin éternue. Elle s'effraie elle-même et son tremblement s'accentue.

— Sa tombe est à quelques pâtés de maisons. Ma mère aime que je lui rende visite avec Muffin.

Je commence à me dire que le jouet préféré de Jordan doit être un costume en peau fait maison, fabriqué à partir de femmes rencontrées en ligne.

— OK.

C'est de la comédie. C'est de la comédie. C'est de la comédie.

— Amanda !

Nous sommes interrompus par la main de Dieu (ou, peut-être, par la mère désapprobatrice de Jordan). Marie crie mon nom depuis l'autre côté de la rue. Elle est au milieu d'une grande parcelle d'herbe avec une dizaine de personnes, toutes sur des tapis de yoga, dans la posture de l'enfant.

Ce serait bien trop gros que Marie apparaisse par hasard à ce moment précis dans ce parc spécifique, n'est-ce pas ? Ce n'est pas dû au hasard. Nous l'avions prévu. Vous savez comme certaines personnes planifient des « appels de secours » ? Marie m'a proposé un « yoga de secours ». Elle a déplacé son cours à l'extérieur pour s'amuser, et aussi pour m'offrir une porte de sortie quand je lui ai décrit Jordan.

Elle est si généreuse.

— C'est votre mère ? demande Jordan un peu trop ardemment. C'est un ange.

Sa voix se fait douce et rêveuse, et… oui.

Il se met à pleurer.

Nous nous approchons de Marie et de son cours de yoga en plein air. Du moins, *je* m'approche. Jordan me suit environ trois mètres derrière, reniflant à chaque pas.

— Qu'est-ce que tu fais là ? demande Marie en me serrant dans ses bras.

La question est rhétorique, et elle me fait un clin d'œil. Elle est en sueur et rayonnante, et parvient toujours à sentir la lavande même en plein effort. Quand *je* transpire, je sens comme un casier d'adolescent et de la cannelle avariée.

— Bonjour, dit Jordan d'un ton formel, en tendant la main pour serrer la sienne.

Marie me lance un regard interrogateur, mais lui tend la main, que Jordan fait légèrement tourner pour un baisemain.

Quelle courtoisie.

C'est un peu effrayant.

Marie m'adresse un regard que je ne n'arrive pas à interpréter. Un mélange entre *Comme c'est adorable* et *Appelle la police*.

— Je m'appelle Jordan Montelcini. Et voici Muffin.

Il fait un geste vers sa chienne, qui est soit excitée, soit en train de faire une attaque. Difficile à dire.

Marie hausse les sourcils. Sa bouche s'agite. Dix-neuf engrenages impliquant ma vie sexuelle se mettent en place dans son esprit intrigant, et l'un d'eux implique Andrew, parce qu'elle penche la tête, cligne des yeux et si je savais déchiffrer le morse, je suis sûre que son message dirait : *Et Andrew ?*

Ouaip. Je sais, dis-je en clignant des yeux. *Eh bien quoi ?*

— Je suis ici avec Amanda pour notre premier rendez-vous.

Muffin approuve jusqu'à présent. C'est tellement formidable de rencontrer la mère d'Amanda.

Muffin pose sa mâchoire sur l'avant-bras de Jordan et ferme les yeux. L'approbation. Parfait.

Marie regarde le chien. Elle me regarde. Elle fronce les sourcils.

— En fait, je suis la mère de la meilleure amie d'Amanda, rectifie Marie, puis son visage se transforme en une expression de pur délice. Avez-vous dit que votre nom de famille était Montelcini ?

Jordan se redresse. Il est presque assez grand à présent pour les montagnes russes de Six Flags.

— Oui.

— De Montelcini Flowers ?

Le visage de Jordan se fait radieux. J'inspire profondément, car il devient lumineux. C'est comme regarder une chenille se transformer en papillon sous mes yeux.

— Oui. Vous avez entendu parler de nous ? Je veux dire, dit-il en fronçant les sourcils, déglutissant péniblement, de moi. Il n'y a plus que moi maintenant.

Marie a l'air d'avoir reçu une gifle.

— Juste vous ? Mais l'équipe de Montelcini est réputée pour...

Jordan fond en larmes en se laissant tomber par terre, avec un sanglot que même sa mère doit entendre depuis le ciel. Ou, euh, où qu'elle réside.

Je suis profondément confuse. Qui sont les Montelcini, et pourquoi Marie regarde-t-elle Jordan comme s'il avait inventé la glace au caramel salé ?

— Maman ! sanglote Jordan.

Muffin, voulant se dégourdir les pattes, s'éloigne d'un mètre pour faire pipi sur un pissenlit. Plus grand qu'elle.

— Votre mère va bien ? demande Marie, se laissant tomber à terre et passant son bras autour des épaules du pauvre homme.

J'observe la scène avec une étrange sorte de détachement clinique, comme si Jordan n'était pas mon rencard.

C'est parce qu'il n'*est pas* mon rencard.

Jusqu'à présent, nous sommes à un ratio de deux sur deux avec les hommes de DoggieDate. Deux cinglés. Deux vedettes.

Et il m'en reste encore dix-huit.

— Ma mère est *mooooorte*, s'écrie-t-il.

Les yeux de Marie se remplissent de larmes. Quelques-uns de ses élèves lèvent la tête en entendant les cris de Jordan.

— Je suis vraiment désolée, Jordan.

Elle lui frotte le dos. Il est vraiment en deuil, et je compatis. Vraiment. J'ai la vingtaine et bien que ma propre mère soit psychorigide, et une casse-pieds coincée, je l'aime et je ne sais pas ce que je ferais sans elle. Jordan semble, à tout le moins, être un fils à maman, et je ne peux qu'imaginer à quel point perdre sa mère et sa partenaire commerciale doit être dévastateur.

— Est-ce que ça veut dire que Montelcini Flowers ne fait pas de mariages en ce moment ? demande doucement Marie.

Ah ah !

Je tourne ma langue dans ma bouche et je la mords. Si je ne le fais pas, je vais dire quelque chose que je regretterai.

Maintenant, je comprends.

Les pièces du puzzle s'assemblent.

Lors de l'une des réunions tard dans la nuit sur les armes tactiques…euh, des sessions de planification de mariage, Marie a mentionné que le meilleur fleuriste de la ville se réservait trois ans à l'avance.

Montelcini Flowers.

Yoga de secours, tu parles. Soudain, son acte bienveillant pour me sortir d'un mauvais rencard apparaît pour ce qu'il est vraiment.

— Comment m'occuper de mariages si ma chère mère n'est plus là ? Elle ne peut plus me faire sa sauce tomate. J'ai dû apprendre à faire la lessive ! Et faire mon propre lit ! se lamente-t-il. C'est si dur de faire les lits au carré.

— C'est tellement difficile, dit Marie, qui le regarde avec les yeux brillants.

Une part d'elle compatit vraiment à sa douleur. En tout cas, moi je compatis. Mais une autre part d'elle est clairement enhardie par l'idée qu'elle pourrait réserver *le* meilleur fleuriste de mariage de Boston. Ce coup d'éclat lui donnerait un orgasme de Momzilla.

Jordan se laisse aller contre Marie, le visage appuyé contre sa poitrine. Il laisse échapper une série de petits sanglots.

— Vous sentez un peu comme ma mère.

Et puis il s'abandonne et fond en larmes.

Muffin s'éloigne, décrivant une trajectoire tortueuse sous le soleil et reniflant tout ce qu'elle sait, toujours à moins de six mètres de nous. C'est probablement la plus grande liberté que ce pauvre petit kilo de chair ait jamais eue dans sa petite vie sous cloche.

Comme Jordan, en ce moment.

Alors que Marie lui tape doucement dans le dos, je me tiens là, l'esprit occupé par l'heure que je viens de passer chez Anterdec. Le baiser. Les baisers. Les paroles d'Andrew tournent en boucle dans mon esprit, sa façon de partir au quart de tour, sa colère évidente envers mon « rencard » – qui s'enfonce maintenant dans les bras de Marie de façon alarmante – me laissent avec plus de questions que de réponses.

Le silence (à l'exception des sanglots de Jordan) est soudain brisé par un étrange cri venant du ciel.

Une buse à queue rousse fond en piqué et, dans ce qui semble être un ralenti, descend au niveau de l'herbe, cueille le petit Muffin entre ses serres et reprend de l'altitude, battant des ailes avec vigueur pour emporter son dîner.

— Oh, mon Dieu ! hurlé-je.

Jordan et Marie lèvent les yeux. Je pointe du doigt la scène horrible. Muffin tremble entre les serres de la buse, trois mètres au-dessus de nous, les yeux écarquillés de terreur.

Ou est-ce son apparence habituelle ? Difficile à dire.

— MUFFIN ! hurle Jordan, se redressant sur ses pieds. Non, Muffin ! Maman sera tellement en colère s'il t'arrive quelque chose !

— Fais quelque chose ! crie Marie, en courant après l'oiseau, qui n'arrête pas de monter et de descendre, luttant pour garder son casse-croûte.

Je prends une pierre et je la lance. J'ai la force d'une enfant de quatre ans, alors tout ce que je réussis à faire, c'est toucher un père qui passe avec une poussette. Mon lancer anémique se termine en une parabole de la honte.

— Hé ! crie le père. Faites attention. Il y a des bébés ici.

Fantastique. J'ai frappé un père avec des jumeaux. Le retour de karma va être terrible.

— Ne faites pas de mal à Muffin ! me crie Jordan. Ce rocher pourrait la mutiler.

D'accoooord. Parce que lancer une pierre pour que la buse la lâche, c'est exactement comme la laisser se faire manger vivante par l'oiseau.

Jordan fait définitivement partie de ma liste permanente de personnes que je ne toucherai jamais de ma vie.

Marie se précipite vers un petit garçon qui a une télécommande à la main. Elle lui dit quelque chose et il la lui tend. Je lève les yeux vers lui.

Un tout petit hélicoptère télécommandé argenté fait un énorme demi-tour et fonce sur la buse.

— MUFFIN ! hurle Jordan.

En une fraction de seconde, je fonce vers l'endroit où se trouve la buse et Muffin. Quelqu'un doit attraper le petit chien, parce qu'à ce stade, la buse est à six mètres de haut. Si elle la fait tomber, ce sera une crêpe Muffin.

— YOUHOUU ! s'écrie Marie tandis qu'elle manipule l'hélicoptère.

Le père des jumeaux dans la poussette court vers le petit garçon et lui dit des choses apaisantes. Ils regardent Marie attaquer la buse avec l'hélicoptère téléguidé.

— Papa, je pourrais faire pareil après, hein ? demande le petit garçon. Vingt points si je touche la buse !

Soudain, l'hélicoptère argenté bourdonne dans mes oreilles, et j'entends Muffin gémir. La buse la laisse tomber alors que Marie tente un dernier essai, et je fonce, tendant les bras juste à temps pour rattraper Muffin, mon corps étiré au maximum dans une fente de dernière minute. Je me retrouve avec la chienne entre les mains. Ma poitrine et mes hanches se fracassent contre le trottoir et j'ai le souffle coupé.

Mes mains tremblent.

Parce que Muffin s'y trouve, toute tremblante.

— MUFFIN !

Jordan me l'arrache des mains alors que j'essaie de respirer. J'échoue lamentablement. Mon visage est écrasé contre le béton. La douleur naissante d'une vilaine éraflure s'infiltre dans ma conscience. Mais je ne peux pas respirer. C'est comme si mes poumons s'étaient transformés en brique. Mes jambes sont comme du caoutchouc derrière moi, et mon ventre est exposé. La fente que j'ai effectuée pour rattraper le chien a sorti mon haut de mon pantalon.

Je suis face contre terre, les paumes en l'air, essoufflée et sur le point de mourir.

Puis les applaudissements commencent. Si je dois mourir parce que j'ai évité à un chien de finir en casse-croûte, c'est *la moindre des choses* qu'on m'applaudisse.

— C'était incroyable ! dit le père des jumeaux alors que Marie lui rend la télécommande.

Le petit garçon regarde le ciel et fronce les sourcils.

— Où est l'oiseau ? Je veux attaquer l'oiseau ! À mon tour ! Je suis le joueur 2 !

J'aimerais appeler à l'aide, mais j'en suis incapable. Je suis allongée là et j'ai l'impression d'avoir un ballon en moi qui m'empêche de respirer. Mes côtes sont prises de spasmes, ma gorge se noue, puis *bam !*

Je respire. La sensation est douloureuse et désagréable, mais ce frémissement est béni, comme si j'avais des couches de peau collées les unes aux autres dans des poumons humides, mais que l'oxygène pénétrait tout de même.

On ne se rend pas compte à quel point on apprécie l'art simple de la respiration jusqu'à ce qu'on ne puisse *plus* respirer.

— Vous avez si bien utilisé cet hélicoptère !

— C'est maman ! C'est l'ange gardien de Muffin, s'écrie Jordan. Et vous ! s'écrie-t-il, en me montrant du doigt.

Je me retourne et je m'assois. Mes genoux ont pris la couleur de l'herbe, mon ventre et mon visage sont égratignés et mes mains sont couvertes de ce qui semble être l'urine de Muffin.

Je les essuie sur l'herbe et j'ôte la sangle du sac à main de mon cou, pour y récupérer mes lingettes humides et mon gel antibactérien. Quand vous avez visité autant de toilettes pour hommes que moi, vous avez toujours ces indispensables sur vous. Qui aurait cru que je m'en servirais pour essuyer l'urine d'un animal lors d'un rendez-vous ?

— Comment vous appelez-vous ? demande Jordan à Marie.

— Marie Jacoby.

Elle rit, avec un soulagement et une joie indescriptibles.

— Marie, vous êtes mon héroïne !

Une nouvelle salve d'applaudissements retentit.

Attendez. Je réalise peu à peu qu'ils applaudissent Marie. Pas moi. C'est moi qui ai lancé la pierre. Qui ai rattrapé le chien. Je regarde Jordan, qui serre Muffin un peu plus fort en me lançant un regard mauvais.

— Laisse ma Muffin tranquille !

Quoi ?

— Pardon ? m'étranglé-je.

— D'abord, vous lui jetez une pierre dessus et vous manquez de la tuer. Ensuite, vous êtes à deux doigts de ne pas l'attraper. Ma mère l'a maintenue dans la lumière pendant tout ce temps, et m'a envoyé l'ange Marie.

Je regarde autour de moi. Trois ou quatre personnes filment la scène sur leur téléphone. Un policier à vélo apparaît et s'arrête.

Je peux à peine respirer, et ma pommette est mouillée. Mais je ne peux pas y toucher, parce que *beurk*. Pisse de chien.

Je me lève et je regarde autour de moi. Des toilettes. En descendant la légère pente qui y mène, j'entends Marie dire d'une voix surexcitée :

— Me rendre la pareille ? Oh, Jordan. Mon cher et tendre garçon. Vous n'avez pas à me remercier d'avoir fait une bonne action et d'avoir aidé la précieuse Muffin de votre mère. Mais… si vous insistez…êtes-vous libre en juillet pour un mariage au country club de Farmington ?

CHAPITRE 11

omment s'est passé ton rencard ? dit le texto. Je ne connais pas ce numéro.

Attendez une seconde.

Si, je le connais.

C'est AJM.

Rien de spécial, tapé-je à mon tour, même si c'est un mensonge.

YouTube dit le contraire, répond-il.

Oh, non.

J'ouvre le navigateur de mon téléphone et je cherche « buse chien Boston » sur YouTube.

Je suis là. Sur neuf vidéos différentes.

C'était, euh… C'est tout ce que j'arrive à écrire. Les mots me manquent.

Tu plonges comme ça à tous tes rencards ? m'écrit-il.

Seulement quand ça en vaut la peine, lui dis-je. J'appuie sur « Envoyer » avant de perdre mon sang-froid.

Ça peut s'arranger.

Je fixe les mots et je cligne des yeux. À quoi joue-t-il ?

Je laisse passer trois minutes. Il m'a fait attendre près de deux ans. Je peux bien le faire attendre cent quatre-vingts secondes.

Il craque. Hum.

Rien de nouveau à ajouter à ta base de données personnelle ? Pas d'entrées ?

Je renifle.

Pas la moindre ligne, dis-je.

Pourquoi est-ce que je le rassure ? Pourquoi est-ce qu'il m'envoie des SMS ? À joue-t-il ? Les deux premières fois qu'il m'a embrassé, je n'ai plus jamais entendu parler de lui. Pendant près de deux ans, j'ai dû faire comme si de rien n'était, en me rendant à l'occasion à une réunion de clients où il était présent, évitant tout contact visuel avec lui.

Maintenant, nous sommes demoiselle d'honneur et témoin au mariage de Shannon et Declan, et je connais son grand secret et… quoi ? Qu'est-ce que ça veut dire ?

Et si on en ajoutait une ?

Je fronce les sourcils. *Une quoi ?*

Une ligne.

Comment ça ?

Dîner ce soir. Je passe te prendre.

Andrew vient de changer la donne.

Je suis rentrée chez moi après avoir envoyé un SMS à Greg à propos de l'incident, qui était techniquement un accident professionnel. Vous pouvez faire peur à Greg avec deux phrases simples :

Je me suis blessée au travail.

et

J'ai mes règles.

L'une comme l'autre est particulièrement efficace.

Il m'a donné la permission de rentrer chez moi me nettoyer, puis de m'occuper des mises à jour des fichiers de clients mystères à domicile. En plus du nouveau compte DoggieDate, je continue de gérer tous mes programmes de visites mystères en cours, qui comprennent actuellement des évaluations d'aide à la vie autonome, une chaîne de cafés avec de nouvelles pâtisseries sans gluten, des évaluations d'assurance juridique, des salons de coiffure et mon préféré : l'observation des lois concernant le tabac dans les magasins de spiritueux.

Essayez de trouver un groupe de jeunes de vingt ans qui

ressemblent à des jeunes de quinze ans, mais qui se comportent comme des adultes matures. Vous pouvez rêver.

Je fixe le dernier texto d'Andrew. Un énorme miroir se trouve au-dessus de la cheminée du salon. Quand j'étais enfant, je m'y regardais souvent. En vieillissant, c'est devenu plus rare. Mais je me plante devant et je m'observe attentivement. Ma mère est dans son bureau, en conférence téléphonique pour son travail. Je l'entends taper sur son clavier de façon intermittente pendant qu'elle prend des notes.

Je devrais peut-être prendre des notes d'un autre type.

Ma pommette est rouge vif, la méchante abrasion risque de faire une croûte, mais ça ressemble surtout à une brûlure liée au frottement. Mes cheveux châtain sont mouillés et je ne suis pas maquillée. Je me suis glissée dans un pyjama confortable après ma douche. Victoria's Secret ne peut pas rivaliser avec les pyjamas en flanelle à canards.

C'est comme s'il était dans la pièce avec moi, à me regarder depuis le miroir. Pas d'une manière surnaturelle et effrayante, mais comme si je me regardais à travers les yeux d'Andrew Mc-Cormick, imaginé par moi.

Ce qui n'a pas de sens, mais tomber amoureuse de quelqu'un n'en a jamais.

Je soupire. Mes grands yeux me regardent avec une réelle transparence, une plaidoirie, un questionnement. Est-ce que tu vas te lancer ? Es-tu prête à faire le grand saut, comme l'aurait fait Muffin si tu n'avais pas été là pour la rattraper ? Andrew est-il la buse et suis-je la proie ?

Que fera-t-il de moi quand il m'attrapera ?

Me dévorera-t-il ou me ramènera-t-il sur terre ?

Il n'y a qu'une seule façon de le savoir.

Je prends mon téléphone et je réponds à son SMS.

JE SUIS en train de me maquiller pour mon rendez-vous de vingt et une heures avec Andrew quand mon téléphone sonne. J'ai fini par m'habituer à envoyer des textos après m'être fait impitoyablement chambrer par Shannon au sujet de mes appels téléphoniques, et le son de ma sonnerie est détonnant.

C'est *You're My Best Friend* de Queen, donc ça doit être…

— Tu fais sensation sur YouTube, déclare Shannon alors que je la mets sur haut-parleur.

— Je fais quoi ?

— Les hashtags et tout ça ! chantonne-t-elle. Enfin, je ne suis plus la seule !

— De quoi tu parles ? demandé-je, mais je sens ma voix s'éteindre alors que je comprends.

Tous ces gens qui filmaient sur leur téléphone.

— Oh, non. C'est à propos de Muffin, n'est-ce pas ?

— Ton hashtag est #ennemiedesbêtes.

— J'ai un hashtag ? Sérieusement ?

— Bienvenue au club. Au moins, le tien n'implique pas le mot « caca ».

— Ennemie des quoi ? Tu as dit #ennemiedesbêtes ? Comment pourrais-je détester les animaux ? J'ai sauvé ce chien !

— Ce n'est pas ce que j'ai vu. Maman a sauvé le chien. Tu lui as seulement jeté des pierres dessus.

— QUOI ?

J'applique un fond de teint si épais qu'il pourrait s'agir de mousse à mémoire de forme pour couvrir l'écorchure sur ma joue due à mon plongeon pour rattraper Muffin.

— Je me suis blessée en sauvant ce chien !

— Les vidéos prouvent le contraire. Elles te montrent en train de jeter des pierres sur la buse, le petit homme flippant qui crie à l'aide, ma mère qui prend la télécommande de l'hélicoptère du mioche, et ma mère encore qui sauve les meubles. Les vidéos se terminent par l'homme qui câline son chien.

— J'ai été effacée de ma propre vidéo de sauvetage ! C'est tellement injuste.

— Qu'est-ce que tu faisais là-bas ? C'était qui, ce type ? Ma mère dit que tu avais un rendez-vous avec lui. Ce n'est pas *du tout* ton type. Je suppose que c'est lié à ce site de rencontres pour chiens ?

— Qui, lui ? dis-je avec désinvolture. Oh, c'est juste un type que j'ai rencontré en ligne.

— Tu ne sortirais pas avec un type comme ça avec une perche de trois mètres et une bombe de spray anti-troll à la main, Amanda.

— Hé ! C'est méchant. Jordan est un brave type.

— Clairement. Il s'avère que c'est le fleuriste au sujet duquel ma mère pleurniche depuis six mois. Je pense qu'elle a seulement sauvé ce chien pour pouvoir l'avoir pour mon mariage.

Je termine avec le fond de teint et je me regarde.

Les larmes me montent aux yeux.

— Hashtag ennemiedesbêtes ? #Ennemiedesbêtes ? Qui a lancé ça ?

— À ton avis ?

— Jessica Coffin ?

— Ta meilleure amie sur Twitter, dit Shannon en grognant.

— Elle est déjà démodée. Comme Ann Coulter. Tellement égocentrique qu'elle se croit toujours importante.

— Elle a encore beaucoup de followers. Les gens aiment le sarcasme. Et le caca, apparemment.

— Mais tu n'es pas amère.

Elle s'ébroue et ressemble assez à Muffin pour me faire peur.

— Est-ce que tu peux venir ? J'ai besoin d'aide, la supplié-je.

— Une aide impliquant des Cheetos et des marshmallows ?

— Non, impliquant de se préparer pour un rendez-vous.

— Un nouveau mec ? Comment il s'appelle ? Shrek ?

— Andrew.

— *Andrew* Andrew ?

— Ouaip.

— Il t'a proposé un rendez-vous ?

L'incrédulité évidente de Shannon me fait rire et pleurer en même temps.

— Oui.

— Un vrai rendez-vous ?

— Il m'a invitée à dîner.

— Pas seulement les affaires ?

— Non.

— Et pas pour parler de mon mariage ?

Oh.

Hmm.

Je n'y avais pas pensé.

Spritzy entre dans la pièce et me lèche la cheville. Ça pique. Je baisse les yeux. Une autre écorchure. Formidable. Je me penche et lui accorde toute mon attention, et même un baiser sur le dessus de la tête. Une ennemie des bêtes ferait-elle cela ?

— J'arrive dans dix minutes.

— Comment est-ce possible ?

— J'étais déjà en route.

— Pourquoi ?

— Parce que Declan m'a dit qu'Andrew lui avait dit qu'il t'avait invitée à sortir avec lui.

— Tu as fait semblant de ne pas savoir ? couiné-je. Est-ce qu'il a inclus une note avec « Est-ce que tu m'aimes : *Oui ou non ?* »

Elle rit. Je ris. Je renifle. Je me sens soudain comme Jordan.

— J'arrive, et j'ai des Cheetos et des marshmallows.

— Merci.

— Remercie Declan.

— Pourquoi ?

— C'est lui qui m'a dit de les apporter. Il dit que c'est dégoûtant et qu'il ne veut pas qu'ils encombrent la cuisine.

— Dis-lui qu'il ne sait pas ce qu'il rate.

CHAPITRE 12

Quand Shannon arrive, je suis surprise de la voir sur le siège conducteur. Au volant d'une Tesla.

Elle en sort avec un sourire, portant un sac en plastique.

Je la serre un peu plus fort que d'habitude.

— Joli bolide.

— Il n'est pas à moi. C'est le nouveau jouet de Declan.

— Il sera bientôt à moitié à toi.

Elle me donne un petit coup et roule des yeux quand nous entrons dans la maison.

— Shannon !

Ma mère sort de son bureau, un coussin chauffant enroulé autour du cou et des épaules. Alors qu'elle étreint Shannon, le coussin tombe par terre. Je me penche pour le récupérer, machinalement. Ma mère m'a un jour regardée faire et m'a expliqué combien elle m'enviait, de voir que je pouvais bouger mes membres, que mes articulations pivotaient et se pliaient à volonté pour accomplir une tâche nécessaire, sans la moindre douleur.

Je n'ai jamais oublié ce moment.

— Qu'est-ce que tu fais là ? demande ma mère, souriant à mon amie. Et pardonne-nous pour le désordre !

J'observe le salon. Il y a un magazine sur la table basse. Sinon, la maison est impeccable. Parfaitement, complètement, obsessivement immaculée. Ma mère se déplace comme un ninja du nettoyage vers la table basse et glisse doucement le magazine dans le support à côté du canapé.

Alors qu'elle se relève de sa position légèrement accroupie, ses paupières se ferment à moitié et sa respiration se fait laborieuse.

Elle a mal.

Ce qui semble si facile pour certains est un univers entier de complexité pour d'autres.

— Salut, Pam. Je suis venue livrer des Cheetos et des marshmallows, et sauver Amanda d'elle-même.

— En d'autres termes, rien d'inhabituel.

Toutes deux rient. Ma mère est de bonne humeur aujourd'hui.

— Vous allez regarder quoi comme film ? demande ma mère, puis elle se tourne pour me regarder.

Elle recule sous l'effet de la surprise.

— Regarde-toi ! Tu es plus belle que d'habitude, à part cette vilaine coupure sur ton visage.

Elle prend Spritzy et lui donne un baiser.

— La coupure en valait la peine. Tu as été une véritable héroïne aujourd'hui !

Elle m'adresse un grand sourire, puis me demande :

— Vous sortez ?

Je retiens mon souffle. Je ne sais pas trop quoi dire.

Le visage de Shannon se fend d'un énorme sourire.

— Amanda a un rendez-vous.

— Un *rendez-vous* ? demande ma mère, en tendant le cou.

Son visage est tendu. Ce sont ses muscles, et non moi, qui la dérangent.

— Je pense.

— Tu penses ?

Sa voix monte dans les aigus. Elle est à nouveau tendue.

— C'est quelqu'un avec qui je travaille, maman.

— Pas Josh ? Il est gay, non ? Ou bien il est bisexuel ? Peut-être ce nouveau truc sexuel…

Ma mère vire au rouge brique. Elle est incapable de prononcer les mots « papier toilette », et elle vient de prononcer le mot « *sexuel* ».

Shannon et moi échangeons un regard.

— Ce nouveau truc sexuel ?

— L'identité. Je voulais dire l'identité. Je viens de participer à une visioconférence sur les tarifs des assurances pour les personnes ayant une non-conformité de genre, dit-elle, sa voix se faisant autoritaire alors qu'elle parle de travail. Et les consultants expliquaient que le genre et la sexualité ne sont plus tout noir ou tout blanc, comme avant. C'est tout en nuances de gris.

— Cinquante nuances ? plaisante Shannon.

Le visage de ma mère redevient rouge et elle s'efforce de ne pas croiser notre regard.

— Pas tout à fait comme ce… ce livre.

— Josh est gay, maman. Un vrai gay. Pur et dur. Il est indéfectiblement gay, donc non, je ne vais pas à un rendez-vous avec lui.

— Même pas un faux rendez-vous ? plaisante Shannon.

— Seulement s'il fait semblant de payer.

Le front de ma mère se creuse. Ce n'est pas sous l'effet de la douleur.

— Alors qui ? Greg ?

Elle éclate de rire.

— En fait, c'est Andrew McCormick.

— Celui qui t'embrasse dans les placards ?

— Oui.

— Il t'a demandé de sortir avec lui ?

— Oui. Pour dîner.

— Dans un placard ? lâche Shannon.

— Dans un restaurant.

— Et tu as… accepté ?

— Pourquoi aurais-je refusé ?

— Parce qu'il t'a si mal traitée ! Il t'embrasse et ne te rappelle pas.

Elle m'a eue. Elle plisse les yeux.

— Vous vous êtes encore embrassés.

— Oui.

— Et cette fois, il t'a invitée à sortir ?

— Oui.

— Pourquoi ce changement ?

Sa question s'adresse à Shannon.

— Tu es fiancée à son frère. Est-ce que tu sais quelque chose que nous ignorons ?

Je me hérisse en entendant le mot *nous*.

— Est-ce qu'on peut revenir à cette histoire de sexe bizarre que tu décrivais tout à l'heure, Pam ? Je suis toujours bloquée là-dessus, dit Shannon.

— Pas *bizarre* ! dit ma mère, murmurant le mot. On parle de fluidité du genre. Pas d'étiquettes. On cherchait à déterminer les taux d'assurance vie en tenant compte des schémas d'auto-identification du sexe et du genre pour déterminer les taux de cotisation, et c'est assez compliqué.

Ma mère est actuaire pour les populations et les situations d'assurance à haut risque. Prenez une personne naturellement inquiète, dotée d'un esprit très analytique, et trouvez-lui un travail à domicile qu'elle pourrait faire tout en souffrant de fibromyalgie.

Résultat : son travail est bien payé et utilise un ensemble de compétences uniques que possède ma mère.

Inconvénient : ses craintes vraiment irrationnelles sont maintenant étayées par des statistiques.

— Qu'est-ce que la fluidité du genre a à voir avec moi ?

— Tu *as été* mariée à Shannon, après tout, chérie, pour ces évaluations d'hypothèques.

Shannon et moi sommes les seules à nous lasser de cette vieille plaisanterie.

J'enroule mon bras autour de la taille de Shannon.

— Et c'est la meilleure des épouses, dis-je en riant alors que je la renverse et lui donne un faux baiser, une main posée sur sa bouche, mes lèvres embrassant le dos de ma propre main.

À ce moment précis, la silhouette d'un homme apparaît derrière la porte-moustiquaire.

— Bonsoir ?

C'est Andrew.

Je manque de laisser tomber Shannon, qui se met à rire hystériquement.

— Est-ce que j'interromps quelque chose ?

— J'embrassais juste Shannon.

— Et pas dans un placard, marmonne ma mère.

Je ne sais pas si Andrew l'entend. Shannon ouvre la porte-moustiquaire et le serre dans ses bras. Un nuage de jalousie insensée me tombe dessus, se déployant comme les griffes en titane de Wolverine, cachées, mais mortelles.

D'où est-ce que ça sort, ça ?

— Bonjour, Amanda, dit Andrew, les yeux rivés sur moi.

Heureusement, je suis prête. N'ayant aucune idée de l'endroit où il m'emmène, j'ai opté pour un look casual chic, ce qui signifie une énorme amélioration par rapport à mon sens normal de la mode, plutôt shabby chic – comprenez minable. Je porte un tailleur noir fait d'un mélange de soie et de lin brillant que j'ai gagné l'année dernière grâce à une visite mystère dans une boutique haut de gamme. Pas de bas. Des talons Mary Jane en cuir verni. Des boucles d'oreilles à points rouges et un collier de perles rouges. Des cheveux châtain foncé et les lèvres rouges.

Et un œil au beurre noir.

L'inquiétude se reflète dans ses yeux noisette et chaleureux à la seconde où il voit ma joue.

— Que s'est-il passé ? Qui t'a fait ça ?

Son ton est si féroce, son corps si tendu, que j'aimerais presque pouvoir donner un nom pour qu'il aille me venger.

Hélas...

— Une petite chienne, un mini Chihuahua du nom de Muffin.

Il tressaille, s'approche et examine mon œil.

— Je dirais que tu as perdu. Cette chienne avait un sacré crochet du droit.

Il frôle doucement ma mâchoire du bout des doigts alors

qu'il se penche pour regarder de plus près. Il sent le citron vert et la cardamome, un parfum frais et légèrement mystérieux.

— Tu ne l'as pas vue. Je lui ai rendu la monnaie de sa pièce.

Il sourit, mais ses yeux restent inquiets. Il enlève sa main de mon visage et j'aimerais pouvoir la récupérer.

— Tu es sûre que ça ne te dérange pas de sortir dîner ? Tu aurais pu m'envoyer un texto pour reporter.

Il se penche pour une étreinte désinvolte, ses lèvres frôlant la peau sous ma joue, son baiser d'une formalité qui me fait frémir.

Comme Muffin.

Avec une politesse mêlée à un charme débridé, Andrew accorde à ma mère toute son attention.

— Et vous devez être la mère d'Amanda ? Je suis très heureux de vous rencontrer. Andrew McCormick.

Il tend la main, et je retiens mon souffle. La plupart des gens pensent qu'une poignée de main ferme prouve quelque chose, mais pour une personne atteinte de fibromyalgie, c'est une forme de torture.

Mais en même temps, la poignée de main façon poisson mou que certains hommes réservent aux femmes n'est pas vraiment mieux.

En observant le visage de ma mère, je devine qu'il a trouvé le bon dosage. Ses yeux le passent au peigne fin, le détaillant attentivement. Ce qu'elle perçoit chez lui alors qu'ils échangent des banalités semble lui plaire tandis que mon cerveau se transforme en un Vitamix à pleine puissance qui noie leurs paroles.

Il sent si bon. Il laisse dans son sillage une odeur de savon et de cuir lorsqu'il recule. Ma mère et Shannon nous regardent comme des productrices télé du *Bachelor*. Chaque seconde me semble à la fois gênante et bien ancrée lorsque je traverse la pièce pour aller chercher mon sac à main. Je n'ai aucune idée de l'endroit où nous allons, aucune idée de ses attentes. J'essaie de me débarrasser de toutes les miennes, et le temps que j'atteigne la porte d'entrée, il est là, me tenant la porte-moustiquaire. Il se retourne vers ma mère.

— J'ai été ravi de vous rencontrer, Pam, dit-il avec un sourire radieux.

Elle bat des cils et lui adresse un au revoir de la main.

Puis nous sortons dans la nuit tombante, laissant derrière nous une mère curieuse, une meilleure amie ébahie et un sac en plastique rempli de ce qui était auparavant ma définition même d'une bonne soirée.

CHAPITRE 13

La limousine occupe la moitié de mon allée, et entre elle et la Tesla, ma Cacamobile a l'air encore plus ridicule. C'est Lance qui conduit ce soir, et il s'est arrêté à côté de mon tas d'excréments d'acier. Je sais par Shannon que Lance et Gerald sont les deux chauffeurs qui transportent le plus Declan et Andrew, et qu'ils sont chez Anterdec depuis longtemps, en grande partie grâce à leur capacité à rester stoïques dans presque toutes les situations.

C'est pourquoi l'expression de dégoût absolu de Lance est d'autant plus alarmante lorsqu'il passe la tête par la vitre de la limousine et examine ouvertement mon, euh…

Je réalise que #surveillancedecaca pourrait avoir une autre signification.

— Jolie voiture, dis-je à Andrew alors qu'il me guide vers la porte arrière, sa main au-dessus de mon épaule.

Curieusement, il ne me touche pas, gardant sa paume à quelques centimètres de moi. Comment puis-je le savoir ? Je peux le sentir, la chaleur de l'attraction me fait l'effet de la gravité.

— J'aimerais pouvoir dire la même chose, renifle Lance.

Andrew tressaille et lui lance un regard curieux. Le visage de Lance devient d'une pâleur choquante. On voit clairement qu'il lutte pour paraître impassible.

— Je gagne 200 $ de plus par mois pour conduire ça dans tout Boston, dis-je en montant dans la limousine. Et je suis défrayée.

— Je paierais bien 200 $ par mois pour *ne pas* avoir à la conduire, dit Andrew.

Mon rire résonne dans la nuit et il se joint à moi. Ce son est si différent de nos conversations tendues, de nos répliques crispées et de nos joutes verbales sur une corde raide.

— Tout le monde n'est pas PDG, dis-je en montant dans la limousine.

Les sièges en cuir froids me donnent l'impression de me glisser dans un fauteuil de spa.

— C'est vrai. Declan vient de l'apprendre à la dure aujourd'-hui, dit-il en fermant ma portière.

Quelques secondes plus tard, il ouvre la sienne et monte à l'intérieur. La limousine est si large que nous avons plus qu'assez de place pour partager la banquette sans nous toucher.

Ce qui est dommage.

— Ah bon ? Shannon n'a pas dit un mot à ce sujet. Tu lui as dit ?

— Mon père et moi l'avons fait. Je ne suis pas sûr qu'elle le sache. Merci de ne pas l'avoir dit à Dec – ni à Shannon. Il était important qu'il l'entende de ma part et de celle de notre père. Personne n'aime entendre les mauvaises nouvelles rapportées par quelqu'un d'autre. J'ai travaillé très dur pour garder ces informations confidentielles.

— Pas de problème. Comment il l'a pris ?

— Relativement bien. Je n'ai pas un coquard comme toi.

— Muffin n'a pas non plus aimé qu'on lui dise que j'allais devenir PDG.

Andrew ne rit pas, mais il se tourne vers moi et croise ses jambes, posant une cheville sur son genou, son corps tourné vers le mien. Je me tourne et lui fais face également, en m'adaptant à son langage corporel, bien que je croise les jambes au niveau des chevilles, car si je l'imitais parfaitement, ce ne serait pas un rendez-vous galant. Ce serait un peep-show.

— Qu'est-ce que tu fais là ? demande-t-il doucement.

La limousine démarre et s'enfonce dans la nuit. Mon esprit flotte, comme accroché à l'arrière du véhicule par les ongles, porté par la vitesse comme un passager clandestin dans un avion.

— Quoi ?

Le Vitamix de mon cerveau s'emballe à nouveau.

— Pourquoi avoir accepté d'aller dîner avec moi ?

— Pourquoi me l'avoir demandé ?

— Parce qu'il était temps.

— Oui.

— Et parce que j'ai été stupide.

— Je ne vais pas te contredire.

— Et parce que tu es loyale.

Euh *quoi* ?

— Tu veux dire, comme un chien ?

— Non. Comme une bonne amie.

— Pourquoi m'as-tu embrassé la première fois ? Le jour où j'ai fait irruption dans ton bureau ?

Si c'est un moment de franchise, autant essayer de décrocher le pactole.

Il hoche la tête. Ses yeux balaient l'espace avant de se planter dans les miens.

— Parce que protéger Shannon te semblait si important. Tu étais adorable et furieuse, et tu avais cette énergie que je voulais goûter.

Je retiens mon souffle. Je pensais que nous passerions ce premier rendez-vous à apprendre maladroitement à nous connaître. Andrew va droit au but. Focalisation laser.

À la façon d'un PDG.

— Goûter ?

— Oui. Je sais ce que je veux. Je n'hésite pas. Je décide et j'agis. Je compartimente. Je donne des ordres et j'exécute une stratégie. Tu as débarqué ce jour-là et tu as commencé à me donner des ordres, c'était mignon, excitant et inspirant. Étrangement sensuel. Et quand tu m'as embrassé…

— C'est toi qui m'a embrassé !

— Et quand *nous* nous sommes embrassés, dit-il, les sourcils levés, comme pour régler ce point une fois pour toutes, j'ai obtenu quelque chose de bien plus interdit que le simple fait de te goûter.

Interdit ?

— Qu'est-ce que tu veux dire ?

Il m'étudie, comme s'il me jaugeait, en essayant de déterminer s'il doit me dire ce qui va suivre. Ou pas. Enfin, son visage passe par une série de trois ou quatre émotions, la plupart impliquant des variantes de la délibération.

Et ensuite :

— Tu ne rentres pas dans une case.

— Je rentre dans un placard.

Il ne rit pas.

— Tu m'intriguais.

— Mais pas assez pour m'appeler après ce baiser.

Il secoue la tête. Mon cœur s'effondre.

— Non, Amanda. Au contraire. Tu m'intriguais trop.

J'ai l'impression que le mot « intriguais » signifie autre chose.

— Tu veux dire que je t'ai fait peur.

Ses yeux brillent d'une émotion que je n'arrive pas à déchiffrer.

— Oui.

Les hommes comme Andrew McCormick ne font pas ça. Ils n'étalent pas leurs émotions sur la table de la sorte. Qu'est-ce qui lui prend ?

— Alors pourquoi m'as-tu embrassé à nouveau ? Encore et encore. Et *encore*…

— Je ne sais pas.

— Je ne te crois pas.

Le chauffeur emprunte le Mass Pike, les lumières défilant comme des vaisseaux spatiaux. De petits orbes nous passent devant, remplis de gens inconscients du changement quantique qui se produit à l'intérieur de ce minuscule espace.

— Tu sais forcément. Tu es PDG. Tu cloisonnes. Tu exécutes. Tu décides. Tu agis. Tu ne peux pas me dire que l'enfant prodige Andrew Mc…

Il me saute dessus avant que j'aie eu le temps de dire ouf, son corps si imposant et audacieux, si impulsif et implacable. La limousine devient sa propre dimension, ses mains cherchant à me tenir tout entière alors que nous basculons dans un nouveau plan de conscience qui ne tient compte d'aucune vie que nous avons connue jusqu'à présent. Sa bouche trouve la mienne, il passe ses mains sous ma veste de tailleur, sa paume épouse les courbes de mes seins, ma taille, mes hanches, et il me goûte à nouveau, cette fois avec un besoin urgent qui vient d'une honnêteté que je ne pense pas qu'il ait ressenti la permission d'exprimer depuis très longtemps.

S'il l'a jamais fait.

Je romps le baiser. Son souffle est chaud contre mes lèvres, ma poitrine se soulève lorsque j'inspire, essayant de synthétiser la sensation tactile de son contact dans mon espace personnel alors que le rythme de l'intimité entre nous augmente à la vitesse de la lumière.

— Qu'est-ce qu'on est en train de faire ? demandé-je, m'autorisant un instant de lucidité pour respirer, tremblante et choquée.

Je n'ai jamais voulu quelqu'un plus que je ne le veux maintenant. Cette sensation est totalement étrangère et délicieusement envoûtante.

— Quoi que ce soit, continuons.

Je sens de nouveau sa bouche contre la mienne, son corps sensuel sur le mien dans cet espace exigu alors que mes jambes se rapprochent, comblant le vide entre nous. Ce contact me semble à la fois pur et immoral, innocent et illicite, virginal et volage. Une fois la frontière entre nos deux corps franchie, nous explorons chaque centimètre carré de l'autre à grand renfort de négociations formulées par des soupirs et des morsures, par des coups de langue et des caresses, par le toucher et sans paroles.

J'ai l'impression de sortir de mon corps. Je sens une pulsation que seules ses mains, sa bouche, sa peau, son attention peuvent satisfaire.

Toujours plus de peau.

La limousine ralentit, le chauffeur tournant dans une rue à la fois familière et intimidante.

Puis la limousine s'arrête pour de bon.

Andrew soupire, produisant le bruit d'un océan agité avant une tempête en mer. Il m'embrasse l'oreille et murmure :

— Nous y sommes. Le dîner.

Oh. C'est vrai. Le dîner.

Rencard. Public. Nourriture. Ces mots isolés sont tout ce que je peux rassembler dans mon esprit. Des mots comme cheveux. Rouge à lèvres. Jambes. Jupe.

Palpitation.

Pouls.

Désir.

Douleur.

Andrew.

S'il me demandait de sauter le dîner, je le ferais. Une simple proposition. Une seule question suffit. J'ai dépassé le stade où je me préoccupais de ce qu'il pouvait penser de moi. L'époque où je pleurais devant un pot de glace et de la nourriture thaïlandaise chez Shannon et Amy, en banlieue, est révolue depuis long-temps. Je suis ici pour tirer quelque chose de ce *quelque chose qui se passe entre nous*, et il me semble que lui aussi.

Et ce n'est pas seulement des baisers dans les placards.

Ce n'est pas « seulement » quoi que ce soit.

$\mathcal{A}$ndrew s'assied et se rajuste. Chemise, veste sans oublier d'autres parties qui doivent être remises en place pour une apparition publique. Sa main reste sur mon genou, comme une revendication.

Et il me dévore des yeux.

— Tu as faim ? demande-t-il, son sourire dévoilant ses fossettes.

Je me mords les lèvres et j'expire, un petit bruit de frustration faisant vibrer l'arrière de ma gorge.

— On peut dire ça.

Nous sommes devant une série de bâtiments en brique qui ressemblent à des lofts et des entreprises transformés. Alors qu'Andrew ouvre sa portière, un souffle d'air chaud remplit la limousine. Le mois d'avril à Boston, c'est toujours aléatoire. Vous ne savez jamais si vous allez avoir le droit à une douce brise ou si vous aurez besoin de votre doudoune d'hiver.

De l'air salé, au parfum d'océan, remplit l'espace exigu. Ah ah ! Je sais où nous sommes.

Le quartier du port. La rue du Congrès.

Je regarde dehors et mes yeux s'adaptent. Nous sommes le long du trottoir, même pas sur une place de parking ou dans un garage souterrain. Le conducteur s'est simplement arrêté et nous bloquons la circulation.

Ma portière s'ouvre. Je tends la main pour toucher mes cheveux, puis mes lèvres. Je dois avoir l'air affreusement débraillée, du rouge à lèvres rouge vif étalé sur mes lèvres, les cheveux en désordre.

À la seconde où je sortirai de cette limousine, ce que nous y faisions, Andrew et moi, sera évident. Cette pensée me fait sourire.

Andrew me tend une main puissante et je la prends. Il m'aide à sortir dans la nuit noire, la paume plaquée en bas de mon dos. Il semble incapable de ne pas me toucher.

— Est-ce que mon rouge à lèvres a débordé ? chuchoté-je, l'intimité d'une question aussi simple me semblant à la fois naturelle et déplacée.

Je vis dans deux réalités différentes en ce moment, seconde après seconde, à ses côtés.

Il y a ce monde de rêve, où Andrew McCormick m'embrasse. Et puis il y a la réalité, où j'attends tristement de me réveiller.

— C'est important ?

La limousine s'éloigne comme un jet silencieux, disparaissant dans la rue du Congrès alors qu'Andrew me guide vers une volée de marches. Il n'y a pas de panneau. Pas de porte en vue. Nous pourrions tout aussi bien nous diriger vers un bâtiment historique restauré et indescriptible abritant des start-ups technologiques plutôt qu'un restaurant.

— Où sommes-nous ? demandé-je en fouillant dans mon sac à main, à la recherche d'un miroir ou d'un poudrier.

— Tu verras bien.

Alors qu'il m'ouvre une porte, j'aperçois une petite plaque de laiton, si subtile que je ne l'aurais jamais remarquée si je n'étais pas aux aguets, mes cellules nerveuses envoyant des décharges aléatoires dans mon corps alerte et à point.

La plaque porte le nom du nouveau restaurant le plus en vue de la ville, ainsi que le nom de la cheffe.

— On va manger *là* ?

— Tu es déjà venue ?

Je secoue la tête, mes doigts se refermant sur mon poudrier. J'en ai entendu parler. C'est le restaurant apocryphe que la célèbre cheffe a créé pour ses amis, sa famille et quelques milliardaires de Boston qu'elle fréquente.

Je me regarde dans le miroir ; mon rouge à lèvres a à moitié disparu. Où est-il passé ?

Andrew me regarde et je trouve la réponse.

— Le rouge te va bien, lui dis-je en tirant sur son bras.

Il me regarde d'un air perplexe et je tends la main, ôtant un peu de rouge à lèvres de sa bouche avec mon pouce pour le lui montrer.

Il rit, puis prend un mouchoir dans sa veste de costume, faisant disparaître les preuves de nos échanges dans la limousine. Du moins, les preuves visibles.

Je regarde mon reflet, et il prend doucement son mouchoir et le met dans ma main. Nos regards se croisent.

— Je dois être dans un sale état, dis-je, soudain gênée, en ajustant mon maquillage.

— Tu es magnifique, murmure-t-il, en se penchant, si proche que ses mots me donnent des frissons. Et tu es encore plus belle quand tu es débraillée, parce que je sais que c'est *moi* qui t'ai mise dans cet état.

Aucun homme ne m'a jamais parlé comme ça. Je n'ai jamais imaginé de telles conversations, qui vont droit au but. Il est si direct, si viril et masculin, rempli du regard du guerrier et de la tendresse de l'amant, et il se tient là, à côté de moi, juste… là.

Il est *enfin* là. Ça ne lui aura pris que deux ans.

Et je ne sais pas quoi faire maintenant qu'il a décidé de se pointer.

Andrew me conduit jusqu'à un petit ascenseur. Ce n'est littéralement qu'une porte, et si je ne l'avais pas vu passer une petite carte, comme pour les chambres d'hôtel, devant un petit cercle, je penserais que l'ascenseur est apparu comme par magie.

— Qu'est-ce que c'est ? demandé-je.

— Une porte secrète.

Nous entrons et l'ascenseur nous emporte à un rythme d'escargot.

— Comment puis-je savoir que tu n'es pas en réalité un milliardaire pervers qui m'emmène dans un club sexuel illicite et que je suis sur le point de disparaître dans un monde souterrain de torture sexuelle ? le taquiné-je.

— Je garde généralement ça pour le troisième rendez-vous, répond-il.

L'ascenseur s'arrête et s'ouvre sur un jardin sur le toit. Alors que nous sortons, je murmure :

— Alors, j'attendrai ce rendez-vous avec impatience.

Le sourire qu'il m'adresse me fait frissonner. Un maître d'hôtel apparaît, vêtu d'un costume si bien coupé qu'il semble tout droit venu de Milan.

— M. McCormick. Mlle Warrick. Soyez les bienvenus.

Comment connaît-il mon nom ? C'est un miracle. Probablement le même qui permet aux chauffeurs de limousine d'avancer sans problème dans les rues de Boston, qui met en la possession d'Andrew des cartes qu'il peut brandir devant des capteurs pour ouvrir des portes invisibles au commun des mortels, qui lui donne accès non seulement au luxe, mais aussi au confort de pouvoir se rendre en permanence d'un point A à un point B le plus simplement du monde.

C'est le miracle de l'argent. Il ne s'agit pas d'acheter des choses. Il s'agit d'accéder à des raccourcis que 99 % des gens ne peuvent même pas concevoir. Et cela vous donne un avantage. Les hommes McCormick ne vivent pas seulement dans une classe économique différente – ils fonctionnent littéralement dans un monde complètement différent.

Un univers qu'Andrew m'invite à découvrir.

Alors que nous nous dirigeons vers une petite table, entourée de grandes bougies dans des bocaux d'olives en verre chatoyants de la taille de bambins, je me rends compte que nous sommes l'une des quatre tables seulement de tout le restaurant. Chacune a sa propre pergola, des ceps de vigne serpentant à travers les lattes de bois au-dessus de nous, entrelacés de cordes de lumières blanc pâle qui confèrent au toit le sentiment éthéré d'être un monde à part.

Ce qui correspond parfaitement à ce que je ressens à chaque seconde passée avec Andrew.

Sa main prend la mienne, nos doigts s'entremêlent, nos

paumes pressées l'une contre l'autre, comme des cœurs essayant de trouver un rythme commun. Bientôt, nous nous asseyons et alors que je m'installe à ma place, je lève les yeux et j'étouffe un petit cri.

La vue sur l'océan s'étend dans la nuit, avec sa couleur d'encre et son mouvement perpétuel, offrant des possibilités infinies et une énormité terrifiante.

— C'est magnifique, dis-je, complètement subjuguée par la vue.

Il regarde par-dessus son épaule, comme si la scène panoramique derrière lui n'était rien.

— Oh. Ouais.

Et pour lui, ce n'*est* probablement rien. Shannon m'a parlé du luxe quotidien que Declan considère comme allant de soi, de la livraison et du stockage des courses au fait de ne jamais toucher à un produit de nettoyage ou à un balai. Ses tailleurs attitrés se rendent directement à son bureau. Le pressing récupère ses vêtements sales, les lui ramène et les accroche dans son placard, propres comme un sou neuf.

Le chauffeur de limousine le dépose simplement là où il doit se rendre et apparaît lorsqu'il l'appelle. Son emploi du temps est géré par des personnes qui travaillent pour lui et il ne prend jamais une seule disposition logistique. Les hommes McCormick vivent une vie faite non pas tant de caprices, dit-elle, mais de choix. D'autres personnes veillent à ce que leur vie fonctionne comme une mécanique bien huilée, pour qu'ils ne soient jamais, jamais gênés par les petites tâches de la vie qui nous incombent, au reste d'entre nous.

Leur vie est facilitée par des gens comme *moi*.

Le vin apparaît avec un premier plat de poulpe grillé et d'aïoli à la ciboulette, presque aussi savoureux que les baisers d'Andrew.

Presque.

Le silence s'installe. Il me prend la main. Nous ne parlons pas pendant les premières minutes. Nous n'en avons pas besoin. Soit c'est extrêmement gênant et je suis trop ignare pour m'en rendre compte, soit nous nous sentons tout simplement bien l'un avec l'autre.

Le spectre des possibles est incroyablement vaste et le pendule a plus qu'assez de place pour se balancer dans la direction choisie par le destin.

Je finis mon premier verre de vin. Andrew se lève et enlève sa veste, en glissant ses bras hors des manches et en se tournant, exhibant sa musculature. Il y a quelques minutes, ce corps était sur le mien, me coinçant contre le cuir et la luxure. J'apprécie le spectacle. Je regarde l'étirement de ses avant-bras, le renflement subtil de ses biceps lorsqu'ils se contractent et qu'il fait glisser la veste sur le dossier de sa chaise, la courbe de ses jambes lorsqu'il se rassoit, en rapprochant la chaise de la table, puis lorsqu'il tend de nouveau la main vers moi.

— Jolie vue, dis-je.

— Tu l'as déjà dit, répond-il en jetant un coup d'œil par-dessus son épaule.

— Je ne parlais pas de l'océan.

Devant la lueur qui s'allume dans ses yeux, je salue l'audace que m'a conférée ce verre de vin. Je suis soulagée d'avoir enfin toute son attention. Peut-être que je suis trop directe. Ce n'est peut-être pas grand-chose, et j'en fais tout un plat.

Je m'en fiche.

Les hommes comme Andrew McCormick n'existent pas dans mon monde. Il est impensable de partager un rendez-vous galant avec l'un d'eux. Ce sont des hommes comme Ron et Jordan qui évoluent dans mon champ des possibles partenaires de vie, et non seulement il n'y a pas de comparaison – mais alors aucune –, mais le fait est que rien de tout ça n'a d'importance.

J'ai passé les deux dernières années à attendre qu'Andrew fasse un geste et j'avais abandonné tout espoir. Et le voici maintenant, me tenant la main et me servant du vin sur le roof top privé de l'un des restaurants de luxe les plus sélects du pays, et je ne compte pas laisser passer cette opportunité.

— Qu'est-ce qu'on est en train de faire ? demande-t-il, faisant écho à ma question précédente.

— À toi de me le dire.

S'il te plaît, dis-le-moi, Andrew.

— On apprend à se connaître. s

— On se connaît depuis près de deux ans.

Deux longues années.

— Je sais beaucoup de choses sur toi, dit-il avec un sourire séduisant.

— Ah oui ? Comme quoi ?

— Shannon m'a révélé tous tes secrets.

Je renifle sans la moindre élégance. Mais y a-t-il une façon élégante de renifler ?

— C'est cela oui. Je n'y crois pas une seconde. Shannon ne révélerait jamais, jamais mes secrets. En plus, je n'en ai pas.

— Tout le monde a des secrets.

— Pas moi. Je suis un livre ouvert.

Il me regarde d'un air sceptique et me demande :

— Quelle est ta plus grande peur ?

Que ce ne soit pas réel.

Je ne peux pas le lui dire, alors je lui dévoile ma *deuxième* plus grande peur.

— Me retrouver nue en public.

Son sourire s'élargit.

— C'est une situation que tu as vécue par le passé ?

— Seulement dans mes cauchemars.

— Ou dans mes *rêves.*

La température semble soudain augmenter dans la pièce.

On nous sert une petite salade de betteraves au fromage de chèvre et au fenouil, ce qui nous interrompt et me permet de reprendre mon souffle.

— Mais sérieusement, dis-je entre deux bouchées.

— J'étais sérieux.

— Tu rêves que je suis nue en public ?

— Tout le temps. Sauf pour la partie publique.

— Tu aurais pu me le dire plus tôt.

— Je te le dis maintenant.

Que puis-je faire d'autre que de rire et de lui retourner la question ?

— Quelle est *ta* plus grande peur ?

Son visage s'assombrit si rapidement que je réalise immédiatement mon terrible faux pas.

— Je suis désolée, croassé-je. Je sais ce que c'est, et je n'aurais pas dû te le demander.

Il sursaute.

— Tu connais ma plus grande peur ? Comment peux-tu le savoir ?

— C'est les guêpes, non ?

Bien sûr que oui. Entre l'allergie de Shannon, l'histoire de la mort de la mère d'Andrew, Declan et Terry, et le choix impossible de Declan, comment pourrais-je ne pas savoir ? Andrew est mortellement allergique aux piqûres de guêpes. Shannon est mortellement allergique aux piqûres d'abeilles. C'est un étrange concours de circonstances qui a amené Shannon et Declan à se rencontrer, et si je n'étais pas sa meilleure amie, je penserais que c'est dingue.

Mais l'amour ne se soucie pas de la folie. C'est quelque chose d'aléatoire.

La tête d'Andrew est inclinée, juste assez pour que les jeux de lumière au-dessus de nous créent des ombres qui masquent son visage. Sa main tenant la fourchette à salade est suspendue au-dessus de son assiette, le bras plié au niveau du coude, une légère brise faisant bouger le tissu de sa chemise. Il cligne furieusement des yeux et prend soin d'inspirer profondément, comme s'il essayait de se calmer.

Et puis il dit :

— Oui. C'est exact.

Sauf qu'on dirait qu'il ment par omission.

Un million de questions se bousculent dans ma tête alors que je lutte pour corriger mon faux pas. Je me sens si bête. Tellement stupide. Me voilà de nouveau en train de gâcher ce qui était, jusqu'à présent, la meilleure nuit de ma vie.

Je dois régler ça.

Je dois régler ce problème *maintenant*.

— Quel est ton plat préféré ?

Les mots sortent de ma bouche juste au moment où le serveur débarrasse les assiettes. Une femme en uniforme de cheffe sort de l'ombre. Elle est grande et mince, élégante comme seule une femme européenne peut l'être, avec une maîtrise de soi qui me donne l'impression d'avoir douze ans.

— Señor McCormick, c'est si bon de vous voir, dit-elle avec un léger accent espagnol.

Ses pommettes sont hautes et son visage allongé, ses yeux profondément enfoncés, son visage bien maquillé et la structure osseuse d'une femme qui ne se connaît que trop bien. Ses cheveux sont striés de lignes grises que les Américaines d'une cinquantaine d'années teindraient, mais elle les arbore fièrement.

Andrew se lève et l'embrasse sur les deux joues, ses mouvements élégants et assurés. Il est si jeune. Il n'a que vingt-neuf ans, et pourtant le voilà qui embrasse une femme que je vois à la télévision depuis plus de dix ans et qui discute avec lui – en espagnol – comme s'ils étaient de vieux amis.

Il passe à l'anglais.

— Puis-je te présenter Amanda Warrick ? Amanda, je te présente…

— Je sais qui vous êtes, m'extasié-je.

Je n'ai jamais rencontré de cheffe célèbre. Consuela Arroyo est étonnamment avenante, son visage s'éclaire d'un sourire chaleureux lorsqu'elle s'approche de moi. Ses mains fraîches et sèches s'approchent de mes joues et elle dépose un baiser sur chacune. Je m'agite, ne sachant pas vraiment comment la saluer en retour, et je frotte ma mâchoire contre la sienne, grimaçant alors que mon œil au beurre noir touche sa pommette. Ce baiser sur les deux joues me donne l'impression d'être une adolescente maladroite lors de ma première danse à l'école.

— Amanda, c'est un plaisir de vous rencontrer. J'espère que vous appréciez la coriandre, dit-elle d'une voix comportant clairement un sous-entendu destiné à Andrew.

Je le regarde. Andrew grimace de dégoût.

— J'adore la coriandre ! pépié-je.

Elle lui jette un regard.

— Tu vois ? Il n'y a que *toi*.

— Tu fais partie de ces gens qui pensent que ça a le goût du savon ? lui demandé-je.

— Non. Je n'aime simplement pas ça.

— Comment est-ce possible ne pas aimer la coriandre ? demandons Consuela et moi à l'unisson.

Sa voix renferme une horreur pure, la mienne de la pure curiosité.

Il répond en nous versant à chacun un verre de vin généreux et vide la bouteille. Un serveur apparaît comme s'il l'avait invoqué et la remplace immédiatement par une autre.

Heureusement qu'aucun de nous ne conduit.

— Très bien. Pas de coriandre. Tu devras subir un plat de polenta des plus exquis sans la meilleure des herbes, renifle Consuela, sa désapprobation étant évidente.

Ses yeux brillent d'une colère simulée qui pourrait bien contenir plus de colère que de taquinerie.

— Je survivrai, dit Andrew d'un ton sec avec un clin d'œil.

— Tu as un palais de sauvage, rétorque-t-elle, en me faisant un clin d'œil et en s'éloignant, son verre de vin à la main.

Ouf. La moquerie l'emporte.

— Je suppose que vous êtes amis, dis-je en buvant la moitié de mon vin.

Il passe tout seul. Et je suis plus nerveuse d'avoir rencontré la seule et unique Consuela Arroyo que des directions inattendues prises par ce rendez-vous.

— Connie est une très, très vieille amie de mon père.

— Oh.

— Pas *ce* genre d'amie.

— Je n'ai jamais pensé ça. Elle n'est pas son type.

— Qu'est-ce que tu veux dire ?

— Je croyais que James sortait seulement avec des femmes qui n'ont pas l'âge légal pour acheter de l'alcool.

Manquant de s'étouffer, il pulvérise une fine brume de vin blanc très cher. Le spectacle est beau à voir, vraiment. J'aurais voulu pouvoir filmer sa performance artistique.

— Qui t'a dit ça ?

— À ton avis ?

— Shannon pense vraiment ça de mon père ?

— Eh bien, entre Becky et Stacey et Kelly et…

Il lève la main.

— Ça va, ça va. Je te l'accorde. Je n'ai pas besoin d'entendre la liste de choses à faire de mon père.

— C'est plutôt la liste de choses qu'il s'est faites.

Il fronce les sourcils.

— Maintenant que tu le dis, quand ma cavalière de bal de promo m'a laissé tomber pour aller traîner avec mon père, j'ai trouvé ça un peu bizarre.

J'en ai le souffle coupé.

— C'est vraiment arrivé ?

— Non.

Je ne trouve rien à lui jeter – à part moi-même – alors je me contente de rire.

— Mon père n'est pas non plus un pervers, tu sais.

— Je suis sûre que c'est un homme bien équilibré, sophistiqué et incompris.

— N'allons pas *trop* loin. C'est un renard gris qui aime les femmes jeunes.

— Il sort avec des zygotes.

— Il a ses raisons.

Parler de James McCormick n'est pas l'idée que je me fais d'un fabuleux sujet de conversation pour un rencard, mais il y a une raison pour laquelle nous nous sommes aventurés sur ce territoire.

— Tout va bien avec ton père ?

— Tu veux dire, hormis le fait qu'il sorte avec des femmes qui pourraient jouer les tributs dans les films *Hunger Games* ?

— Pas faux.

Andrew ferme les yeux. Il hausse les épaules en soupirant profondément.

— Pourquoi est-ce si facile de parler avec toi ?

Je hausse les épaules et je bois. Le vin me détend.

— Parce que tu me parles ?

— Tu ne vas jamais me lâcher avec ça, n'est-ce pas ?

Nous savons tous les deux qu'il parle du passé. Du fait qu'il m'a ignorée pendant si longtemps.

— Ça dépend de ce qui se passera ensuite.

— Que veux-tu qu'il se passe ensuite, Amanda ?

Oh, entendre mon nom qui sort de sa bouche… C'est comme si on me léchait la colonne vertébrale.

Consuela apparaît à ce moment précis et annonce :

— Polenta avec churro dans une monstruosité sans coriandre.

Elle dépose deux ramequins bien chauds sur de petites assiettes avec des manières exagérées qui nous font tous deux éclater de rire. Sa voix est grave et forte, son rire un grondement profond. Je suis tellement habituée à son stoïcisme que ce côté de lui – qui devait se cacher bien loin sous la surface – fait véritablement plaisir à découvrir.

C'est une révélation.

— Le saumon arrive, lance Consuela par-dessus son épaule en disparaissant derrière un rideau de verdure.

Je fais rouler le pied de mon verre de vin entre mes doigts.

— J'en veux plus, soupiré-je.

— De polenta ?

— De mots.

— Juste de mots ?

J'étouffe mon sourire avec une bouchée du plat. C'est divin. Lui aussi.

— Et le mariage ? demandé-je après avoir fini ma première bouchée.

Il s'interrompt, la fourchette en l'air.

— N'est-ce pas un peu présomptueux ? Pouvons-nous finir notre premier rendez-vous avant de parler de mariage ?

— Je voulais parler du mariage de *Shannon et Declan.*

Il pose sa fourchette et prend son vin, descendant tout son verre en une série de gorgées qui font bouger les lignes épaisses de son cou comme un danseur sur scène.

— Évidemment, déclare-t-il, se servant un autre verre.

Je me fige.

Il y a tellement de façons d'interpréter sa réaction. Je décide de faire l'idiote.

— Marie t'a parlé de nos rôles ?

— Le témoin et la demoiselle d'honneur. On sera devant à l'église et je porterai un toast et peut-être qu'on dansera ensemble. Tu organises l'enterrement de vie de jeune fille et j'engage une bande de prostituées pour que Declan ait sa dernière chance de…

Je me mets à tousser.

— Quoi ?

— Je rigole.

— J'espère bien.

— Declan est bien trop accro à Shannon. Dans le pire des cas, on ira à Vegas pour passer des moments de folie et il passera la moitié de la nuit à dire à quel point elle est géniale.

— Soirée sympa en perspective.

Il me regarde fixement

— C'est le véritable amour. Je suppose. Je n'en sais rien.

— Tu n'as jamais été amoureux ?

Il réfléchit à la question tout en prenant de petites bouchées.

— Bonne question.

— Tu essaies de gagner du temps.

— Non.

— Non, tu ne temporises pas, ou non, tu n'as jamais été amoureux ?

— Je n'ai jamais été amoureux.

— Jamais ? *Jamais ?*

Je ne peux pas cacher l'incrédulité de ma voix.

— Non.

— Waouh.

— Et toi ?

— Moi non plus, suis-je forcée d'admettre.

— Alors pourquoi as-tu l'air si surprise que *je* n'ai jamais été amoureux ?

— Parce que je n'ai jamais rencontré quelqu'un d'autre qui l'admette aussi.

— Alors nous sommes deux ! Ne le dis pas !

Est-ce qu'il vient de citer *Emily Dickinson ?*

— Tu veux dire que je ne suis personne ? demandé-je en souriant, sortant la langue pour lécher le bord de mon verre de vin.

Voyons s'il réussit ce test.

Faites qu'il réussisse ce test.

— Comme c'est assommant d'être quelqu'un ! Il sourit. Fais-moi confiance.

Je fonds sur ma chaise, et ce n'est pas à cause du vin. Mon Dieu.

— Tu cites *Dickinson.*

— Ils nous en ont fait bouffer à la Milton Academy.

— J'ai fait ma thèse de fin d'études sur elle.

Je vois bien qu'il trouve ça amusant, à son air malicieux, mais ce qu'il ne comprend pas, c'est à quel point je suis en émoi à l'intérieur. Mot après mot, le lien tacite entre nous est en train d'être énoncé. Et il a un langage qui lui est propre et qui se déploie comme ce désir que nous avons tous, bercé dans nos mains comme un oiseau fragile et endormi, dans la partie de nous-mêmes où nous protégeons nos vérités.

— Cela fait-il de toi une experte dans le fait de n'être personne ? demande-t-il.

C'en est trop.

Je me lève brusquement, secouée jusqu'à la moelle. Tous les muscles de mon corps se tendent, se resserrant comme s'ils avaient besoin d'exprimer des émotions qui ne peuvent pas sortir d'une autre manière. La nature kinesthésique de mon ressenti s'apparente à des pleurs sans deuil, le sentiment viscéral que deux couches différentes de la vie se heurtent et que dans le chaos qui en résulte, rien n'a de sens.

— Amanda ?

Je m'éloigne de notre pergola et je m'approche de l'extrémité du roof top, le long du bâtiment. Le rebord s'élève jusqu'à ma cage thoracique, une jardinière d'un mètre de large entourant la zone. Un petit panneau écrit à la main indique *Jardin d'herbes aromatiques de la chef*fe. Le parfum de la lavande et du thym, de l'origan et du basilic, emplit l'air déjà chargé du baume de sel marin de l'océan.

Le mur constitué par le corps d'Andrew derrière moi m'étonne par sa chaleur, ses mains au-dessus de mes épaules. Il hésite. Je n'ai qu'à me pencher d'un centimètre en arrière. Faire un pas en arrière. Il a fait la moitié du chemin et maintenant c'est mon tour, mais il y a tellement de choses en moi qui tournent comme un cyclone que je reste sur place, incertaine.

Je ne suis personne.

Et toi, qui es-tu ?

— Qui es-tu, Andrew ? chuchoté-je dans la nuit.

Il se serre contre moi, ses mains brisant ce dernier centimètre d'incertitude.

— Je suis quelqu'un qui a finalement réalisé qu'il n'avait été personne pour toi pendant bien trop longtemps, Amanda, dit-il d'un ton sincère et honnête.

Toutes les plaisanteries et les blagues sont balayées comme mes mèches de cheveux folles que sa main écarte, dégageant un espace sur mon épaule pour m'embrasser. Il m'attire contre lui, m'enveloppant de ses bras.

Nous contemplons la nuit.

— C'est le même océan que j'ai regardé l'autre soir quand tu étais à la marina, m'émerveillé-je.

— Oui.

— Et nous sommes les mêmes personnes.

— Oui.

— Qu'est-ce qui a changé ?

Il me retourne vers lui, ses doigts sur mon menton, et fait pivoter mon visage pour que nos yeux se rencontrent.

Et d'un seul mot, il me répond avant de me donner un baiser qui fait ressembler l'entropie au destin.

Ce mot ?

— Tout.

CHAPITRE 15

— Tu as couché avec lui ? demande Amy alors que nous buvons notre café du matin et que je revis les événements de la nuit dernière.

Enfin, la *plupart* d'entre eux.

Nous sommes assises dans son salon. Chatoune ignore tout le monde tandis que Marie nous fait regarder des photos de Highlanders en smoking kilt.

— J'en ai assez d'étaler le détail de nos baisers, rétorqué-je.

— Je n'ai pas demandé si tu l'avais *embrassé*.

Je fais semblant de verrouiller mes lèvres.

Amy change de sujet et essaie de me convaincre que je devrais emménager avec elle.

— C'est très bon marché, insiste-t-elle. Tu pourrais voir Andrew quand tu veux sans que ta mère t'envoie de SMS. Toi qui veux être indépendante.

— Mais je ne veux pas dormir sur le canapé comme tu le faisais avant. L'appartement n'a qu'une chambre. Shannon laissait Amy vivre avec elle gratuitement, mais maintenant qu'elle est partie, Amy paie la totalité du loyer.

— Tu habiterais tellement plus près de ton travail. En plus, le propriétaire dit qu'il va diviser la chambre et la transformer en deux en ajoutant un mur et une deuxième porte.

Tentant.

— Les hommes ne porteront rien en dessous ? demande Marie. Les vrais Highlanders ne portent pas de sous-vêtements.

— Le mariage est en juillet, maman, rappelle Amy. Dans le Massachusetts. Si tu fais porter à tous ces hommes des kilts et des chaussettes en laine, ils se passeront sans doute de sous-vêtements pour éviter l'épuisement dû à la chaleur.

Marie hoche la tête.

— C'est vrai.

— Mais il y a aussi la question de la sueur des testicules, ajoute Amy.

Marie fronce les sourcils et prend des notes sur un bloc-notes.

— La sueur des testicules ? Ça existe vraiment ?

Amy acquiesce.

— Il y a un produit spécial pour ça.

— Il y a un produit pour lutter contre la *sueur des testicules* ? Les testicules ont des glandes sudoripares ? Où sont cachés les pores ? Et comment le sais-tu ?

— Projet de capital-risque à mon travail. Ils sortent un nouveau produit pour la sueur des seins.

— Ah *ça*, j'en sais quelque chose, dit Marie en hochant la tête. Les seins sont bien plus sollicités qu'on ne le pense. Les miens se prennent régulièrement des suées.

Étant donné que Marie n'a pas été enceinte et n'a pas allaité depuis plus de deux décennies, je ne veux pas vraiment savoir quel genre d'utilité ses seins peuvent avoir.

Shannon entre dans la pièce. Chatoune s'empresse de se frotter à ses chevilles, puis gratte ses fesses sur son mollet.

— Salut à toi aussi, Chatoune. C'est exactement comme ça que Declan m'accueille la plupart des nuits.

— Beurkkk, dit Amy en se bouchant les oreilles. J'entends assez parler de la vie sexuelle de maman. Je n'ai pas besoin d'en savoir plus sur la tienne.

— Chérie, est-ce que Declan sue des testicules ?

— Hein ? Shannon adresse à Amy un regard diabolique. Qu'est-ce que tu lui as dit ?

— Amy dit que le marié et les garçons d'honneur auront besoin de poudre pour les testicules si je leur demande d'aller au mariage sans sous-vêtements.

— De poudre pour les testicules ? Genre, en guise de cadeau pour les invités ?

— C'est possible ? demande Marie, sa curiosité piquée.

— Bien sûr, dit Amy. Avec des bouteilles personnalisées et tout. Imaginez les possibilités. *Shannon et Declan, Au sec pour toujours*, avec la date estampillée et le logo d'une colombe. Les gens associeront toujours votre mariage avec des boules douces.

Shannon lance Chatoune à la tête d'Amy. Il atterrit parfaitement sur ses genoux, ses fesses glissant sur la longueur de son avant-bras avant de finir en mode boule de poils sur ses jambes.

— Ne fais pas ça à la porteuse de pétales ! aboie Marie.

— La *quoi* ? Amy est ma demoiselle d'honneur, pas la porteuse de pétales.

— C'est *Chatoune* la porteuse de pétales.

Marie prononce ces mots comme si elle avait dit : *On servira du poulet comme plat principal.*

Chatoune a l'air aussi choqué que Shannon, ce qui est assez difficile à exprimer quand on n'a pas de sourcils, mais il y parvient quand même.

— Tu comptes transformer mon chat en porteuse de pétales ?

— Les McCormick n'ont pas de petites filles dans leur famille. Nous n'avons que Jeffrey et Tyler comme porteurs d'alliances. J'ai vu cette adorable idée sur Pinterest de se servir des animaux domestiques comme porteuses de pétales, et...

Pinterest est un outil de Satan.

— Mon chat va être ma porteuse de pétales à cause de Pinterest.

— Au moins, les hommes auront les testicules secs, dit Amy, hum... sèchement.

— Et Chatoune ? demande Marie.

— Quoi, Chatoune ?

— Est-ce qu'il va transpirer aussi sous son kilt ?

Marie griffonne quelque chose sur un autre Post-it.

— Vérifier s'ils font de la poudre pour lutter contre la sueur des testicules de chat, se dit-elle pour elle-même tout en écrivant.

— Sous son *quoi* ? Tu veux faire porter un smoking kilt à Chatoune ?

Est-ce que Chatoune a des couilles au moins ? Je ne veux pas regarder.

Je ne peux pas m'en empêcher. Je tourne la tête.

Pas de couilles.

— Mais non, andouille. Juste un kilt. Les chats ne peuvent pas porter de smoking ! dit Marie d'une voix pleine de railleries à l'idée que nous ayons pu ne serait-ce qu'envisager cette idée.

— Les chats ne peuvent pas non plus être des porteuses de pétales.

— Bien sûr que si ! Tu es une créatrice de tendances maintenant, Shannon. Tu vas épouser l'un des plus célèbres milliardaires des États-Unis.

— Declan n'est pas milliardaire, maman.

— Pas encore. Bientôt. Un jour, James mourra et...

— Maman !

— Quoi ?

— Ne parle pas de la mort de James !

— Pourquoi pas ? On mourra tous un jour.

— Mais tu en parles de manière si... gauche. Comme si on attendait tous que James meure pour que Declan puisse avoir son argent.

Chatoune regarde Marie comme s'il attendait qu'elle meure pour ne plus être la porteuse de pétales au mariage de Shannon. En fait, il semble qu'il ait des plans précis pour tuer Marie dans son sommeil en l'étouffant avec un...

Vous avez deviné.

Un smoking kilt.

— Maman, Chatoune n'a pas l'air de vouloir participer au mariage, dit Amy sans détour.

— Comment sais-tu ce que veut Chatoune ? la défie Marie. Tu murmures à l'oreille des chats ?

— Parce que je suis la seule qui l'aime encore, et parce qu'il vit avec moi. Chatoune est mon âme sœur. Mon meilleur ami. C'est le seul qui m'*aime* maintenant que Shannon a déménagé et qu'Amanda refuse d'emménager.

Chatoune regarde Amy comme si elle avait perdu la tête.

— Ce n'est qu'un chat, dit Marie.

— C'est vrai, maman, affirme Shannon. Et les chats ne peuvent pas servir de porteuses de pétales.

— Nous en reparlerons plus tard, dit Marie d'une voix qui signifie *J'ai pris ma décision et je ferai tout ce que je veux et je me fiche totalement de ce que tu penses.*

— Fugue, chuchote Shannon.

Marie se raidit.

Chatoune sourit.

— Shannon, Declan et toi, vous devez organiser un dîner de répétition pour les demoiselles d'honneur et les garçons d'honneur. On doit tous être présents pour commencer à parler stratégie.

Le changement de sujet de Marie ne fait que confirmer le fait que Chatoune le Highlander est une affaire réglée.

— Pourquoi est-ce qu'on s'en chargerait ? Traditionnellement, ce sont les parents du marié qui l'organisent, non ?

— Tu sais que James le ferait organiser par une de ses maternelles… Je veux dire, une de ses assistantes. Ce serait mieux que ce soit organisé par des gens plus proches.

Les épaules de Shannon, défaite, s'affaissent.

— Ce que maman veut dire, c'est qu'on doit rassembler tout le monde. Et par « tout le monde », elle sous-entend James Mc-Cormick. Et prévois une place pour son portefeuille. Il est assez gros. En fait, ce devrait être l'invité d'honneur, s'amuse Amy.

— Quoi ?

Shannon a l'air d'avoir été frappée avec un journal enroulé.

— Papa n'a pas assez d'argent de côté pour payer le genre de mariage que prépare maman, alors James va débourser le reste, déclare Amy sans détour.

Shannon a un mouvement d'horreur résignée et se tourne vers moi.

— Traditionnellement, c'est la famille de la mariée qui paie tout, sauf le dîner de répétition et la lune de miel. En plus, la fierté de papa va en prendre un coup. Mais James a dit que c'est l'occasion parfaite de faire passer ça en frais professionnels, alors…

Elle jette un coup d'œil à l'appartement.

— Tu aurais un autre vaporisateur d'eau ? Au cas où papa et James se disputeraient encore…

— C'est une tradition ancienne, ma chérie. Quand on se marie et qu'on rejoint la haute société, les choses sont forcément différentes, renifle Marie, n'écoutant qu'à moitié la conversation alors qu'elle réorganise quatre-vingts Post-it. C'est comme regarder quelqu'un jouer au Tetris de mariage.

— C'est vrai, dis-je à Shannon. C'est comme les cadeaux des mariés.

Shannon rougit.

— Je vois.

Elle est inhabituellement calme.

Toutes les trois – quatre, si vous incluez Chatoune – nous la regardons.

— Comment ça, « tu vois » ? demandé-je.

— C'est sûr que dit comme ça…

— Dit comment ?

— Les cadeaux que les mariés s'offrent entre eux.

Elle marmonne quelque chose que je n'arrive pas à saisir.

— Qu'est-ce que ça veut dire ? demande Marie en tendant l'oreille.

Mais je suis presque sûre d'en avoir assez entendu. Est-ce qu'elle plaisante ? Declan lui offre *ça* ?

— Il t'offre *quoi* comme cadeau de mariage ? hoqueté-je.

— Il rembourse tous mes prêts étudiants, dit Shannon avec un air penaud, comme si elle était gênée de l'admettre.

— Humpf, grogne Marie. Tout ce que Jason m'a offert, c'est une copie papier de *Les joies du sexe* et un pull. Devinez lequel m'a le plus servi ? ajoute-t-elle, souriant comme le chat du Cheshire.

— Qu'est-ce que tu vas lui offrir, toi ? demandé-je.

Amy ouvre la bouche pour dire quelque chose. Shannon la coupe en imitant un mouvement de karaté.

— Si tu dis « du sexe anal », je te transforme en porteuse de pétales, avec smoking kilt pour chat et tout le reste, lui dit Shannon.

Amy ferme la bouche et se mord les lèvres.

— En parlant de mariage, et si tu nous racontais ton rendez-vous avec Andrew hier soir ? pépie Marie.

— Quel est le rapport avec…

— Est-ce que tu as couché avec lui ?

— Non.

— Bouhh.

Elle ferme sa main comme si elle souhaitait pouvoir reprendre son high five.

— Qu'est-ce qui ne va pas chez vous, les filles ? Profitez de votre jeunesse. Faites des orgies. On n'a qu'une seule vie !

Amy et Shannon la regardent avec la même expression choquée.

— Ce n'est pas ce que tu nous as dit pendant des années !

— En plus, l'expression c'est *Faites des folies,* murmuré-je.

Marie tapote la joue d'Amy.

— Amanda n'est pas ma fille. Je peux l'encourager à être une traînée et ça ne me retombera pas dessus.

— Je ne suis pas une traînée ! protesté-je.

— Bien sûr que non. Tu n'as pas couché avec lui au premier rendez-vous.

— J'ai couché avec Declan au deuxième rendez-vous, déclare Shannon.

— Et tu vois où ça t'a menée ?

Marie écarte les bras au-dessus de la minuscule table de cuisine de l'appartement, qui ressemble soudain à une version portable du Commandement de la défense aérospatiale de l'Amérique du Nord. Partout où elle va, des dossiers et des Post-it, des brochures et des échantillons la suivent. Mais comment fait-elle ça ? C'est comme Mary Poppins et son sac magique, sauf qu'au lieu de sortir des lampes, Marie extrait des plans de traiteur et des devis de photographe.

Et, curieusement, des échantillons de kilt pour chats.

— Si Shannon a couché avec Declan au second rendez-vous et que ça lui a valu un mariage, qu'est-ce que j'aurai si je couche avec Andrew au second rendez-vous ?

— Un orgasme, espérons-le, marmonne Marie.

— MAMAN ! crient Amy et Shannon à l'unisson.

— C'était évident pour moi, dis-je doucement.

— Peut-être qu'il te donnera un travail, dit Marie avec enthousiasme. *Et* un orgasme.

Je lui jette un regard noir.

— Je n'ai pas besoin de coucher pour trouver un emploi.

Et je n'ai pas besoin d'un homme pour avoir un orgasme, ai-je d'envie d'ajouter, mais j'ai visité trop de sexes-shops avec Marie pour savoir que cette conversation s'aventure en terrain dangereux. Une fois qu'elle se met à parler de sexe, elle commence à donner des détails intimes sur elle et Jason, et je ne pourrai plus jamais le regarder dans les yeux ou regarder une laisse pour chien de la même manière.

Jamais.

Marie m'observe, en pinçant légèrement les lèvres. Son rouge à lèvres est assorti à ses boucles d'oreilles, d'une couleur pêche pâle qui lui donne l'air d'une belle du Sud à l'air distingué.

Jusqu'à ce qu'elle ouvre la bouche.

— Il n'y a pas de quoi avoir honte de coucher pour décrocher un emploi. Mais il y a de quoi être fière de coucher pour *perdre* son emploi.

— Quoi ?

Cette fois, nous sommes quatre à nous étrangler. Même Chatoune est soudain doué de la parole, la déclaration de Marie si ridicule qu'elle transforme instantanément son lobe frontal en centre de la parole.

— Si Shannon travaille pour Declan en ce moment, c'est parce qu'il veut lui faire plaisir, dit-elle en soupirant, comme si nous étions de petits êtres ignorants et qu'elle nous faisait profiter de sa sagesse. Une fois qu'ils seront mariés et qu'ils auront des bébés…

Shannon pâlit.

— ... elle ne travaillera plus. Elle deviendra une femme de la haute, s'occupera des enfants et organisera de charmants dîners le week-end avec mes petits-enfants. Nous serons dans le Boston Magazine et...

— Je ne vais pas quitter mon travail pour devenir une usine à bébés ! rétorque Shannon.

— Pas encore, dit Marie avec désinvolture, comme si elle ne venait pas de sous-entendre qu'elle préparait déjà les fêtes d'anniversaire des enfants de Shannon et Declan sur le modèle de celles de la famille royale et qu'elle comptait organiser des goûters avec la princesse Charlotte pour 2020.

— Jamais.

— Tout le monde dit ça. J'ai quitté mon travail après avoir eu Carol.

Shannon se tait.

— Et ton père ne gagnait quasiment rien. C'étaient des années de vache maigre. Tu n'auras jamais à subir ce que nous avons vécu, ma chérie. Je connais beaucoup trop de recettes de Ramen, de pommes de terre et à base de fromage fourni par l'aide sociale.

Cette conversation, comme tant d'autres avec Marie, a pris un tournant inattendu, décrit deux vrilles, un revirement soudain et se termine dans un gouffre imprévu, le tout avec uniquement des routes à sens unique.

— Je, euh... OK, chuchote Shannon, le vent ayant définitivement quitté ses voiles outragées.

— Et c'est bien mieux comme ça. Maintenant, revenons à ce dîner de répétition. Deux semaines avant le mariage devraient suffire. Nous inviterons tous les garçons d'honneur et les demoiselles d'honneur. Les parents. Les frères et sœurs. Je pense que ce sera amusant. Je devrais appeler Grace pour qu'elle s'occupe de tout.

Marie a mis Grace dans ses favoris.

Mais Grace a fait en sorte que le numéro de Marie soit directement basculé sur son répondeur. Marie ne le sait pas encore.

— Euh, non, maman. Je peux prendre les dispositions nécessaires.

— Tu dois apprendre à laisser les autres faire ces choses pour toi. C'est l'un des secrets des riches.

Un frisson me parcourt. C'est exactement ce à quoi je pensais hier soir avec Andrew.

— En plus, je suis sûre que Grace fera un meilleur travail. Tu n'es pas très raffinée, ma chérie.

— Hein ?

— Quand tu reçois tes amies, des plats thaïs et des glaces peuvent faire l'affaire. Mais un dîner élégant pour douze personnes signifie qu'il faut engager des traiteurs et se hisser à un tout autre niveau.

— Douze personnes ?

— Moi. Papa. James. Terry. Andrew. Carol. Amanda. Toi. Declan. Amy.

— Ça fait dix.

— Declan a mentionné que son délicieux cousin, un footballeur écossais, serait son garçon d'honneur. Il sera à New York dans deux semaines pour une séance photo pour une édition de *Sports Illustrated* consacrée aux athlètes nus.

Le facteur de bave dans la pièce vient de faire un bond de trois mille pour cent.

— Ça fait onze.

Marie me regarde et dit :

— Et ta mère.

— Ma mère ? Ma mère n'est pas invitée au mariage.

S'ensuit un silence gênant. Marie est mal à l'aise.

— En fait, si, Amanda. J'ai une dette envers elle. Alors je voudrais qu'elle soit là.

— Une dette ? demandé-je, perplexe. Qu'a-t-elle fait ?

— Les cornemuses.

— Les cornemuses ?

— Ta mère est allée à l'université Carnegie-Mellon et elle m'a aidée à trouver les douze derniers joueurs de cornemuse dont nous aurons besoin.

— DOUZE ? rugit Shannon. Est-ce que ton but est que mon mariage soit diffusé en direct en Écosse, sans avoir besoin de micro ?

— Douze sur quarante et un, me semble-t-il entendre murmurer Marie.

Mais c'est impossible. Quarante et une cornemuses ? Ça ressemblera à Godzilla avec un vibro.

— Et c'est grâce à ma mère ? demandé-je, peinant à y croire.

— Oui.

Shannon se détourne et prend son téléphone. Quelques secondes plus tard, elle parle avec Declan, son visage affichant une sorte de confusion naissante, comme si elle voulait se disputer avec sa mère, mais qu'au fond, elle savait que Marie avait peut-être raison. Pendant qu'elle parle avec Declan à voix basse, je regarde les mains de Marie manipuler tous les papiers qu'elle a apportés, faisant des coches sur certains, secouant la tête pendant qu'elle en lit d'autres et glissant des estimations dans les dossiers marqués Oui, Non et Peut-être.

Quelques minutes plus tard, Shannon raccroche, l'air choqué.

— Declan, dit-elle lentement, est d'accord avec maman.

— Est-ce qu'il a récemment subi un traumatisme crânien ? demande Amy d'un ton inquiet.

Marie lui lance un regard amer.

— J'ai parfois de bonnes idées.

Elle tient un échantillon de tissu écossais McCormick contre les hanches de Chatoune.

Ce dernier lui lance un regard qui signifie :

— *Pas vraiment.*

— Il demande à Grace de s'occuper de tout, ajoute Shannon en s'enfonçant lentement dans un fauteuil, pesant de tout son poids contre le rembourrage avec l'air de quelqu'un qui vient d'apprendre une mauvaise nouvelle. Il a dit que je devrais juste lui donner quelques idées de base et qu'elle s'occuperait du reste.

— Je te l'avais dit, se rengorge Marie. Faisons un tableau Pinterest pour ton dîner de répétition !

Vous voyez ?

Pinterest est vraiment l'outil de Satan.

Mon téléphone vibre.

— Est-ce que c'est Andrew ? demande Marie avec un regard rusé.

Je regarde.

— Oui.

Son texto dit simplement : *Demain. 21 heures. Je passe te prendre.*

Ma réponse tient en un mot.

Je vous laisse deviner lequel.

CHAPITRE 16

*L*e tableau Pinterest que Shannon prépare pour le dîner de répétition commence à ressembler à un épisode de *Kitchen Confidential* passé au mixeur et versé sur de la purée de pommes de terre. Au bout d'un certain temps, je renonce à le consulter. À un moment donné, quelqu'un y épingle une photo d'une boîte de poudre contre la sueur des testicules.

Oups.

Je passe la journée à alterner entre différents états d'esprit. Paniquer à propos de mon rencard de demain (vous l'aurez compris, ma réponse était « oui »), me demander comment Shannon va réussir à organiser un dîner chic (son idée du raffinement consistant à ajouter du guacamole à sa commande de tacos au Chipotle) et réfléchir à la proposition d'Amy d'emménager avec elle.

Ces pensées se bousculent dans mon esprit tandis que je lutte pour m'endormir. Le sommeil me gagne enfin, mais mon stupide rêve de nudité en public – le même depuis plus de vingt ans – refait surface. Je me réveille en sursaut dans l'obscurité, en serrant le drap sur ma poitrine, avec la chair de poule.

Je regarde l'horloge.

6 h 13.

Je m'affale sur l'oreiller et j'essaie de ralentir mon rythme cardiaque. Étonnamment, cela fonctionne.

Si seulement Andrew McCormick était aussi facile à dompter.

À 6 h 21, je comprends que c'est sans espoir. Je descends en quête d'un boost de caféine.

— Qu'est-ce que tu as prévu aujourd'hui, ma chérie ? demande ma mère.

Elle s'est levée et douchée, et boit son café devant sa tablette, ce qui est de bon augure. Peut-être qu'elle arrive enfin à s'extraire de cette douleur.

— Oh, comme d'habitude.

Je prends mon téléphone et je regarde mon emploi du temps.

— Je dois aller à un rendez-vous avec un homme qui élève des bergers allemands. Ensuite, je dois faire la vidange d'huile de la Cacamobile, parler avec Greg d'un nouveau compte que nous avons dans un hôpital, et visiter un sexe-shop spécial avec Marie.

Sa main tressaille en entendant le mot, déversant un peu de café sur la table, qu'elle nettoie avant même que je puisse faire un pas. Serviette en papier, essuyé, dans la poubelle-bam !

Ma mère est une ninja du nettoyage. Une ninja du nettoyage avec des TOC.

— Et toi ? lui demandé-je.

— Les araignées.

— Les araignées ?

— Ma journée entière consiste à évaluer les risques de morsures et de blessures d'araignées pour un plateau de cinéma qui utilise plus de cinq mille araignées vivantes pour une scène.

Des araignées. Je frissonne et je dis :

— Tu savais qu'en moyenne, une personne mange huit araignées par an ?

Elle soupire.

— Non. C'est faux. C'est un de ces mêmes Internet que quelqu'un a inventé et que tout le monde accepte maintenant comme un fait établi.

— Ouf.

J'appuie sur les boutons de la machine à café et j'attends ma tasse du matin.

— Mais tu as des cafards broyés dans la plupart des cafés.

Elle prend sa tasse et la tend vers moi comme pour dire *Santé*.

Mon estomac décrit une embardée.

— Quoi ?

Être l'enfant d'une actuaire a quelques inconvénients. Mais j'ai connu pire. Impossible de m'arracher mon café des mains, tant que je serai en vie.

— C'est vrai.

— Tu viens de l'inventer !

Elle tape sur l'écran de sa tablette à plusieurs reprises et fait apparaître un article de la NPR sur… les cafards dans le café moulu.

Si la NPR en parle, ce doit être vrai.

Je laisse échapper un petit cri. L'odeur de mon café fraîchement moulu se répand dans la cuisine comme un instrument de torture.

— Mais il n'y a pas lieu de s'inquiéter, dit ma mère qui met un point d'honneur à prendre une énorme gorgée de café. Tant que tu utilises des grains entiers et que tu les mous toi-même, tu ne risques pas de manger d'insectes.

Je prends ma tasse et je bois une gorgée. Oh, et puis merde. La vie est pleine de risques.

— Tu as le meilleur travail de tous les temps, maman.

Elle éclate de rire. J'aime entendre ce son. Son visage rajeunit de dix ans et elle se détend, son corps se transforme. Toute ma vie, les gens m'ont dit que je ressemblais à mon père. Ma mère est plus petite que moi et maigre comme un clou, à une exception près : des hanches généreuses qui donnent sur ce que le père d'une amie a appelé un jour un « cul digne de Jayne Mansfield », qui que ça puisse être.

— Je pense que tu me bats sur ce point, Amanda. Massages et vidanges gratuits, voiture gratuite, restaurants et hôtels… Sans compter les, hum… s'interrompt-elle en louchant.

— Les magasins de godes ?

— Amanda !

Je ris. Elle est si facile à embarrasser.

— Qu'est-ce que tu as prévu pour la soirée ? demande-t-elle. Ils passent *Grease* dans ce vieux cinéma d'Arlington. Ma mère adore les comédies musicales et, pour une raison quelconque, *Grease* et *The Rocky Horror Picture Show* sont ses préférés.

Je me fige.

— Amanda ?

— J'ai, euh, un rendez-vous.

— Un autre rendez-vous avec un mordu de chien ? Ou avec Andrew ? Il avait l'air bien.

Dois-je lui mentir ? Ce serait si facile. Et *bien* ? Andrew est tellement plus que « bien ».

— Avec Andrew.

Ses sourcils remontent.

— Un vrai rendez-vous ? Pas dans un placard ? Il doit vraiment t'apprécier. Ou peut-être qu'il rattrape le temps perdu après t'avoir ignorée pendant si longtemps.

Amertume, voici ma mère.

— On en a parlé.

Pas vraiment, mais je me sens soudain sur la défensive.

— Tant mieux. J'espère que si je t'ai appris au moins une chose, c'est de ne jamais te laisser marcher dessus par un homme.

Non. Tu préfères laisser les hommes t'abandonner.

Je garde ma réflexion pour moi. C'est l'une de ces phrases qui peuvent fissurer la planète émotionnelle en deux et aucune super glue ne suffirait à recoller les morceaux.

Jamais.

Je ne peux pas me permettre d'y penser pour l'instant. J'ai du travail à faire, des visites mystères à effectuer, des chiens à rencontrer, des *propriétaires* de chiens à rencontrer, et pendant les douze heures et demie à venir, je dois absolument arrêter de me demander si vais coucher ou non avec Andrew McCormick ce soir.

C'est un véritable travail en soi. Et non des moindres.

Le fait de ne pas y penser. Pas le fait de coucher avec lui. Ce n'est pas un travail. C'est un plaisir.

Et voilà que je repense à lui.

— Je dois y aller, maman, dis-je, renfonçant toutes mes émotions dans ma poitrine et les emprisonnant dans une profonde inspiration.

Elles s'alignent soigneusement sur l'étagère en moi, s'attribuant un code couleur et se classant par catégories. Savoir compartimenter.

Peut-être qu'Andrew et moi ne sommes pas si différents après tout.

≈

— AMANDA ! beugle Greg alors que j'entre dans le bureau.

Il est assis à la réception avec Josh. Ce dernier a l'air d'avoir mis sa langue dans une prise électrique.

— Tu es enceinte !

— Je suis quoi ?

Je viens de l'apprendre, et je pense que je le saurais bien avant Greg.

Il se tourne vers Josh.

— Et c'est le père.

Je ris.

— Ce n'est pas possible, Greg. Josh est gay.

— Les hommes gays peuvent coucher avec des femmes, insiste Greg. Mon oncle Angus l'a fait pendant cinquante-sept ans pendant qu'il était marié à tante Joy.

— Je suis une étoile d'or, chuchote Josh.

— Ils donnent des étoiles d'or pour ça ? demande Greg, incrédule. Genre, comme une société secrète ?

— Ouais, dis-je. C'est comme l'AARP. Un jour, la carte arrive par la poste et vous vous demandez comment ils savent que vous êtes admissible.

Greg fronce les sourcils.

— On n'a pas d'étoiles d'or, nous, les hétéros. Je ne comprends pas.

Josh roule des yeux et se reprend, la teinte verdâtre de son visage remplacée par un teint radieux.

— Les gays qualifiés d'« étoile d'or » sont des hommes qui n'ont jamais couché avec une femme.

— Jamais ? demande Greg.

Je me rends compte qu'il s'efforce de ne pas laisser paraître son incrédulité. Pour ce faire, il pioche un beignet dans la boîte que Carol a apportée hier et le fourre dans sa bouche.

Josh secoue la tête.

— Mmmmf jamais ? dit Greg.

Ou essaie de dire. Je ne suis pas sûre de ce qu'il dit vraiment, occupée à éviter le jet de paillettes arc-en-ciel qui sort de sa bouche.

— Non. Jamais.

Apparemment, Josh comprend la langue universelle du beignet.

Greg l'avale d'un seul coup, comme un serpent qui mangerait une souris. Il renifle, puis me regarde.

— Est-ce que ça fait de moi une étoile d'or hétéro ?

— Hein ? demandons Josh et moi à l'unisson.

— Si je n'ai jamais couché avec un homme, dit Greg lentement, en contemplant le problème tout en ramassant des miettes sur sa cravate et en se léchant les doigts, alors je suis une étoile d'or hétéro.

— Il marque un point, suis-je forcée d'admettre, en regardant Josh avec un air qui veut dire *Ils ne nous paient pas assez pour des conversations comme celle-ci*.

Si un sujet peut me guérir de mon questionnement obsessionnel – coucher ou non avec Andrew McCormick –, c'est bien celui-ci.

— Ce n'est pas comme ça que ça marche, dit Josh d'un ton grincheux.

— Pourquoi pas ? demande Greg, à présent indigné. Vous avez bien le droit de vous marier maintenant. On devrait avoir nos propres étoiles d'or. Je veux une étoile d'or.

Josh reste sans voix. J'ai du mal à décider si je préfère aller à un autre rendez-vous avec M. Glandes anales ou passer une minute de plus à écouter Greg parler de sa vie sexuelle.

Les glandes anales l'emportent.

— Tu veux une étoile d'or pour quoi ? demande Carol, en entrant dans la pièce avec ce qui ressemble à un sac rempli de tracteurs en chocolat emballés dans du papier aluminium, de sucettes aux airs d'épouvantails et de bonbons durs en forme d'épis de maïs.

Elle porte une salopette en denim, une chemise à carreaux rouges et blancs, et ses cheveux blonds sont tirés en queue de cheval. Si *Hee Haw* était encore diffusé, elle pourrait faire office de figurante dans l'émission.

Je hausse un sourcil et je regarde les friandises.

— Salon de l'agriculture, soupire-t-elle. Tu as le droit aux salons du mariage, et moi j'écope de vieux agriculteurs grincheux qui veulent parler de bursites et de l'avenir du soja.

— Eh bien, dis-je avec magnanimité, en me plaçant derrière elle et en posant une main sur son épaule, tu peux prendre ma place dans *cette* conversation professionnelle.

— Au sujet des étoiles d'or ? demande-t-elle, perplexe. Y a-t-il un système de récompense spécial que je ne connaîtrais pas ?

— Quelque chose comme ça, marmonne Josh. Arrêtons de parler de ma vie sexuelle.

— Ta vie sexuelle ? demande Carol, vraiment confuse à présent.

Elle saisit un tracteur recouvert de papier d'aluminium et commence à le déballer, en prenant une bouchée. Le pneu se détache dans sa bouche.

— Quel est le rapport entre les étoiles d'or et la vie sexuelle ? Il existe des autocollants pour le sexe, maintenant ?

— C'est ce que je me demande ! beugle Greg en tendant la main pour prendre un chocolat. Comment se fait-il que Josh ait le droit à une étoile d'or pour n'avoir jamais couché avec des femmes, mais que je n'y aie pas le droit en n'ayant jamais couché avec des hommes ?

— Je ne couche ni avec des hommes ou des femmes, dit tristement Carol, en mangeant le moteur du tracteur. À quoi j'ai le droit ?

J'attrape une liasse de papiers sur mon bureau, que je lui glisse.

— Tu as le droit à mes sexes-shops.

Elle regarde le chocolat dans sa main. Puis les papiers. Puis la pile de chocolats.

— Pourquoi est-ce que tu me le donnes ?

— Parce qu'Amanda a des *espérances*, explique Greg, la bouche pleine d'un tracteur.

— Des espérances professionnelles ou des espérances comme cette expression qui veut dire *être enceinte* ? demande Carol avec désinvolture.

Ces conversations sont désormais pour moi d'une banalité alarmante.

— Des espérances professionnelles, je suppose, réponds-je. Parce que si je suis vraiment *enceinte*, alors mon vibro a des explications à donner.

— Ou peut-être d'Andrew McCormick ? ajoute-t-elle avec un regard sournois.

Josh et Greg me lancent des regards chocolatés.

— Tu es enceinte d'Andrew McCormick ? couine Josh.

— Non ! On s'est juste embrassés.

— Tu embrasses Andrew McCormick ?

Greg a l'air profondément mal à l'aise, et ça n'a pas l'air d'être à cause des reflux acides.

— Il y a… quelque chose entre nous.

— Vous quelquechosez ?

Nous avons transformé ce mot en verbe. C'est drôle quand ça s'applique à Shannon. Mais à moi ? Pas tellement.

— On sort ensemble. Je suppose ?

C'est la première fois que j'ai à définir notre relation, à Andrew et moi.

— Ouvertement ?

— On est sortis du placard.

— Que feraient deux hétérosexuels dans un placard ? demande Josh.

— Demande à Andrew.

Greg fronce les sourcils.

— Je ne suis pas sûr d'être à l'aise avec ça, Amanda. Professionnellement, je veux dire.

Un frisson de honte s'insinue en moi, tout à fait inattendu.

— Quoi ?

— C'est un client.

— Oui, mais…

— C'est notre plus gros client.

— Tu n'avais aucun problème quand Shannon sortait avec Declan.

Le malaise de Greg prend des proportions alarmantes.

— C'est différent. Nous étions dans une phase différente de notre relation commerciale avec Anterdec.

— Tu veux dire que Shannon a aidé à obtenir le contrat en sortant avec Declan.

— Oui.

— Et si je sors avec Andrew, tu as peur que…

— Ça pourrait compromettre certaines négociations commerciales complexes.

— Qu'est-ce que *ça* signifie ?

Le téléphone de Greg sonne. Il met la main dans la poche de son pantalon et s'éloigne brusquement. J'entends « Bonjour, Docteur… », puis ses paroles deviennent indistinctes. Sa femme, Judy, a survécu à un cancer du sein, et je me demande maintenant tout ce qui peut se passer en coulisses de chaque pan de ma vie – travail, maison, amis, Andrew.

C'est comme si vous réalisiez que vous êtes perchée sur une île qui s'avère être la pointe d'un iceberg.

Dans une casserole d'eau bouillante.

— De quoi parle-t-il ? demandé-je à Carol, qui hausse les épaules.

— Ne me demande pas ça à moi. Je suis la dernière arrivée.

— Tu travailles ici depuis plus d'un an.

— Je sais, mais c'est mon excuse habituelle et je m'y tiens.

— Pourquoi tu ne pourrais pas être enceinte, toi ?

Elle fait le signe de croix et crie à Josh :

— Tu as de l'ail ? Je te bannis, démon. Ne t'avise pas de parler d'autres rejetons dans ce ventre.

— Je suppose que l'usine à bébés est fermée.

— Mon utérus est passé d'usine à entrepôt abandonné. Le

tien, en revanche, est sur le point de devenir une salle de jeux, dit-elle de façon suggestive.

— Beuuurk, dit Josh depuis son bureau. Je vous entends.

— Quoi ? Tu penses qu'on te discrimine parce que tu as un pénis, mais quand on parle de vagin, tu es dégoûté.

— Oui, frissonne-t-il.

— Oh, il va faire un *excellent* partenaire pour ces cours de préparation à l'accouchement, dis-je.

Carol ricane.

— Pourquoi *tu* ne ferais pas les cours avec lui ? demandé-je.

Elle se regarde, puis elle regarde Josh.

— Regarde-moi. Regarde Josh. Non seulement je suis trop vieille pour lui, mais je pourrais l'écraser comme un insecte. Personne ne croira jamais que nous sommes ensemble.

Elle a raison. On pourrait penser que chacun sert de couverture à l'autre.

— En plus, je serais la pire des candidates pour un cours de préparation à l'accouchement, puisque j'ai déjà accouché. Deux fois. Je sais combien de conneries ils débitent dans ces cours, et je ne pourrais pas me taire.

— Qu'est-ce que tu veux dire ?

— Oh, ma chérie, dit-elle. La seule partie qui aide vraiment est la visite de l'hôpital, pour savoir précisément à quel endroit tu ressentiras toute cette souffrance. Les contractions dans l'ascenseur. Les vomissements dans la poubelle de la salle d'attente n° 4. Le déchiquetage de ton périnée dans la salle d'accouchement n° 3. Les points de suture lorsque tu essaies de faire caca dans la salle n° 535. La visite devrait être rebaptisée « La carte de vos souffrances ».

Josh émet un étrange bruit d'étouffement.

— Mais ils ne te parleront pas de ça. Et heureusement. Car quelle femme saine d'esprit ferait le choix de la grossesse et l'accouchement en connaissant les risques et les tortures qui s'ensuivent ? Alors ils édulcorent les choses et te disent que les contractions ne sont en fait qu'une pression que tu peux contrôler par des techniques mentales, ou que le massage périnéal pendant toute la grossesse va amincir les tissus pour que la tête du bébé ne fusionne pas deux trous en un par déchirure.

Josh a maintenant des haut-le-cœur.

— Ou que lorsque tu seras sur la table d'accouchement et qu'on te dira de pousser, tu te retrouveras avec des hémorroïdes de la taille de petits poméraniens.

Josh sort en courant de son bureau, se précipitant aux toilettes.

Carol regarde son bureau vide avec des yeux de chat, son expression ressemblant à celle de Chatoune après avoir craché une impressionnante boule de poils.

— Pourquoi les gens se reproduisent-ils ? demandé-je d'un ton craintif.

— Parce que c'est comme faire l'amour avec son corps, mais au lieu de se retrouver avec une tache humide, on obtient un être humain à part entière qu'on peut aimer pour toujours.

— Ohhh.

Josh recule en titubant, buvant une canette de soda fraîche provenant du distributeur devant les toilettes des hommes. Ses yeux sont vides.

— Et en prime ! Si tu as vraiment de la chance, le beignet de chair qui se forme quand ton trou du cul se retourne lorsque la tête émerge se remet en place. Un jour ou l'autre.

Josh sprinte à nouveau.

Je suis vraiment, vraiment contente de n'avoir que des espérances *professionnelles*.

CHAPITRE 17

En arrivant sur le parking du sexe-shop pour notre visite mystère du jour, Marie se tourne vers moi et me demande :

— Amanda, c'est quoi un Dirty Sanchez ?

Je pose mon chocolat chaud mousseux. Définitivement.

Marie est passée par tout le processus de certification des clients mystères pour pouvoir évaluer des sexes-shops. Jusqu'à présent, elle s'est avérée être particulièrement calée en la matière. Mais cette boutique est un peu différente des autres.

C'est un magasin avec sa propre arrière-salle qui accueille des enterrements de vie de jeune fille. Comme par hasard, nous devons évaluer le package enterrement de vie de jeune fille/soirée sex-toys avec traiteur et strip-teaseurs.

Sacrée coïncidence.

Shannon m'a suppliée de veiller à ce que sa mère ne signe aucun contrat. Techniquement, en tant que demoiselle d'honneur, c'est mon travail d'organiser l'enterrement de vie de jeune fille, et peu importe l'intérêt de cet endroit, je suis censée avoir le dernier mot sur la dernière nuit de débauche de Shannon.

En ce qui me concerne, ça impliquera de l'alcool, de l'huile corporelle et Joe Manganiello.

Pas nécessairement dans cet ordre.

J'ignore la question de Marie à propos du Dirty Sanchez

(tapez-le sur Google, vous comprendrez pourquoi) et nous nous approchons des portes en verre fumé de la boutique du jour.

On se croirait dans un spa. Un spa zen, avec de l'herbe, du verre et des pierres polies, le tout dans des tons ocre. La boutique s'appelle O.

Juste... O.

Une femme habillée en gris colombe, les cheveux tirés en arrière en chignon, nous accueille avec un sourire chaleureux, qui sent la verveine. Elle n'a aucune idée qu'il s'agit en fait d'une visite mystère. C'est le but. Nous prétendons être des clientes lambda, mais nous notons discrètement toutes les façons d'améliorer le service à la clientèle.

On nous propose de l'eau minérale gazeuse au concombre. Le décor est un mélange de bois brut, de sols en bambou poli, de cascades en verre et d'empilements de roches zen, avec des touches orange et or partout.

— O est un club du XXIe siècle pour les femmes sophistiquées, explique la vendeuse, Chloe. Nous offrons une quatrième sphère aux femmes raffinées.

— Une quatrième sphère ? demande Marie.

Elle cache soigneusement sa personnalité. Ses yeux sont avides, mais elle contrôle son langage corporel.

— La maison est la première sphère. Le travail est la deuxième. La troisième sphère comporte les cafés, les centres commerciaux, etc. Nous représentons la quatrième sphère. Un endroit où vous pouvez venir vous reposer, vous relaxer...

Chloe se penche en avant et murmure d'un ton feutré lourd de sous-entendus :

— Vous faire plaisir.

Juste à ce moment, un séquoia de deux mètres de haut déguisé en homme entre dans la pièce, couvert d'huile et bronzé, avec des cheveux roux et des yeux verts et... je crois qu'il porte un lacet.

Et seulement un lacet... entre les jambes.

Il se penche et nous offre un assortiment de minuscules sushis sur un plateau si petit qu'il ne couvre même pas sa, euh... baguette.

— Nous faire plaisir, dit Marie, sa voix tel un grondement de cougar, acceptant un sushi au saumon, ses yeux traquant le moindre mouvement de l'homme qui quitte la pièce.

— Je vous présente Henry. C'est l'un de nos meilleurs masso-thérapeutes.

— Il fait des massages ?

Marie me lance un regard qui veut dire : S'il te plaît, dis-moi que nous devons nous faire masser dans le cadre de cette visite mystère. Je t'en prie. Je t'en supplie !

Je secoue abruptement la tête.

Elle fait la moue.

— Oui, répond Chloe. Nous avons ici tout un éventail de praticiens hautement qualifiés, des massothérapeutes aux acupuncteurs, en passant par les spécialistes du Reiki et bien d'autres encore.

— D'autres ? demandé-je, mes lèvres s'agitant avec amusement.

Chloe mord à l'hameçon sans attendre. Elle lisse de longs doigts élégamment vernis sur le haut de ses jambes, recouvertes d'une jupe en lin légère.

— En effet. Vous ne seriez pas ici si vous n'étiez pas au courant de notre gamme complète de services.

— C'est vrai. Ma fille va se marier dans quelques mois et nous avons entendu de merveilleuses histoires sur vos enterrements de vie de jeune fille.

Je donne un coup de pied dans la cheville de Marie, juste assez léger pour me faire comprendre.

Elle se met hors de portée de mes attaques.

Le visage de Chloe se fend d'un large sourire.

— Ah. Je vois. Vous voulez le package complet.

Henry s'approche avec un plateau de mousse au chocolat dans de petites tasses à espresso. Quand il se penche, je vois bien son paquet… euh package complet.

Je prends un des délices au chocolat blanc et Henry me reluque. Mon visage rosit. Il y a quelques jours, cela aurait été un rêve, mais maintenant ?

Soudain, Henry n'est plus qu'un… travail. Rien de plus.

Le timing est vraiment désastreux.

Chloe sort une petite télécommande et appuie sur une série de boutons. Un grand écran sort du plafond tandis que les lumières se tamisent. Elle lance un diaporama, professionnel et soigné qui nous fait découvrir tous les services du O, des lap-dances privées avec leurs « talents » masculins aux forfaits spa et massage pour les couples.

— Et, bien sûr, nous avons notre spécialité pour la mariée, dit-elle, portant le coup de grâce.

Aucun des services de la brochure n'indique de prix.

Cinq hommes entrent dans la pièce alors qu'une musique de strip-tease commence. Les lumières changent de couleur. L'un d'entre eux tient un sex-toy qui est probablement interdit dans l'État du Texas.

On va vraiment découvrir tout ce que le O a à offrir.

Mon téléphone vibre. J'ai reçu un SMS.

C'est Andrew.

J'ai hâte à ce soir. Qu'est-ce que tu fais en ce moment ?

Je regarde un strip-teaseur se produire avec un sex-toy, dis-je en guise de réponse.

Mon téléphone sonne instantanément.

Marie ne s'en rend même pas compte. Elle regarde Henry faire le pont et jouer avec un…

— Tu fais *quoi* ? aboie Andrew dans mon téléphone.

Je me bouche l'autre oreille et j'essaie d'ignorer le spectacle qui se déroule sous mes yeux.

— Je travaille.

— Ton travail implique un strip-teaseur et des sex-toys ?

— Oui.

— Qui diable te paie pour faire *ça* ?

— Toi.

Silence.

— QUOI ?

— Anterdec détient la majorité des parts de la société mère qui vient de lancer les spas O, n'est-ce pas ? C'est pour *toi* que je bosse, Andrew. Merci.

Je ronronne pratiquement ce dernier mot.

Silence.

— Merde, s'étrangle-t-il. Alors *je* te paie pour reluquer des hommes à moitié nus ?

Je louche et je regarde attentivement la viande fraîche qui se trouve devant moi.

— Techniquement, ils sont nus aux sept huitièmes je dirais.

Il gémit.

— Le seul homme presque nu que je veux que tu regardes, c'est *moi*.

À mon tour de me taire. Je demeure silencieuse parce que ma bouche vient de se remplir de bave et je ne peux pas m'empêcher d'imaginer Andrew avec un lacet m'offrant de la mousse au chocolat dans une tasse à espresso.

— Amanda ?

— Oui.

— Tu es là ?

— Oh, oui.

— Tu m'as manqué hier soir.

— Tu étais avec moi hier soir.

— Je voulais dire après le dîner. Tu n'as pas accepté de passer chez moi.

— En effet.

— Pourquoi pas ?

— C'était trop. Trop rapide.

C'est la façon la plus simple de l'expliquer. La vérité est beaucoup plus complexe, mais il est difficile de se concentrer avec cinq hommes presque nus taillés comme Magic Mike devant moi.

Chloe pense que je parle du strip-tease devant moi et les invite à ralentir. Marie est sur les genoux d'un type qui lui donne des fraises enrobées de chocolat. On lui verse du champagne entre les seins et un autre homme le boit.

C'est peut-être ce qu'elle voulait dire en affirmant que ses seins étaient plus sollicités qu'on ne pouvait l'imaginer.

— Vraiment ? demande-t-il doucement. Est-ce que ce soir, c'est trop ?

— Non ! dis-je un peu trop vite.

— Oui ! crie Marie alors que la musique s'accélère et qu'on l'installe dans une…

— C'est une balançoire sexuelle ? m'écrié-je.

— Sérieusement, murmure Andrew. *Ma* journée de travail consiste à discuter des taux et des écarts de change…

— Cela implique une certaine, euh, propagation aussi, murmuré-je. Et beaucoup d'argent j'imagine.

— Amanda, grogne-t-il.

— Je pense que je dois raccrocher avant que Marie ne commette un crime ou trois devant moi, Andrew, dis-je en essayant de rester calme. Ou qu'elle fasse quelque chose de si impardonnable que Jason la quitte. Je suis presque sûre que les vœux de mariage ne permettent pas de…

— Je ne veux plus que tu travailles sur ce compte. Interdiction à effet immédiat.

— Cette décision ne te revient pas, dis-je en riant.

Il ne sait pas à quel à point j'*adorerais* qu'on me retire toutes ces visites de sexes-shops. J'ai essayé de les refiler à Carol, mais elle ne s'est pas laissée faire.

Et maintenant, je regarde Marie mordre.

— Si c'est Anterdec le client, c'est très clairement à moi d'en décider. À ce soir.

Clic.

Ooooooh.

Était-ce de la jalousie ?

Mon téléphone vibre. C'est un texto d'Andrew :

Est-ce qu'un dîner chez moi ce soir, c'est « trop rapide » ?

Je réponds :

Non.

Il répond :

Et si je te demandais de préparer un sac pour la nuit ?

Une décharge me traverse, et pas à cause de l'apparition soudaine d'Henry devant mon visage, ses tablettes de chocolat à quelques centimètres de mon front. Sa présence est très secondaire. Je n'ai d'yeux que pour l'écran bleu clignotant de mon téléphone.

Je réponds :

Attends. C'est toi qui cuisines ? Tu prépares le dîner ?

Il répond :

Tu as éludé la question.

Je réponds :

Toi aussi.

Il répond :

Alors nous sommes dans une impasse.

Je réponds :

Oui, nous le sommes.

Et il dit :

La seule façon de sortir d'une impasse est de découvrir le point faible de l'autre.

Et je réponds :

Ça pourrait prendre beaucoup de temps. Je devrais préparer un sac pour la nuit, au cas où.

Il répond par un smiley.

Attendez une seconde.

Je pense que j'ai perdu cette bataille avant même qu'elle ne commence.

CHAPITRE 18

$\mathcal{L}$e loft d'Andrew se situe un étage plus bas que les penthouses et donne sur l'eau. Il se trouve environ à cinq minutes à pied de l'endroit où nous avons dîné hier soir. Je regarde à travers la vitre la lune qui scintille sur l'eau et les lumières de la ville qui brillent comme des boules à facettes. Il a un petit balcon avec deux chaises en fer forgé et un grand parasol à mailles.

— Tu vis *ici* ?

J'ai le souffle coupé. Je suis stupéfaite par l'endroit.

— Dans un loft avec vu sur la mer ? Pourquoi avoir acheté un bateau sur la marina l'autre soir alors que tu vis déjà presque sur l'eau ?

En regardant par la fenêtre de son salon, je peux voir la marina contrebas. *Loin* en contrebas.

— Investissement commercial. C'est une façon de divertir les clients.

Il est dans la cuisine, se démenant à dresser des assiettes. L'appartement sent très bon, mais je sais que cette odeur est fausse.

— Tu n'as pas vraiment cuisiné pour moi, n'est-ce pas ? Tu as utilisé ce vieux truc de l'oignon.

Il lève les yeux, l'air concentré alors qu'il dresse la nourriture sur des assiettes blanches et carrées. Ses mains sont grandes et habiles, elles bougent comme s'il savait ce qu'il faisait. Et pourtant, d'après ce que je sais de Declan, Andrew a les compétences culinaires d'un enfant d'âge préscolaire.

Après s'être essuyé les mains sur un torchon, Andrew attrape deux verres à vin et nous verse de généreuses doses d'un délicieux vin blanc. Je jette un coup d'œil à l'étiquette. Domaine Leroy Corton-Charlemagne… quelque chose. Quand les riches mettent des personnages historiques célèbres sur leurs étiquettes de vin, vous savez qu'il coûte cher.

Il me tend un verre.

— Quel vieux truc ?

— Tu as fait frire des oignons dans de l'huile d'olive juste avant que j'arrive. Ça donne l'impression que tu t'es démené aux fourneaux alors qu'en réalité, un chef privé est venu un peu plus tôt et a tout préparé.

Un autre de ses tics. Il cligne lentement des yeux, avec trop de retenue pour que ce soit naturel. Son visage le trahit.

Je prends une gorgée. Le vin est délicieux. Puis j'éclate de rire.

— Tu es douée, dit-il.

— Grillé.

— Consuela t'envoie ses salutations.

— Tu l'as engagée juste pour notre dîner ?

— Oui. Ça te pose un problème ? Tu aurais préféré un autre chef ?

— Un hamburger et des frites auraient suffi.

— Dommage. Tu as le droit à un filet mignon avec du choufleur rôti à l'huile d'avocat avec un jicama… quelque chose.

— Tu n'arrives même pas à faire semblant de savoir cuisiner.

Il m'attire vers lui, comblant l'espace qui nous sépare. Sa bouche a le goût du vin et des sourires. Il porte une chemise à col ouvert dans les tons bleus qui rend le gris de son appartement plus vif. Plus audacieux. Il porte un t-shirt noir en dessous, qui ne sert qu'à épouser les contours de son torse, de ses pectoraux et de ses épaules, soulignant ses muscles.

Le loft, avec ses poutres apparentes et son acier inoxydable brillant, arbore un papier peint rappelant de vieilles photos en noir et blanc d'usines de l'ère industrielle. La porte de sa chambre est ouverte et j'y vois un thème nautique, avec le lit recouvert d'une couette à rayures blanches et bleues.

Le lit.

Son lit.

Je frissonne et Andrew m'attire plus près. Je sens à quel point il m'apprécie. À quel point il aime *ça*. Son excitation déclenche la mienne, le tête-à-tête alimentant un baiser qui me laisse sur la pointe des pieds, cherchant à atteindre les petits cheveux sur sa nuque, mes mains tâtonnant et s'agrippant pour l'attirer aussi près de moi que deux personnes peuvent l'être lorsqu'elles sont entièrement vêtues.

Haletant, il recule et me regarde fixement, les yeux plus que passionnés.

— C'est trop pour toi ? Ça va trop vite ?

— Pas encore.

Il plisse les yeux. Ses bras enlacent mes hanches avec tant de simplicité qu'on dirait qu'il fait ça depuis des années.

— C'est toi qui donnes le rythme, précise-t-il, écartant un bras de ma taille pour boire une gorgée de vin.

— Pourquoi ?

— *Pourquoi ?*

Je me contente d'attendre. Je n'essaie pas d'expliquer.

— Parce que… Sa voix se transforme en soupir. Eh bien je ne sais pas. Ça me semble tout simplement juste.

— Tu fais toujours ce qui te semble juste ?

Il secoue brusquement la tête, rompant le contact visuel.

— Non.

— Mais tu essaies.

— Oui.

— Toujours ?

— La plupart du temps.

— C'est déjà ça.

— Content que tu approuves.

Je ris.

— Je ne sais pas pourquoi, mais tu ne me sembles pas être le genre d'homme qui s'inquiète d'avoir l'approbation des autres pour faire quelque chose.

— À part mon père, c'est vrai. Et même avec lui, ça s'estompe.

Je l'observe attentivement. Il n'est pas vraiment nerveux, mais il y a quelque chose qui cloche.

— Pourquoi ton père te cède-t-il le poste de PDG maintenant ? Il a à peine 60 ans. C'est assez jeune. James ne me semble pas être du genre à céder facilement le contrôle.

La bouche d'Andrew se crispe. Il pose sa main sur mon coude et me guide vers le canapé.

— Je vais te répondre si tu promets de garder le secret.

— Je n'ai pas dit un mot à Shannon et Declan sur ta nomination en tant que PDG.

— Je sais. Et j'apprécie.

Le ton d'Andrew déclenche une sonnette d'alarme en moi. Le vin me détend, mais l'inquiétude me gagne en l'entendant.

— Mon père a un cancer.

Et nous y voilà.

— Oh, Andrew, dis-je, en me penchant en avant pour lui prendre la main. Je suis vraiment désolée.

Il hoche la tête.

— Ce n'est pas aussi terrible que ça en a l'air. C'est la prostate. Le cancer progresse lentement. Il a encore de nombreuses années devant lui. Mais ça l'a bien secoué et il a décidé de prendre du recul. Quand on fera l'annonce officielle, il ne présentera pas ça comme une retraite, pas du tout. En fait, il veut se reconvertir en investisseur et compte monter une toute nouvelle entreprise en fournissant des capitaux de lancement et en faisant figure de « business angel ».

— OK.

Je ne sais pas quoi dire d'autre.

— Mais il est paniqué.

— Declan ne le sait pas encore ?

Andrew secoue la tête.

— Mais votre père s'est confié à toi ?

— Mon père et Declan ont une relation compliquée. Papa n'aime pas montrer la moindre faiblesse devant Dec.

— Pourquoi ?

— À cause de l'incident. La mort de ma mère.

— Oh.

C'est la première fois qu'il m'en parle. Il engage la conversation, et si je fais attention, il va s'ouvrir à moi.

— Mon père est toujours furieux contre Declan après toutes ces années. Ce n'est pas comme si Dec avait eu un autre choix, du moins, à en croire la façon dont il raconte l'histoire. Ma mère lui a demandé d'utiliser l'EpiPen sur moi. Dec a fait ce qu'elle lui a dit. Ma mère est morte. J'ai survécu. Fin de l'histoire.

La façon dont il décrit tout cela me fait pleurer en partie pour l'adolescent qu'il était au moment des faits. L'homme devant moi raconte l'histoire avec un détachement clinique qui est fabriqué. Je ne juge pas. Je ne fais qu'observer. Tout son comportement change lorsqu'il raconte ce qui s'est passé, et cela me donne un aperçu d'Andrew en tant qu'homme.

Ce qui s'est passé ce jour-là a été horrifiant et déchirant pour Andrew et Declan et leur mère. Mais la suite… c'est vraiment terrible. Ma gorge commence à se remplir d'un picotement reconnaissable entre mille : les larmes montent. L'arête de mon nez me picote. Je cligne des yeux, essayant de chasser la sensation.

Tu parles d'un deuxième rendez-vous.

Je dois dire quelque chose. Il me regarde comme si nous jouions au tennis et que c'était à mon tour de frapper la balle.

— Ton père ne pense pas être assez proche de Declan pour lui révéler ces détails intimes ?

— Non.

— Mais avec toi, c'est différent.

Andrew fronce les sourcils.

— Oui. Apparemment. Les pères sont tellement compliqués, pas vrai ?

Je retiens mon souffle. Il perçoit tout de suite un changement en moi.

— Et ton père, il est comment ?

— Je ne sais pas. Il est parti quand j'avais cinq ans.

— Il est parti ? Tes parents ont divorcé ?

— Hum, dis-je, en me mordant la lèvre inférieure.

Cette histoire n'est jamais plus facile à raconter.

— Oui, ils ont divorcé.

— Est-ce que tu le vois encore ?

— Non.

— Jamais ?

— Je ne l'ai pas revu depuis mes cinq ans.

— Quand tu dis qu'il est parti, tu veux dire qu'il est juste... *parti* ?

— Tu sais, ce vieux cliché du type qui va un jour au magasin pour acheter un paquet de cigarettes et qui ne revient jamais ?

Il grimace.

— Oui.

— Remplace le paquet de cigarettes par un pack de douze bières et voilà. Leo Warrick est parti il y a plus de vingt ans.

— Et vous n'avez eu absolument aucun contact depuis ?

Je vacille. J'hésite. Il existe une vérité. Il y en a bien une. Mais la vérité vraie est enterrée plus profondément que quiconque ne peut l'imaginer.

— Non.

Le mensonge me glisse entre les dents si facilement, comme un poisson frétillant sur une ligne qui trouve un moyen de s'échapper, l'hameçon planté assez profondément pour l'avoir attrapé, mais pas assez pour le maintenir en place.

— Je suis désolé.

— Je suis désolée pour ta mère.

— Est-ce que c'est ce qu'on entend par « apprendre à se connaître ? »

Nous rions. Il est plus facile de rire que de traiter de tels sujets. C'est tellement plus facile que de se mettre à nu. Être ici avec lui, en territoire inconnu, me procure un sentiment de sécurité remarquable. Je ne me suis jamais sentie en danger en présence d'Andrew, depuis le moment où nous nous sommes rencontrés dans la salle de conférence d'Anterdec pour le pitch il y a près de deux ans (quand le Beau Gosse a rencontré la Fille des Toilettes) jusqu'aux secondes qui s'écoulent actuellement.

À la dérive ? Oui. Confuse ? Oui. Incertaine ? Certainement.

Mais jamais en danger.

Il est difficile de lire dans ses pensées et en ce moment, ses yeux sont posés sur moi, comme s'il essayait de me comprendre de la même façon que je l'étudie.

— Où es-tu allée à l'université ? demande-t-il soudain.

— UMass, bien sûr. Et toi ?

Il hausse un sourcil.

— Harvard.

— Bien sûr.

— Où es-tu née ?

— Mendon. Et toi ?

— Weston.

Je ne peux pas m'empêcher de rire.

— J'aurais parié sur Wayland, Wellesley ou Weston.

La banlieue ouest cossue de Boston.

— Ton parfum de glace préféré ?

— Je dois vraiment en choisir un ? C'est comme me demander ma chanson préférée de Yes.

Il me fixe et son visage change. Il me jauge comme s'il avait du mal à croire ce que je viens de dire. Ses mains se dirigent vers le bouton supérieur de sa chemise, celui qui se trouve juste en dessous de son col ouvert. Il le déboutonne lentement, puis tend la main vers le suivant.

Sacrée transition. Alors comme ça, je vais avoir le droit à mon deuxième strip-tease de la journée ? Je ne m'en plains pas.

Du tout.

Comme Superman, il saisit les deux pans de sa chemise et les écarte d'un geste pour révéler...

Un t-shirt d'un concert du groupe Yes.

— C'est pas vrai ? croassé-je. Tu y es allé l'année dernière ? Au pavillon ?

Juste en face de l'appartement d'Andrew, de l'autre côté du port, se trouve un grand espace dédié aux concerts en plein air où j'ai vu le groupe se produire l'été dernier.

— Oui.

Nous éclatons de rire. Ce son ressemble à des fils que l'on tisserait pour dessiner un motif.

— C'est trop triste pour Chris Squire.

Je n'ai même pas besoin d'expliquer que je pleure la perte récente du bassiste de ce groupe de longue date, car le visage d'Andrew s'assombrit instantanément. Il me regarde d'un air pensif, puis se lève, plongeant la main dans sa poche arrière.

Il sort son téléphone, tape plusieurs fois sur l'écran, puis insère l'appareil dans une station d'accueil.

Une musique très familière flotte dans l'air.

C'est vraiment irréel.

— Je ne connais personne de moins de quarante ans qui aime Yes, dis-je.

— Et pourtant, regarde-nous. C'est Terry qui m'a fait aimer, explique-t-il. Et toi ?

— Un petit ami de lycée. Son père était leur ingénieur du son à leurs débuts.

— Tu as dit que tu n'avais jamais eu de petit ami.

— Rien de sérieux. Le lycée ne compte pas.

Il est tellement séduisant en ce moment, assis là, totalement à l'écoute. La curiosité d'Andrew ne me donne pas l'impression de subir un interrogatoire, mais plutôt qu'il cherche à me connaître. Un bip sonore retentit au loin, et il traverse rapidement la pièce.

L'odeur des épices m'indique qu'il est l'heure de passer à table.

— Mais le vinyle original est bien meilleur, lancé-je alors qu'il entre dans la cuisine.

— Tu es une technophobe musicale ? dit-il en plaisantant.

— Je préfère le son des vinyles, expliqué-je, notre conversation interrompue, car le dîner est prêt.

Il est étonnamment pointilleux, veillant à ce que les assiettes et la table soient impeccablement dressées. Je comprends pourquoi quand nous nous asseyons. Il ouvre une nouvelle bouteille de vin et le temps que nous nous installions confortablement sur nos chaises, tout ce que nous pourrions vouloir est à portée de main.

Y compris l'un l'autre.

Le repas est parfait ; un plat de bœuf aux saveurs alléchantes, et je devrais apprécier ces mets délicieux, mais je ne peux pas. Andrew mange avec aussi peu d'enthousiasme, ce qui m'amène à me demander s'il ressent la même chose. Alors que je termine ce que je sais être la dernière bouchée de ce merveilleux repas, je bois lentement mon verre d'eau, puis je passe au vin, faisant tournoyer l'alcool dans ma bouche, savourant la sensation.

Sa langue aurait encore meilleur goût contre la mienne.

Andrew a le visage baissé, mais ses yeux se posent sur les miens, encadrés par ses longs cils.

— À quoi tu penses ? demande-t-il.

Je manque di faire tomber mon verre de vin. Mon rire cache ma nervosité. Du moins, je l'espère.

— Ce n'est pas ma réplique ? Ce ne sont pas les femmes qui posent toujours cette question ?

— Je lutte contre les stéréotypes.

— Je vois ça. Tu ne reçois pas trois cents SMS par heure comme la plupart des PDG.

— J'ai éteint mon téléphone.

— Oh.

Il a éteint son téléphone.

Dans l'éventail des comportements que les cadres de niveau C peuvent afficher lors d'un rendez-vous, c'est énorme. Shannon se plaint sans cesse que Declan est constamment interrompu par son téléphone. Le filin technologique créé par la communication instantanée est plus un collier étrangleur qu'un câble de sécurité de nos jours.

Il a éteint son téléphone *pour moi.*

Se souvenir de respirer est à peu près tout ce que je peux faire pour l'instant, surtout quand il porte son verre à ses lèvres et prend une longue gorgée de vin, ses lèvres enserrant le rebord du verre comme un baiser. Sa langue caresse le fond du verre et je fais travailler les muscles du fond de ma gorge pour ne pas gémir.

— Comme ça, nous ne sommes pas interrompus.

Sa voix est grave et profonde, ponctuée par le souffle lourd de quelqu'un qui… essaie activement de se souvenir de respirer.

— Tu as éteint ton téléphone pour moi, dis-je avec une

longue inspiration qui se répercute jusque dans mes os. C'est comme donner un rein pour un PDG.

Un côté de cette bouche irrésistible se retrousse en un sourire.

— Je n'irais pas aussi loin.

— Tu ne serais pas prêt à donner un organe pour moi ? le taquiné-je en soulevant mon verre de vin jusqu'à mes propres lèvres et en prenant une gorgée.

— J'ai un certain organe que je veux bien te prêter ce soir.

CHAPITRE 19

Je m'étouffe avec mon vin et il me remonte dans le nez. Ça brûle. Mon Dieu, comme ça brûle.

— Ne me dis pas que… – *reniflement* – tu viens sérieusement de me sortir une réplique digne d'un étudiant ?

Je penche la tête en arrière. Je sens le vin blanc couler à l'arrière de ma gorge et je tousse. Très fort. J'avais envisagé de ne plus avoir de voix après ma soirée avec Andrew, mais j'avais un autre scénario en tête.

Il baisse la tête et se mord les lèvres.

— Je suppose que oui.

Il se lève pour aller chercher une boîte de mouchoirs sur le manteau de sa cheminée, traversant rapidement la pièce pour me les donner.

— Merci, mais qu'est-ce que je vais faire avec ça ? Me les fourrer dans le nez ? Je viens littéralement d'inhaler ton Domaine Leroy de je ne sais quoi.

— Je manque de pratique. Je n'ai pas fait ça depuis longtemps, avoue-t-il, les mains sur les hanches dans un geste de légère ignorance.

— Utiliser des répliques d'étudiant avec les femmes avec qui tu sors ?

— Je veux dire que ça fait longtemps que je n'ai pas invité une femme à dîner chez moi.

— Oh.

Tandis que mes voies nasales se remettent d'avoir été envahies par des fruits fermentés, je renifle. Ça fait mal. Je renifle encore et encore, jusqu'à ce que la douleur dans mes sinus et mon épiglotte s'estompe suffisamment pour que je puisse avaler un peu d'eau.

— Est-ce que ça va maintenant ?

— Je pense que oui. Rappelle-moi de ne jamais mettre de vin dans mon pot Neti pendant la saison des allergies.

Il a l'air soulagé.

— À quand remonte la dernière fois que tu as reçu une femme à dîner chez toi ?

Il baisse lentement les bras et respire de manière contrôlée en traversant la pièce. Il a allumé la cheminée, une de ces simulations de flammes qui projettent une douce lumière derrière la large paroi.

Andrew s'arrête à quelques centimètres de moi, serrant doucement les poings.

— C'est important pour toi de le savoir ?

— Oui.

Le baiser qu'il plante sur mes lèvres est rapide et simple, sa bouche humide et chaude.

— Jamais, dit-il, ses doigts remontant le long de ma nuque et s'enfonçant dans mes cheveux.

Il prend mon visage entre ses mains et je croise son regard. Ses yeux me demandent de le suivre partout où il me mènera.

— Jamais ?

— Tu es la première.

— Tu m'as dit que tu n'avais pas fait ça depuis longtemps.

— *Depuis longtemps* est un code pour *jamais*.

— Tu as ta propre langue ? Il faut que j'apprenne à parler couramment le Andrew.

— C'est comme parler en langues, murmure-t-il contre mon cou, sa bouche y déposant des baisers, sa langue laissant des marques humides en chemin.

— Comme à l'église ? demandé-je, en tendant la main vers des parties de son anatomie qui me parlent en ce moment.

Je l'entends aspirer l'air entre ses dents, ce qui m'encourage à l'embrasser langoureusement.

— Oh, mon Dieu, gémit-il contre ma bouche.

— Je prends ça pour un oui.

Je me retrouve en l'air, ses mains me tenant par les fesses, mes jambes temporairement sonnées jusqu'à ce que mes cuisses s'enroulent autour de sa taille comme si elles avaient été programmées par un être divin pour le faire. Mes mains s'accrochent à la peau chaude à l'arrière de sa nuque et je suis aveuglée par la force du baiser et de nos mouvements. Sa bouche est un terrain de jeu, et je suis sur une balançoire. Un carrousel. Une bascule.

Et un toboggan, qui m'entraîne toujours plus bas...

Mon dos se heurte à une douce fraîcheur, et je réalise qu'il m'a portée jusqu'à sa chambre et déposée sur son lit. Son corps s'étale sur le mien, me recouvrant d'une plénitude musclée et taillée dans le marbre, si exquise que je me cambre, cherchant à en avoir plus. Ses mains explorent tout mon corps. Elles s'enfoncent dans mes cheveux, m'englobent les seins. Sa délicieuse bouche s'affaire à me lécher et à me goûter, ne cherchant plus simplement à me chercher.

Plus de questions. Nous savons tous les deux exactement où cela nous mène.

Dieu merci.

— Ça fait tellement longtemps que j'ai envie de toi, murmure-t-il, s'écartant légèrement de moi en roulant puis tenant sa mâchoire d'une main pour me regarder.

Mon esprit disjoncte. Vraiment. C'est comme s'il y avait un court-circuit dans l'univers et que tout s'arrêtait pendant deux secondes, puis repartait.

— Vraiment ? Parce que j'étais là. Depuis le début.

Mes mots sont doux et souples, tout comme mon corps. Ma jupe est relevée au niveau de mes hanches et il prend le temps de me caresser, de me savourer. Je sens l'intensité de ses doigts comme un courant, un flux constant d'émotion et de besoin qui passe jusqu'à moi.

Le fait de me dévoiler ainsi – pas seulement me laisser

toucher, caresser ou cataloguer – demande une certaine stabilité que je me découvre avec surprise. J'ai l'impression de ne ressentir ça que lorsque je suis avec lui. Je n'en sais rien. Au lieu de me tourner vers lui ou de rouler pour me cacher, je le laisse utiliser ses mains pour étudier mon corps avec un lien viscéral qui m'est totalement inconnu.

Ses yeux deviennent contemplatifs, son souffle paisible. Je le touche à mon tour. Nous ne nous embrassons pas. Pas encore. Pas maintenant.

— Je sais.

Sa voix rampe le long des contours de ma peau, comme si elle voyageait par le sang dans mes veines, cherchant à envoyer son message de désir à chaque pore, à chaque cellule.

— Et merci.

— Merci ? Merci pour quoi ?

Mes propres mains me démangent de le toucher, mon désir plus puissant que ma patience. Je glisse les doigts entre la ceinture de son pantalon serré et sa chemise. Je remonte l'étoffe, cherchant à dévoiler l'étendue chaude de son dos musclé.

— Eh bien, dit-il avant de s'interrompre. D'avoir attendu.

— Je n'attendais pas, expliqué-je. J'avais abandonné.

Une telle honnêteté ferait voler en éclats toute interaction avec un autre homme, mais pas cette fois-ci. Pas en ce moment.

Pas avec cet homme.

Tandis que j'observe les lignes de ses épaules, mémorisant l'angle de ses omoplates, utilisant le bout de mes doigts pour tracer la courbe de ses muscles se détachant sur ses os, j'apprécie la large étendue de peau qui abrite son essence.

Il caresse un de mes mamelons du bout du doigt. Il bouge si lentement que c'en est presque une torture. Chaque millimètre me fait haleter. Je ne peux qu'inspirer, encore et encore, jusqu'à ce que mes poumons se soulèvent pour rencontrer ses doigts, suppliant d'être libérés.

Il fouille dans mon décolleté, en extrait un téton rose et dur, et sa bouche – oh, doux Jésus.

Cette bouche.

— Andrew.

Je prononce son nom avec un souffle et un frisson, comme si mes cordes vocales et mes muscles étaient incapables de discerner avec quel système biologique réagir. Sa bouche joue des tours à ma peau tandis que sa main libre glisse entre mes cuisses, où tout le sang de mon corps s'est accumulé et où battent une timbale, une grosse caisse et un dum dum, le tout en concert.

Je suis, singulièrement, devenue le point de pulsation de l'univers.

Un besoin soudain de le sentir me fait pousser contre sa main, mes doigts au niveau de sa boucle de ceinture. Ne voyant pas ce que je fais, je me guide au toucher, trouvant le métal dur de ce rectangle familier, mon esprit recréant le processus pour défaire la ceinture pendant que mes mains effectuent ces gestes.

Une fois sa ceinture enlevée, je défais son bouton, j'ouvre sa braguette, et avant que je ne puisse le toucher, il m'embrasse à nouveau. L'air froid de la nuit rencontre mon mamelon humide alors que le feu de son excitation m'enflamme, le froid laissé par son bref abandon me pousse à tirer sur sa chemise, la relevant pour accéder à son corps.

Je dois le voir. Tout voir. Tout sentir. L'inventorier et vérifier que c'est bien réel. Que c'est en train de se passer. Que je ne rêve pas et que je n'hallucine pas. Nous sommes dans sa chambre, sur son lit, et sur le point de faire l'amour, nus et partageant une délicieuse intimité.

— Amanda, dit-il d'une voix râpeuse, ses lèvres contre les miennes, son érection pressant contre ma cuisse, son corps décrivant de lents mouvements saccadés contre moi, m'offrant un avant-goût de la suite.

Sa bouche joue avec la mienne, telle une spirale nous entraînant toujours un peu plus haut, chaque baiser plus intense que le précédent. Son ventre nu frotte contre mon ventre habillé. Le sentir sur moi est tout simplement divin.

De ses doigts rapides et agiles, il défait l'agrafe de mon soutien-gorge et me libère. Je m'assois et il me regarde intensément lorsque je déboutonne mon haut et que je l'enlève. Je reste là, avec le soutien-gorge lâche.

Je ne me suis pas retrouvée nue, au clair de lune, avec un homme depuis si longtemps que j'ai l'impression que c'est la première fois.

Ce n'est pas le cas, mais c'est ce que je ressens.

Il se charge de l'étape suivante, caressant mes bras de ses mains, remontant le long de mes épaules et envoyant valser ma lingerie d'un coup de poignet, me laissant les seins nus.

Sans un mot de plus, il déboutonne la dernière partie de sa chemise, l'enlève, saisit l'ourlet de son t-shirt de concert puis lève ses bras musclés. Son haut, recouvrant son visage pendant un instant, m'offre une vue complète de son torse nu sans qu'il puisse me voir le reluquer.

C'est alors que je suis terrassée par une prise de conscience.

Il est *magnifique*. Bien taillé et musclé, sauvage et parfait, avec la peau texturée d'un homme qui passe des heures chaque jour avec un entraîneur personnel. Je sais à quoi ressemblent ses jambes dans un cycliste, et je l'ai aperçu ces deux dernières années en costume, avec et sans la veste, mais à l'idée d'avoir le corps à moitié nu d'Andrew McCormick à quelques centimètres du mien et exposé comme ça, je me fige.

Cet homme est sur le point de me faire l'amour. Je veux qu'il explore et apprécie tous les endroits intimes de mon corps et de mon cœur auxquels seul mon *oui* lui donne accès. Et mon *oui* se ressent dans chaque groupe de nerfs, chaque rougeur, y compris sur ma poitrine et dans les parties humides et animales de mon corps qui savent que nous avons un lit immense, une vue magique sur l'océan, et tout le temps ce soir pour se faire des choses délicieuses, à couper le souffle et savoureuses.

— Enlève ta jupe, chuchote-t-il.

Andrew est à genoux, son pantalon défait, les mains sur le côté et à quelques centimètres de moi. Il me domine, dégageant chaleur et volonté. Sa respiration est contrôlée, et ses mots me poussent à mettre les mains dans mon dos pour dézipper ma jupe, comme si je n'avais pas le choix, comme si je devais lui obéir parce que je me suis déjà abandonnée à lui, même si mon esprit n'a pas encore tout à fait conscience de ce que mon corps sait déjà.

Je m'extrais de ma jupe en me trémoussant. Je ne porte plus que ma culotte à présent, et il rampe sur moi, m'allongeant sur le dos, nos corps reliés par un baiser qui me tend des orteils aux oreilles, me transformant en une âme qui fourmille et respire, qui ne connaît que la sensation et qui cherche à comprendre le monde par son toucher. Son goût. Ses bruits. Son regard.

Lui.

— Tu es encore plus belle en vrai que je ne l'avais imaginé pendant tout ce temps, dit-il entre les baisers et les caresses, la chaleur et la pression, la friction et les mouvements, et les *oh*.

De ses bras musclés, il se soulève, incroyablement haut, et la lumière de dehors vient éclairer son visage.

Je vois la vérité dans ses yeux.

Cette vérité me donne la permission de le toucher, de plaquer mes paumes contre les muscles épais de sa taille, de laisser mes mains errer en l'explorant, de fermer les yeux pour le sentir. J'ai le droit de le toucher et sa respiration saccadée me laisse entendre qu'il aime ça. Je me détends suffisamment pour lui lécher la base de la gorge, puis je l'embrasse sur le menton. Sa barbe d'un jour me fait frissonner.

Est-ce qu'il va le faire ? Est-ce qu'il… ? Ma timidité me quitte, comme la rosée du matin s'évaporant sous l'effet des premiers rayons de soleil.

Il rompt le baiser et se penche vers mon sein, aspirant un mamelon dans sa bouche tandis qu'il passe une main entre mes jambes. Je suis trempée, et pendant que mon esprit s'évade pour quelques secondes vers un pays d'extase dont j'ignorais l'existence, il finit de me déshabiller.

Puis il se lève et fait de même.

Son grand corps chaud et nu contre le mien, ses poils épais contre ma propre peau lisse présentent leur lot de contrastes.

— Je n'arrive pas à croire que ça arrive vraiment, dis-je, alors qu'il rampe dans le lit et vient se serrer contre moi.

Mais mon ton n'est pas incrédule. C'est plutôt une confirmation.

— Alors je dois y remédier, parce que si tu n'es toujours pas sûre que c'est réel, il faut que je passe à la vitesse supérieure.

Sa bouche entame une lente descente entre mes seins, sur mon ventre, et vers la terre promise.

Et sur ces mots, il tient parole. Ses mains, sa bouche, sa langue provoquent tandis qu'il me goûte soupirs, gémissements, cris de plaisir et libération découlant de deux années d'ignorance. Nous rattrapons le temps perdu. Encore une fois. Encore et encore.

Et *encore*.

Vous vous souvenez des mathématiques du sexe ? Hum hum.

Eh bien dans ce jeu, nous sommes tous les deux vainqueurs.

J'ai un aveu à vous faire.

Je n'ai jamais passé la nuit dans le lit d'un homme.

Je me réveille dans une panique totale, mon cœur martelant ma poitrine comme si un ours avait fait tomber un nid d'abeilles et qu'elles tentaient toutes de s'échapper à la fois dans un grand bourdonnement furieux. Je suis couverte de sueur et mes jambes sont collantes.

Pourquoi mes hanches me font-elles mal ?

Et qui est ce beau gosse musclé de quatre-vingt-dix kilos et plus d'un mètre quatre-vingt au lit avec moi ?

— Amanda ? demande-t-il en s'asseyant.

Ses cheveux sont rabattus sur un côté de son visage et il a les yeux encore lourds de sommeil. En plein jour, si près de lui, ses yeux sont encore plus marron. Comment est-ce possible ?

— Qu'est-ce qui ne va pas ?

Ses mains chaudes caressent mon dos nu, remontant sur mes épaules dans un geste qui est censé me réconforter.

Sauf que je suis en panique à cause de ce rêve stupide où je me retrouve nue en public.

Et là, je suis nue en public.

Pour de vrai.

En quelque sorte.

La nuit dernière me revient à l'esprit, comment M. Chaud comme la braise ici présent a utilisé cette même bouche qui me sourit. Comment je me suis cambrée et appuyée contre ses lèvres pour en avoir plus, comment cette langue a fait trembler mes cuisses, comment ces mains qui me frottent doucement le dos m'ont fait émettre des sons atteignant des octaves auxquelles, j'en suis presque certaine, la gorge humaine ne peut accéder que pendant l'orgasme.

Les orgasmes.

Tout mon corps picote lorsque je prends le drap et que je le tire sur ma poitrine.

— Je vais bien. C'était juste un rêve.

Sa main passe sur ma poitrine, dévoilant un sein en écartant le drap.

— Ton cœur bat la chamade. Ce devait être un sacré rêve.

Je cligne des yeux encore et encore, mon visage figé alors que j'essaie de me calmer et de détendre mes épaules. Mon cou est crispé par la tension et il est à côté de moi, assis, et oh, oui. Il est très certainement nu lui aussi.

La lumière du jour est à la fois une bénédiction et une malédiction.

— C'est le même rêve que je fais presque toutes les nuits depuis que j'ai cinq ans, dois-je admettre.

Je ne sais pas pourquoi je le lui dis. Peut-être que le fait d'être réellement nue me donne l'impression que je peux parler d'être nue en rêve.

— Wouah. Le même rêve presque chaque nuit depuis près de vingt ans ?

— Je sais.

— C'est intense.

Je ne peux pas m'empêcher de le regarder, distraite à présent. Il baisse la tête pour me forcer à le regarder.

— Salut.

— Salut.

Ai-je mentionné le fait que je n'ai jamais, *jamais* passé la nuit chez un homme ? Que suis-je censée faire maintenant ? La marche de la honte n'implique jamais la lumière du jour. Le soleil brille très certainement à l'heure qu'il est, m'observant avec espièglerie alors que je gère maladroitement ce réveil à ses côtés.

Andrew règle la question du *Que suis-je censée faire maintenant ?* en m'embrassant. C'est un baiser langoureux, mais je me retire rapidement parce que, bonjour l'haleine du matin.

Puis tout à coup, cela n'a plus d'importance, car je constate qu'il s'en fiche. Je suis ses indications. S'il voulait que je parte, ce serait gênant et bizarre, non ? Il serait debout, douché et boirait son café, et je me dépêcherais de m'habiller. Nous prétendrions que cette nuit ne signifiait rien et je partirais avec ce sentiment confus d'avoir eu une aventure d'un soir et de ne pas savoir exactement où ranger les émotions liées à cet acte charnel.

Mais ce n'est pas le cas. Pas du tout.

C'est le baiser d'un homme qui a apprécié la nuit dernière, d'un homme qui n'est pas pressé de se séparer de moi, et alors que je baisse la main pour lui caresser les fesses et plus encore, je découvre une preuve suffisante de ses intentions.

Je suis ses indications, et il m'en présente une très grosse en ce moment même.

— Dis donc, murmuré-je, la main s'enroulant autour de sa tige délicieusement éveillée. C'est l'heure du petit-déjeuner au lit ?

— Oh, mon Dieu, soupire-t-il alors que je lui offre ma variante du service en chambre, m'enfonçant sous les couvertures pour lui rendre un peu de ce que j'ai reçu hier soir.

— Tu es parfaite, ajoute-t-il d'une voix tendue, qui se détend considérablement quelques minutes plus tard lorsqu'il trouve sa propre octave spéciale, plus grave.

Il commence à me rendre la pareille et il me vient à l'esprit que tout pourrait recommencer. Que cette dernière nuit n'était pas une aberration. Qu'il en veut plus.

Et juste à ce moment-là, une sonnerie retentit dans l'appartement.

— Qu'est-ce que c'est ? demandé-je alors que la tête d'Andrew se soulève de sous le drap avec un gémissement de frustration.

— C'est le concierge de l'immeuble.

— Un colis ?

— Non, gémit-il, en sautant du lit et en se dirigeant vers la salle de bain.

Ah, cette vue. Cette *vue*. Je ne savais pas qu'un cul pouvait avoir autant de muscles. Il sort de la salle de bains, vêtu d'un fin peignoir en soie et se dirige vers le lit, plantant un baiser sur mon front.

— Qu'est-ce qui se passe ?

— Quelqu'un a réalisé que mon téléphone était éteint et a eu recours à ça.

— Oh, dis-je d'une petite voix.

Il prend son pantalon et sort son téléphone pour l'allumer. Il vibre par à-coups, comme un vibromasseur qui n'a presque plus de piles.

Non pas que je, euh, sache à quoi ça ressemble ou le bruit que ça fait.

— Bon sang, marmonne-t-il pour lui-même. Deux cent quarante-sept textos. Mon téléphone n'arrive pas à suivre toutes les notifications.

Aoutch. Et moi qui pensais que ça craignait quand ma mère... oh, non.

Ma mère.

— Tu peux me passer mon sac à main ? demandé-je.

Il va le chercher dans le salon et me le ramène, les yeux rivés sur l'écran de son téléphone.

La magie est définitivement terminée.

Le temps que je vérifie mes messages et que je réponde à ma mère pour lui assurer que je n'ai pas été enchaînée à un mur dans un repaire au Mexique et que je n'ai pas été vendue comme esclave sexuelle par un milliardaire pervers, j'entends le bruit d'une cafetière.

Il ne m'est jamais venu à l'esprit de demander à Andrew s'il buvait du café. Dieu merci, il en boit, car ce serait un véritable tue-l'amour. Je peux supporter un PDG bourreau de travail avec un corps taillé par le Crossfit et une langue qui devrait se qualifier pour un triathlon Ironman, mais s'il ne buvait pas de café, je m'en irais, parce que ce n'est tout simplement pas humain.

JULIA KENT

J'en profite aussi pour fouiner.

Je l'entends parler dans le salon. La discussion semble tendue ; j'évite d'envahir sa vie privée. La nuit dernière, il m'a accueillie dans son lit et je l'ai accueilli dans mon corps. Ce matin, il est temps de revenir à la réalité, où les frontières existent effectivement, et il est important de les respecter.

Même si j'ai vraiment, vraiment besoin de caféine.

Fouiner et *respecter les limites* peuvent sembler contradictoires. Mais ce n'est pas le cas. Soyez indulgents avec moi. Je peux vous expliquer. Tout ce que je sais d'Andrew vient soit directement de lui, soit de Shannon, un peu de Declan, un peu de mes recherches incessantes sur Google, et de mon examen physique ô combien minutieux du plus grand nombre de recoins de ce corps de rêve que j'ai pu raisonnablement observer au second rencard.

C'est l'occasion d'en savoir plus.

— Et merde ! crie-t-il depuis l'autre pièce.

La cafetière crachote.

Hors de question que je m'y aventure pour l'instant. Ça me laisse plus de temps pour fouiner, euh… chercher.

Son dressing est plus grand que ma chambre. Il a l'air d'aimer particulièrement les tons violet et bleu ardoise, ces couleurs chinées provenant de tailleurs si sélects qu'ils n'ont pas de magasins de détail. Ses costumes sont alignés comme de bons petits soldats, et rien ne sort du rang. C'est l'un de ces dressings où les chaussures ne sont pas par terre, ou dans de petits cubes. Je saisis la poignée d'un tiroir et ce dernier s'ouvre, décrivant un angle de quarante-cinq degrés, révélant des chaussures habillées aux lignes nettes, sur trois niveaux.

Je remets le « tiroir » en place et je m'éloigne.

Je regarde par la fenêtre et je vois son petit balcon. Il ne s'agit en fait que de deux chaises, d'une table et d'un parasol. Contrairement à tous les autres balcons, il n'a pas de plantes. Rien. Pas un seul élément de décoration. Il offre un contraste saisissant avec le reste de l'appartement, à la conception et aux alliances de couleurs soignées, et à l'apparence bien pensée par quelqu'un qui sait ce qu'il fait.

Bizarre.

Sa table de nuit est une mine d'or. Il y a quelques magazines de fitness, un ordinateur tablette et une bouteille de lubrifiant. Je ferme les yeux et fais de même avec le tiroir. Si jamais il fouillait dans ma chambre, il trouverait bien plus qu'une bouteille de lubrifiant dans les tiroirs de ma table de nuit. J'assure à moi seule la survie de l'industrie des piles pendant mes périodes de traversées du désert.

Les tiroirs de sa commode sont remplis de chaussettes et de sous-vêtements roulés, de t-shirts et de jeans pliés. Des polos. Des vêtements de sport. Chaque type de vêtement a son propre tiroir. Un bol en bois sculpté à la main sur une commode contient une montre analogique à l'ancienne, de la monnaie dans diverses devises et quelques épingles à cravate. Des boutons de manchette.

Et une seule photo repose sur sa commode.

C'est lui, Declan, Terry, son père et sa mère, tous sur un bateau quelque part sur l'océan. Je suppose qu'elle a été prise peu avant la mort de sa mère, car Andrew a environ quinze ou seize ans. Il est grand, mais pas autant que maintenant, et il a l'allure d'un adolescent sur le point de s'étoffer sous l'effet de la testostérone.

Une brise souffle de la gauche, poussant leurs cheveux sur le côté, et ils rient. Andrew regarde sa mère, Declan fixe l'appareil photo, Terry tient l'épaule de sa mère, et elle ne regarde pas vraiment celui qui prend la photo.

James sourit de toutes ses dents. Son sourire est presque aveuglant.

Les larmes me frappent comme si on m'avait tiré dessus par-derrière, comme si une flèche venait de me transpercer les côtes et d'atteindre mon cœur. La sensation est si soudaine et inattendue que je hoquette, un bruit animal remplissant ma gorge douloureuse.

C'est à cela que ressemble une vraie famille. Une famille heureuse. Remplie de joie et d'amour.

Et tout cela peut voler en éclats en quelques secondes.

Nous n'avons pas de photos de ce genre chez moi.

Je doute même qu'il en existe.

Au moins, Andrew a ça. *Avait* ça. Avait un monde où les gens se regardaient comme *ça*.

— Tu ne sais pas de quoi tu parles ! dit Andrew, d'une voix forte, mais contrôlée.

Je renifle et je me détourne. Si je continue à regarder cette photo, une partie de moi va s'effondrer, et pour l'instant, je ne peux pas faire vibrer une nouvelle note sur une fréquence différente, parce qu'il y en aurait trop et que la dissonance me ferait éclater.

Je traîne le drap partout où je vais, masquant ma nudité et je décide qu'il est temps de prendre un café. Lorsque j'atteins le seuil entre la chambre d'Andrew et le salon, j'entends :

— Dec, ce n'est pas ce que tu crois. Amanda n'est pas pareille.

Je me fige.

Declan ? Il a crié sur Declan ?

À propos de *moi* ?

— Écoute, je sais. Je sais.

Je me cache, tout en le regardant faire les cent pas dans la cuisine en acier inoxydable et en granit, naviguant entre les plafonniers bas qui pendent à intervalles réguliers au-dessus du bar du petit-déjeuner.

— Et je ne le ferai pas. Je ne la ferai pas souffrir cette fois.

Il passe une main frustrée dans les cheveux en bataille, laissant des mèches dressées sur le sommet de son crâne. Il est agité.

— Je sais que c'est la meilleure amie de Shannon…

Une série de sons forts et furieux sort de son téléphone. Même moi, je les entends, et ma bouche se retrousse quand je réalise que Declan joue le rôle du grand frère protecteur.

Mais protecteur envers moi.

Que lui a dit Shannon ?

— Et ce n'est pas un coup d'un soir, Dec. Elle est toujours là.

Il n'y a plus de bruit à l'autre bout du fil, puis j'entends, distinctement :

— Quoi ?

La voix de Declan sort du téléphone d'Andrew.

— Aucune femme n'est jamais restée dormir chez toi.

Tout mon corps se réchauffe. Je rayonne.

C'est vrai.

C'est une première pour nous deux.

— Je sais. C'est ce que je veux dire. Cette fois, c'est différent. Ne t'en fais pas, dit Andrew en baissant d'un ton.

Declan dit quelque chose. Le visage d'Andrew se tend.

— Tu ne vas pas remettre ça, Dec ? Toi et moi, on doit être d'accord sur notre désaccord. On a tous nos propres niveaux de risque qu'on est prêts à courir.

Declan dit quelque chose que je ne comprends pas, et Andrew rit.

— Ne t'en fais pas. Je ne vais pas gâcher ton mariage. Je te le promets.

La voix d'Andrew se rapproche et je réalise qu'il ne peut pas me trouver comme ça, alors je me précipite et fais semblant de sortir du lit.

Il me sourit, les yeux scrutant mon corps.

Je passe devant lui et trouve deux tasses de café chaudes sur le comptoir. J'en prends une, puis je me dirige vers le frigo pour prendre du lait.

Pas de lait.

Il a trois bières, un citron vert et deux litres de jus d'orange dans un réfrigérateur de la taille d'un SUV.

Je ferme la porte et me résigne à boire du café noir.

— Je dois y aller. OK. À plus.

Andrew raccroche et me lance un regard indéchiffrable.

— Tout va bien ? lui demandé-je, en soufflant sur le café chaud et en prenant une gorgée.

Je grimace. Certes, j'ai besoin de caféine, mais le café noir est amer.

— Ouais. Les affaires.

Menteur.

— Tu bois ton café noir ? demande-t-il, surpris.

— En fait, non. Ton frigo ressemble à celui d'un étudiant.

Il éclate de rire.

— Oui, je ne mange pas beaucoup. Comment prends-tu normalement ton café ?

Je prends une autre gorgée de café. Puis une gorgée complète. Ce n'est pas si mal.

— Avec du lait.

— Entier ou écrémé ?

— Ces derniers temps, je suis plutôt latte breve, en fait.

Il prend son téléphone, tape quelque chose et le repose.

Nous restons plantés là.

Ah. C'est donc *ça* la partie gênante.

— Tu veux aller boire le café sur le balcon ? demandé-je. C'est magnifique dehors.

Ses yeux affichent une brève panique, mais il l'apprivoise si vite que je ne suis pas certaine de ce que j'ai vu.

— Tu es superbe dans un drap, dit-il alors que j'engouffre un peu plus de café noir.

Il prend sa tasse et en descend la moitié en une seule gorgée. Il ne se dirige pas vers le balcon, mais il ne répond pas non plus à ma question.

— C'est mon look toge.

— Tu es plus jolie sans.

Je rougis. Je reste plantée là, car je ne sais vraiment pas quoi faire ensuite. Il ne veut pas sortir, il agit vraiment bizarrement…

Il décide pour moi, en traversant la pièce et en mettant ses bras autour de moi.

— La nuit dernière a été incroyable.

— Oui.

— Et ce matin, c'était… fait-il en poussant un soupir. Merci.

Le baiser qu'il me donne fait disparaître la moitié de la gêne.

Mais seulement la moitié.

— J'ai un voyage d'affaires, dit-il en appuyant son front contre le mien.

L'haleine de café remplit l'espace entre nous.

— Aujourd'hui ?

Il hoche la tête.

— Je serai absent pendant une semaine.

Mon estomac se remplit de déception, mais je me contente de répondre :

— D'accord.

— J'aimerais te voir à mon retour. J'aimerais pouvoir t'emmener.

— Je dois travailler.

Et enchaîner les rencards, pensé-je. Mon visage doit trahir mes pensées, car il m'adresse un regard interrogateur.

Je reste silencieuse. Inutile de lui dire que je vais avoir six rendez-vous pendant son absence, n'est-ce pas ?

— Mais samedi prochain, tu es à moi.

Ses paroles provoquent une décharge en moi à côté de laquelle la caféine fait pâle figure.

— Et pendant les trente prochaines minutes aussi, dit-il, en me prenant la main et en me ramenant lentement vers le lit.

Vingt minutes plus tard, Andrew a pris son petit-déjeuner au lit, lui aussi. Je suis un tas de chair désossée et repue, et la sonnerie de la porte retentit à nouveau.

Je gémis. Andrew se lève.

Et revient avec un latte breve que quelqu'un vient de livrer.

— C'est ce que j'appelle un petit-déjeuner au lit, dis-je en me blottissant contre lui.

— Je préférais ta version, dit-il en m'embrassant.

Au moment où nous prenons notre douche et où nous nous séparons, je me rends compte que je n'ai pas eu l'occasion de sortir sur ce magnifique balcon et de respirer l'air de l'océan.

Ce n'est pas grave.

Je le ferai la prochaine fois.

CHAPITRE 20

— $\mathcal{T}$u transpires plus qu'une femme au troisième trimestre de sa grossesse au Texas en août.

— Je n'y peux rien si je sue quand je suis stressé ! réplique Josh. Certains mangent pour évacuer leur stress. Moi, je transpire.

— Ça te rend moite, dis-je en lâchant sa main.

Dans le cadre de cette visite mystère de cours de préparation à l'accouchement, nous sommes censés nous faire passer pour un couple heureux. Difficile de faire semblant en tenant la main d'un homosexuel dont la paume ressemble à une couche mouillée.

— Ne prononce pas le mot « moite ». Je déteste ce mot.

Cela a pris près d'un mois, mais l'évaluation du cours de préparation à l'accouchement est lancée. Josh et moi devons assister à deux de ces cours de quatre heures ici à l'hôpital, avec une maison de naissance attenante, ce qui signifie que nous avons le droit aux cours les plus orientés « accouchement naturel » de la ville. Andrew est à nouveau absent et je ne l'ai pas vu depuis plus d'une semaine.

Encore une fois.

Cette nuit où il a éteint son téléphone a été la plus longue période ininterrompue que j'ai passée avec lui depuis que nous avons commencé à sortir ensemble. Il est censé rentrer aujourd'hui pour une réunion du conseil d'administration, mais je n'ai pas eu de nouvelles de lui depuis qu'il est monté à bord du jet de la compagnie ce matin.

Ce qui veut dire que je suis grincheuse.

— Moite, répété-je au père de mon faux bébé.

Je me dandine le long du couloir menant à la salle multimédia où se tiendra notre cours de préparation à l'accouchement sous hypnose. Josh semble avoir peur qu'un vagin géant avec des dents se cache derrière chaque recoin, prêt à lui bondir dessus et à le dévorer.

— C'est la bonne salle ? demande-t-il alors que nous nous arrêtons devant le panneau indiquant clairement « Cours de préparation à l'accouchement sous hypnose ».

Il se cache les yeux d'une main et regarde entre ses doigts.

— Ce n'est pas comme si on regardait *It Follows* ou *Vendredi 13*, pour l'amour du ciel, craché-je. C'est juste le miracle de la naissance. Et personne ne va te tendre une embuscade avec une chatte dans le couloir.

Il s'essuie le front avec son avant-bras.

— Je suis désolé, Amanda, grogne-t-il. Nous ne sommes pas tous de parfaits petits clients mystères comme toi. Franchement, ça me fait flipper à mort et j'aurais vraiment préféré que Greg puisse t'accompagner.

— Greg ? En tant que père de mon bébé ?

Je caresse la bosse du bébé que je porte. Il s'agit d'un coussin lesté sous une robe de maternité, avec une gaine lâche entre les deux. Cela élargit mes hanches, comme si j'étais vraiment enceinte, et je me retrouve à me dandiner légèrement. Bien que j'aie quelques amis du lycée qui ont déjà des enfants, je suis en grande majorité entourée d'amis et de collègues d'une vingtaine ou d'une trentaine d'années qui n'en ont pas encore.

À part Jeffrey et Tyler, je ne passe pas vraiment de temps avec des enfants. Encore moins des bébés. C'est pourquoi, quand j'entre dans la salle de conférence où nous allons rester assis pendant quatre heures pour ce cours de préparation à l'accouchement, je suis prise au dépourvu par une aquarelle géante prenant tout le mur qui me frappe en plein visage.

Il s'agit d'une représentation énorme de lèvres, avec une rose rouge qui sort du vagin.

— Ooooh, un Georgia O'Keeffe ! s'exclame Josh, s'arrêtant net.

Il pose la main sur mon coude. Il y a une possessivité toute masculine dans ce geste qui me fait m'arrêter.

— Ce n'est pas une fleur, chuchoté-je.

Les lèvres sont de différentes nuances de beige et de mauve, avec des lignes irrégulières qui…

— Oh, mon Dieu, halète Josh, resserrant sa prise. Est-ce que c'est un vagin ? Il fait la taille d'un Transformer.

— C'est la nouvelle Transformer, chuchoté-je. Vulvatron.

— Mais *en quoi* se transforme-t-elle ? demande Josh, en gémissant, alors qu'il met sa main sur sa bouche et qu'il me prend le bras.

— Vous aimez ce tableau ? dit un nuage d'huile de patchouli. C'est moi qui l'ai peint.

Nous nous tournons et découvrons sur notre gauche la dernière hippie de tout Boston. Non, vraiment. On dirait qu'on a pris une photo d'une hippie de Woodstock et qu'on l'a vieillie avant de lui donner une poupée en plastique avec un… bassin ?

Elle tend la main pour serrer celle de Josh

— Bonjour. Je suis Sunny. Félicitations pour cette bénédiction.

Son sourire est radieux. Josh lâche mon coude et lui serre la main.

— Je m'appelle Josh. Voici Amanda. Ma, euh, femme.

Cela me paraît tout bonnement effrayant à présent.

Il passe un bras autour de mon épaule et regarde les lèvres aux murs en faisant de gros yeux.

— C'est un sacré spectacle.

— Les chattes le sont généralement, dit-elle, en me tendant la main. Si puissantes. Si divines. Si intrinsèquement en accord avec l'essence de la vie et l'esprit d'unité.

J'ai lu le manuel d'accouchement sous hypnose pour préparer cette visite mystère, et bien que je sache que le programme encourage les couples et les enseignants à utiliser un langage « naturel », je dois dire que ça me surprend.

— Cha-cha-cha… bafouille Josh.

— Marie l'appelle « Chatoune », lui chuchoté-je.

— Ça n'aide vraiment pas, crache-t-il en retour. Maintenant, je ne pourrai plus jamais regarder ce stupide chat sans penser à – il agite les mains vers le tableau – ça.

— On dirait que tout le monde est là, annonce Sunny en brandissant une planchette à pince. Les dirigeants du conseil d'administration de l'hôpital insistent pour que je sois présente.

Personne ne rit, sauf Sunny, qui trouve sa propre blague hilarante.

Je me rends compte que le patchouli masque une odeur de quelque chose d'un peu plus vert.

— Il se peut que nous soyons brièvement interrompus par une visite organisée par les grands pontes, ajoute-t-elle avant d'énoncer rapidement nos noms.

Elle fait un geste de la main vers la fenêtre du couloir.

— Des donateurs de l'hôpital. Quelque chose à propos d'une nouvelle aile consacrée au cancer.

Nous nous retournons tous pour voir un agent d'entretien qui pousse un seau à serpillière.

— S'ils viennent ici, gémissez comme si nous contrôlions notre respiration pendant les contractions et ils partiront illico, dit-elle, déclenchant de petits rires dans l'assistance.

Sunny nous invite à nous asseoir.

Je regarde autour de moi. Il n'y a pas de sièges. Il n'y a que des backjacks, comme lors d'une retraite de méditation, et une pile géante d'oreillers dans les mêmes tons que les lèvres au mur.

— Les partenaires, installez-vous sur les backjacks. Les mamans, prenez autant d'oreillers que nécessaire pour vous mettre à l'aise et asseyez-vous entre les jambes de votre partenaire.

Je prends consciencieusement un oreiller en regardant quatre autres mamans à différents stades de grossesse se dandiner et prendre quatre ou cinq oreillers.

Josh ricane.

— Ce sera la première fois que j'aurai une femme entre mes jambes.

Je le frappe avec l'oreiller.

— C'est bien, dit Sunny d'un ton rêveur. Il faut s'amuser. Vous vous êtes amusés à mettre le bébé là-dedans, et nous allons faire en sorte que vous vous amusiez à le faire sortir. Tout est une question de danse, dit-elle en faisant bouger ses hanches. On va faire sortir ce bébé en dansant.

Josh me regarde, le dos contre le backjack, les jambes ouvertes comme s'il suivait un cours de yoga et commençait à s'étirer.

Je jette un coup d'œil dans la pièce. Il y a cinq couples au total. Un couple de lesbiennes, et quatre couples hétéros.

Je grimpe entre ses jambes et en me penchant, mon coussin de grossesse glisse entre mes seins.

— L'allaitement vient *après* l'accouchement, siffle Josh.

Je me tourne vers lui et cache le dysfonctionnement de ma garde-robe, en passant la main sous ma jupe pour tirer l'oreiller vers le bas. Lorsque je le remets en place et que je retire mon bras, je perds l'équilibre et je tombe la tête la première au niveau de son entrejambe.

— Je sais que je dois passer pour un hétéro convaincant, mais tu vas un peu trop loin, Amanda !

Je me hâte d'y remédier – dans la mesure où vous pouvez vous hâter avec six kilos de coussins attachés à votre ventre – et quand je me retourne, je vois une marée de costumes à la fenêtre. Ce doit être la visite des grands pontes. Alors que je défroisse ma robe et me prépare à m'asseoir, je croise le regard d'un homme dans la foule.

C'est Andrew.

Qui regarde mon ventre.

Et sourit.

— Parfois, l'univers fonctionne de manière mystérieuse, dit Sunny en guise d'introduction. Nous ne pouvons pas savoir ce que la déesse divine pense quand elle nous envoie des messages. Tout ce que nous pouvons faire, c'est profiter du voyage.

Andrew me regarde et hausse un sourcil. Puis il forme le mot « travail ? » sur ses lèvres.

Je hausse les épaules.

Il hoche la tête. Les costumes passent en masse, comme un troupeau de gazelles.

Je mets ma main à l'oreille pour imiter un téléphone.

Il hoche la tête et se détourne, parlant à quelqu'un qui aurait sa place dans une publicité de Fidelity Investments.

Josh me tire la main.

— Mets-toi entre mes jambes, murmure-t-il. On est censé faire semblant.

— Si une femme se met entre tes jambes, tu fais *clairement* semblant.

— C'était Andrew là-bas ? demande-t-il, en enroulant ses bras moites autour de moi.

Je me penche en arrière. Se reposer contre sa poitrine, c'est comme s'appuyer sur une rangée de bâtonnets de marshmallows à l'horizontale en train de griller.

— Est-ce qu'il y a une once de graisse sur ton corps ?

— Non ! fanfaronne-t-il. Grâce au Crossfit. Ce n'est pas fabuleux ?

— Tu es aussi agréable à câliner qu'un jeu de croquet.

— Ce n'est pas ce que disent mes petits amis ! réplique-t-il, un peu trop fort.

Un des pères lui lance un drôle de regard.

Josh m'embrasse sur la tempe et dit à voix haute :

— Je t'aime, chérie.

Il me caresse les cheveux comme si j'étais un chinchilla, puis le ventre.

Je frissonne.

— Tu es un très mauvais acteur.

— Tu fais une très mauvaise femme enceinte. Je ne te ferais pas confiance pour élever un singe de mer.

— Faisons un tour de salle et présentons-nous, maintenant que vous êtes blotties dans les bras de votre muffin d'amour, annonce Sunny.

Muffin. C'est à elle que Josh me fait penser. Il commence à

trembler, et il est à peu près aussi doux qu'un chihuahua sans poils.

— Je m'appelle Sunny. J'ai donné la vie trois fois, et j'ai deux fils et une fille. J'ai accouché dans l'eau pour les trois, et mon petit dernier est né dans l'océan, avec deux dauphins comme sages-femmes.

— Comment trouver une assurance médicale qui couvre les dauphins ? demande l'une des futures mères.

Je renifle, appréciant le sarcasme.

Tout le monde me regarde.

Oh. Elle ne plaisantait pas.

Sunny se contente de rire et de lui sourire béatement.

— C'est votre corps. Votre bébé. Vous pouvez accoucher où et quand vous voulez.

— Est-ce qu'on peut avoir une épidurale sur le parking ? demande une autre femme enceinte.

Je ne sais pas si elle plaisante ou non, alors j'évite de rire.

Tous les autres rient.

Andrew est de nouveau à la fenêtre. Il me fait signe. Je me pâme.

Josh embrasse à nouveau ma tempe.

Andrew lui jette un regard noir.

Une fois les présentations faites, Sunny passe à l'incontournable vidéo de naissance. Vous voyez le genre. La vidéo du couple arrivant à l'hôpital, la mère maquillée et ressentant des frissons qui vont bientôt se transformer en gémissements contrôlés d'intense concentration, les cris de joie, se terminant par un bébé au sein et les incontournables ballons d'hélium apportés par d'heureux grands-parents.

Du moins, c'est ainsi que j'imagine une naissance d'après les émissions de télé-réalité sur le câble.

Les lumières s'atténuent, et le film commence.

— Pourquoi est-ce qu'elle nous montre une perruque ? chuchote Josh à la première image de la vidéo.

— Ce n'est pas une…

— *Arggh !* couine Josh lorsqu'il devient évident qu'il s'agit d'une image d'entrejambe datant de 1973.

L'image change et se concentre sur le corps épanoui d'une femme enceinte jusqu'aux yeux, portant une robe vaporeuse, les cheveux longs et ornés de fleurs blanches.

Si elle n'était pas enceinte, elle semblerait sortir tout droit d'une publicité pour un gel douche.

— L'accouchement est aussi naturel que le temps lui-même, déclare la voix off.

— Ça n'a aucun sens, se plaint Josh en chuchotant. Qui a écrit le script de cette merde ?

— Tu vas griller notre couverture, sifflé-je. Tu dois ressembler à tous les autres partenaires.

Josh fait semblant d'être une biche éblouie par des phares.

— Parfait.

— Je t'aime, ma chérie, dit-il dans un murmure théâtral en embrassant à nouveau ma tempe.

— Amuse-toi à toucher mon ventre avec cette main humide et je te ferai masser mes pieds, déclaré-je.

Josh vacille. Il déteste les pieds. C'est l'opposée totale du fétichisme chez lui.

Un gars derrière nous tape sur l'épaule de Josh et lui dit d'un air compatissant :

— Ça, c'est les hormones de grossesse, mec.

Josh lui adresse un signe de tête et revient au film juste à temps pour voir un dessin de l'anatomie des organes génitaux d'une femme.

Puis une image réelle des mêmes parties.

— C'est toujours aussi rose ? Et humide ? demande Josh sous cape. D'où vient cette humidité ? Est-ce que c'est de l'urine ?

— La *moiteur*, tu veux dire ?

Je fais exprès d'être méchante. La faute à toutes ces fausses hormones de grossesse. On dirait qu'il a mangé une mauvaise cacahuète.

— Arrête de dire « moite » ! Pourquoi est-ce si humide ?

— La vulve ?

— Le vagin.

— Là, tu regardes des lèvres, une vulve et un clitoris. Le vagin est le tunnel d'où le bébé sort.

J'ai l'impression d'être une guide à bord du Vagin Express. Greg ne me paie pas assez pour fournir une éducation sexuelle à ses collègues. Je devrais sortir une boîte à pourboires.

— Où se trouve exactement le clitoris ? me demande Josh.

— C'est ce que *tout* homme se demande.

— Comment diable suis-je censé le savoir ? Je n'en ai jamais vu, réplique-t-il d'un ton cinglant. Par choix. Il plisse le nez. Et maintenant je sais pourquoi.

Je renifle.

— Comme si les pénis étaient esthétiquement agréables.

Il a l'air offensé.

— Qu'est-ce qui ne va pas avec les pénis ? Les pénis sont géniaux.

— Ils ont deux aspects. Tuyau d'incendie dégonflé ou Washington Monument portant un casque de pompier. Bien qu'ils soient certainement utiles, sensuels et excitants dans les bonnes circonstances, ce ne sont pas exactement des œuvres d'art.

Josh réfléchit pendant une minute, en mâchant l'intérieur de sa joue. Il penche sa tête d'avant en arrière comme pour peser mes mots, puis il me murmure enfin à l'oreille.

— Je te l'accorde.

— Chut, grommelle quelqu'un au fond de la pièce.

Nous nous taisons.

Le silence est à peu près la seule réponse rationnelle à ce que nous regardons pendant les dix minutes suivantes, car la vidéo décrit le processus de développement d'un bébé de la conception à la naissance.

— Vous pouvez faire pousser vos propres organes ? me chuchote Josh à l'oreille, son souffle chaud et frénétique ponctué de petits accrocs étranges.

Est-il au bord de l'hyperventilation ?

— Les femmes oui. Pas les hommes. Ha ha ! Ce n'est pas formidable ? Le placenta se construit à partir de mon corps. Le lait maternel aussi.

— Tu sais que tu n'es pas vraiment enceinte, n'est-ce pas ? *Tu* n'as pas construit de placenta à partir de pièces détachées et de cellules de ton corps. Et c'est un organe qui se détruit après la naissance du bébé.

— À moins de le manger, dis-je, distraite par la vue du pied d'un bébé qui se presse contre la paroi finement étirée de l'énorme ventre de sa mère, à l'écran.

— Manger *quoi* ?

— Le placenta.

— Les gens le mangent ? s'exclame-t-il. Ce n'est pas une forme de cannibalisme ?

Ses yeux scrutent le périmètre de la pièce à la recherche de sorties.

— Je ne savais pas à quel point l'accouchement pouvait être violent !

— Chuut, dit Sunny, les yeux vitreux. Nous parlerons plus tard de la façon de dessécher et de manger le placenta, quand je vous aurais enseigné le massage du périnée.

— Qu'est-ce qu'un périnée ? demande Josh, suspicieux.

— C'est une partie du cou de la femme, décidé-je de mentir.

— Ouf, dit-il, ses épaules se détendant.

Mais il tremble encore, et ses bras sont maintenant couverts d'une fine couche de sueur froide.

Il est la définition même de toutes les raisons pour lesquelles le mot *moite* est si dégoûtant.

— Franchement, qu'est-ce que ça coûterait à ces femmes de faire un petit effort pour soigner leur apparence ? murmure-t-il alors que nous regardons la présentation vidéo.

— Quoi ?

— Je veux dire, regarde-les. Pas de maquillage. Pas de vernis à ongles aux pieds, grimace-t-il. Des jambes poilues. Des toisons qui donnent l'impression qu'elles ont semé des graines de chia sur leur – il agite vaguement les mains vers la zone de l'entre-jambe – tu sais.

— Mont de Vénus.

Il frissonne.

— Ce mot est pire que « moite » !

— Tu attends des femmes qui vivent l'événement le plus douloureux et le plus sportif de leur vie qu'elles se *maquillent* ?

Il hausse légèrement les épaules.

— Je dis ça, je ne dis rien. Une pédicure ou un peu de fard à paupières montrerait au moins qu'elles ont essayé. Ce pauvre bébé va naître et sur toutes les photos, sa mère ressemblera à un diable de Jersey qui a oublié sa manucure-pédicure.

La présentation montre à présent une image de femme, les jambes écartées, avec la tête d'un bébé qui sort.

— Oh, mon Dieu, tu as vu ça ? s'écrie-t-il.

Ses yeux se révulsent et *bam* – il tombe dans les pommes, s'étalant sur le sol et roulant sur le côté sur la moquette industrielle.

— On dirait qu'il n'a jamais vu de vagin de sa vie, murmure l'un des pères.

Ses paroles se répandent dans la pièce, et tous les regards se braquent sur moi.

— Comment peut-elle être enceinte s'il n'a jamais…

— Nous sommes des mormons stricts, dis-je, me raccrochant aux branches.

Toutes les expressions s'adoucissent et affichent la compréhension, comme si *cela* expliquait tout.

— Il saigne ! s'étrangle quelqu'un.

Je regarde la tête de Josh et oui, il saigne bien.

Les minutes qui suivent sont un peu floues. Sunny lui administre les premiers soins, on fait venir quelqu'un des urgences et une infirmière m'assure que beaucoup de maris s'évanouissent de nervosité pendant ces cours, bien que « jamais aussi tôt dans la leçon ».

Quand Josh revient à lui, il regarde autour de lui, l'air hagard.

— « Lèvres » est un joli nom si c'est une fille, murmure-t-il avant de s'évanouir à nouveau.

Je préfère quand il est inconscient.

La marée de costumes apparaît, comme si ça ne suffisait pas que mon collègue gay et inconscient, qui joue le rôle de mon faux mari, se vide de son sang sur le sol d'une salle de conférence où la tête d'un bébé émerge du vagin d'une femme et – aoutch ! – où on comprend l'intérêt des points de suture après l'accouchement.

Ajoutons quelques PDG aux cheveux gris et leurs ronds-de-cuir. Et un PDG délicieux qui a très certainement déjà vu un vagin.

Le mien.

— Tu n'en es pas à tes débuts en termes de faux conjoints, me glisse Andrew à l'oreille, alors que la foule s'agite au-dessus du corps de Josh ou échange à voix basse sur les questions de responsabilité.

Sunny allume un bâton de sauge et commence à marmonner quelque chose tout en agitant les feuilles qui brûlent au-dessus de mon « mari ».

Andrew regarde mon ventre avec un mélange d'amusement et un côté protecteur. J'ai envie de le toucher, mais je ne peux pas. Il a, de toute évidence, compris la ruse. Bien que je ne puisse techniquement pas lui dire que Josh et moi travaillons, il le sait clairement.

— Est-ce que vous me harcelez, M. McCormick ? murmuré-je, en frottant mon faux ventre. Vous apparaissez dans les moments les plus étranges de ma vie.

— Je suis membre du conseil d'administration de l'hôpital, Mlle Warrick, répond-il en souriant. Nous faisons une visite annuelle.

— Je me prépare pour le plus beau moment de ma vie, expliqué-je en lui adressant un clin d'œil.

Il dissimule un sourire.

Sunny glisse jusqu'à nous. Elle sent le poulet rôti, ce qui fait gargouiller mon estomac. Après tout, je mange pour deux.

Moi et *Josh*. Il est si vert qu'il ne pourra certainement pas aller dîner avec moi après ça.

— Votre mari a eu son compte, j'en ai peur, dit Sunny avec tristesse.

Un cri de guerrier éclate dans la petite pièce. Nous nous tournons tous vers la source du son.

La tête d'un bébé ensanglanté apparaît à l'écran. Sunny met la vidéo en pause juste à ce moment-là, l'image figée sur cette précision graphique.

— Le miracle de la vie, s'écrie Sunny en tapant dans ses

mains. Reprenons le cours maintenant que le mari d'Amanda se sent mieux.

Je tremble en entendant les mots *mari d'Amanda*.

— Je ne me sens pas mieux, affirme Josh alors que deux infirmiers l'aident à se lever.

— Nous allons l'emmener aux urgences pour un examen rapide, me dit l'un d'entre eux.

— Mais Amanda a besoin d'un partenaire pour la prochaine leçon ! dit Sunny en soupirant profondément. Qui l'aidera à fabriquer les moules en argile des cols que nous ouvrirons pour accueillir le bébé ?

Josh est pris de violentes nausées tandis qu'ils le conduisent vers la porte.

— Je suppose que je vais m'occuper de mon col de l'utérus toute seule, dis-je gentiment à Sunny, qui me lance un drôle de regard.

— Je peux t'aider avec ton col de l'utérus, répond Andrew.

Il attire l'attention d'un des hommes en costume et lui fait signe qu'il va rester.

— Tu n'as pas de chefs d'entreprise malfaisants à divertir ? demandé-je, essayant désespérément de ne pas courir vers lui pour l'embrasser.

Après plus d'une semaine loin de lui, je sens des parties de mon être prises de pulsions qui essaient de s'attacher à lui comme des ventouses au bout de tentacules.

— Qui êtes-vous ? demande Sunny à Andrew.

Oh, bon sang.

— C'est mon, hum… frère, marmonné-je.

Les épaules d'Andrew commencent à trembler de rires refoulés.

Elle le détaille de la tête aux pieds, puis me regarde.

— Je vois un air de famille.

Quoi ?

— Essayons de retrouver un semblant de normalité, dit Sunny, en baissant à nouveau l'éclairage et en appuyant sur la touche Lecture de la vidéo.

— Je crois que c'est peine perdue depuis longtemps, marmonné-je.

Andrew jette un coup d'œil à la pièce, remonte légèrement les jambes de son pantalon et se baisse pour s'asseoir par terre.

Il me regarde comme s'il attendait quelque chose.

— Qu'est-ce que tu fais ? demandé-je.

— J'attends que tu te mettes entre mes jambes.

Sa main est tendue vers moi. Je la prends et je me penche.

Mon faux ventre de femme enceinte remonte entre mes seins.

— Impressionnant, dit Andrew en regardant mes seins.

— La grossesse fait des choses étranges au corps d'une femme.

— J'ai entendu dire que les seins grossissent, mais là c'est *autre* chose.

Je tends la main sous ma jupe – à nouveau – pour remettre le ventre en place.

Une main chaude remonte le long de ma jambe.

— Qu'est-ce que tu fais ?

— Je suis là pour t'aider. Tu te souviens ? Je suis ton partenaire d'accouchement.

— Je ne risque pas d'accoucher pour l'instant.

— Je ne fais que m'entraîner.

Il m'adresse un sourire chaud comme la braise.

— T'entraîner à quoi ? La partie accouchement ou la partie conception ?

— J'ai le choix ? Dans ce cas, je choisis la conception sans conception.

— Alors, ce n'est pas concevoir. Ce n'est que du sexe.

— Tu es sur la bonne voie, Amanda. Quelle bonne étudiante tu fais. Tu apprends vite.

Alors que je me blottis dans ses bras, mon ventre à sa place, sa main se pose sur l'extérieur de ma cuisse. Quand je m'appuie contre sa poitrine, je rencontre un mur épais et chaud de *ahhhhhh*.

— Tu as de la graisse corporelle, murmuré-je en regardant un bébé gluant être placé sur le ventre flasque d'une mère et ramper, à la recherche d'un téton.

La scène me rappelle la fois où j'ai couché avec un gars vraiment bizarre rencontré sur Craigslist…

— Oui, dit-il alors qu'une main appréciative me serre la cuisse. Et toi aussi, juste là où il faut.

— Je croyais qu'elle avait dit que c'était son frère, siffle l'une des femmes derrière moi. Que fait sa main sous sa jupe ?

— Beurk, grogne son mari.

Andrew retire sa main à contrecœur et soupire. Son souffle chaud qui sent le café et les épices me chatouille l'oreille.

La vidéo montre une femme qui donne le sein à son bébé, un air de contentement béat sur le visage. Alors que la caméra se déplace, nous voyons un médecin qui suture joyeusement ses parties déchirées, à l'aide d'une aiguille de la taille d'une batte de base-ball en aluminium avec un crochet à viande à l'extrémité.

Du moins, c'est ainsi que mon cerveau paniqué le voit.

Toutes les femmes présentes dans la salle poussent un petit cri et serrent les genoux.

— Ne vous inquiétez pas ! dit Sunny avec joie. Ça ne vous arrivera pas ! Un massage quotidien du périnée pendant les mois précédant la naissance vous permettra de l'étirer et d'y faire entrer n'importe quoi.

— Et s'il a déjà dû s'étirer pour la conception ? plaisante l'un des pères.

— Pour laisser passer une pipette, par exemple, lance la partenaire lesbienne.

— Un massage du périnée ? chuchote Andrew. C'est comme ça qu'ils appellent ça ? J'appelle ça des préliminaires.

Et je deviens moite.

Il reste là, me cocoonant par-derrière, ses mains errant sur mon faux ventre.

— Tu as déjà pensé à avoir des enfants ? demande-t-il.

Une blague me reste en travers de la gorge. Il faut que j'avale deux fois avant de pouvoir parler.

— Oui, dis-je.

— Oui, tu y as pensé, ou oui, tu en veux ?

— Les deux. J'en veux.

Je sens son sourire sur ma joue et mon lobe d'oreille.

— Et toi ? demandé-je sur un ton feutré.

— Moi aussi. Pas tout de suite, mais un jour ou l'autre.

Il enlace mon oreiller de grossesse et le tapote avec amour.

Et je tombe alors encore plus amoureuse de mon faux frère.

JE MARCHE *sur le trottoir de Faneuil Hall dans le centre de Boston. Des artistes de rue jonglent sur des échasses, la foule les entoure, des enfants applaudissent et courent jeter des billets dans des étuis d'instruments ouverts. Le ciel brille comme s'il faisait jour et pourtant ce n'est pas le cas. Un sombre frisson dans l'air, une brume qui s'élève et qui recouvre le reste de la ville montrent clairement que la nuit est là.*

Une odeur de pop-corn caramélisé et de bière amère emplit mon nez, et je marche, pas à pas, observant le visage de mères et de pères, de sans-abri et d'étudiants, de gens que je ne connais pas.

Ils m'ignorent tous. Je souris davantage.

Un cri. Un soupir. Un rire rauque. Un bébé qui pleure. Tous les sons entrent et sortent de la lueur et de la fumée, comme si on jouait une symphonie avec la voix humaine comme instrument, en suivant une partition que je ne peux pas déchiffrer.

Je trébuche légèrement sur les pavés, en m'agrippant au coin d'un chariot de fruits et légumes pour me rattraper. Il est chargé de melons et de pommes, de concombres et d'oranges, de fruits frais provenant des stands de Haymarket, tout proche.

Quand je baisse la tête pour reprendre mon équilibre, je réalise que je suis nue.

Complètement nue.

Le froid de la nuit remonte le long de ma colonne vertébrale comme une souris échappant à un prédateur, de minuscules griffes se frayant un chemin depuis le bas de mon dos jusqu'au sommet de mon crâne. Je ne peux pas crier. Ou bouger. Je ne peux pas supporter de faire quoi que ce soit qui pourrait attirer l'attention sur moi.

Je me fige alors au milieu de l'ombre et de la lumière, mon cœur s'effaçant comme s'il voulait lui aussi s'effacer pour ne pas être vu.

Une sirène de police stridente se déclenche brusquement, comme si un véhicule de patrouille se cachait dans l'ombre derrière la foule et avait soudain actionné un interrupteur.

Au lieu de se tourner vers le son, chaque personne dans la foule me regarde.

Je regarde ma poitrine.

Mon cœur brille d'une lueur rouge. Il appelle à l'aide. Une supplique sur laquelle je ne parviens pas à mettre de mots.

ON SONNE à la porte de l'appartement d'Andrew et je m'assois, cognant ma tête à moitié endormie contre un cantaloup.

— Merde ! crie le melon.

Oh. Ce n'est peut-être pas un fruit en définitive.

L'impression laissée par le rêve s'attarde. Je pose ma main sur ma poitrine à l'endroit même où brillait la lueur rouge de mon cœur à vif il y a quelques instants. Je me palpe la poitrine d'un geste frénétique, mes doigts glissant dans les sillons entre mes côtes, solides et chauds, mais pas en feu. La foule n'a pas les yeux braqués sur moi. Il n'y a pas d'artistes de rue.

Comme toujours, ce n'était qu'un rêve.

Je suis dans le lit d'Andrew et il se frotte l'arcade en me regardant comme un pirate dans un tunnel blanc fait de coton.

Je suis sous les couvertures et désorientée. Comment diable les bébés kangourous trouvent-ils instinctivement leur chemin depuis l'utérus vers la poche de leur mère alors que je suis incapable de m'extirper des draps ?

Le cul nu d'Andrew s'éloigne, sa main se frottant la tête, pendant que je cherche à me dépêtrer.

Il revient dans la pièce, toujours dévêtu, mais avec deux lattes.

J'admire le paysage qu'il m'offre.

— Tu as ouvert la porte dans cette tenue ?

J'accepte mon petit plaisir du matin avec gratitude.

Il regarde ma poitrine nue.

— Ils savent qu'il faut le laisser devant la porte maintenant.

— Tu commandes si souvent que ça ?

— Seulement avec toi.

Il me fait un clin d'œil.

— Je suis flattée.

— J'espère bien. Ça va ? Tu as fait un mauvais rêve ? me demande-t-il en me regardant d'un air perplexe et en massant son arcade endolorie.

Je ris par le nez, mes lèvres soudain scellées.

— Comme toujours. Le cauchemar où je me retrouve nue en public.

— Ouch !

Il me regarde attentivement, mais je lis dans ses yeux complicité et acceptation. *Tout va bien*, dit ce regard. *Prends ton temps. Je suis là.*

Un résidu de gêne de ce monde onirique persiste, comme un éclat huileux sur ma peau. J'ai envie de parler de tout sauf de ce rêve, en particulier étant donné que je suis réellement nue.

Je regarde par la fenêtre. C'est une magnifique journée de printemps.

— Et si on prenait le café sur le balcon ?

Il devient livide. Une désagréable sensation de picotement me submerge soudain. L'impression que quelque chose cloche.

— Restons plutôt au lit, dit-il d'un ton sec, en évitant de croiser mon regard.

J'écarte mes cheveux de mon visage et je sens une véritable boule de nœuds à l'arrière de ma tête. Ce n'est pas simplement ma tête au réveil. C'est plus précisément une tête d'après-sexe, qui témoigne que j'ai été bien secouée, et par *secouée*, j'entends *bai...*

— J'aime la tête que tu as quand je me réveille à côté de toi, dit-il, baissant les yeux vers son café.

La timidité est attachante chez la plupart des hommes, mais chez Andrew, elle fait presque imploser mon cœur.

Je vais avoir besoin de plus de caféine pour gérer un tel niveau d'engagement émotionnel et de nudité à 7 h 07 du matin. Le sentiment étrange que j'avais ressenti fugacement a disparu.

— J'aime me réveiller à côté de toi, faux frère.

Son rire résonne dans la pièce et s'envole vers la fenêtre ouverte, vers cette photo de famille sur sa commode.

— C'est un peu limite quand même si je suis ton frère.

— Comme si créer un moule en argile de mon col de l'utérus hier soir en cours n'était pas déjà totalement inapproprié ?

— C'était très intéressant quand la prof a pris ton col de l'utérus et a poussé la poupée en plastique à travers.

Il frissonne en buvant son café, les épaules arrondies et profilées, ses tendons saillants lorsqu'il bouge. Je n'ai pas besoin de Netflix.

J'ai juste besoin d'Andrewflix. Vingt-quatre heures sur vingt-quatre. Je pourrais le regarder toute la journée.

Moi aussi, je frissonne.

— Elle semblait bien trop enthousiaste à l'idée du massage du périnée.

Sa main se dirige vers ma hanche nue.

— Je ne sais pas. Je pense que c'est logique d'être excité par cette partie de l'anatomie d'une femme.

— Tu as vraiment tout un tas de répliques clichées dignes d'un étudiant.

Je ne peux pas m'empêcher de rire. Il se joint à moi, son rire profond ondulant dans l'air, tissant avec le mien un nuage de contentement qui remplit la pièce.

— Que faisais-tu réellement à l'hôpital la nuit dernière ? demandé-je.

Nous n'avons pas vraiment, euh, beaucoup parlé hier soir après le cours de préparation à l'accouchement. En fait, je crois que ma culotte est toujours dans la limousine. Maintenant que j'ai pris un café et que nous avons retrouvé chaque centimètre carré de la peau de l'autre, nous pouvons parler.

— Réunion du conseil d'administration.

— Sunny a parlé d'une aile consacrée au cancer.

Il cligne des yeux rapidement, soudainement, et son cou se tend.

— Oui. Mon père a fait un don à l'hôpital. Il veut offrir une nouvelle technologie au centre de cancérologie.

— Pour l'aider ?

— Pour aider tout le monde. Il a toujours donné à de petites œuvres philanthropiques, mais cette fois, il veut consacrer une grande partie de sa fortune personnelle à la nouvelle aile.

— Et qu'est-ce que tu en penses ?

Andrew hausse les épaules.

— C'est son argent. Il en fait ce qu'il veut.

— Je suis désolée. Je ne devrais pas poser ce genre de questions, dis-je, ayant soudain le sentiment d'être allée dans la mauvaise direction.

— Quoi ? Il me prend la main. Non. Il n'y a rien de mal à parler.

— J'ai l'impression que tu t'es refermé.

Sa bouche se tord, il est à la limite de froncer les sourcils.

— Vraiment ? Je suppose… que je ne m'ouvre pas aux gens comme ça d'habitude. C'est nouveau.

— Comme quoi ?

— Comme un être humain.

— Tu en es un, tu sais.

Ses yeux s'illuminent de malice, de petites taches d'ambre brillant au soleil.

— Je vais devoir faire sortir ça de moi. C'est une vraie faiblesse.

Le grand moment est passé. Je prends une longue gorgée de mon café et ne dis rien.

Il me serre la main.

— Tu peux me demander n'importe quoi, Amanda. Aucun sujet n'est tabou.

— Vraiment ?

— Vraiment. Par exemple, tu pourrais me poser des questions sur cette ressemblance familiale que la prof a remarquée hier soir…

— On peut changer de sujet ? Tu n'es *vraiment* pas mon frère. Même pas mon faux frère. Je suis fille unique.

Il boit une longue gorgée et me regarde.

— Veinarde. Tu n'as jamais eu à rivaliser pour attirer l'attention.

— Non. Il n'y a toujours eu que ma mère et moi.

Une ombre passe sur son visage. Si je ne l'avais pas regardé à ce moment précis, je l'aurais manquée.

— C'est vrai. Chez nous, il n'y avait que les trois fils et notre père, nos tuteurs et son assistante, Grace.

— Tu veux dire l'assistante de Declan.

— C'est son assistante maintenant, mais à l'époque, elle travaillait pour notre père.

Le visage d'Andrew devient mélancolique. La légère barbe sur son visage est la seule manifestation de l'âge adulte qui l'empêche de ressembler à un adolescent alors qu'il replonge dans ses souvenirs.

— C'est Grace qui nous a aidés à aller de l'avant après la mort de notre mère.

Je regarde la photo de famille. Il me regarde.

— Oh, tu l'as vue ?

Je hoche la tête en buvant plus de café. Une rafale de vent salée se lève et s'engouffre dans la pièce, transportant mon cœur avec elle. Ce dernier s'élève si haut dans ma poitrine qu'il semble crier en atteignant ses limites.

Rampant jusqu'au bout du lit, Andrew s'étend pour atteindre le cadre, puis s'installe à côté de moi, l'objet à la main.

— Elle…

Sa voix se brise comme celle d'un préadolescent. L'avoir assis à mes côtés, après avoir fait l'amour toute la nuit, en buvant un café au lit tout en étant témoin de sa vulnérabilité est un véritable présent. J'aimerais passer le reste de ma vie assise à côté de lui. À lui tenir la main. À boire du café.

À *être*, tout simplement.

Ce sentiment me traverse avec une certitude retentissante qui m'éclaircit l'esprit.

— Elle quoi ? demandé-je, le pressant de continuer.

C'est comme si une pièce sans fenêtre se transformait en une énorme lucarne enfouie sous un mètre de neige qui vient de dégeler.

— Rien. Ce n'est pas important.

— C'est important pour moi.

Il bat des cils, ce qui témoigne de la véritable bataille que se livrent ses émotions, et j'ai la boule au ventre. Je me demande à quoi doivent ressembler ses pensées. Andrew McCormick, PDG d'Anterdec. L'homme aux dents longues. Le jeune PDG sur qui tout le monde a les yeux braqués, à l'affût de son premier faux pas. Le monde des affaires l'observe non pas d'un air admiratif, mais avec un sourire en coin, attendant juste qu'il se plante.

Et je suis là, dans son lit, à l'écouter parler du fait que sa mère lui manque.

— Elle t'aurait bien aimée.

Sa main rampe sous le drap, cherchant à nouveau la mienne. La force de nos dix doigts entrelacés comme des racines me fait sourire.

La douleur lancinante de larmes inattendues et une tendresse protectrice envers lui me poussent à inspirer lentement, comme si vous découvriez une nouvelle fleur si belle qu'il vous fallait absolument la sentir.

— Je suis désolée de ne pas avoir pu la rencontrer.

Il se penche et m'embrasse sur la joue, tout en serrant ma main.

— Moi aussi.

Laissant de côté le cadre, il prend mon café et le pose sur la table de nuit, puis lentement, doucement, il me fait l'amour comme si j'étais tout son monde, comme si l'éternité était une boucle sans fin faite de toute la bonté et la justice du monde, et que la fusion de nos corps créait à chaque fois un nouvel univers.

CHAPITRE 21

*J*e pense qu'il existe une liste de choses à faire quand vous vivez en couple à Boston, et aller voir un match des Red Sox à Fenway Park en fait partie.

Sauf que quand vous sortez avec un PDG quasi milliardaire, l'expérience est un peu différente du commun des mortels. Je me trouve dans une suite de luxe derrière le marbre, après avoir passé une heure à boire de la bière et à grignoter des petites bouchées de homard et des sushis. L'entreprise d'Andrew organise un événement destiné aux investisseurs d'un nouvel immeuble de bureaux du quartier financier, et je suis sa femme trophée.

J'aime bien être une femme trophée. C'est nouveau pour moi.

Nous sommes venus assister à un match de milieu d'après-midi. Parce qu'il s'agit d'Andrew McCormick, nous sommes venus en limousine, de porte à porte, du garage souterrain de son immeuble à une porte arrière qu'il a franchie si rapidement qu'on aurait pu croire qu'il était en feu.

Il est clairement dans son élément, vêtu d'un polo et d'un pantalon kaki décontracté, et portant la casquette des Red Sox qui s'impose. Je suis vêtue d'un maillot des Red Sox à col en V trop serré qu'il m'a offert hier soir, spécialement pour cet événement, et j'apprends quelque chose sur moi-même en faisant la conversation à huit hommes qui valent chacun plus que le produit national brut de la moitié des pays du monde.

Je suis assez sexy.

Ça semble un peu fanfaron. Je sais. Mais venant de quelqu'un qui n'a jamais basé sa valeur personnelle sur son apparence, mais plutôt sur sa capacité à résoudre les problèmes, c'est nouveau. Être avec Andrew me donne l'impression d'être attirante. Désirable. Digne d'être regardée par les hommes.

Et ce maillot qu'il m'a donné attire les regards, c'est certain. Mes seins n'ont jamais pris part à autant de conversations.

La plupart avec Andrew lui-même.

Il s'extrait d'une conversation passionnante sur l'acier renforcé et me passe un bras autour de la taille.

— Joli haut.

— C'est un cadeau.

— Il a bon goût.

— Il ne connaît pas ma taille.

Je tire sur l'ourlet pour couvrir une partie de mon ventre exposé. Tout ce que j'arrive à faire, c'est exhiber davantage ma poitrine.

— Oh, soupire-t-il, si fort que je sens son souffle chaud sur mon décolleté. Bien sûr qu'il la connaît.

— Le match commence dans dix minutes ! crie quelqu'un.

— Prête à rejoindre nos sièges ? demande-t-il à ma poitrine.

Je lui prends le menton et le force à me regarder dans les yeux.

— Ils ne parlent pas, tu sais.

— Mais s'ils le pouvaient, ils diraient des choses très gentilles sur moi, dit-il en souriant.

Il fait semblant de parler pour mes seins, prenant une voix de fausset.

— *Cet Andrew est si attentif. Il est si gentil. Si seulement Amanda le laissait nous toucher davantage.*

Je lui donne un petit coup, juste au-dessus de sa boucle de ceinture.

— Aoutch.

— Mes seins ne parlent pas comme ça. Ils ont un accent du Sud raffiné.

Il commence à mettre son oreille sur mon décolleté.

— Il faut que j'entende ça.

Je sprinte vers la porte, sachant que seule la bienséance l'empêche de me mettre la main au cul.

Nous montons les escaliers jusqu'aux suites, qu'une vitre sépare du terrain. L'un des hommes du groupe se met à siffler. Je l'imite.

Andrew siffle aussi, mais je ne pense pas qu'il regarde le terrain de jeu.

— Quelle vue, dis-je.

— C'est sûr, acquiesce-t-il, en fixant mon décolleté.

— Est-ce qu'on peut ouvrir la vitre ? demande l'un des hommes.

Andrew se tend et répond :

— Non, elle reste fermée. Il fait trop humide dehors.

Bien qu'il ait raison puisqu'il s'agit d'une journée humide de juin typique du Massachusetts, il ne dit pas toute la vérité.

— La vitre peut s'ouvrir, rectifié-je. Ça peut devenir une suite en plein air si on veut.

Le regard noir d'Andrew me donne l'impression que j'ai fait quelque chose de mal, alors je me tais instantanément. Je ferme la bouche si vite que mes dents s'entrechoquent. Il n'a même pas eu à me dire quoi que ce soit.

Soudain, ce t-shirt ne me va plus du tout. Être dans cette suite est intolérable. Je ne peux pas rester. Je lui adresse un sourire tremblant et je retourne en bas pour prendre mon pull, en courant pratiquement. La suite est de toute façon trop climatisée, alors j'ai une bonne excuse pour justifier mon départ.

Dans le salon du bas, je me donne quelques minutes pour reprendre mon souffle.

Qu'est-ce qui vient de changer en haut ?

— Ça va, ma belle ? demande une des barmaids, occupée à essuyer les verres qu'elle vient de laver. Est-ce que ces types vous harcèlent ?

Elle me lance un de ces regards que seules deux femmes célibataires peuvent se lancer dans un contexte sportif où l'alcool coule à flots.

— Je vais bien, l'assuré-je. Si vous voulez savoir, mon rencard est là avec ses clients et j'ai besoin d'une pause.

Elle hausse un sourcil et émet un sifflement appréciateur.

— Andrew McCormick est votre petit ami ? Bien joué.

Je souris.

— Merci.

C'est vraiment bizarre d'entendre quelqu'un l'appeler mon petit ami. Andrew et moi n'avons pas encore eu cette conversation. Je laisse passer, parce que je le peux. Il n'est pas à proximité et ne peut pas entendre.

— Amusez-vous bien. Non pas que j'en doute, dit-elle avec un clin d'œil. Vous vivez une existence complètement différente du reste d'entre nous.

Alors que je me dirige vers l'escalier, glissant mes bras dans les manches de mon haut, je me rends compte à quel point c'est vrai. Je remonte la fermeture éclair de mon gilet et je redresse les épaules en affichant un sourire sur mon visage.

Le match commence juste au moment où j'arrive dans la suite, et tous les hommes sont alignés sur leurs hauts tabourets devant un long comptoir, face à la paroi de verre. La pièce sent le pop-corn fraîchement confectionné et le sucre brûlé. Un rapide coup d'œil au comptoir me permet d'identifier la provenance de l'odeur.

Du pop-corn caramélisé.

Andrew tapote une chaise vide à côté de lui, tout au bout, sans personne d'autre à côté de moi.

— Je t'ai gardé une place.

Il n'y a aucune trace de sa colère antérieure, ce qui est un énorme soulagement. Alors que je m'installe, il me tend un petit paquet de pop-corn et nous regardons le terrain.

Le match commence

Alors que je regarde la foule du Fenway Park, j'ai comme une étrange impression de déjà-vu. La main d'Andrew est posée sur mon genou. Il regarde avidement les joueurs se préparer pour le lancer, la première manche est sur le point de commencer. La musique puissante d'un orgue résonne dans l'air, bien qu'étouffée dans notre suite.

Je suis déjà venue ici.

Pas dans cette suite, mais dans ce stade. Le Fenway Park.

Quand Andrew m'a invitée à ce match, il m'a demandé si j'avais déjà assisté à un match de base-ball auparavant. À part une fois, au lycée, je lui ai dit que j'avais un vague souvenir de ma mère qui m'avait amenée à un match quand j'étais vraiment petite. Ou peut-être était-ce mon grand-père ? Impossible de m'en souvenir.

Soudain, je me revois petite fille, transportée par l'odeur du pop-corn, qui me ramène vingt ans en arrière. La paume chaude et calleuse d'un homme serre la mienne. Le dos de sa main est recouvert de poils sombres. Il me met une casquette de base-ball sur la tête. Elle est trop grande pour moi.

Il me serre dans ses bras en riant d'une voix rauque. Je sens sa poitrine vibrer avec force contre mon oreille. Son souffle est aigre contre ma joue. Je lève les yeux et j'aperçois son visage entouré d'un halo de soleil éclatant. Je dois plisser les yeux pour voir son visage.

Crack !

L'un des lancers touche la batte et l'arrêt-court effectue un long lancer vers la première base, battant de justesse le coureur. Tout le monde se lève et applaudit.

Le rugissement de la foule.

Je suis aveuglée par le soleil. Sauf qu'il n'y a pas de soleil actuellement. C'est une journée nuageuse bien que sans risque de pluie, mais sans orbe lumineux dans le ciel.

Mais d'où sort ce souvenir ?

— Ça va ? demande Andrew d'un air inquiet alors que je laisse tomber mon pop-corn, son contenu se déversant sur ma jambe.

Sauf que ma jambe est minuscule et que je porte une robe vichy. Ma préférée. C'est celle que je portais sur ma photo de classe de maternelle, avec de petites fleurs roses sur fond chocolat, et un liseré marron le long de l'ourlet.

Je regarde Andrew et je vois le visage de mon père.

— Mandy ? dit-il.

Sauf qu'Andrew dit en fait :

— Amanda.

Personne ne m'a appelée Mandy depuis mes cinq ans. Depuis que mon père a disparu. C'était le surnom qu'il me donnait. Mais mon père ne m'a jamais emmenée voir un match de base-ball.

Je me lève brusquement, secouant rapidement la tête.

— Euh, excuse-moi.

— Amanda, répète Andrew. Qu'est-ce qui se passe ? Tu es malade ?

Il me suit jusqu'à la porte, la main sur mon coude. Son geste est protecteur et authentique. Il s'inquiète pour moi.

Je m'inquiète pour moi.

— Je, euh… on peut aller faire un tour ? l'imploré-je.

Je sens la pièce se refermer sur moi, même avec la vue dégagée. Le panneau d'affichage clignote, couvert de chiffres et de vidéos. Même en clignant des yeux, je n'y vois plus clair.

— Maintenant ?

Si j'avais les idées plus claires, je verrais la peur dans ses yeux. Pas la colère. Pas la déception.

La peur.

— Ouais. J'ai ce souvenir bizarre à propos de Fenway Park.

— Du lycée ?

Je commence à respirer par le nez par à-coups.

— Non. Ça remonte à plus loin.

Il penche la tête et s'approche de moi. Je sens l'odeur du pop-corn qu'il a mangé.

— Je pensais que tu avais dit que tu étais peut-être venue ici avec ta mère ou ton grand-père une fois.

— C'est ce que je pensais aussi. Mais maintenant, je me rappelle être venue ici avec mon *père*.

Sa réaction corporelle témoigne de son choc.

— Ton père ? Mais il t'a abandonnée.

— C'est vrai. Ce souvenir… je ne sais pas. J'ai juste besoin d'aller faire un tour. Prendre un peu d'air frais. S'il te plaît, Andrew ? S'il te plaît ?

L'adrénaline me traverse comme un seau débordant sous un robinet à plein régime. Je ne suis rien d'autre qu'une gigantesque cellule nauséeuse.

Il regarde au-dessus de ma tête, vers l'extérieur, là où se déroule le match. Ses yeux examinent l'intégralité de la vitre qui fait face au stade.

Puis il me regarde.

Il regarde de nouveau la paroi.

Et moi.

Son visage se durcit.

— Je ne peux pas. C'est une réunion importante avec un client. Et d'ailleurs, ajoute-t-il, tu, euh… des photographes pourraient être là.

— Des photographes ?

De quoi parle-t-il ? Qui se soucie qu'on me prenne en photo ?

Ma respiration s'accélère. Si je ne sors pas d'ici, je vais m'évanouir. Ou vomir. Ou alors, tout simplement, mourir alors que le visage de mon père prend le dessus, le dos de ses mains couvrant son visage, ses sanglots me traversant comme une lame de rasoir alors que je lui tapote le dos et que je lui demande si je peux avoir plus de glace.

— Oui, dit précipitamment Andrew, son élocution rapide anormale, ses yeux s'agitant nerveusement en balayant l'extérieur. Tu sais. *Boston Magazine*, les médias. Tu ne veux vraiment pas…

En m'arrachant à lui, j'emprunte les escaliers, descendant les marches à toute vitesse jusqu'à ce que je trouve une porte que je puisse enfoncer. L'odeur de l'air extérieur me rend malade. Je me retrouve à côté d'un petit homme barbu, confectionnant des chapeaux en ballons pour une foule d'enfants.

En les dépassant, je tourne au coin de la rue et me retrouve sur le trottoir derrière le parc, où des vendeurs ambulants me proposent des sandwiches cubains et de la saucisse italienne.

Respire profondément. Respire profondément. Respire profondément.

Comment puis-je me souvenir de quelque chose qui n'est jamais arrivé ?

Il n'y a qu'une seule façon de le savoir.

J'appelle ma mère.

Alors que son téléphone sonne, je regarde vers le bâtiment, en priant pour qu'Andrew me suive. Oui, je me suis enfuie. Oui, j'ai rompu le contact. Mais j'ai besoin de parler à quelqu'un tout de suite, parce que j'ai perdu la tête, et j'ai l'impression que je deviens un peu – ou beaucoup – folle.

— Allô ?

— Maman ?

— Qu'est-ce qui ne va pas, Amanda ? demande-t-elle, l'air inquiet.

C'est si évident que ça ?

— Mon père m'a-t-il déjà emmenée à un match de base-ball au Fenway Park quand j'étais petite ?

Mes mots sortent entrecoupés, cassés en deux comme un œuf juste avant que le blanc ne s'étale sur la poêle dans de l'huile bouillonnante.

— Quoi ? s'étouffe-t-elle. *Quoi ?*

Je trouve une petite parcelle d'herbe près du trottoir et je me laisse tomber par terre, mon front contre mon genou.

— Maman ? J'assiste à un match avec Andrew et je n'arrête pas de voir mon père. Dans ma tête. Comme si on était dans les tribunes à regarder un match. Il m'a mis une casquette de base-ball sur la tête.

— Oh, ma chérie, dit-elle d'une voix si chargée qu'elle semble charrier vingt années de douleur. Oh, Amanda. Je pensais que tu avais oublié.

— Oublié ? J'y suis vraiment allée avec lui ?

Une explosion de soulagement vient effacer ma peur. Je ne suis pas folle. Je ne délire pas. Je ne suis pas dingue.

Je regarde vers l'arrière du bâtiment.

Toujours pas d'Andrew.

— Maman ?

Elle est soudain silencieuse.

— Oui, ma chérie, dit-elle à contrecœur. Tu es déjà venue.

— Oh, dis-je, le son sortant par vagues, comme s'il était

constitué de sept syllabes, se répétant inlassablement. Merci mon Dieu. Je ne suis pas folle. C'est un vrai souvenir.

— En effet.

Elle respire lentement. Trop lentement. Ma mère respire généralement comme ça pour contrôler sa souffrance. J'espère que je n'ai pas déclenché une nouvelle vague de douleur.

— Pourquoi je ne me souviens pas de tout ? demandé-je. Juste des bribes.

— Tu te souviens d'autre chose que du match ?

Je ferme les yeux et j'essaie de me rappeler. Tout ce que je vois, c'est un vide.

— Non.

— D'accord.

Elle laisse échapper un long soupir.

— Pourquoi ? Que s'est-il passé d'autre ?

Mon téléphone vibre. Je suis sûre que c'est un texto d'Andrew, qui essaie probablement de savoir où je suis.

— Est-ce que tu peux prendre la Green Line ? Pour rentrer à la maison maintenant ? Ou prendre un taxi ?

— Je peux, mais je suis avec Andrew et il va se poser des questions.

— Est-ce qu'il est toujours avec ses clients ?

— Oui.

— Alors, envoie-lui un SMS. Dis-lui que tu as besoin de quelques heures. Ensuite, retourne le voir. Il faut qu'on parle.

Je cligne des yeux en regardant les graffitis de l'autre côté de la rue.

— Qu'on parle ?

— Chérie, tu te souviens du tout dernier jour où tu as vu ton père. Disons que c'était le pire jour de ma vie, et probablement l'un des pires de la tienne, même si tu ne te souviens pas de tout.

Je regarde autour de moi d'un air hagard. Où est Andrew ? Pourquoi ne m'a-t-il pas suivie ?

— Je vois.

— Je préférerais qu'on en parle en personne. Je peux venir te chercher.

— Non, je vais me faire déposer. J'arrive, maman.

Je raccroche et je lance une application de covoiturage. Temps d'attente estimé : deux minutes.

Puis je consulte mes messages, m'attendant à trouver un SMS d'Andrew. Il s'agit en fait d'un texto de Marie :

Chatoune n'a pas de couilles, donc pas de soucis de lotion pour lui.

Je désactive la fonction messages et je me lève, puis je réactive la fonction lorsque le conducteur arrive. Je monte. Il connaît mon adresse grâce à l'application et nous ne perdons pas de temps. Je regarde en arrière une dernière fois.

Pas d'Andrew.

Par courtoisie, je lui envoie un court message.

Je ne me sentais pas bien. Je suis rentrée chez moi. On en reparlera plus tard.

J'appuie sur la touche Envoyer et j'éteins complètement mon téléphone.

Quand j'arrive chez moi, ma mère m'attend à la porte. Derrière la moustiquaire, je vois qu'elle a les épaules tendues, les sourcils levés, et son visage exprime la douleur et le désespoir.

Je déteste savoir que je suis responsable de sa douleur.

— Tu veux du café ?

Nous entrons dans la cuisine, son bras autour de ma taille. Je suis plus grande qu'elle, et depuis son accident de voiture, c'est comme ça que ça se passe. Elle ne peut pas se redresser trop sans se pincer un nerf dans la nuque. J'apprécie son témoignage d'affection et je prends tout ce que je peux, lui rendant sa semi-étreinte.

Sur le comptoir se trouve un plateau de petites douceurs aux marshmallows et aux Cheetos. Je regarde ses ongles.

Ils sont tachés d'orange.

Mes yeux frôlent la cécité.

— Maman ? Que se passe-t-il ?

— Où est Andrew ?

Une demi-réponse suffit pour la plupart des gens. Il est surprenant de voir tout ce à quoi on peut échapper quand on le comprend.

— Il est toujours à Fenway, à divertir ses investisseurs.

Ses yeux passent du plateau de gâteaux au café qu'elle vient de me verser.

— Oh. D'accord.

Je prends du lait dans le frigo. Mes yeux ne voient rien, mais mes mains agissent de mémoire tandis que je prépare le café. Elle prend aussi un peu de lait.

— Raconte-moi, demandé-je, sans en faire un ordre.

— Je ne veux pas empirer les choses, Man… Amanda.

— Tu ne m'as pas appelée Mandy depuis des années, maman. C'est comme ça que papa m'appelait.

— Je sais.

Sa voix est contrite. Pourquoi ?

— Empirer *quoi* ?

— Le souvenir du jour où ton père t'a abandonné.

— Comment ça pourrait être pire ?

Elle soupire et se sert d'une spatule pour découper deux morceaux de gâteau aux Cheetos, grignotant le sien pendant qu'elle me tend le mien. Je prends une bouchée et je soupire de contentement. Ce goût salé-sucré familier est si réconfortant.

— Tu te souviens du commissariat ? murmure-t-elle, sa question se réduisant à une poignée de mots si élémentaires que je réalise une chose : ma mère connaît aussi l'astuce qui consiste à donner seulement la moitié des informations nécessaires.

— Du commissariat ?

Je plisse le front, en essayant de comprendre ce qu'elle veut dire. En engouffrant une autre bouchée, je marmonne, la bouche pleine :

— Quel commissariat ?

— Celui où tu as atterri ce jour-là. Dans le sud de Boston.

Elle me distribue des informations au compte-gouttes comme si je…

Et puis *vlan* ! Les souvenirs me reviennent d'un seul coup, comme les morceaux d'une aquarelle tourbillonnant dans une soufflerie, mes doigts s'agitant pour les attraper quand soudain le vent s'arrête, me permettant d'assembler le tout.

J'inhale si fort qu'un morceau de gâteau vient se loger au fond de ma gorge, me faisant suffoquer. Je le déloge immédiatement en toussant, mais la texture rugueuse me laisse un picote-ment désagréable dans la gorge. Ma mère me tend mon café, qui a juste assez refroidi pour être bu d'une traite, ce qui aide à calmer la douleur.

Mon esprit, quant à lui, est comme une usine à souvenirs, récupérant des pièces le long d'une chaîne d'assemblage et jouant à Tetris.

— Je me souviens d'être allée au commissariat, dis-je. Le poli-cier m'a donné un Dr Pepper. Je m'en souviens parce que tu ne me laissais jamais boire de soda et il m'a demandé si je voulais quelque chose du distributeur. Je me suis dit que c'était mal, mais tu m'avais aussi appris que les policiers étaient des gens bien, alors j'ai décidé que je pouvais accepter.

Elle émet une sorte d'aboiement comme si le rire et les larmes rivalisaient pour sortir de sa gorge.

— Tu t'en souviens, s'étrangle-t-elle. Tu le buvais quand tu es arrivée.

— Est-ce que ça a quelque chose à voir avec papa ? Est-ce que tout ça s'est passé le même…

Ma voix se brise lorsque je me souviens de mes longues déambulations sur les trottoirs. Du sentiment d'être enterrée dans l'ombre des grands immeubles. D'avoir soif. Besoin de faire pipi. De trébucher et de m'écorcher le genou.

D'être seule.

Elle prend ma main.

— Le même jour, oui.

— Le même jour.

Je n'ai rien oublié de tout ça. Le mot *oublier* n'est pas forcé-ment le mieux choisi. C'est plutôt comme si tous les détails avaient été stockés sur différentes étagères de mon cerveau, des endroits disparates visiblement sans lien les uns aux autres.

— Je suis allée au match de base-ball avec mon père ?

— Oui.

— C'est le jour où il est parti pour de bon ?

— Oh, oui.

— Que s'*est-il passé*, maman ?

Son visage se décompose, et elle met la main sur sa bouche.

Les longues et fines veines sur le dos de sa main ressortent, la faisant paraître beaucoup plus âgée. Comme ma grand-mère.

— Il t'a emmenée au match. Il venait d'être licencié. Parce qu'il avait bu au travail. Mais il avait des billets qu'il avait gagnés dans un bar, et il était déterminé à t'y emmener. Je l'ai laissé faire. Nous n'avions pas d'argent pour acheter un troisième billet, et tu étais si excitée.

Un calme sinistre s'abat sur la cuisine. J'arrête de mâcher. Le bruit semble trop caverneux dans le silence.

— Nous n'avions pas de téléphones portables à l'époque. Je veux dire, certaines personnes en avaient, mais pas nous. Ton père avait dépensé toutes nos économies en boisson, ajoute-t-elle d'un ton railleur. C'était un homme bon, Mandy.

Ma peau se hérisse en l'entendant utiliser mon vieux surnom.

— Il a essayé. Mais il avait ses propres démons, et après sept ans de vie commune, je pense qu'ils l'ont dévoré tout cru.

Elle a ouvert les vannes, et je la laisse s'exprimer, parce qu'elle ne m'a jamais autant parlé de mon père. Ma grand-mère m'avait un peu parlé de lui, mais un mot sur trois qui sortait de sa bouche était *bâtard*. Avec ça, difficile d'imaginer autre chose que le pire.

— Il s'est saoulé au match. Leo s'est probablement saoulé avant même de partir avec toi, dit-elle sur un ton amer que je n'entends pas souvent. Mais au match, je parie qu'il s'est montré généreux. Il t'a acheté tout ce que tu voulais.

Je me souviens du pop-corn. De la casquette de base-ball. De la glace.

— Je suppose ?

— C'est ce que nous avons reconstitué à partir de ton témoignage, de la police, et du peu de temps que Leo a passé ici, commence ma mère.

Reconstitué ?

— Ton père s'est saoulé. Vous avez quitté le match. À un moment, entre la fin du match et le moment où nous t'avons retrouvée...

Retrouvée ?

— ... ton père est monté dans la voiture sans toi, est rentré ivre à la maison et a eu un accident.

Je n'arrive plus à respirer.

— J'ai reçu un appel d'un gendarme. Cet appel. Celui que tout le monde redoute. Leo s'en est sorti avec quelques égratignures. La voiture était détruite. Et quand j'ai posé des questions sur toi...

Sa voix se brise, les sanglots se transforment en un son aigu qui me remplit la bouche du goût âcre de sa peur enfouie.

— Maman ?

— Oh, ce pauvre gendarme. Quand j'ai demandé des nouvelles de ma petite fille, il a crié. Il a *crié*. Il était sur les lieux avec Leo et tous ces hommes, tous ces pompiers et ambulanciers sont revenus en courant sur les lieux et ont commencé à ratisser les longues herbes au bord de la route et ont erré dans les bois, à la recherche de...

— À ma recherche ?

Ses yeux rencontrent les miens, rouges et humides, remplis de la hantise du souvenir.

— À la recherche de ton petit corps.

— Mon *corps* ?

— Leo était trop ivre pour être cohérent et j'ai juste pleuré et prié au téléphone. Je croyais que tu étais avec lui. On ne savait pas que ce n'était pas le cas. Ces pauvres hommes. Ils ont passé des heures à te chercher. Des heures, s'attendant à trouver une petite fille projetée hors de la voiture par l'impact de l'accident.

L'horreur de ce qu'elle dit me frappe comme si on m'avait donné un coup de pied dans la poitrine.

— Oh, maman.

Puis ses paroles s'imposent à mon esprit.

— Mais je n'étais pas avec papa ?

Elle secoue la tête, les yeux vitreux.

— Non. Doux Jésus, non. Dieu merci, Mandy. On ne sait pas comment, mais on pense que Leo t'a laissée au Fenway Park. Peut-être que tu es allée faire pipi, peut-être que tu es partie chercher une glace. Peut-être qu'il est parti chercher une bière pour la route… on ne sait pas. On sait juste qu'après des heures d'efforts, ces intervenants ne t'ont jamais trouvée. Et puis… Tu…

Elle s'accroche à l'îlot de cuisine, le bout de ses doigts livide sous la pression.

— Tu avais fait tout le chemin depuis Fenway Park jusqu'à un commissariat de Boston Sud. Une sacrée distance. À l'époque, ce n'était pas sûr. Le sud de Boston n'était pas un endroit pour un petit enfant seul. Il fallait traverser cet énorme pont. Le policier nous a dit que tu es entrée dans le commissariat et que tu as gentiment demandé si tu pouvais appeler ta mère. Tu as dit que tu avais perdu ton père. Tu connaissais notre numéro de téléphone et il a appelé et appelé, mais c'était occupé.

— Occupé ?

Elle renifle et émet un rire étranglé.

— Ouais. Occupé. À l'époque, nous n'avions pas la mise en attente d'un appel, et Leo et moi avions vendu le répondeur dans un vide-grenier, alors… oui. Occupé. Le policier a passé l'heure suivante à appeler.

Je me souviens du gentil policier aux cheveux roux et aux grands yeux bruns. Ses cils étaient de la couleur de mes crayons pêche à l'école. Son nom me vient à l'esprit.

— Murphy. Officier Murphy.

Elle sursaute, comme choquée.

— Bordel. Tu t'en souviens. Je lui envoie toujours une carte pour Noël chaque année.

Ma mère ne jure jamais. Jamais.

— Je me souviens qu'il m'a donné un autre Dr Pepper et m'a dit que ma mère ne dirait rien. Il a parlé aux autres officiers et ils n'ont pas cessé de me regarder. Puis l'un d'eux a pris son chapeau et est parti, avant de revenir. Et l'officier Murphy a dit qu'on allait faire un tour dans une voiture de police. C'était vraiment cool.

Ma mère se laisse glisser sur le sol, le dos contre le meuble de cuisine sous l'évier. L'arrivée du crépuscule et la disparition du soleil confèrent à la pièce une sorte de lumière féerique qui me donne l'impression d'être de nouveau une enfant.

Je lui tends la main. Elle s'y accroche comme à une bouée de sauvetage.

— Cet homme – cet homme formidable – a additionné deux et deux et t'a ramenée à la maison.

Sa gorge est secouée de spasmes et elle renifle. Avec l'ourlet de mon t-shirt, je lui essuie les yeux. Elle ne bouge pas et reste assise là, les épaules tremblantes.

— Il a joué la carte de la discrétion. Il a arrêté la voiture de police à un demi-pâté de maisons de chez nous et il t'a ramenée à pied. Il n'a pas fait de vagues.

Elle prend de petites inspirations, puis se laisse aller.

— Ce moment est gravé dans mon esprit pour toujours, Amanda. Je commençais à me résoudre au fait que tu étais morte.

Je tends la main et serre la sienne. Elle serre la mienne. Je ne sais pas combien de temps nous restons toutes les deux à sangloter, mais des heures semblent s'écouler.

Enfin, je brise le silence.

— Mais je n'étais pas morte.

— Non. Tu ne l'étais pas. Tu nous as dit plus tard qu'en ne trouvant pas ton père, tu avais décidé de marcher jusqu'à trouver un officier de police. Tu as fini par prendre une allée loin de la circulation. Tu aurais tourné ailleurs et tu aurais immédiatement trouvé un policier. Tu t'es dirigée vers le quartier financier et… tu as continué. Je suppose. C'est ce qu'a donné la reconstitution.

Je me contente de hocher la tête. C'est conforme à mes souvenirs.

Moins toute la partie concernant l'accident de voiture.

— Et papa ?

— Ton père ? Ton putain de père.

Son accent de Revere revient en force. Il s'est adouci au fil des ans, mais il refait parfois surface dans des moments d'extrême colère.

— Quand il a saoul, on ne t'avait toujours pas retrouvée. J'ai dit… certaines choses.

— J'aurais fait pareil.

— Je lui ai dit qu'il t'avait tuée.

— Mon Dieu.

— Et les flics l'ont emmené. Il a été arrêté pour conduite en état d'ivresse, et quand tu es rentrée, les services de l'enfance sont intervenus. Ils t'ont interrogée à l'école et moi à la maison, mais Leo… Leo avait disparu.

— Il est parti ?

Elle hoche la tête.

Sacrée reconstitution en effet.

— Je ne… maman, je n'avais aucune idée de tout ça. Je me souviens de certaines parties du match de base-ball et d'avoir marché dans Boston. C'était une sacrée aventure. Je me sentais comme les enfants de ce livre. Celui où ils s'amusent à vivre dans un musée de New York. *Fugue au Metropolitan*. J'allais très bien et tout ce dont j'avais besoin, c'était d'un officier de police et de retrouver le chemin de la maison. Je me souviens que j'étais fière d'avoir réussi. Et avec les Dr. Peppers en prime.

Nous éclatons de rire. Ça fait du bien.

— C'est ce que j'espérais. Tu as toujours été une petite fille si intelligente. Imperturbable. Le conseiller de ton école et la dame des services de l'enfance ont dit que tu n'avais pas besoin de savoir. À propos de l'accident de voiture. Et je t'ai juste dit que Leo était allé chercher de la bière et qu'il n'était pas revenu. Ce qui était probablement vrai.

Elle enfouit sa tête dans ses bras, qui reposent sur ses genoux.

— Tu m'as caché tout ça.

— Je pensais que c'était pour le mieux. Je ne savais pas. Tu es ma seule enfant, ma puce. Je ne suis pas une experte dans ce domaine. Nous commençons tous dans l'ignorance et… nous restons ignorants, conclut-elle avec un rire triste.

Je comprends tellement de choses maintenant. Pourquoi ma mère s'inquiète quand je ne lui donne pas de nouvelles. Pour-quoi elle a été si protectrice pendant si longtemps. Ce que cela a dû lui faire émotionnellement et psychologiquement de vivre avec un mari alcoolique et l'horreur de penser que j'étais morte.

Pourquoi elle a toujours été si obsessionnelle et a toujours voulu contrôler notre vie.

— Mon père a-t-il jamais découvert que j'étais en vie ?

Elle me regarde. Elle plisse ses yeux marron d'un air circonspect.

— À toi de me le dire, Amanda, chuchote-t-elle.

À mon tour de partager quelque chose dont elle ne connaît que des bribes.

— Il est venu à l'école. Une fois. Quand j'étais en CE1.

Ses épaules s'affaissent.

— C'est ce que je pensais.

— Il est resté de l'autre côté du grillage. Il a pleuré, maman. Il m'a dit que j'étais belle et qu'il était désolé et qu'il se rattraperait un jour. La maîtresse est venue voir pourquoi je parlais à un homme étrange et il s'est enfui.

— Elle me l'a dit.

Ma mère utilise l'ourlet de son propre haut pour s'essuyer le visage maintenant. Je pourrais en dire plus, mais je sens ses limites. La douleur irradie de ses membres comme l'amour sous une forme tordue. Je n'ajouterai pas à sa souffrance.

Je me lève. Mes genoux craquent. Je lui tends la main et lorsqu'elle se lève, elle gémit de douleur.

— Je vais regretter de m'être assise comme ça demain matin.

La porte d'entrée s'ouvre. La voix d'un homme s'élève.

— Allô ?

Andrew.

Il m'a suivie, après tout.

Je me demande ce qu'il doit penser en entrant dans la cuisine et en trouvant deux femmes aux doigts tachés d'orange qui pleurent dans la pénombre. Quelle que soit sa réaction interne, à l'extérieur, il est poli. Préoccupé. Tout à fait courtois.

— Je n'ai pas arrêté de t'appeler et de t'envoyer des SMS ces dernières heures. Est-ce que ça va ?

Il traverse la pièce et s'arrête quelques mètres devant moi. Ses yeux se posent sur ma mère. Puis sur moi.

Et enfin sur le plateau de gâteaux aux Cheetos.

Ma mère s'essuie les mains sur son pantalon et m'adresse un sourire plein d'espoir.

— Je vais vous laisser seuls, dit-elle en me serrant très fort dans ses bras.

— Non, maman. Je…

Elle regarde Andrew, puis moi, puis de nouveau Andrew.

— Contente que vous soyez là, lui dit-elle. Amanda a besoin de quelqu'un en ce moment.

— Maman, mais…

— C'est de l'histoire ancienne pour moi, ma chérie. Mais c'est tout nouveau pour toi.

Et sur ces mots, elle sort de la cuisine, me laissant avec un Andrew très perplexe.

— Que se passe-t-il ? demande-t-il d'une voix pleine d'inquiétude, grave et calme.

Je lui explique. Toute l'histoire, depuis le stade jusqu'à maintenant, juste avant qu'il n'entre dans la maison.

Je déverse tout en une longue et folle tirade. C'est le genre d'histoire que je vais devoir raconter de nombreuses fois à l'avenir, alors autant la raconter du début à la fin.

Le temps que je termine, nous sommes plongés dans l'obscurité la plus totale. La seule lumière provient d'autres pièces de la maison et de l'horloge numérique des appareils électroménagers de la cuisine. Nous sommes baignés d'un étrange halo verdâtre.

— C'est une sacrée histoire, soupire-t-il comme s'il avait retenu son souffle tout le long. Je suis vraiment désolé de ne pas avoir compris plus tôt.

— Ce n'est pas grave.

En fait, si. Un peu. Mais je ne sais pas ce que je peux dire d'autre.

— Je suis là maintenant.

Il ouvre les bras en grand et je me réfugie dedans, mes yeux éreintés se reposant sur le tissu doux de sa polaire.

— Tu sais ce qui est drôle ?

— Quoi ?

— Ces rêves de nudité en public que j'ai ?

— Oui ?

— Ils ont commencé quand j'avais cinq ans. Maintenant, je sais pourquoi.

Il me serre plus fort.

— Oh, Amanda.

Il pose un doux baiser sur ma tempe et m'amène lentement vers un gigantesque fauteuil dans le salon. C'est celui dans lequel ma mère s'asseyait avec moi quand j'étais petite et nous lisions des livres d'images de la bibliothèque, l'un après l'autre. Ils étaient rangés dans un grand panier qu'elle gardait toujours près de la cheminée.

Andrew s'assied et me tire sur ses genoux. Je me recroqueville, la joue appuyée contre son cœur. Son souffle est mon ancre.

Je pleure tout ce que j'ignorais avoir perdu et gagné jusqu'à ce que je m'endorme dans ses bras.

D'un sommeil sans rêves.

CHAPITRE 22

L'homme assis en face de moi dans ce charmant bistrot est remarquablement normal. Mieux que la normale, en fait. Il est carrément *canon*.

— Que fait une personne comme vous sur un service de rencontres en ligne comme celui-ci ? demande Chris, en portant sa bière à ses lèvres.

Nous sommes dans une brasserie, face à une planchette de dégustation contenant six petits verres de bière. Jusqu'à présent, nous avons déterminé que nous avons le même goût en matière de bières.

Brunes et ambrées.

J'en suis à mon neuvième rendez-vous DoggieDate, et j'ai trouvé le Saint Graal des hommes : un homme décent. Mieux que décent.

Un gars avec qui je pourrais sortir pour de vrai, moi, Amanda Warrick.

Seigneur, ayez pitié de moi

Chris Stieg est plus grand que moi, avec l'allure mince et tonique d'un informaticien, ce qu'il est. Il est l'architecte principal d'une nouvelle technologie de publication qui analyse les livres pour déterminer les arcs narratifs et l'engagement des lecteurs.

Il a lu Italo Calvino.

Et Jennifer Weiner.

Des romans grand public *et* des fictions littéraires d'avant-garde ? Il y a de quoi faire baver plus d'une amatrice de livres.

Peut-être même moi.

Ne vous méprenez pas, techniquement, je sors toujours avec Andrew. Mais après cette scène étrange au match de base-ball, et une fois qu'il m'a finalement retrouvée chez ce soir-là, les choses ont été chaotiques. Il est à Tokyo depuis une semaine et nos textos ont été irréguliers. M'endormir dans ses bras sur le confortable fauteuil du salon était merveilleux.

Mais je m'étais réveillée seule à la lumière du jour, dans mon propre lit, avec un texto qui disait simplement : *À bientôt.*

M. Chaud et Froid souffle un air glacial ces jours-ci, et ça me rend dingue.

En outre, c'est un rendez-vous DoggieDate. C'est pour le travail. Je ne fais que mon travail.

Est-ce ma faute si certains jours, j'aime mon travail plus que d'autres ?

— Oh, eh bien, vous savez. Tinder ou Ashley Madison ne sont pas vraiment ma came, expliqué-je.

Chris éclate de rire, rejetant sa tête en arrière juste assez pour que je puisse admirer ses cheveux blonds dorés. Il porte des lunettes et a des yeux doux de la couleur d'une bière blonde au miel.

— Laissez-moi deviner. Des tas de commentaires dégoûtants de la part de gars qui pensent que ces merdes fonctionnent.

— J'ai toute une collection de dick pics non sollicitées.

Il s'étouffe de rire.

— Et tout ce que j'ai fait, c'est vous envoyer une photo de mon chien, dit-il avec un sourire qui atteint ses yeux chaleureux.

La bière me détend. Je m'affaisse en arrière et je m'étire, faisant ressortir mes seins par inadvertance. Chris est un vrai gentleman et ne regarde pas. Nous sommes assis juste à côté de la grande fenêtre le long du trottoir. À l'extérieur, les rues sont remplies de gens qui reviennent d'un festival d'art en ville.

Chris tend le bras au moment où je m'apprête à tester une autre bière, et nos mains se cognent.

— Je vous en suis reconnaissante. Au fait, Snoozer est vraiment mignon. J'adore les Affenpinschers, dis-je.

Chris sourit, regardant nos mains, qui sont à deux centimètres l'une de l'autre.

Et puis, une vague de souvenirs me frappe, d'Andrew et moi, nus au lit.

La chaleur remonte de mon ventre à ma bouche comme un feu de brousse. Je m'empresse de prendre la dernière bière sur la planchette de dégustation et de la descendre.

Chris hausse les sourcils.

— Elle est si bonne que ça ?

Je réalise mon erreur. Nous partageons les verres, pour décider quelles pintes acheter.

— Oh. Hum, je suis vraiment désolée.

Je regarde le verre vide et je fais une grimace.

— Elle n'était vraiment pas bonne de toute façon.

— Vous m'avez épargné une mauvaise bière. Les vrais amis ne laissent pas leurs proches boire une mauvaise bière.

— Alors, j'ai eu de très mauvais amis à l'université.

Il rit, et je le vois regarder ma main. Oh, bon sang. Il m'envoie tous les bons signaux à présent.

Quand Greg m'a informée que j'étais parfaite pour le compte DoggieDate, je me suis dit que j'enchaînerais vingt rendez-vous insupportables avec des cinglés qui utilisent un site comme DoggieDate pour une raison. Parce qu'ils sont bizarres.

Je n'ai jamais – pas une seule fois – pensé que je rencontrerais un vrai canon avec qui j'aurais *envie* de sortir.

Et me voilà.

Andrew.

Son nom glisse dans mon esprit avec l'écho du besoin. Mes yeux détaillent Chris tandis que le serveur arrive et qu'il nous commande des pintes, en choisissant nos deux préférées. Je pourrais sortir avec lui. L'embrasser. Peut-être même coucher avec lui.

Après tout, il y a vraiment beaucoup de poissons dans la mer.

Dommage que le poisson dont j'ai envie soit à Tokyo en ce moment.

J'ai un choix à faire. Si j'avais rencontré Chris lors de mon tout premier rencard DoggieDate, ma vie aurait pu être très différente.

Et puis ça me frappe.

Je ne veux pas que ce soit différent.

Je veux *Andrew*.

À ce moment précis, des doigts chauds prennent ma main. Ce frisson ? Celui que vous êtes censée ressentir la première fois que vous ressentez l'affection de quelqu'un que vous commencez à connaître de façon romantique ?

Il n'est pas là. J'aime bien tenir la main de Chris. Elle est agréable et douce, et quand je lève les yeux et croise son regard, puis souris, je dois me rappeler que je joue un rôle. Nous sommes censés parler de nos chiens et créer des liens autour de mon mini Chihuahua et de son petit chiot affen.

— À quoi ressemble Snoozer ? demandé-je, histoire de faire mon travail.

Le formulaire d'évaluation des visites mystères commence à prendre forme, à mesure que j'enchaîne ces rendez-vous et que je commence à me faire une bonne idée de ce que nous devons évaluer en termes de service et d'expérience client.

Chris a soudain l'air gêné. Ses yeux tombent sur mes seins. Je porte une chemise qui pourrait passer dans un couvent, donc je ne suis pas certaine de ce qu'il pense regarder.

— J'ai un aveu à faire, dit-il d'un air penaud, en serrant ma main.

Je dois me pencher légèrement en avant pour l'entendre.

Dehors, le ballet incessant des taxis dépose et récupère les clients juste devant la fenêtre. La brasserie artisanale occupe près d'un demi-pâté de maisons dans ce quartier branché ; c'est un quartier animé qui s'embourgeoise. D'énormes usines à l'abandon sont en cours de reconversion en lofts, hôtels et espaces commerciaux. Je suppose que la brasserie pourra rester deux à trois ans, au maximum, à cet endroit, avant que les augmentations de loyer ne les chassent.

— Je, hum… hésite Chris, avant de reculer en soupirant, lâchant ma main.

Le serveur apporte nos pintes et nous trinquons, puis buvons près de la moitié de nos bières respectives. Je lutte pour ne pas roter.

Chris se penche à nouveau en avant et pose sa main sur mon épaule. Nos visages sont à quinze centimètres l'un de l'autre.

— Est-ce que ça va ? Un problème avec Snoozer ?

J'ai appris à ramener la conversation aux chiens chaque fois que ces rendez-vous deviennent étranges. Et ça marche comme sur des roulettes.

— Non, non. Il n'y a rien qui cloche chez lui. Mais en fait, dit-il, en se rapprochant de quelques centimètres. Je dois vous dire quelque chose au sujet de Snoozer. Il, euh, ce n'est pas vraiment mon chien.

Je pince les lèvres et je fronce les sourcils.

— Hein ?

— Je n'ai pas vraiment de chien.

— Vous n'avez pas de chien ?

Ma voix est un peu plus enjouée que la normale, car j'ai prédit ce scénario exact lors de mon entretien avec le client. J'ai prévu qu'il y aurait de faux propriétaires de chiens, et j'en ai trouvé un. La satisfaction d'avoir raison se mélange à ma bière, que je termine en beauté.

— Non. Je l'ai juste inventé pour pouvoir m'inscrire sur ce service de rencontres, dit-il en se rapprochant.

S'il s'approche davantage, je vais finir par le voir flou.

Mais juste à ce moment-là, il se fige.

— Ne regardez pas, chuchote-t-il, mais il y a un type flippant dehors qui vous observe.

Je me retourne et regarde en dépit de son avertissement, et...

Andrew McCormick se tient à un mètre de là, sa limousine derrière lui.

Et s'il pouvait réellement le fusiller du regard, Chris serait mort à l'heure actuelle.

Chris recule et me fixe d'un regard menaçant.

— Vous vous connaissez ? Parce que...

Je me lève d'un bond et jette la serviette avant qu'il ne puisse finir.

— Un instant, me contenté-je de lui dire en traversant le restaurant de style industriel, avec ses énormes conduits peints au-dessus de ma tête et ses ventilateurs de plafond en métal qui pendent le long d'épais câbles conférant à l'endroit l'aspect d'une brasserie hipster.

Je sors en courant et je retrouve Andrew à l'endroit même où il était il y a quelques secondes, les mains dans les poches de son pantalon de costume, le visage grimaçant.

Son expression est destinée à Chris.

— Qu'est-ce que tu fais là ? crié-je, luttant contre les pulsions jumelles de le gifler et de l'embrasser.

— J'interromps quelque chose, apparemment, répond-il, les yeux rivés sur Chris, qui a sorti son téléphone et fait semblant de lire ses textos pour ignorer la fureur d'Andrew.

— Non, je veux dire, tu n'es pas à Tokyo ?

— Je suis revenu plus tôt.

— Que fais-tu *ici* ? Dans cette partie de la ville ? Tu es venu me chercher ? Est-ce que tu me suis ?

Son nez s'agite, sa mâchoire se crispe, comme s'il essayait de se maîtriser. Il refuse toujours de me regarder.

— Gerald a dû faire un détour avec la limousine. On s'est retrouvés coincés au feu. J'ai regardé par la fenêtre et je t'ai vu avec ton... Il s'éclaircit la gorge comme s'il avait mangé un insecte. Rencard.

Je suis coincée.

Je ne peux pas lui dire la vérité. Je ne peux tout simplement pas. Et techniquement, nous ne sommes pas exclusifs. Il m'envoie des signaux contradictoires et même si c'était un vrai rendez-vous, je n'aurais rien à me reprocher. Il n'a aucun droit sur moi. Nous ne sommes pas...

— C'est ton petit ami ? demande Andrew, plissant les yeux en fixant Chris.

— Quoi ? Lui ? Non. C'est notre premier rendez-vous.

— Pourquoi ?

— Pourquoi quoi ?

— Pourquoi tu sors avec lui ?

— Parce que je peux ?

— Non, tu ne peux pas.

— Je te demande pardon ? Je peux si je le veux.

— Est-ce que tu le veux ?

— Est-ce que je veux quoi ?

— Sortir avec d'autres hommes.

J'ouvre la bouche pour répondre et je m'arrête à mi-mouvement, clignant des yeux. L'air frais de la nuit m'assèche rapidement la bouche, et avec mon cœur qui bat la chamade et mon sang imbibé de bière, je réalise que tout en moi crie :

— Non.

— Alors pourquoi ?

— Parce que tu ne m'as pas donné de raison de ne pas le faire.

D'accord, techniquement, ce n'est pas vrai non plus. Mais connaissant le côté compétiteur d'Andrew, et me retrouvant coincée dans cette situation d'horreur absolue, totalement impossible, avec trois cellules cérébrales pour prendre des décisions, c'est le mieux que je puisse trouver sur le moment.

Soudain, il plaque sa bouche contre la mienne, sa langue ravageuse et revendicatrice. Ce n'est pas un baiser de retrouvailles, pas un doux *bonjour toi* après une semaine d'absence. La ténacité de son baiser, avec sa barbe d'un jour, me laissera la bouche à vif. Il me fait comprendre que c'est une raison suffisante pour arrêter de sortir avec qui que ce soit d'autre.

Ce baiser.

Cet homme.

Il prend mes fesses à pleines mains, ses doigts s'enfonçant dans ma chair. Je le sens durcir contre mon ventre, les bras ballants, car ma bouche sait ce qu'elle fait, mais le reste de mon corps a besoin de quelques secondes pour se mettre à la page. La décharge électrique qui gagne chaque centimètre carré de ma peau crie son nom avec extase, comme si toutes les vibrations du monde étaient réunies en une seule fréquence grondant dans mes veines comme le tonnerre.

Puis mon corps se souvient de ce qu'il faut faire. Mes mains serrent sa taille, glissant sur ses épaules et bras musclés reliés à ses doigts qui me donnent raison après raison de ne pas sortir avec quelqu'un d'autre.

Et qui me promettent de me donner dès à présent de multiples *raisons* renversantes, si je pars avec lui.

— Hum.

Quelqu'un se racle la gorge, mais *ma* gorge est actuellement occupée par la délicieuse langue d'Andrew, alors je…

— Ce n'est pas comme ça que mes rendez-vous se terminent habituellement, déclare Chris.

J'écarte Andrew, frôlant son érection tandis que mes paumes remontent le long de ses abdominaux et de ton torse musclé, créant un espace entre nous. Nos bouches se séparent presque avec violence, et je me retourne pour apercevoir à travers ma vision floue…

Oh. Ouaip.

Mon rencard.

— Normalement, c'est *moi* qui embrasse la dame, ajoute Chris.

— Allez-vous-en, grogne Andrew.

Et Chris obtempère.

Je ne suis pas déchirée. Je devrais l'être, mais je ne le suis pas. Alors que je regarde Chris, le faux propriétaire de chien, s'éloigner dans la nuit, mon attention est attirée par une main puissante sur ma joue, des doigts qui passent dans mes cheveux et me lèvent le menton pour me donner un autre baiser qui me laisse hors d'haleine et pantoise.

Jusqu'à ce que j'entende :

— Tu ne sortiras avec personne d'autre.

— Vraiment ?

La fermeté de son ton et l'âpreté des mots font que mon cœur féministe se lève et secoue son poing outragé.

— Non.

— Dixit qui ?

— Ton petit ami.

— Il s'exprime comme un troglodyte.

— Il préfère le terme de Néandertal. On le lui a déjà appliqué par le passé.

— Petit ami ? Ça fait de moi ta petite amie ?

Je suis à la fois ravie et horrifiée, car j'ai encore onze rendez-vous DoggieDate. Et je ne peux rien dire à ce sujet, car le propriétaire de DoggieDate est un rival d'Anterdec. Je violerais non seulement les principes de base des visites mystères, mais aussi toute une série d'accords de non-divulgation. Je perdrais mon emploi en un clin d'œil.

— Oui, dit-il en s'adoucissant.

— C'est ce que tu veux ?

— Je viens de te le dire.

Il m'embrasse à nouveau.

— Tu sais ce que je veux ?

Je me mets sur la pointe des pieds, mes lèvres contre son oreille.

— Mmmm ?

— Un latte breve pour le petit-déjeuner.

Il me dévisage.

— Que dirais-tu d'un latte comme deuxième petit-déjeuner ? Le premier petit-déjeuner au lit pourrait être... tu sais...

Je lui rends son regard.

Il m'attrape la main et m'attire vers la limousine en chuchotant :

— Très bien, petite amie. C'est bon.

Je tombe sur ses genoux dans un tourbillon de rires et de halètements, puis de gémissements.

Ses gémissements. Sentir son souffle dans mon oreille m'a manqué, sa respiration qui fait se dresser les poils de ma nuque, son rire guttural qui gronde sur ma peau.

Andrew entre derrière moi et saisit la poignée, fermant la portière de la limousine d'un geste décidé. Nous commençons à bouger, mais je ne suis pas consciente de grand-chose, à part qu'Andrew m'embrasse comme si nous ne nous étions pas touchés depuis des années.

Comment une semaine sans se voir peut-elle sembler si longue ?

— Tu m'as manquée, chuchote-t-il en glissant son nez le long de mon cou, du lobe de l'oreille à la clavicule, ses lèvres à la fois dures et douces, ses bras m'encerclant comme si ma place était ici même et nulle part ailleurs.

— Tu m'as manqué, toi aussi.

Un léger soupçon de culpabilité flotte dans l'air quand je respire. Je me crispe probablement, car ses mains se figent et ses bras se tendent.

— Ça va ?

— Bien sûr, dis-je avec un rire étouffé. Je me sens juste mal d'avoir planté mon, euh…

Le mot *rencard* semble dangereux. Inapproprié.

Inflammable.

— Ton rencard ?

— Ouaip.

Puisque c'est lui qui met un mot dessus, je suis tirée d'affaire.

— Pourquoi ?

— Parce que c'était quelqu'un de bien.

— Ce n'est pas parce qu'il était gentil qu'il peut échapper aux conséquences.

— Aux conséquences ?

— Oui.

— Dis-m'en plus.

Andrew baisse la tête, et tandis qu'il bouge, son menton glisse vers le haut de mes seins. Une tornade de désir remplace la petite culpabilité stupide qui était là il y a une seconde.

— Tu n'as pas à t'attacher aux gens avec une telle corde émotionnelle. Pas les gens dont tu n'es pas proche, je veux dire.

Je fronce les sourcils, en penchant la tête comme si cette posture allait m'offrir une perspective nouvelle sur ses paroles.

— Explique-moi ça de nouveau ?

— Je te vois faire. Shannon fait pareil.

Mes oreilles se dressent en l'entendant parler de Shannon. Bien qu'elle soit sur le point de devenir sa belle-sœur, je l'ai rarement entendu parler d'elle. Il s'agit là d'un nouveau territoire.

— Vous agissez toutes les deux comme si vous aviez une dette envers des personnes auxquelles vous n'êtes pas attachées, poursuit-il. Comme si vous deviez vous préoccuper des sentiments des autres, même si on ne vous le demande pas.

Mes joues commencent à s'enflammer. Ce n'est pas dû à l'excitation.

— Je ne comprends pas, suis-je forcée d'admettre.

Il déglutit et je sens la tension dans son cou.

— Hum, peut-être que je deviens trop sérieux.

— Non, chuchoté-je. Ce n'est pas le cas. C'est intéressant. J'essaie vraiment de comprendre. Je pense que tu tiens quelque chose. Continue, l'exhorté-je.

Ce que je ne dis pas, c'est qu'il y a une intimité profonde dans ses paroles, dans cette discussion, que je ne trouve pas ailleurs. Ni dans les restaurants, ni dans la salle de conférence, ni même dans la chambre.

Je sens son haussement d'épaules.

— Peut-être que c'est une différence homme/femme. C'est peut-être une question de personnalité. Je n'en sais rien. Ce type là-bas...

— Chris. Il s'appelle Chris.

— Qui s'en soucie ? Quoi qu'il en soit, *ce type* rentre chez lui en ce moment, probablement un peu énervé que j'aie foiré son rencard, mais il ne ressent certainement pas d'attachement pour toi. Il n'y a aucun lien. Pas de réciprocité. Tu ne lui dois rien et il ne te doit rien. C'est une personne distincte qui dispose d'une totale autonomie sur ses comportements et ses émotions.

— Je ne comprends toujours pas.

Et pourtant, quelque chose au fond de moi s'agite. Je le pressens. Une prise de conscience grandissante : Andrew a mis le doigt sur une partie essentielle de mon être, une partie de moi que je sais exister, mais qui se cache dans le désordre souterrain de mon âme chaotique. Le fait qu'il perçoive intuitivement cette partie de moi est à la fois excitant et terrifiant, car cela implique une relation plus réelle qu'avec quiconque auparavant.

— Amanda, tu fais preuve d'une totale loyauté et d'un besoin de régler les problèmes des autres. Tu ne le fais pas pour les félicitations, mais parce que tu aimes vraiment résoudre les problèmes.

Il me serre plus fort, me caressant le coude.

— Tu associes idées et solutions, et tu les mets en œuvre. C'est un profil idéal pour travailler dans les opérations.

Venant de l'ancien vice-président des opérations d'Anterdec et de son actuel PDG, c'est un grand éloge.

— Si tu dis ça juste pour coucher avec moi, le taquiné-je, tu sais que tu m'auras dans ton lit ce soir.

Son rire fait rebondir légèrement mon corps lorsque je m'abandonne à son étreinte.

— Je ne dis que ce que je pense. Accepte ce compliment.

— Eh bien... merci. Je ne suis toujours pas sûre de comprendre tout ce que tu as dit, mais je trouve ça fascinant.

— Mon deuxième prénom est Freud.

— Je croyais que ton deuxième prénom était James.

— Ne gâche pas une bonne répartie, dit-il, en plaquant sa bouche contre la mienne de sorte qu'en effet, je ne peux pas dire un mot de plus.

Cinq minutes plus tard, nous sommes obligés de reprendre notre souffle. La privation d'oxygène est la seule explication plausible à ce qui suit : j'attrape son visage, lui caresse la joue, le regarde droit dans les yeux et lui murmure :

— Je n'ai jamais ressenti ça pour un homme avant.

Il sourit, puis tend la main pour écarter mes cheveux indisciplinés de mon front, d'un geste grave et furtif.

— Qu'est-ce que tu ressens ? Pour moi ? demande-t-il, la tête légèrement penchée vers le bas, les yeux levés vers moi.

— De l'attachement.

De l'*amour*, ai-je envie de répondre, mais le mot est comme un allume-feu, inerte jusqu'à ce qu'il s'approche d'une flamme.

Et puis tout s'embrase.

Je n'utilise pas ce terme. Je ne peux pas. Pas encore.

Son visage se fend d'un large sourire en entendant le mot que j'emploie.

— Tant mieux.

— Je croyais que tu venais de me dire que je m'attachais trop facilement aux gens !

Mon cœur bat la chamade. Ma peau est d'une sensibilité exquise. Ce que je dis et ce que je pense sont très divergents, et pourtant en total accord.

— Tu t'attaches trop vite aux *mauvaises* personnes.

Alors qu'il plonge son nez dans mon cou, une bouffée de son eau de Cologne envahit le minuscule espace.

— Tout est question de sémantique, me moqué-je sur un ton badin.

Ce n'est pas le cas. C'est une sorte de vérité à laquelle je m'efforce d'être préparée.

Je reçois un long baiser torride en guise de réponse.

Avant que je puisse lui renvoyer l'ascenseur et lui demander ce qu'il ressent pour moi, la limousine ralentit et entre dans le garage de son immeuble.

Puis nous sortons et nous nous dirigeons vers l'ascenseur, main dans la main. Andrew appuie sur le bouton et comme par magie, les portes s'ouvrent.

— Joli, dis-je alors que nous entrons, mon cœur crépitant comme du pop-corn sur le feu.

— J'en ai beaucoup en réserve.

Les enjeux de ce soir semblent plus importants. La question de savoir s'il faut coucher avec Andrew ne fait pas partie de cette expérience. Et les spéculations émoustillées sur ce que c'est que d'être nue au lit avec lui ont disparu. Je sais ce que ça fait.

Et c'est *sacrément* bon.

Ce que je ressens, alors que les portes se referment et que ses doigts se détachent des miens, que son corps fait disparaître la distance entre nous, que sa bouche trouve la mienne alors que ses mains frôlent ma colonne vertébrale, c'est un sentiment de familiarité totalement inconnu. Je *sais* ce que c'est. Ce qui me surprend, c'est que j'ai le droit d'en avoir plus.

Je vais encore coucher avec lui.

Je vais à nouveau passer la nuit ici.

Sa langue vive et agile va remettre *ça*.

Encore et encore.

Oh, mon Dieu, oui.

Encore.

Il se presse contre moi, enfonçant ses cuisses et ses hanches. J'ai le souffle coupé en sentant comme il est dur.

Et je perds tout contrôle.

Pourtant, je dois savoir.

— Et toi ?

Les mots sortent précipitamment, comme si j'essayais de les glisser au milieu de toute cette passion, comme si je devais m'empresser de les prononcer avant qu'il ne soit trop tard.

Mais il prend son temps pour réfléchir à sa réponse. Il n'est pas pressé.

Et ensuite :

— Je passe de longs moments, murmure-t-il contre ma bouche, dans des réunions d'affaires stupides avec des gens du monde entier qui pensent qu'une fusion est plus importante que tout, ou qu'un changement de marque en ligne va changer le monde. Je prends l'avion à des heures folles de la nuit et je fais des visites éclair de pays qui ont changé de nom au cours de ma vie. Et ces derniers temps, Amanda, j'ai passé chaque heure loin de toi à me demander ce que je fabriquais.

Quelque chose en moi se brise et s'épanouit à la fois, de façon illogique et à couper le souffle. C'est comme casser un œuf et trouver à l'intérieur un bel arc-en-ciel qui s'élève dans le ciel.

— Je suis bon dans ce que je fais. Je suis au top, poursuit-il alors que je pose ma main sur ses abdominaux.

Il parle et je bois ses paroles, qui me submergent comme une mer chaude, accueillante et éternelle, ancienne et authentique.

— Mais rien de tout ça n'a d'importance. J'ai déjà tout. Tout ce que je peux désirer. Ou, du moins, je l'avais. Jusqu'à ce que je réalise que je ne t'avais pas, toi.

— C'est pour ça que tu m'as embrassée ce soir-là après la marina ? demandé-je.

— Je t'ai déjà dit pourquoi je t'ai embrassée ce soir-là.

— Raconte-moi encore.

— Et si je te montrais ?

Mon dos est plaqué contre la paroi. Mon corps veut tout cela, chaque seconde de son attention, chaque mouvement impérieux alors qu'il me rapproche de lui, me coinçant entre lui et l'ascenseur en mouvement, et tout ce à quoi je pense c'est ça.

Lui.

Nous.

Et si j'arrêtais d'essayer de régler les problèmes et que je commençais à vivre ?

Un baiser, une léchouille, un gémissement, un cri à la fois.

Les portes de l'ascenseur s'ouvrent et nous décrivons une embardée. La prise ferme d'Andrew me maintient debout. Ses mains sont sous mon haut tandis qu'il me fait reculer dans son couloir. Il saisit le code de la porte et celle-ci s'ouvre. Je perds l'équilibre et je tombe à la renverse, dans un fracas de chaleur et de rires. Je lève la tête. Il se tient debout dans l'embrasure de la porte et me sourit.

— Ça, c'est une vue que j'aime. Sauf que tu portes trop de vêtements.

Il ferme la porte derrière lui.

— À partir de combien, c'est trop ? demandé-je.

— Dès l'instant où tu as quelque chose sur toi.

Nous sommes maintenant en mode plaisir et ludique, le soulagement d'être seuls nous pousse à accélérer, comme si nous devions saisir l'instant et le fixer, en profiter d'abord et le savourer ensuite.

Il y aura une prochaine fois, se disent nos corps. *C'est certain. Mais assurons-nous de profiter de* l'instant présent.

Jetant nos vêtements en vrac par terre près de sa porte d'entrée, nous nous frayons un chemin jusqu'à la chambre sans cesser de nous embrasser. Son lit est défait, une surprenante démonstration de désordre qui me fait sourire. Tandis que je l'embrasse, un sourire glisse sur mes lèvres. Il s'arrête et me mordille le lobe de l'oreille. Je suis grisée par sa peau chaude et sensible, parsemée de poils que je caresse avec délice tandis qu'il se frotte contre moi.

— Qu'y a-t-il de si drôle ? demande-t-il au moment où je tends la main vers sa tige rigide, mes doigts s'enroulant autour de son intimité.

Je ne peux pas répondre parce que je ris. Je m'arrête dans l'embrasure de la porte de sa chambre et, comme il est attaché à la partie de lui que je tiens, il doit s'arrêter aussi.

— Je sais que tu ne ris pas de *ça* ! ajoute-t-il, en se raclant la gorge de manière significative.

Je suis prise d'un fou rire qui met plusieurs minutes à passer, mes gloussements incontrôlés se dissipant lentement, comme une boîte à musique dont la clé déroule les dernières notes.

— Non, parviens-je enfin à répondre, le tenant toujours en main. Je ris parce que ton lit est défait.

— Et alors ? On va le défaire encore plus.

Ses abdominaux glissent contre les miens et un frisson me parcourt.

— Et aussi, parce que tu me chatouilles. Avec ta peau. Les poils de tes jambes.

Je descends pour toucher le haut de ses cuisses.

— Ton ventre.

Je remonte.

— Ton pelage à cet endroit.

Je fais glisser ma paume vers le bas.

— Mon pelage ? Je sais que j'ai des poils sur le corps, mais tu apparentes vraiment cette ligne à un pelage ? Comme un hamster ?

Dans un geste théâtral, il recule et désigne des deux mains son nombril et son bas-ventre, puis déclare :

— *Ceci* n'est pas un monstre poilu.

Une autre réplique qui déclenche un nouveau fou rire pendant les sept minutes qui suivent.

— Mais non. Je parle de ta ligne de poils. Rien à voir avec un hamster.

J'ai du mal à m'en remettre.

La confusion, le soulagement et l'amusement s'affichent sur son visage.

— C'est déjà ça, dis-m'en plus sur cette ligne ?

De l'index, je montre les poils qui s'épaississent sous son nombril, parcourant le long de son torse jusqu'à ce qu'il inspire profondément.

Et puis je me mets à genoux.

— *Ça*, M. McCormick, c'est votre ligne de poils. Et bien que je ne vois pas de monstre poilu, je détecte des signes évidents d'animal mâle.

Son grognement de satisfaction le confirme d'ailleurs.

Quelques minutes plus tard, il m'arrête.

— Je ne veux pas…ce n'est pas comme ça que je veux…. hum… Je veux juste…

Andrew n'a pas l'habitude de bégayer, c'est donc charmant. Et c'est *moi* qui lui fais cet effet. Ma bouche, mes mains, mes attentions lui font perdre sa contenance et le rendent plus authentique.

Je me dresse sur la pointe des pieds et je l'embrasse.

— Tu me veux.

— Je veux être en toi. Je veux que tu sois dans mes bras. Pas à genoux.

Il respire fort, les yeux sombres et intenses.

— Je veux faire l'amour avec toi, Amanda. Dans mon lit, sous moi, au-dessus de moi – tant qu'on est ensemble.

Au lieu de répondre, je le guide vers le lit et il prend le contrôle, s'allongeant sur mon corps, réchauffant mon cœur, mes orteils, mes yeux, mes bras, mes jambes et tout mon être.

— Je voulais te poser une question dans la voiture, chuchoté-je pendant qu'il m'embrasse sur la clavicule, son souffle se transformant en soupirs et en petits bruits, sa retenue s'effilochant au fil des minutes.

— Oui ?

— Qu'est-ce que *tu* ressens ? Pour moi ? murmuré-je.

Son visage est au-dessus de ma poitrine. Son front est détendu et lisse. Une seconde passe. Deux. Trois. Je perds le compte. Le temps devient un chaos flou tandis que j'attends d'entendre la réponse qui permettra de m'ancrer dans la rivière sans fin de l'espoir.

Il lève la tête et place son visage à quelques centimètres du mien. La lune apparaît ici et là entre les nuages, apportant un éclairage irrégulier à la pièce baignée d'une lueur rosée telle de la gaze. Je ne vois pas ses yeux en entier, mais je sens la douce énergie de son souffle contre ma poitrine.

— Je ressens… dit-il doucement.

Il soupire, puis m'adresse un regard attestant d'un attachement sincère qui fait disparaître tous mes doutes.

— Tout, Amanda. Je ressens *tout*.

Le baiser qui scelle mon destin s'accompagne du sentiment que le temps lui-même est pris d'ondulations, comme une pierre jetée à la surface d'un étang. L'eau redeviendra placide et lisse, mais la pierre a bougé, l'eau s'est déplacée, et cela demeurera vrai à jamais. Pour toujours.

Pour tout.

Il fouille discrètement dans sa table de nuit pour récupérer de quoi nous protéger, comme il l'a fait à chaque fois que nous avons fait l'amour. Je lui suis reconnaissante pour son attention, son sens des responsabilités, sa détermination à garantir ma sécurité.

Ses paroles font migrer tout le sang de mon corps vers des endroits qu'il fait vibrer, des endroits permettant le rapprochement le plus intime de deux êtres. Je veux le sentir en moi aussi. Je m'étire et l'attire vers moi, j'enroule mes jambes autour de lui, l'invitant de la seule façon que je connaisse qui se passe de mots.

C'est trempée et folle de désir que je l'accueille en mon sein. Ses hanches bougent contre moi avec un côté mesuré que je trouve séduisant. Ses doigts tracent un cercle autour d'un de mes mamelons tandis qu'il glisse lentement en moi, jusqu'au bout, inclinant mes hanches pour me permettre de le recevoir.

Sa chaleur sur moi captive chaque partie de mon être. Andrew est en moi, sur moi, les bras autour de moi et je suis en extase. Les fils de la toile composant Amanda sont tissés par le temps, l'expérience, l'émotion et les sens, et en ce moment il est enfilé en moi, tissant de nouveaux motifs dans la tapisserie de mon essence.

Nous bougeons l'un contre l'autre avec des mouvements lents témoignant de notre envie et besoin, alliant le feu et la glace, résumant tout.

Tout.

— Je te sens, Amanda, murmure-t-il, sa voix devenant plus difficile à contrôler. Et tu es *tout* ce que je veux ressentir. Je te veux.

Je sens que je perds le contrôle, moi aussi, à mesure que les comportements dictés par la logique se dissipent au profit de gémissements qui s'élèvent de ma gorge. Trop d'années sans personne, trop de souvenirs de solitude et bien trop d'occasions manquées se rappellent à moi tandis que mon sang boue, fiévreux et palpitant, cherchant à fusionner toujours plus avec lui.

À la façon dont ses mains me saisissent et m'explorent, cherchant à innover pour me toucher et m'enflammer, je pense qu'il ressent la même chose.

— Tu m'as, maintenant, dis-je, mes mots ayant du mal à sortir alors que mon pouls s'accélère et que la douce chaleur intérieure se répand, si puissante qu'elle le gagne aussi.

Durant nos ébats, nous tissons ces fils de passion et de respect, de temps partagé et d'avenir commun, qui s'entremêlent avec la chair et les os. Il m'emmène dans un endroit que nous créons entre nos cœurs, où le seul risque est de ne jamais en prendre aucun.

Je blottis ma tête contre son épaule et lui lèche le cou, puis je l'embrasse passionnément. Il a le goût d'un parfum exotique, séduisant et nouveau. Alors que nos corps s'entremêlent dans la nuit, il me remplit d'extase et l'entendre crier mon nom dans l'intimité représente... eh bien...

Tout.

CHAPITRE 23

— Il est de nouveau à Tokyo, gémit Shannon. Ils devaient vraiment y aller *tous les deux* ?

Declan accompagne Andrew pour des négociations commerciales. Ils nous manquent, à Shannon et moi. Ils rentrent demain, après neuf jours d'absence. J'essaie de caser autant de rendez-vous DoggieDate que possible pendant qu'Andrew est en déplacement et ne risque pas d'apparaître comme par magie à l'un d'entre eux.

Je sais. Je lui mens. C'est une belle façon de commencer une relation, pas vrai ? Mais c'est pour une noble cause. Celle du salaire. Je ne peux pas payer mes factures avec des baisers et des lattes au lit. Oh, si seulement je pouvais...

— Ils rentrent demain, dit Marie en roulant des yeux.

Carol et elle se préparent à aller travailler, le sac à la main, l'air enthousiaste. Mais Marie tripote encore quelques dossiers sur la table à manger. Jason a laissé Marie transformer leur salle à manger en un centre de commandement de mariage à faire pâlir d'envie le bunker d'urgence de la Maison-Blanche. La salle à manger de la famille Jacoby ressemble à la salle de crise de la Maison-Blanche. Non, pas tout à fait.

En plus organisé.

Et en parlant de la Maison-Blanche...

— Nous n'avons toujours pas reçu de réponse du président

ou du vice-président, dit Marie avec un soupir de déception en parcourant le courrier et en triant les cartons de réponse.

— Tu t'attendais à ce que le président des États-Unis assiste au mariage de Declan et Shannon ? renifle Carol.

— Je m'attendais au moins à un refus poli. Ou il pourrait envoyer la première dame. Mais franchement, est-ce que ça le tuerait-il de passer, ne serait-ce que pour vingt minutes ?

Je ne sais pas ce qui est le plus remarquable : que ce genre de conversations ne me choque pas, ou que Marie envisage réellement que le président fasse une apparition au mariage.

— Où allez-vous ? demande Jason d'un ton aimable, en entrant par la porte-fenêtre.

Ses cheveux sont aplatis d'un côté et dressés sur sa tête de l'autre. Il a une énorme tache de graisse sur la joue droite et on dirait qu'il ne s'est pas rasé depuis deux jours. Son visage est parsemé de stries de coton.

Oh. Attendez un peu. Ce n'est pas du coton. Je suppose que sa barbe est en partie blanche, ce qui est bizarre, car ses cheveux sont d'un auburn riche.

Marie prend une teinte rose inhabituelle. Elle est gênée. Je ne pensais pas que Marie était capable d'être embarrassée, tout comme la Reine n'est pas capable de sourire sans avoir l'air constipé.

— Hum, nous allons faire une visite mystère, dit-elle d'une voix étranglée.

Carol lui fait un clin d'œil.

— C'est l'un des magasins préférés de maman.

— Un sexe-shop ? demande Jason, comme s'il s'agissait d'évaluer un magasin de jardinage ou une assurance.

L'aisance avec laquelle nous discutons ces derniers temps de perles anales et de godes est assez inquiétante, d'autant plus que je ne peux pas parler de tampons avec ma propre mère sans avoir besoin de sels odorants.

— Non. Encore mieux, dit Carol d'un ton amusé. Un *grand* magasin.

Jason fronce les sourcils. Il comprend qu'il y a quelque chose d'autre.

— Qu'est-ce qu'il y a de si spécial à ça ? demande-t-il à Marie, qui évite le contact visuel.

— Rien ! Ce n'est qu'un magasin, murmure-t-elle, en faisant semblant de fouiller dans son sac.

Carol semble prendre plaisir à tourmenter sa mère.

— C'est une expérience vestimentaire masculine. De la tête aux pieds, ajoute-t-elle en me regardant.

Je dois avoir l'air aussi perplexe que Jason, car Carol éclate de rire.

— C'est du porno pour femmes, dit-elle, comme si cela expliquait tout.

Ce n'est pas le cas.

— Acheter des vêtements pour hommes, c'est du porno pour femmes ? demande Jason sur un ton incrédule.

— Tu as vu des emballages de sous-vêtements masculins récemment ? lance Marie, n'y tenant plus. Tous ces mannequins. David Gandy. David Beckham. Ils sont en sous-vêtements, et leurs photos apparaissent sur toutes les affiches et tous les emballages. C'est un peu comme les Minions, sauf qu'au lieu d'une foule de petits êtres jaunes qui vous regardent, c'est trente ou quarante photos d'hommes sexy en sous-vêtements qui vous demandent tous de les toucher.

— De toucher leur paquet, murmure Carol.

Elle glousse en silence et Marie lui donne un coup de coude dans les côtes.

Jason cligne des yeux, à répétition.

— Je t'interdis de me juger. Tu es bien obsédé par le catalogue de Victoria's Secret, dit Marie sur un ton menaçant.

Il lève les bras au ciel. Une de ses mains serre une clé à molette.

— Je ne te juge pas, chérie !

— Alors pourquoi ce regard ?

— Je me disais que tu devrais arrêter de donner des cours de yoga pour faire ces visites mystères à plein temps. Ça te convient mieux.

Et sur ces mots, il s'approche d'elle, laisse tomber la clé, et la fait basculer à la renverse, lui donnant le genre de baiser que l'on voit sur les vieilles affiches de films, le genre de baiser qui fait frissonner et fondre une femme.

Je me détourne.

Maintenant, *je suis* gênée.

— Prenez une chambre, marmonne Carol, visiblement habituée.

Mais je ne le suis pas. Je n'ai jamais vu mon père embrasser ma mère. Je n'en ai même pas le souvenir. Pas une seule image mentale de ma mère et de mon père qui se touchent. Jamais.

Maintenant que je connais l'histoire complète de ce qui s'est passé avec mon père, je prête encore plus attention aux hommes qui ont à peu près son âge. J'ai toujours eu du mal avec le concept de père. Il y a tant d'hommes dans ma vie qui représentent des pères radicalement différents. James McCormick me terrifie. Jason est un ours en peluche, mais je garde mes distances avec lui parce que, eh bien, je ne suis pas une de ses filles. Il leur réserve à toutes une forme d'amour débordant qui contraste fortement avec ma vie.

Je préfère le tenir à distance parce que c'est trop douloureux d'y penser parfois.

J'ai raconté à tout le monde les révélations de ma mère après le match de base-ball, et Marie est devenue plus agréable avec elle. Pas seulement parce que ma mère nous a dégotté les joueurs de cornemuse de Carnegie Mellon, mais parce que, selon les propres termes de Marie :

— Oh, Seigneur, ces heures de pur désespoir. Ça briserait n'importe qui. Je comprends maintenant pourquoi elle est si protectrice.

Ouaip. Je suppose que moi aussi.

— Nous allons fixer des photos d'hommes pour la plupart nus sur des emballages de sous-vêtements, dit Carol d'un ton léger, avec ses fossettes, ses yeux bleus et ses cheveux blonds. Et toi, quoi de prévu pour le travail ?

— Je sors avec un homme nommé Eagle, déclaré-je.

— Eagle ?

Jason, qui s'est détaché des lèvres de Marie, regarde à présent les reçus sur la table avec l'air d'un homme qui a besoin d'un sac à vomi.

— Tu sors avec un homme qui s'appelle… Doux Jésus, Marie, tu as acheté pour 3 100 $ de rubans écossais ?

Marie se précipite vers la table et bloque l'accès de Jason aux dossiers en mettant sa poitrine généreuse dans son champ de vision.

— Ne t'inquiète pas, Jason. Tout est payé.

— On a un budget de 17 000 dollars et tu en as dépensé un cinquième en *rubans* ?

Shannon ferme les yeux, résignée. Le moment de vérité est arrivé. Il s'avère que je ne suis pas la seule à cacher des choses.

— Euh, papa ? Notre budget est plus important que ça.

Jason fronce les sourcils.

— Qu'est-ce que tu veux dire ? J'ai pris le fonds de mariage de Carol et je l'ai partagé entre toi et Amy et…

— Anterdec paie la note, papa.

— Anterdec fait *quoi* ?

Shannon et Marie échangent un regard.

— Juste après la demande en mariage de Declan, on a eu une réunion avec James, qui a demandé que ce soit un mariage à mille invités.

— Mille ?

Jason a suivi certains aspects des préparatifs, mais dans l'ensemble, il a laissé avec grand plaisir toutes les femmes de sa vie s'en occuper.

— Oui. Et la plupart d'entre eux sont des partenaires d'affaires. Il a dit que ce serait une excellente publicité gratuite pour Anterdec et que si on invitait suffisamment de collègues, on pourrait faire passer ça en frais d'entreprise.

— Ce salaud a coopté le mariage de ma propre fille, s'exclame Jason.

Je sais que c'est exactement la raison pour laquelle Marie et Shannon ont gardé le silence. Mais quand même, Jason ne s'est vraiment pas posé de questions concernant certaines dispositions comme les quarante et un joueurs de cornemuse et le sculpteur sur glace finlandais ?

— On ne voulait pas te blesser, papa, dit Shannon en tendant la main.

Je me détourne. Ce sont des moments comme celui-ci qui rendent difficile la présence de Jason. Je me demande ce que ça doit faire de pouvoir toucher son père comme ça, avec ce lien père-fille forgé par des décennies d'amour.

— Pourquoi ça me blesserait ? Il est évident que James Mc-Cormick a un plus gros… portefeuille… que moi.

Il soupire et déglutit bruyamment.

— Il ne s'agit pas de ça, plaide Shannon.

— Je sais bien, ma chérie. Vraiment. J'ai juste peur que l'amour entre Declan et toi ne se perde au milieu de toutes ces discussions sur les tissus écossais, le glaçage des gâteaux et les éléphants.

Shannon se tourne brusquement vers Marie.

— Les éléphants ?

Marie hausse les épaules.

— On y a pensé. On a imaginé que tu pourrais arriver à la cérémonie avec Declan sur un éléphant, mais les cornacs sont notoirement difficiles et leurs excréments sont énormes et odorants, et il s'avère que les éléphants n'aiment pas porter de couches.

— Pas d'éléphants ! crie Shannon.

— En plus, ils ne font pas de couches pour éléphants avec des motifs écossais, donc…

— Qu'est-ce qu'un cornac ? demande Jason.

Bzzzz.

Marie et Carol regardent leur téléphone.

— On doit y aller ! On doit rendre les rapports de notre visite mystère avant 18 heures et notre cheffe est une vraie plaie.

— Hé ! protesté-je. *Je suis* responsable de ce compte !

Carol rit tandis qu'elles se précipitent vers la porte, laissant un Jason perplexe et légèrement blessé.

— Lâches, marmonne Shannon.

Elle jette un coup d'œil au centre de commandement et fouille dans les papiers. Elle fronce les sourcils.

— Quoi ? demandé-je, la peur au ventre, mais…

— Ma mère a versé un acompte pour cet endroit. Celui où vous êtes allées, me dit Shannon.

— Le O ? Le spa avec les strip-teaseurs ?

Je suis surprise. Mais pas choquée.

— Ouaip.

— Oh, mon Dieu.

— Non. Juste O.

Shannon émet un bruit identique à celui que fait Declan quand Marie l'agace.

— Elle s'approprie l'enterrement de vie de jeune fille.

Je suis stupéfaite. Je ne peux pas dire que je suis vraiment surprise, parce que c'est Marie, après tout. La femme qui est capable de transformer un chat en porteuse de pétales et de lui faire porter un kilt.

— Oh, non, hors de question, lance Shannon d'un air de défi. On va déjouer ses plans.

— Vraiment ?

— Il faut trouver un moyen de la court-circuiter. Il faut faire jurer à Amy, Carol et tout le monde de garder le secret.

— Ouais, dis-je. À ce propos. Concernant la liste d'invités…

— Eh bien quoi ?

— Josh a demandé s'il pouvait venir.

— Pourquoi inclure Josh ?

— Parce qu'il aime aussi les strip-teaseurs ? En plus, techniquement, il est invité au mariage.

— Ah bon ?

— Marie l'a nommé développeur Web de ta chaîne de live streaming.

— Ma *quoi* ? Mon mariage va être diffusé en direct sur Internet ?

— Oui. Tu as même des entreprises sponsors.

— QUOI ? Pourquoi est-ce qu'on aurait besoin de sponsors alors qu'Anterdec paie tout ?

— Marie essaie de les convaincre de sponsoriser sa chaîne de yoga en direct après le mariage.

— Et personne ne m'a rien dit de tout ça ? J'ai l'impression d'être papa !

— Ouch !

Nous échangeons des regards horrifiés, car être mise à l'écart est l'une des choses les plus insultantes pour une femme Jacoby.

Une future femme McCormick.

— Tu es en train de me dire, dit-elle lentement d'un air rusé alors que je vois les engrenages tourner dans son cerveau, que ma mère a déjà réservé le O pour mon enterrement de vie de jeune fille.

Elle répète ce qu'elle sait comme si elle se frayait un chemin à travers la dure réalité.

— Oui.

— Et Josh pense qu'il va venir aussi ?

— Mmmm hmmm.

Elle cligne des yeux à plusieurs reprises, en se mordillant la lèvre inférieure. Puis sa bouche se retrousse en signe de victoire.

— Je sais exactement ce qu'on doit faire.

Et quand elle me dévoile le plan, je l'exécute à la perfection.

Pourquoi ?

Parce que ce problème-là, je peux le régler.

Mon dernier DoggieDate avant le retour d'Andrew est un dîner à 20 heures. Ce devait être un déjeuner en plein air sur une marina dans le quartier du port de mer, mais le type a annulé à la dernière minute. « Eagle » a dit qu'il avait oublié un rendez-vous avec un agent de probation et m'a envoyé ses excuses, soutenant que Killer rencontrerait Spritzy un autre jour.

Hum, évidemment...

Même pas en rêve.

Le nouveau type de DoggieDate voulait partager un dîner avec moi, alors me voilà, attendant à la table d'un restaurant de bord de mer plutôt élégant derrière une baie vitrée. Les lumières nocturnes de la ville et les divers bateaux le long du quai consti-tuent autant d'orbes qui dansent. Il m'a demandé d'amener Spritzy, qui se repose confortablement dans son petit sac. Ma mère a accepté quand j'ai expliqué que c'était pour le travail.

Elle n'avait pas l'intention de quitter la maison de toute façon. Car bien que Spritzy ne soit pas techniquement un chien d'assistance, ma mère ne sort jamais sans lui. Une fois, je lui ai dit en plaisantant qu'elle devrait renommer son chien American Express, mais elle n'a pas ri.

Je glisse à Spritzy un tout petit morceau de pain et il le mâche, tout content.

J'aimerais qu'une simple bouchée de pain puisse me rendre aussi heureuse.

Je suis maladivement consciente de l'arrivée imminente d'Andrew en ville et j'espère expédier ce dîner en deux heures, maximum, pour pouvoir rentrer retrouver…

Andrew ?

— Amanda ? demande-t-il, se tenant à bonne distance de moi.

Dans ses bras se trouve un tout petit terrier portant un ruban vert pâle. Le chien est fraîchement toiletté et l'incongruité de la situation fait tourner la pièce pendant un moment.

A) ANDREW qui se trouve là
    b) un chien dans les bras
    c) Spritzy sautant pour se faire la cheville d'Andrew

— QU'EST-CE que tu fais là ? m'étranglé-je, balayant la pièce du regard à la recherche de témoins, comme si Andrew risquait à nouveau de venir faire capoter mon rendez-vous, comme avec Chris.

— Je suis ton rencard.

— Tu es mon rencard ?

Je fouille dans mon sac à main à la recherche de ma paperasse DoggieDate et j'ignore le fait que Spritzy se frotte aux chaussures à bouts golf d'Andrew. Le chien de ma mère a plus de relations sexuelles avec Andrew que moi.

Si Spritzy continue comme ça, je vais devoir lui offrir une cigarette. Waouh.

— Est-ce que tu pourrais rappeler ton chien ? demande-t-il, en écartant doucement Spritzy.

Son geste fait redoubler d'ardeur le petit Chihuahua.

— Spritzy a bon goût, mais je ne suis pas un fétichiste des pieds.

Je me baisse, j'attrape le petit chien, je le remets dans le sac de ma mère tout en lui donnant un gressin.

— Qui est-ce ? demandé-je, bouillonnant à l'intérieur, mais essayant de me tenir et de ne pas me transformer en banshee hurlante.

Ma couverture est manifestement grillée. Quelqu'un a dit la vérité à Andrew. J'espère vraiment que je ne perdrai pas le compte client et que Greg ne me renverra pas. Mais là encore, je n'ai enfreint aucun de mes accords de confidentialité.

— C'est mon chien. Mr. Wiffles.

Il tient dans ses mains le petit yorkshire le plus calme que j'ai jamais vu. Ses yeux sont vifs et alertes derrière de longs poils coiffés en palmier qui encadrent le plus adorable des visages. Mr. Wiffles semble sortir tout droit de l'exposition canine du Westminster Kennel Club ; un chien de race bien toiletté et tout doux, pour ne rien gâcher.

— Tu as un chien ?

Son regard se fait fuyant.

— Oui.

Andrew semble aussi à l'aise en tenant le chien que moi à l'idée d'être nue en public.

— Je suis allée chez toi à plusieurs reprises et je ne l'ai jamais vu.

— Il est calme. Bien dressé.

Andrew tapote sa tête comme s'il cherchait à enlever une tache de ketchup sur une chemise.

Je renifle. Spritzy m'imite. Mr. Wiffles se joint à nous.

— Andrew. J'ai déjà passé plus de douze heures d'affilée dans ton appartement et je n'ai jamais entendu de chien.

Pendant que je parle, Andrew s'assied en face de moi. Il pose Mr. Wiffles sur la chaise à côté de lui et défait la serviette en lin, qu'il étend sur ses genoux. Andrew fait comme si de rien n'était. Circulez, il n'y a rien à voir.

Nous ne sommes que deux personnes.

Avec des chiens.

Il lève les yeux, le regard perçant, mais amusé.

— Combien de rendez-vous ?

— Combien de quoi ?

— Combien de ces rendez-vous tu as dû faire ?

— C'est une information top secrète. Et comment as-tu découvert tout ça ?

Sa bouche se resserre.

— Je ne suis pas bête.

— Qu'as-tu promis à Marie en échange de ces informations ?

Il a la décence de faire semblant d'être offensé, puis abandonne la ruse.

— Je lui ai dit que je m'assurerais que les gars ne portent pas de sous-vêtements au mariage.

— Et comment comptes-tu faire pour que Declan accepte ça ?

— Tu ne veux pas savoir. Mais je vais passer beaucoup de temps en Indonésie avec des gens du support technique le mois prochain.

— Tu t'es donné tout ce mal pour me harceler ?

— Je n'appellerais pas ça du harcèlement.

Je suis sur le point de répondre que c'est la *définition* même du harcèlement quand un homme massif ressemblant à un ours en colère déboule en trombe dans le restaurant comme si son cul était en feu. Il est habillé avec de bonnes vieilles Birkenstocks, un t-shirt de concert usé et un jean qui semble dater de l'époque où Bruce Springsteen a sorti son tube *Born in the USA*.

— Où est passé mon Mr. Wiffles ? demande une voix grave qui semble provenir du sol.

Oh. C'est Terry. Le frère d'Andrew.

Andrew fait mine de l'ignorer, ce qui n'est pas évident quand l'équivalent humain d'un caisson de basse se tient à sept centimètres de votre tête et est sur le point d'exploser.

— *Ton* Mr. Wiffles ? demandé-je.

Ah ah. Je commence à comprendre.

Le York se relève et commence à remuer la queue. Terry se penche pour le prendre, embrassant sa petite tête entre les oreilles. C'est comme regarder des pompiers bien taillés et torse nu aller chercher des chatons dans les arbres ou un policier soignant un bébé oiseau avec une aile cassée.

Non seulement mes ovaires sortent de mon corps pour faire des jumping jacks, mais je suis presque sûre qu'ils cherchent désespérément une liste de naissance.

— Je n'arrive pas à croire que tu aies volé mon chien, Andrew ! beugle Terry.

La salière sur la table tremble.

— Je n'ai pas volé ton chien.

— Ne me mens pas.

— Je ne mens pas. Je n'ai pas volé ton chien.

Les narines de Terry se dilatent.

— Très bien. Ton *chauffeur* a volé mon chien.

Andrew ne dit rien, mais son roulement d'yeux est épique.

— Tu as demandé à ton chauffeur de glisser un billet de cinquante à l'éducatrice de Mr. Wiffles et tu l'as volé ! Elle est très nerveuse ; elle n'est pas faite pour tout ce stress.

Mr. Wiffles remue la queue et lèche Terry. Elle a l'air aussi nerveuse que Marie est discrète.

— Attends. Mr. Wiffles est une *femelle* ? demandé-je.

Andrew émet un bruit agacé.

— Ce n'est pas à moi qu'il faut le demander.

Je regarde Terry. Il hausse les épaules.

— Terry a un chien transsexuel, entonne Andrew, qui acquiesce lentement, comme si cela expliquait *tout*.

— Ce n'est pas drôle ! explose Terry.

Le son est comme une onde de choc qui se propage dans le restaurant. Je pense qu'il a dû défaire quelques coiffures et donné des orgasmes à trois femmes.

— Alors pourquoi a-t-elle un nom masculin ? demandé-je, estimant qu'il s'agit d'une question parfaitement raisonnable.

Terry regarde Andrew de travers, comme si c'était de sa faute si le nom de Mr. Wiffles ne correspondait pas à ses, euh, parties.

— Mr. Wiffles a été élevée en pays amish, dit-il avec un soupir, comme si l'explication se suffisait à elle-même.

Un sentiment familier de confusion s'empare de moi.

Parler à Terry me rappelle parfois un peu trop mes conversations avec Marie.

— Et... ? demandé-je, ma voix montant dans les aigus.

— Et, apparemment, l'homme qui l'a élevée a demandé à sa fille de lui donner un nom. Mais elle était trop timide pour regarder ses parties et a simplement décidé que c'était un mâle.

— Ça n'a pas de sens, dis-je.

Andrew lance à Terry un regard que seul un petit frère malicieux peut lancer à l'aîné d'une fratrie.

— Ouais. Je sais. C'est ce qu'on a tous dit. Même l'éducatrice de Mr. Wiffles.

— Je ne vais pas traumatiser ma pauvre chienne en lui changeant de nom maintenant, siffle Terry.

Est-ce qu'il couvre vraiment les oreilles de sa chienne pour qu'elle n'entende pas ?

— Ça ne suffisait pas que tu t'enlèves, maintenant tu la fais se sentir mal. Si tu blesses son amour propre, je ne donne pas cher de ta peau.

J'ai participé à suffisamment de rendez-vous DoggieDate pour me rendre compte que le comportement de Terry, bien que pouvant paraître dingue pour le quidam, est on ne peut plus normal pour les mordus de chiens que j'ai rencontrés.

Mais les lèvres de Terry frémissent à cette dernière phrase. Je détecte un brin d'exagération de sa part.

La mâchoire d'Andrew se crispe.

— Tu peux la récupérer maintenant.

— Pourquoi l'avoir enlevée ?

Terry me regarde comme s'il venait tout juste de me remarquer. Ce qui est le cas.

— Oh. Salut, Amanda. Tu as fait quelque chose à tes cheveux ?

Je me lève en réalisant que j'ai les cheveux auburn. Encore une visite chez un coiffeur, cette fois avec une teinture temporaire.

— Oui.

— Vous avez une réunion d'affaires ?

Je devine à son ton qu'il n'a aucune idée qu'Andrew et moi entretenons… *quoi que* ce soit depuis un certain temps maintenant. Hmm. Mieux vaut garder ça pour plus tard.

— Non. Un rendez-vous, dis-je, en essayant de paraître décontractée.

— Tu avais besoin de Mr. Wiffles pour un rendez-vous ?

Il lance un regard scandalisé à Andrew, puis lui tend une paume de la taille d'un gant de base-ball.

— Oublie ça. Je ne veux pas savoir. J'ai juste…

Andrew fronce les sourcils et interrompt Terry.

— Comment diable as-tu su où me trouver ?

Terry sourit.

— Tu as donné à l'éducatrice un billet de cinquante. Je lui ai donné un billet de cent. Comme tu le dis souvent, l'argent délie les langues.

Je les regarde comme si j'avais été parachutée en Birmanie et que je ne comprenais pas un traître mot de ce qui se passait.

— Tu as soudoyé la *même* personne que moi ? demande Andrew, indigné.

— Mais avec plus de talent, frérot.

Terry essaie de faire un high-five à Mr. Wiffles, mais la chienne se contente de remuer la queue et de lui lécher la main.

— Je vais virer cette éducatrice, marmonne Andrew.

Terry se penche, sans cesser de caresser Mr. Wiffles.

— Tu ne peux pas la renvoyer. C'est *moi* qui l'ai engagée.

Andrew plisse les yeux. Hum.

Cassé par un type qui embrasse maintenant une chienne du nom de Mr. Wiffles.

— Je récupère Mr. Wiffles maintenant, déclare Terry.

Il jette un regard à Andrew que seul un frère beaucoup plus âgé peut lancer.

— Si tu l'enlèves encore, je parlerai à papa de ton plan d'élimination des limousines.

— Tu n'oserais pas.

Terry ajuste le nœud de Mr. Wiffles.

— Ah tu crois ça ?

Et sur ces mots, il tourne les talons, le chien ravi dans les bras.

Je prends une longue gorgée de mon thé glacé et je dis :

— Mon dernier rencard prétendait avoir un chien, mais il ne s'est quand même pas résolu à *voler* un chien pour sortir avec moi.

— Je ne l'ai pas volée. Elle fait partie de la famille.

— Je suis flattée que tu sois prêt à recourir à de telles extrémités juste pour passer du temps avec moi. Mais tu n'as pas besoin de recourir à la criminalité canine.

— Sauf quand tu sors avec d'autres hommes.

— Tu sais maintenant que ce n'est pas le cas.

— C'est vrai.

La tension rend l'air entre nous palpable. Nous sommes sur un terrain glissant, et chaque mouvement, chaque soupir, chaque respiration, chaque gorgée et chaque regard ajoutent à l'incertitude. Le sentiment d'unité stable que nous avions commencé à développer fait à présent figure d'illusion, comme si nous l'avions créé pour un besoin spécifique par le passé et qu'il avait été emporté et disséminé par le vent.

Le serveur arrive. Andrew commande pour nous deux et je le laisse faire. Non pas du fait d'une lutte de pouvoir ou par aveu de soumission, mais parce que ce qu'il commande a l'air très bon. Une fois nos verres d'eau remplis, un thé glacé à la main, et un pichet de sangria au milieu de la table, nous sommes prêts à parler *sans* Mr. Wiffles.

Et, peut-être, *sans* faux-semblants.

— Pourquoi tu ne m'as rien dit sur ces rendez-vous ? Combien tu en as fait ?

— Je ne peux pas en parler.

— Pourquoi pas ?

— Accord de non-divulgation. Je signe des accords de confidentialité pour mon travail avec Anterdec, et j'en signe avec d'autres clients.

Il fronce les sourcils.

— Tu prends ton travail très au sérieux.

— C'est vrai.

— C'est l'une des nombreuses qualités que j'admire chez toi.

— Merci.

— Bien que ta bouche soit ton meilleur atout.

Je manque de l'asperger avec une gorgée de thé glacé.

— Tu sais toujours ce qu'il faut dire, explique-t-il en masquant un sourire.

J'ai l'impression de ne pas pouvoir aligner une phrase. Comme si je ne pouvais plus prendre des syllabes dans mon esprit et les relier pour former des mots. Les automatismes que j'avais avec Andrew – bien que durement acquis – ont disparu, et nous sommes mal à l'aise ; il plaisante et je badine, personne ne sait trop quoi dire et nous nous retrouvons dans une situation qui, franchement, me lasse sérieusement.

Nous sommes censés avoir dépassé ce stade depuis un certain temps déjà. Ce retour en arrière donne l'impression que nous perdons du terrain.

Et pourtant, je ne peux pas m'en aller. La seule chose que j'arrive à faire, c'est sourire à cet homme qui est prêt à voler un chien pour dîner avec moi.

— Tu m'as manqué, dit-il doucement. Et je te pardonne.

Je me redresse sur ma chaise.

— Tu quoi ?

— Je te pardonne. Il est évident que tu prends tes engagements très au sérieux, et j'apprécie forcément une femme capable de tenir parole de la sorte.

Mince. J'étais très énervée par son commentaire sur le pardon, parce que je n'ai rien à me faire pardonner, et il me neutralise avec un compliment.

Bien joué, Andrew. Bien joué.

— Je sais aussi que tu essaies encore de digérer tout ce que tu as appris ce jour-là après Fenway Park.

Le serveur nous apporte les salades. J'inspire en tremblant et j'essaie de calmer la boucle sans fin de questions qui me traverse.

Andrew ignore son assiette.

— Et je veux t'aider.

Il met la main dans la poche de sa veste de costume et fait glisser une enveloppe kraft de taille moyenne sur la table.

— Qu'est-ce que c'est ?

Son visage affiche un sourire triste.

— Ouvre-la.

Spritzy geint. Je fouille dans mon sac à main et j'y trouve le sachet à glissière avec des friandises pour chiens. Se contentant de deux friandises, il reprend son sommeil d'apparence.

Mes doigts tâtonnent le dos de l'enveloppe, et je l'ouvre.

Pour y trouver une liasse de documents assez familiers. En haut, il y a un nom :

Leo Rossi Warrick.

— Mon Dieu, Andrew, hoqueté-je. Tu as fait des recherches sur mon père.

C'est le moment où je suis censée le regarder avec adoration et gratitude. Dans l'esprit d'Andrew, j'en suis sûre, il a accompli un merveilleux acte de compassion. Un geste attentionné. Retrouver mon père est censé m'aider à guérir. À absorber et à intégrer, à traiter et à ranger le maelström d'émotions qui s'agitent en tous sens.

Tout ce que je ressens, c'est de la *fureur*.

— C'était remarquablement facile, dit-il d'une voix sans prétention.

Il ne se vante pas. Il se contente de me regarder, convaincu qu'il m'offre ce dont j'ai besoin, me demandant d'accepter cette offrande comme un pont vers un nouvel endroit pour nous deux.

Sauf que je suis sur le point de mettre le feu à ce pont.

Je ne peux pas m'en empêcher. La combustion spontanée prend si rapidement que je n'ai pas le temps de me contenir.

— Je n'en veux pas, dis-je d'un ton brusque en lui balançant la pile de documents.

Les papiers tombent de façon anarchique, l'un atterrit dans sa salade, l'autre sur la tête de Spritzy. Le chien se met à gémir.

— Quoi ? Je ne comprends pas.

Il est assis contre le dossier de sa chaise, les papiers éparpillés sur la table. Il se penche en avant, la veste de son costume ouverte, sa taille pressée contre le bord de la table.

— J'ai dit que *je n'en voulais pas*, répété-je à travers mes dents, ma voix vibrant de colère.

Je ne peux qu'imaginer à quoi je ressemble à son froncement de sourcils.

— Je croyais que tu voudrais savoir.

— Tu crois que je ne sais pas déjà où il est ? C'est mon métier de me renseigner ! Je sais où se trouve Leo depuis des années.

Je déglutis, ma salive rendue amère par la déception. Mais je ne sais pas qui me déçoit le plus.

— Homicide involontaire commis à l'occasion de la conduite d'un véhicule. Il lui reste encore trois ans à purger.

Le récit de ma mère m'avait fait l'effet d'un coup de poing dans les tripes à plus d'un titre. Bien qu'il ne m'ait pas tuée il y a vingt-deux ans, il avait fini par tuer quelqu'un d'autre. Deux personnes, alors qu'il conduisait en état d'ivresse dans l'Iowa.

— Tu...

Il tressaille, comme si mes paroles étaient des coups.

— J'ai essayé de lui rendre visite. Une fois. Les autorités de la prison m'ont dit qu'il avait refusé.

Je regarde Andrew de haut. Je ne me souviens pas m'être levée pourtant. Son visage est tendu vers moi, ses sourcils sombres recouvrant des yeux qui témoignent de son conflit intérieur, ses pupilles se dilatant puis se contractant, son visage affichant un jeu d'ombres et de lumières vacillant.

Sa voix oscille entre la perplexité et un contrôle froid qui alimente la flamme de la fureur en moi.

— Amanda, je pensais être utile. Et je suis vraiment désolé, dit-il, sa voix s'adoucissant légèrement. Désolé qu'il ait refusé de te voir.

— Tu aurais pu me demander, d'abord. Avant d'aller fouiner.

La honte se répand sur ma peau comme un liquide léger, les minuscules poils de mes bras se dressant sous l'effet de la chair de poule. Pourquoi a-t-il cherché à connaître la vérité sur mon père ? En quoi cela peut-il bien l'intéresser ?

— Tu as raison. Je vois bien que j'ai commis une erreur.

L'équilibre entre son ahurissement et son contrôle est en train de changer, sa voix se fait plus froide.

Nos yeux se croisent et nous ne détournons pas le regard. Les secondes passent. L'intensité qui circule entre nous ressemble à une onde de choc capable de faire voler en éclats tout ce qui est fragile sur des kilomètres.

Et puis ça me frappe.

— C'est de ça qu'il s'agit ? C'est pour ça que tu ne veux pas être vu en public avec moi ? continué-je.

L'incrédulité dissipe toute ambiguïté dans son expression.

— Quoi ? D'où est-ce que tu sors ça ?

Nous ne prenons plus de gants.

— Ça semble assez clair, Andrew. Nos rendez-vous se cantonnent à des lieux privés. Tu ne me vois que la nuit. Tu n'as pas voulu sortir avec moi quand j'avais vraiment besoin de toi au Fenway Park. Tu m'as dit que tu t'inquiétais des photographes. Tu ne m'as toujours pas présentée comme ta petite amie à ton père ou à Terry, visiblement. Il nous a vus ensemble et n'avait pas la moindre idée de ce qui se passait ! Et maintenant que tu as déterré la vérité sur mon père – une vérité que je connais depuis longtemps – que suis-je censée penser ?

Je suis en train de mourir à l'intérieur. Une pluie de honte familière se déverse sur ma peau, comme si j'étais immergée dans le flux de tous mes rêves de nudité en public depuis plus de vingt ans, tous réunis en un seul.

Ici même. Tout de suite.

Avec le seul homme auprès duquel je suis censée me sentir en sécurité.

Pendant un bref instant, il me semble apercevoir dans ses yeux une vulnérabilité totale lorsqu'il me regarde, avant d'examiner les papiers éparpillés sur la table. Il fronce les sourcils, sa respiration s'accélère.

Andrew se lève.

Les bras le long du corps.

— Tu penses vraiment ça ? Tu penses ça de moi ? Que j'ai *honte* de toi ?

Son dos est raide, ses yeux sont fixés sur moi, clignant avec une lente constance hypnotique qui déclenche en moi quelque chose de primaire. Le souffle court, je me rends compte que je dois fuir.

— Quelle autre conclusion suis-je censée tirer ? Bon sang, Andrew, tu ne veux même pas sortir sur ton balcon pour prendre le café du matin avec moi, là où quelqu'un pourrait nous voir !

Je suis complètement irrationnelle. J'en suis consciente. La crainte qu'il évite d'être vu en public avec moi est une peur qui couve sous la surface depuis un certain temps, mais je n'en ai jamais parlé auparavant. Pas même à Shannon. C'est une crainte futile. Je me trompe peut-être. J'espère que je me trompe. Mais l'alternative est d'être vraiment honnête et ouverte, et d'arrêter d'essayer de tout réparer et de laisser le monde tourner sans mes efforts – et *ça* ?

C'est pire que d'être nue en public.

Spritzy se met à geindre. J'en profite et je me baisse pour le ramasser, le serrant dans mes bras comme un ballon de football américain que je dois protéger en me frayant un chemin dans la foule et en évitant d'être plaquée.

Andrew me rattrape quand j'arrive à la porte du restaurant. Il me bloque le passage, levant son bras devant moi, appuyé contre un montant.

— Laisse-moi passer, lui intimé-je.

Le feu brûle derrière ma langue. Je vais le transformer en chips s'il ne bouge pas.

— Amanda.

Sa façon de prononcer mon nom me fait grimacer, car la situation me semble irrécupérable. Je me sens irrécupérable. En l'espace de quelques minutes, j'ai tout gâché et tout ce que je peux faire, c'est m'échapper. M'enfuir.

Va-t'en.

— Je n'ai pas, et n'ai jamais eu, honte de toi.

Il tend la main pour me toucher, puis s'arrête. Une colère froide se lit dans ses yeux alors qu'il me regarde comme pour me défier de détourner les yeux.

— Je...

— Je suis un homme occupé. Je prends la relève de mon père, qui est empêtré dans des rendez-vous médicaux et des transitions commerciales, et il y a ce maudit mariage et si je ne suis pas aussi disponible que tu l'aimerais, aux moments exacts où tu le voudrais, alors je m'excuse.

Son ton glacial me fait *mal* physiquement.

Et pourtant, je ne crois pas vraiment à ce qu'il dit. Il déplace son bras.

— Le casier judiciaire de ton père n'a aucune incidence sur ce que je ressens pour toi. J'ai demandé à mon équipe de sécurité de le rechercher pour que tu aies des réponses.

— C'est une façon remarquable de justifier une violation de ma vie privée.

— Sa localisation est de notoriété publique.

Plus Andrew parle, plus l'impression de froid s'intensifie.

— Ce n'est pas parce que tu *peux* savoir quelque chose sur quelqu'un que tu *dois* le faire

— Et ce n'est pas parce que quelqu'un n'est pas là où tu le voudrais qu'il t'a abandonnée.

Je cours vers la sortie, un Spritzy tremblant dans le sac à main de ma mère, la vision trouble. J'ai pris ma voiture pour me rendre en ville. Je dois donc regagner le parking où je me suis garée et descendre deux volées de marche jusqu'au niveau souterrain.

Me retrouver face à face avec ma voiture de m... n'aide pas non plus. Deux étudiants passent devant moi. L'un d'eux lui pince le nez et l'autre s'esclaffe, saisissant son téléphone pour prendre une photo de la Cacamobile. Je n'arrive pas réellement à distinguer leurs visages, car mes yeux sont des lentilles réfléchissantes remplies de larmes qui supplient d'être libérées.

J'ouvre la portière arrière, je mets Spritzy dans sa petite caisse à chien sécurisée, je passe une ceinture de sécurité autour, puis je monte à l'avant.

Et je pleure à chaudes larmes jusqu'à ce qu'il ne reste plus personne.

~

IL Y A LONGTEMPS, alors que Shannon emménageait avec Declan, elle m'a dit qu'en cas de véritable urgence, je pouvais me rendre directement chez eux et qu'un voiturier s'occuperait de ma voiture.

S'il y a quelque chose qui peut être qualifié d'urgence, c'est bien la situation présente.

Je sors Spritzy de sa caisse et je remets ma Cacamobile au voiturier souriant, qui est déjà sur son téléphone, probablement en train de tweeter en direct son expérience.

L'ascenseur ressemble à un cercueil.

J'entre dans leur appartement et Shannon court vers moi pour me faire un gros câlin.

— Toi, dis-je en pointant du doigt Declan. Bouche-toi les oreilles.

Il m'ignore et commence à tapoter sur l'écran de son téléphone. Il s'arrête, puis entre dans la chambre. Une demi-minute plus tard, il nous interrompt, Shannon et moi, alors que je lui chuchote furieusement tous les détails. Declan a un sac de sport à la main.

— Je reviens dans quelques heures, dit-il, en se penchant pour lui donner un baiser.

— Où vas-tu ? demande-t-elle, visiblement surprise.

— Je vais m'entraîner avec Andrew.

Je lui lance mon regard mortel. Qui ne fonctionne pas tout à fait, parce qu'il reste en vie.

— Pourquoi ?

— Pour découvrir la vérité.

Il me regarde sans sourire, de cet air que seul un milliardaire suave et sophistiqué peut réserver à une femme, et il passe la porte pour aller attendre l'ascenseur.

— La vérité ! bafouillé-je. Qu'est-ce que c'est censé vouloir dire ?

— N'essaie pas de le questionner, me dit Shannon d'un ton apaisant. C'est comme essayer de comprendre pourquoi les Kardashian passent à la télé. Il y a de quoi devenir dingue.

— Je vais te dire la vérité, éructé-je. La vérité est qu'Andrew a volé le chien de Terry et est apparu en plein pendant mon rencard DoggieDate. Il a fait des recherches et a découvert que mon père était en prison et maintenant tout est fichu.

— Ça fait beaucoup de vérités.

— Je sais ! chouiné-je, en fouillant dans leur frigo.

Maintenant que Shannon vit avec Declan, elle est passée au régime paléo, ce qui signifie qu'il n'y a presque plus de glucides dans l'appartement. Comment diable parler des connards de petits amis sans glucides ?

— Il a vraiment retrouvé ton père ?

— Ouaip.

— Mais tu sais déjà où il est.

— Oui. Mais Andrew ne le savait pas.

— Il pensait être utile ?

Je soupire, me dégonflant comme un ballon d'émotions.

— Je sais. Mais il a cette façon de faire irruption, de prendre les choses en mains, puis de faire marche arrière. Il est vraiment étrange. Je pense…

Non, je ne peux pas le dire. Une fois mes doutes exprimés à haute voix, je ne pourrais plus les ravaler. Je viens de tous les balancer au visage d'Andrew et ils semblent encore plus irrationnels à présent.

— Qu'est-ce que tu penses ?

— Je pense qu'il ne veut pas être vu en public avec moi.

Voilà. C'est fait. C'est dit.

Le profond soupir d'un homme brise le silence abasourdi de Shannon. Nous nous retournons. Declan, sac de sport à la main, a l'air sinistre.

— Ce n'est pas ça, dit-il.

Permettez-moi de m'arrêter un instant pour expliquer à quel point son intervention est totalement inédite. Declan ne s'immisce jamais – je répète, *jamais* – dans aucune de nos conversations à Shannon et moi en matière de relations. Il s'est comporté comme une sentinelle silencieuse pendant les deux dernières années et bien que je sache qu'il connaît les sentiments d'Andrew sur le sujet, il ne m'en a jamais parlé.

Jusqu'à présent.

— Hein ? grogne Shannon.

Elle est aussi choquée que moi. Spritzy essaie de faire l'amour à la cheville de Declan. Shannon hausse un sourcil et Declan repousse Spritzy.

— Je me suis juré de ne jamais intervenir, marmonne Declan. Ce genre de choses ne finit jamais bien.

— De quoi parle-t-il ? glissé-je à Shannon.

Elle lève les bras au ciel.

— Je ne sais pas. Il marmonne des absurdités comme ça chaque fois que ma mère et moi essayons de résoudre les problèmes des autres.

— Et on sait tous comment ça se termine, en général, dit Declan d'un ton ferme. Mais je peux te dire que le problème n'est pas qu'Andrew a peur d'être vu en public avec toi. Et le fait que ton père soit en prison n'a rien à voir avec le comportement d'Andrew.

— Bon, alors qu'est-ce qu'il y a ? croassé-je.

— Le problème, c'est que mon frère est un vampire.

Ça n'aide vraiment pas à clarifier les choses.

— Tu veux dire, comme Edward Cullen ?

— Quel est le rapport avec mon vibromasseur ? s'étouffe Shannon.

Declan la regarde et murmure :

— Je n'arrive toujours pas à croire que tu aies donné un nom à cette chose. Ou que tu l'aies encore, ajoute-t-il, les rides de son front se creusant.

— Est-ce qu'on peut s'en tenir à la partie concernant *ton frère qui est une créature suceuse de sang* ?

— Quel est le rapport avec le fait d'être PDG ? plaisante Shannon.

Nous la regardons tous les deux.

Declan se tourne vers moi après un spectaculaire roulement d'yeux que même son pilote d'hélicoptère a dû sentir.

— Je veux dire qu'Andrew ne sortira jamais à la lumière du jour.

Je me retourne pour faire face à Shannon.

— Je pensais que tu *plaisantais* quand tu disais ça !

Je me remémore la fois où, Shannon ayant atterri aux

urgences après avoir avalé sa bague de fiançailles, Andrew avait fait un commentaire sur le fait qu'il ne sortait jamais. Tout le monde avait ajouté son grain de sel.

Et je ne l'avais pas pris au sérieux.

— Il a trop peur d'être piqué, ajoute Declan, en jetant un regard nerveux à Shannon.

Nous savons tous pourquoi Declan fait cela inconsciemment, mais cela n'empêche pas mon estomac de se tordre.

— Jamais ? Il *ne sort jamais* à la lumière du jour ? Même l'hiver ?

Declan fait un signe de tête.

— L'hiver, si. Il adore le ski. Mais de mars à novembre, pas question.

Mon esprit s'emballe pour reconstituer le puzzle.

— Il a bâti toute sa vie autour de cette immense peur ? C'est pour ça qu'il a un balcon, mais pas de plantes ? C'est pour ça qu'il veut toujours qu'on se voie pour dîner, mais jamais pour déjeuner ? Qu'il a des chauffeurs qui l'emmènent du garage souterrain à... Oh, mon Dieu. Vous ne plaisantiez pas, tous les deux, dis-je en m'affalant sur le canapé.

— Je ne plaisanterais jamais sur ce sujet, dit Declan, sa voix sincère et pleine de compassion. Il ne te rejette pas. Il n'est pas gêné d'être vu en public avec toi, Amanda. Il est terrifié à l'idée de se retrouver dans une situation où il y a le moindre risque qu'il se fasse piquer.

— C'est dingue ! m'écrié-je en regardant Shannon, qui a maintenant de grosses larmes dans les yeux. Il est *fou* ! Shannon ne vit pas comme ça. Une vie sans risques, ça n'existe pas.

— Il prend des risques. Mais pas concernant cet aspect particulier sa vie. Il est étonnamment audacieux quand il s'agit de faire de grands bonds en avant en affaires. C'est une des raisons pour lesquelles notre père l'a choisi pour le poste de PDG. Quels que soient les risques qu'il ne prend pas dans la vie réelle, il n'a aucun problème à les prendre sur le papier ou dans la salle de conférence.

La bouche de Declan se tord en un sourire exprimant à la fois admiration et mépris.

— Comment fait-il – je ne comprends pas – qu'est-ce qu'il…

Mais ma voix se brise lorsque j'examine la possibilité – la *probabilité* – que Declan ait raison.

Andrew vit une vie entièrement guidée par la peur.

— Pourquoi est-ce qu'il ne m'a rien dit ? demandé-je d'un ton implorant à Declan.

Il faut qu'il m'explique pour que je puisse y remédier. Améliorer les choses. Tout effacer et repartir sur de bonnes bases.

— Il ne l'avouera jamais.

Bzzzzz.

L'interphone à côté de l'ascenseur grésille.

— M. McCormick ?

C'est la voix de Gerald.

Declan court vers l'ascenseur. Les portes sont en train de se refermer. Il passe son pied dans l'ouverture et les portes se rouvrent.

— Une seconde, Gerald.

— Pas de problème.

Le crépitement prend fin.

Avec une expression peinée, Declan me regarde.

— Je ne sais pas comment l'expliquer autrement, mais les faits sont les faits. Je ne voulais pas que tu penses qu'il te rejetait pour de mauvaises raisons.

— Parce qu'il peut y avoir de *bonnes* raisons ? m'étouffé-je.

Avec un haussement d'épaules, il monte dans l'ascenseur, et les portes se ferment sur ses yeux troublés.

— Mais pourquoi est-ce qu'il ne le dit pas ? m'écrié-je.

Et… il disparaît.

Je regarde Shannon. Ses yeux expriment un mélange de pitié et de confusion.

— Oh, mon Dieu, Shannon. Qu'est-ce que j'ai fait ?

CHAPITRE 24

ous en scène. L'heure du dîner de répétition de Shannon et Declan est venue. Le mariage a lieu dans deux semaines et les choses passent à la vitesse supérieure. Mon calendrier est rempli d'essayages et de réajustements de robes de demoiselles d'honneur, de visites chez les photographes, de confirmations pour l'enterrement de vie de jeune fille, de vérifications auprès du fleuriste, et d'un million de textos de Marie demandant des détails et d'un million d'autres de Shannon dans la foulée, se plaignant de sa mère.

Mais pas de nouvelles d'Andrew.

Nous avons répété la cérémonie plus tôt dans la journée avec le pasteur, car Andrew et Declan devaient prendre une série d'appels de Nouvelle-Zélande et d'Indonésie. Andrew a passé presque toute la répétition sur son téléphone, tellement distrait que Grace a même dû le prendre par le bras pour le déplacer pendant la plus grande partie de la répétition. Au moins, il était présent. En quelque sorte.

Nous avons vérifié que tout le monde savait où se placer, même si la pluie nous a forcés à faire les choses dans l'église où les parents de Declan se sont mariés. Il y a bien longtemps que Shannon, Declan et Marie ont décidé que le mariage aurait lieu en plein air au country club de Farmington. La répétition n'est donc que pour la forme.

Marie étudie depuis si longtemps l'organisation des mariages du country club de Farmington qu'elle devrait obtenir une carte de membre honoraire de l'Army Corps of Engineers.

Ce soir, l'appartement de Shannon et Declan ressemble à l'un de ces programmes télévisés sur HGTV combiné à la cuisine de Gordon Ramsey. Ma mère et moi arrivons avant tous les invités pour apporter à Shannon le soutien dont elle a tant besoin, et la trouvons en train de pleurer devant une petite poêle à frire pleine d'oignons.

— Je n'y arriverai pas ! Ma mère est folle ! Je ne peux pas organiser un dîner pour douze personnes ! Je galère déjà avec les plats tout prêts, sanglote-t-elle.

Declan est introuvable.

Une grande femme mince aux cheveux blonds avec le sourire crispé d'une institutrice trop zélée nous interrompt.

— Vous êtes en train de brûler les oignons, dit-elle gentiment.

Shannon baisse la tête et pleure.

— Et vous n'avez pas besoin de cette vieille astuce. Les odeurs de notre repas vont embaumer l'appartement.

Shannon jette la poêle crépitante dans un bac de l'évier et lève les bras au ciel.

— J'abandonne !

— Dieu merci, murmure la femme.

Je regarde son tablier. Le logo d'un restaurant très connu y figure.

— Où est Declan ?

En cas de doute, toujours mettre l'homme en ligne de mire.

— Je ne sais pas ! Il devrait déjà être là, et tout le monde arrive et ma mère m'a demandé de faire ça, mais j'en suis incapable.

Vous vous souvenez quand j'ai dit que Shannon était devenue si posée, si confiante, si mature et calme ?

Ouaip. C'est fini depuis longtemps. Les Momzillas peuvent avoir cet effet-là.

— Va prendre une douche et te préparer. Je m'en occupe.

Elle doit juste me laisser faire. Shannon peut parfois être sa pire ennemie.

— Je ne peux pas ! Je…

— Viens par-là, ma chérie, dit ma mère, en guidant Shannon comme seule une mère peut le faire, sa voix ferme et sans détour, avec Spritzy dans son sac à main sur le bras, sa queue martelant contre le cuir.

L'ADN et l'entraînement font que Shannon *lui* obéit.

On sonne à la porte.

Je traverse la pièce et je vois le visage de James sur l'écran vidéo. Je le fais entrer.

Et c'est parti.

Au cours de l'heure qui suit, les personnes suivantes font leur apparition : Marie, Jason, Carol, Terry, Amy, Jamie d'Outlander. Ajoutez à cela ma mère, Andrew, Declan et Shannon, et nous sommes douze au total.

Vous avez bien entendu.

Jamie.

Bon, d'accord, techniquement ce n'est pas vraiment lui, mais l'homme qui apparaît sur l'écran vidéo – l'avant-dernier à arriver – fait près de 1,90 mètre et possède les yeux verts brillants des McCormick et la chevelure éclatante d'un dieu blond vénitien.

Un cousin *divin.*

Il s'avère que les McCormick de Boston ont encore des contacts avec les McCormick d'Édimbourg, et Declan a demandé à Hamish d'être son garçon d'honneur. Dans son Écosse natale, Hamish est une rock star. Pas parce qu'il est musicien.

Parce qu'il joue au football.

Pas au football américain, au foot, tout court.

Ce qui signifie qu'Hamish est inconnu à Boston. Il fait peut-être la couverture des principaux journaux d'Europe et d'Amérique du Sud, mais il est totalement inconnu aux États-Unis.

Et il ne semble pas s'en rendre compte.

Il doit se rendre à New York pour faire une photo d'athlète nu pour *Sports Illustrated* après ce dîner, puis il reviendra pour l'enterrement de vie de garçon et le mariage. Les yeux de Marie le passent au peigne fin dans une imitation de caméra des plus travaillées.

Andrew n'est toujours pas là alors qu'on sert le vin et les hors-d'œuvre, et Shannon fait mine de s'intéresser aux rubans en tissu écossais McCormick noués autour des petits paquets de graines d'oiseaux que les gens jetteront sur leur passage à Declan et elle, à l'issue de la cérémonie.

Marie ne tarit pas d'éloges à leur sujet.

Je suis trop préoccupée par l'absence d'Andrew pour m'en soucier.

— C'est un peu trop, non ? dit Hamish à Amy, qui le regarde avec l'air critique d'une femme qui sait qu'elle est censée être impressionnée, mais qui ne l'est pas.

Son accent me fait fondre. C'est peut-être la raison pour laquelle les Écossais ne portent pas de sous-vêtements sous leurs kilts et leurs jupes.

C'est l'accent sexy.

— Qu'est-ce qui est un peu trop ? demande Carol.

Elle aurait bien besoin d'un mouchoir écossais McCormick pour éponger la bave qui coule lorsqu'elle regarde Hamish.

— Le tissu écossais.

Le mot *écossais* roule sur sa langue comme si un cocker qui s'échapperait d'une cage.

— Pendant le mariage, on aura l'impression que Nessie a absorbé un tas de Highlanders et a vomi partout.

Carol rit comme si c'était la blague la plus drôle qu'elle ait jamais entendue.

— Hamish ! s'exclame Marie, s'approchant et s'agrippant à lui comme s'il était un mur d'escalade et qu'il y avait un prix pour celui qui atteignait le sommet. Ravie de vous rencontrer !

Il met fin à l'étreinte et elle lui demande, surexcitée et les yeux brillants de convoitise :

— Vous êtes une star du sport en Europe, paraît-il. À quelle poste jouez-vous ? Arrêt-court ?

Hamish fronce ses sourcils dorés.

— Je joue au football, Marie.

Jason étouffe un rire.

— Oh. Receveur rapproché, alors ?

Elle tend le cou vers lui, cherchant à *se* rapprocher.

— Non – pas au football américain. Je joue au football, tout court.

Sa voix témoigne d'une résignation frustrée, comme s'il avait eu cette même conversation bien trop souvent à son goût.

— Meneur ? essaie-t-elle.

Jason verse au pauvre Écossais un autre verre et lui assène une tape dans le dos.

— Laisse tomber, mec.

— Ah, ces Américains, marmonne Hamish avant de descendre son verre.

Où diable est Andrew ?

Je ne devrais pas m'en soucier. Je sais que je ne devrais pas m'en soucier. J'ai tout gâché. Mais il aurait pu me le dire. Nous sommes des adultes. Nous sommes capables d'échanger des vérités émotionnelles de manière honnête.

Et puis est-ce que ça le tuerait d'envoyer un simple texto ?

Pendant qu'Amy boude, et que Marie et Carol font les yeux doux à Hamish, j'essaie de retrouver Shannon. Elle a disparu. Je prends deux verres de vin à un serveur de plus en plus attirant qui passe avec un plateau de Pinot Grigio. J'en suis à mon deuxième ? troisième ? verre de vin.

Après avoir cherché partout, je la trouve finalement dans le dressing de la chambre, essayant de retenir ses larmes.

— Qu'est-ce qui ne va pas ? demandé-je.

Elle tient une jarretière écossaise et reste immobile, fixant le chausse-pied de Declan, suspendu à un crochet derrière ses costumes.

— Je ne suis pas sûre de pouvoir faire ça.

Il y a toujours un moment où l'on s'attend à ce que la future mariée ait des doutes, et c'est le rôle de la demoiselle d'honneur d'intervenir. Si vous êtes une Américaine moderne, vous avez grandi avec ces articles sur le mariage depuis l'âge de neuf ans environ et vous avez lu tous les magazines *Cosmopolitan* et *Glamour* que votre mère a laissés traîner dans toute la maison.

Vous connaissez donc les Dix façons de réussir son mariage et les Cinq erreurs que font les demoiselles d'honneur et Pourquoi les vraies amies organisent des enterrements de vie de jeune fille coquins.

Les doutes font partie du processus de mariage.

— Tu aimes Declan. Devenir Mme McCormick va être génial, lui assuré-je.

Je lui tends le verre de vin dans lequel je n'ai pas bu.

Elle me regarde comme si je venais de manger une blatte de Madagascar devant elle.

— Je le sais ! Je ne parle pas du mariage. Je parle de ce stupide dîner !

Elle ignore le verre de vin que je lui tends.

Je sais alors qu'elle est vraiment bouleversée.

— Oh.

— Et où est Andrew ? crache-t-elle.

Je termine mon troisième verre (ouaip, c'est clairement le troisième) et j'entame celui qu'elle a refusé.

— Aucune idée, dis-je.

Bzzz.

Je sors mon téléphone de ma poche et je guide doucement Shannon vers le salon. Elle pivote au niveau de la porte et jette la jarretière sur son lit.

Je n'ai pas revu Andrew depuis la nuit où il a volé Mr. Wiffles et où nous nous sommes disputés il y a près d'un mois. Il m'a envoyé un texto d'excuses sans enthousiasme et j'ai répondu par un texto de semi-acceptation bancal. Ensuite, son assistante m'a posé quelques questions sur les horaires de mariage. Aucun autre contact.

Et Declan refuse de me dire ce dont ils ont parlé avec Andrew cette nuit-là, quand il est allé faire du sport avec lui. Il a passé son temps entre New York pour les affaires, puis Paris, et il est enfin de retour – pour la fête. Andrew et Declan nous ont fait savoir qu'il devait partir tôt pour prendre l'hélicoptère et retourner à New York.

Je regarde mon téléphone et je laisse échapper un rire étrange ressemblant à un aboiement.

— C'est lui ? demande Shannon.

— Oh, mon Dieu !

Je pointe l'écran dans sa direction pour qu'elle puisse lire.

Elle m'adresse un regard entendu.

— Je sais qu'il voyage beaucoup ces jours-ci, et qu'il n'est en ville que pour quelques heures, mais vous devez en parler…

Cul sec. Hmm. Ce quatrième verre est bien passé.

— Est-ce que ce texto dit bien ce que je pense ? demande Shannon, visiblement estomaquée. Est-ce qu'il vient sérieusement de t'envoyer un texto disant « *Je suis seulement là pour la fête. Même pas le temps pour un petit coup rapide* » ?

— Ouaip.

Andrew entre dans le salon à ce moment précis. L'intensité de nos regards aurait dû le propulser à travers le mur, mais au lieu de cela, il s'incline légèrement vers la droite, une main dans la poche, l'autre sur le comptoir en bois près de la cuisine.

Il m'adresse un signe de la main.

— Un signe ? siffle-t-elle. Tu as le droit à un signe de la main ? C'est tout ?

— Ouaip. Une dispute, un mois de silence quasi total, un texto bizarre et un geste de la main.

Nous réfléchissons en silence, le silence des outragés. Il a un goût très amer.

— Quel homme n'a pas le temps pour un coup rapide ? s'exclame-t-elle.

— Un homosexuel ?

Ses yeux s'élargissent.

— Il est *gay* ?

Cette question me rappelle la dernière fois que nous avons fait l'amour.

— Non. Il n'est clairement pas gay. Je disais ça comme ça. Il y a deux sortes d'hommes qui ne s'intéressent pas aux coups rapides : les homosexuels et les hommes morts.

Elle plisse les yeux.

— Les gays aiment les coups rapides.

— Pas avec Vulvatron.

Je désigne mon entrejambe d'un geste vague et je me rends compte que mon verre de vin est vide. Hmm. Il faut y remédier.

— Vulva-quoi ?

— Oublie ça.

— Declan descendrait en rappel d'un hélicoptère sans pantalon dans un ouragan si on avait passé des semaines sans sexe, qu'il était en ville pour quelques heures et que c'était la seule façon de profiter d'un petit coup rapide.

Je lève les bras au ciel et je frôle ce magnifique serveur qui porte mon doux nectar d'amour. Ah, Pinot Grigio. Comment se fait-il que je n'ai jamais eu le plaisir de loger une bouteille de ton liquide entre mes seins ? Je prends un autre verre de vin.

— C'est parce que tu vas épouser un super milliardaire.

Shannon regarde mon vin.

— Tu devrais peut-être ralentir ?

Je prends une gorgée.

— Je ne fais que commencer.

Andrew s'avance vers moi avec un regard déterminé et oh, douce miséricorde, je fonds en le voyant, me sentant toute chose. Il arrive à ma hauteur et me plante un baiser sur chaque joue. Il vient de rentrer de Paris, c'est peut-être pour ça.

Mais alors que je m'approche pour un vrai baiser, il m'effleure à nouveau la joue.

Mon sang se glace.

Qu'est-ce que

c'est

que

ce

bordel ?

Les signaux mixtes sont une chose. L'ensemble d'indices déroutants d'Andrew ressemble plus à un court-circuit informatique.

Je regarde autour de moi, les mains tendues en un geste de *WTF ?* et je scrute la foule comme pour croiser un regard et partager cette incrédulité : mon petit ami vient d'esquiver un baiser de ma part après un mois de néant. Nada. En fait, j'ai dû fouiller dans ma table de nuit pour la première fois depuis des mois et laissez-moi vous dire qu'ils devraient mettre de petits haut-parleurs sur les vibromasseurs avec des enregistrements audio d'hommes soupirant et gémissant à des intervalles appropriés, parce que *bzzz bzzz bzzz* n'est vraiment pas sexy.

Clairement pas.

La première société de sex toys qui concevra un vibromasseur disant « J'adore quand tu te lâches comme ça », « Tu es trop sexy » ou qui gémira « Tu as perdu du poids ? Parce que je n'ai plus rien à quoi m'accrocher » prendra la tête du secteur et fera exploser le marché boursier.

Surtout si les voix sont programmables, comme les systèmes GPS. Homme, femme, Britannique, Irlandais, Espagnol, Français, Shrek… imaginez les possibilités. Vous pourriez choisir la voix de M. Darcy pour votre vibromasseur. Ils pourraient faire des produits dérivés avec la voix de personnages de jeux vidéo.

Thor.

Thor pourrait prononcer des phrases comme « Cette enveloppe mortelle a besoin d'orgasmes ».

Vous pourriez même demander à vos proches d'enregistrer des messages spéciaux qui seraient diffusés aux intervalles de leur choix (ou de votre choix). Si votre partenaire mourait, vous pourriez en garder le souvenir pour toujours.

Je tiens peut-être quelque chose. Il m'arrive d'avoir des idées formidables parfois. Waouh, ce Pinot Grigio est vraiment bon.

Alors que je réfléchis à ces questions philosophiques sur le sens de la vie et que je termine mon cinquième (je ne compte plus) verre de vin, Marie attire l'attention de tous.

— Le dîner est servi ! annonce-t-elle.

Declan tend à Andrew et Hamish un verre d'un liquide ambré. Ils trinquent et vident leur verre. Puis Hamish refait le niveau. Lorsque nous nous asseyons tous à table, j'ai compté trois tournées.

Très bien. Je prends un sixième verre de vin au serveur sexy et je m'assois.

À côté d'Andrew.

Avant même que je n'aie pu poser mes fesses sur la chaise, Marie frappe sur son verre de vin avec une fourchette à salade comme si c'était la cloche annonçant le dîner dans un ranch hôtelier et que nous étions tous des vaches en pâture devant rentrer à la maison.

Get along little dogie. Avance petit veau.

— Le bisou, le bisou ! s'exclame-t-elle en souriant à Declan et Shannon.

En réponse, Jason se penche sur Marie et plaque sur ses lèvres un baiser fougueux qu'elle tente de repousser avant de s'y abandonner. Nous sommes de plus en plus mal à l'aise sur nos chaises à mesure que le baiser s'éternise...

— Je ne pense pas que c'est ce que Marie voulait dire, dit sèchement James.

— C'est mal connaître mes parents, répond Amy.

— Un baiser contient plus de deux cents souches de bactéries, annonce ma mère.

Jason écarte ses lèvres.

— J'ai fait des recherches, dit ma mère d'une manière maladroite.

— Que faites-vous dans la vie ? Vous travaillez sur un plateau de tournage porno ? plaisante Marie.

— Je suis actuaire.

— Oh, dit Marie en fronçant les sourcils. C'est l'opposé du porno.

— Je calcule les taux de cotisations pour divers groupes à haut risque. J'ai fait une évaluation de baisers l'année dernière pour des projets d'Hollywood, frissonne ma mère. Vous n'imaginez pas à quel point cette population est touchée par l'herpès.

Et avec cette seule phrase, ma mère arrive à faire taire jusqu'à Marie.

— Vous êtes une mine de faits intéressants, dit James.

Je marque un temps d'arrêt en réalisant qu'il tient Spritzy sur ses genoux, caressant sa petite tête avec affection. Il sourit à ma mère et je comprends pourquoi les gens l'appellent le Loup gris, bien que dernièrement ils l'appellent le Loup grisonnant. Je ne sais pas trop quelle est la différence.

La main d'Andrew atterrit sur mon genou.

Oh.

C'est le Loup Trouduc.

Je me tourne vers lui. Il ressemble vraiment à James. Avec trente-cinq ans de moins et une silhouette un peu plus fine.

— Tu m'aiderais à attirer l'attention de Hamish ? demande Andrew, retirant rapidement sa main.

Je prends un petit pain et j'amorce le geste de le jeter par-dessus la table, mais Andrew est plus rapide.

— À quoi tu joues ?

— J'attire l'attention de Hamish.

— Tu es ivre ?

— Non, décidé-je de lui mentir.

J'en profite pour le dévisager. Il a sa barbe de dix-sept heures, un trait génétique qui se manifeste chez tous les hommes McCormick dès midi, et sa cravate est desserrée. Ses yeux ont du mal à se fixer quelque part et il regarde mes seins comme s'ils parlaient.

— Et *toi* ?

Il ignore ma question.

Je pose le petit pain et je presse mes seins pour former le Grand Canyon.

— Eh bien, Andrew, taratata, dis-je avec ma meilleure imitation de Scarlett O'Hara. Comme c'est gentil d'être passé.

Hamish nous observe de l'autre côté de la table et il donne un coup de coude à Amy, nous montrant du doigt.

— C'est typique aux États-Unis lors de fêtes ? Les femmes font parler leurs seins ?

Elle le regarde durement.

— Non. En général on s'amuse à faire un nœud à une queue de cerise avec notre langue.

Hamish pulvérise une fine brume de ce que je réalise mainte-nant être du whisky écossais Glenfiddich sur tout son bras.

— Je devrais passer plus de temps avec mes cousins améri-cains, marmonne-t-il, en regardant Amy avec un intérêt renou-velé alors qu'elle cherche la cerise au marasquin dans son Amaretto.

Elle s'empresse de mordre rapidement dans la chair du fruit, le déchirant en deux avec ses dents.

Hamish tressaille.

— Ou pas, déclare-t-il.

— Pourquoi tu fais parler tes seins comme l'une des femmes de Duck Dynasty ? demande Andrew avec un petit regard triste. J'ai perdu tout respect pour eux.

— Excuse-toi auprès de mes seins, exigé-je.

Peut-être un peu trop fort, parce que tout le monde me regarde soudain.

Shannon est horrifiée. Cela se voit à son visage. Ses yeux se posent sur mon verre de vin. Elle fait un geste d'égorgement avec son doigt.

— Elle veut que tu arrêtes de boire, me siffle Andrew à l'oreille.

— Ou elle veut te coupe les couilles, dis-je d'un ton aimable. Difficile de dire lequel est préférable pour faire du monde un endroit meilleur.

Je prends mon couteau à beurre et Andrew s'éloigne de moi, se tournant pour parler à… personne, car il est au bout de la table.

J'entends Terry dire quelque chose à Carol au sujet du country club de Farmington.

— La dernière fois que j'y suis allé, c'était pour l'enterrement de ma mère.

Elle sursaute et pose sa main sur son poignet.

— Je suis vraiment désolée. Est-ce que ça va poser problème pour tes frères et ton père ? Parce que je peux en parler à ma mère et…

Le rire profond de Terry fait remonter ses sourcils, et il s'assied sur sa chaise, se mettant à l'aise comme si Carol et lui étaient de vieux amis.

— Ça va aller. On ne va pas boycotter Farmington pour autant. Et tu as autant de chances de faire changer d'avis à ta mère que de voir mon père sortir avec une femme née avant la présidence de Reagan.

Declan se lève brusquement. Carol arrête de rire, son attention attirée par son mouvement.

— Eh bien, dit Declan, d'une voix indéchiffrable.

Soit il est submergé par l'émotion, se retenant à grand-peine d'étrangler Marie, soit il est furieux.

Parfois, il est difficile de faire la différence.

La plupart du temps, d'ailleurs.

— J'ai trouvé la femme parfaite pour moi, peine-t-il à ajouter à la fin du toast et nous sourions tous.

Submergé par l'émotion. Je vois. Je finirai bien par apprendre à déchiffrer ses expressions.

Shannon et lui échangent un doux baiser. Marie semble être à une fraction de seconde de faire tinter à nouveau son verre de vin avec une cuillère. J'attire son attention et ouvre grands les yeux, lui jetant un regard qui, je l'espère, ressemble à celui de Panpan le lapin dans Bambi, mais avec un côté mortel, comme ces femmes effrayantes incarcérées dans *Orange is the New Black*.

L'effet est réussi.

J'ai repris les visites mystères de coiffeurs, et retrouvé ma couleur de cheveux onyx. Je devrais garder les cheveux noirs plus souvent. Lorsque vous ressemblez à une dominatrice et que vous marchez comme une guerrière de la Reine des glaces, les gens sont à vos pieds.

Surtout Jason, ce qui est assez inquiétant.

— Et Shannon est superbe nue, ajoute Andrew d'une voix qui porte, avec un sourire.

Tout mouvement, toute respiration, toute pensée linéaire s'arrête. Paf. C'est comme laisser tomber une pastèque de la fenêtre du bureau de James McCormick.

Tout l'air quitte la pièce comme (ne me dites pas que vous ne l'aviez pas vu venir) à un match de football des Patriots de la Nouvelle-Angleterre.

Le visage de Shannon se contorsionne. Il semble sorti tout droit d'un spectacle de cirque. Declan semble sur le point de sauter par-dessus la table et de faire subir à Andrew une vasectomie avec une brochette de crevettes.

C'est ma meilleure amie. Ma « best ». La femme que je peux appeler à 5 h 47 en prévision d'un rendez-vous à 7 h pour la supplier de m'apporter des tampons, car mes règles ont fait une apparition inélégante au beau milieu de la nuit. La femme qui connaît ma passion secrète pour les pâtisseries aux marshmallows faites avec des Cheetos au lieu de Rice Krispies. L'amie que je pourrais, sérieusement, appeler pour m'aider à déplacer un corps et qui danserait sur sa tombe si la personne était assez mauvaise.

Elle pourrait m'aider à déplacer le corps d'Andrew McCormick à ce rythme. Et pas dans une sorte de fantasme masculin FMF.

Nul ne pipe mot. Tous les yeux sont braqués sur Andrew, qui mange sa salade, l'air insouciant. Il embroche une noix de pécan et la mange, puis prend son verre de vin blanc. *Mon* vin blanc, en fait.

J'imagine que la cheville d'Andrew est son entrejambe.

Et puis je le frappe, fort, avec mon talon haut.

Il jappe, le vin lui coulant sur le poignet.

Vous savez cette note dans *La Bannière étoilée* ? Celle que personne n'arrive jamais à atteindre avant un match des Red Sox ou des Patriots ?

Eh bien, il devrait changer de carrière, car la note sort à la perfection.

— Tu as vu Shannon nue ? demande James à Andrew, qui se penche sous la table pour se frotter la cheville et murmure des jurons dans trois langues différentes.

Ah, les riches. Ils jurent même mieux.

— Qui ne l'a jamais vue nue ? dit Marie d'une voix trop rauque.

Les sourcils de Terry semblent avoir heurté un satellite de CNN en orbite dans l'espace. Il est resté silencieux jusqu'à présent. C'est le seul frère McCormick à table qui semble éviter le pouvoir ou l'attention. C'est lui que je préfère. C'est mon nouveau meilleur ami.

Marie compte les personnes présentes à table. Moi. Andrew. Declan. Marie. Jason. Amy. Terry. Carol. Hamish. James. Shannon.

— D'après mes calculs, ajoute-t-elle, environ 75 % de la pièce l'a déjà vue nue.

— Qui ici n'a *jamais* vu Shannon nue ? répond James.

Je réalise qu'il n'est pas choqué par cette conversation.

Il est furieux d'être un outsider.

Hamish commence à lever la main et agite les doigts. Amy lui tape sur la main.

— Tu l'as vue nue ? grogne Andrew à mon intention, toujours à moitié sous la table.

Est-ce qu'il gronde vraiment ?

— Oui, chuchoté-je.

— Hmph, grogne-t-il, ressemblant remarquablement à son cousin écossais. C'est intéressant.

Je lui embroche la nuque avec ma fourchette à dessert.

Une main musclée se lève, m'attrape le poignet et je me retrouve attirée avec force sous la table. Mon visage est à quelques centimètres de celui d'Andrew, et il s'adresse à moi de cette voix propre aux hommes. Une voix de baryton vibrante et grave, ses chuchotements s'apparentant à du sexe pur sous forme vocale.

— À quoi tu joues ? grogne-t-il.

Ses yeux sont rouges et troubles.

— Tu t'es pointé ici ivre ? demandé-je d'un ton accusateur. D'où ton texto sur le coup rapide ? Tu m'as écrit en étant ivre ?

Il est très, très en colère. Ce qui le rend encore plus sexy et me fait frissonner dans des endroits qui semblent vibrer d'un pur magnétisme animal. Il est comme un aimant et j'ai des copeaux de fer qui circulent dans mon sang.

— Levez la main si vous n'avez *jamais* vu Shannon nue, dit James au-dessus de nous. Apparemment, il y a un club et certains d'entre nous en sont exclus.

— PAPA ! s'écrie Declan d'un ton d'avertissement.

Je ne sais pas ce qui se passe ensuite, car la bouche d'Andrew s'empare de la mienne, dans un baiser féroce et furieux, qui s'apparente davantage à des représailles pour lui avoir embroché la nuque.

Lance-toi dans autant de représailles que tu veux, mon grand. Et un peu plus à gauche comme ça. Oh, et ça.

Et…oh.

L'équivalent d'un mois de désir refoulé se déverse entre nous.

Si ma culotte n'était pas déjà trempée après avoir entendu Hamish réciter la liste des stations de la ligne rouge du métro de Boston, elle le serait maintenant.

— Vous vous tripotez là-dessous ou quoi ? lance Shannon.

Ses beaux talons hauts Tom Ford se transforment en armes, cherchant à nous atteindre comme un cure-dent à la poursuite d'un gros morceau de crevette lors d'un cocktail.

Heureusement, elle touche Andrew un peu à gauche de son entrejambe.

— Bon sang ! s'écrit-il, se redressant si vite que sa tête se cogne contre la table, faisant murmurer et hoqueter les gens au-dessus.

— En plein dans le mille ! m'écrié-je. Tu as coulé mon cuirassé !

Shannon me tire de sous la table et me dirige vers mon siège.

— Ne me fais pas ça, chuchote-t-elle furieusement.

Andrew sort lui aussi en rampant, son téléphone à la main.

— Trouvé ! dit-il, en prétendant que c'est pour ça qu'on était là-dessous.

Il ne se rend pas compte que sept centimètres à gauche de ses lèvres, il est couvert de mon rouge à lèvres. Il ressemble au sujet d'un documentaire d'anthropologie sud-américain.

— Trouvé quoi ? La bouche de Mandy ? dit ma mère en riant.

Les lèvres de James frémissent. Je n'apprécie pas qu'elle utilise mon surnom d'enfance, mais je laisse couler.

Jusqu'à ce que…

— Mandy ! couine Marie, ses yeux passant d'Andrew à moi comme si elle participait à une chasse au trésor et que nous étions sur sa liste d'objets à trouver. Et Andy !

Elle applaudit comme une enfant, faisant des bonds sur son siège.

— Personne ne m'a jamais appelé Andy, déclare Andrew d'une voix froide en s'asseyant et en s'essuyant furieusement le visage avec sa serviette.

Hamish remue les sourcils et brandit la bouteille de scotch, proposant à Andrew de lui servir un verre. Andrew lui prend la bouteille des mains et remplit son verre de vin à la place.

— Hardcore, murmure Hamish avec admiration.

— Et je ne suis plus Mandy depuis mes cinq ans, dis-je.

Andrew et moi échangeons un regard. Je hausse un sourcil en regardant ma mère. Elle met la main dans son sac, prétendant que Spritzy a besoin d'attention, sauf que Spritzy est sur les genoux de James, occupé à lécher le récipient contenant le beurre aux herbes.

Après tout, Andrew et moi avons quelque chose en commun. C'est déjà ça : nous partageons la haine des diminutifs.

Marie fait semblant de ne pas entendre, ou peut-être qu'elle entend et décide simplement d'ignorer nos protestations, qui ne vont pas dans le sens de son fantasme.

Elle se concentre sur Hamish, puis sur Amy.

— Eh bien, dit Hamish avec son accent écossais. Vous n'avez pas de surnom pour moi, Marie. Hamish est...

— Hamy et Amy ! le coupe Marie, prononçant le nouveau surnom de Hamish comme s'il rimait avec Amy.

Le visage de l'homme devient vert. C'est étonnant, et c'est dommage qu'il ne soit pas irlandais, car ce serait un sacré tour de passe-passe, surtout à Boston chaque année en mars pour le célèbre défilé de la Saint-Patrick.

— Oh, mon Dieu, marmonne Amy, en tendant la main vers son verre de vin.

Elle le vide d'un trait, attrape la bouteille de vin blanc et commence à boire au goulot.

Declan saisit le rouge et semble sur le point de l'imiter. Ou d'utiliser la bouteille comme une arme contre Marie.

Quand il commence à boire, je laisse échapper un profond soupir. Ouf. Marie est sauve.

Terry regarde tout cela avec une jubilation inappropriée, son attention se concentrant principalement sur ses frères et James. De tous les hommes McCormick, il semble être le seul qui aime vraiment Marie.

— Carol et Terry, annonce Marie, en fronçant les sourcils. Hmmm. Non, ça ne va pas.

— Et je ne changerai pas mon nom en Terrol, dit Terry, en

faisant un clin d'œil à Carol, qui parvient à rouler des yeux et à rougir en même temps.

— Ce n'est pas grave. Carol peut se faire appeler Carrie ! Carrie et Terry, ça fonctionne !

On dirait que Marie vient de découvrir le dernier théorème de Fermat.

— Qu'est-ce qui rime avec Chatoune ? marmonne Declan.

James s'éclaircit la gorge.

— Je connais un mot. Ça commence par F…

— Dommage que « Shannon » et « Declan » ne riment pas, dit Marie d'un ton rempli de regrets.

Est-ce qu'elle fait la moue ? Sa lèvre inférieure sort comme un tiroir-caisse.

— Où est l'épée qui va avec le smoking kilt ? J'en ai besoin tout de suite, chuchote Declan à Shannon.

— Arrête de plaisanter, dit-elle en lui donnant un petit coup dans les côtes.

— Qui plaisante ? demandent à l'unisson Andrew, James et lui.

Andrew verse une bonne rasade de whisky dans son verre à vin et le frappe violemment sur la table.

Et le traiteur apporte le plat suivant.

Nous arrivons à manger dans une paix relative pendant environ quatre minutes avant que quelqu'un – OK moi n'ouvre sa grande bouche et ne dise :

— Jason et Marie ne riment pas.

— Vos noms n'ont pas besoin de rimer pour avoir un mariage fabuleux, dit Declan, en donnant à Shannon un tendre baiser sur la joue.

J'ai les larmes aux yeux.

— C'était vraiment beau, Declan, dit Andrew en singeant des applaudissements.

Declan lui lance un regard qui le fait taire.

— J'aimerais faire une annonce, dit James, en remettant Spritzy à ma mère et en se levant lentement, avec la grâce d'un homme habitué à être scruté.

— C'est à propos de ton cancer ? demande Andrew.

Les mots qui sortent de sa bouche sont recouverts d'aspérités, et alors qu'ils glissent, on peut voir dans les yeux d'Andrew une série de petits hommes tirant désespérément sur des cordes pour les ravaler.

— Quoi ? s'étrangle Declan.

La tablée se transforme en chaos.

Andrew ferme les yeux et grimace.

— Je suis désolé, papa.

Il courbe la tête comme un jouet qu'on éteint. Mon cœur s'adoucit, et je mets ma main sous la table pour prendre la sienne, mais je m'arrête. Je ne sais pas vraiment quel rôle je joue dans sa vie en ce moment et la frontière entre nous est là. Non formulée, mais bien réelle.

James cligne des yeux. Le visage inexpressif, il se lève pour dominer les convives, essayant clairement de trouver la meilleure approche pour sauver la situation.

— J'allais porter un toast à Shannon, mais il semble que je vais plutôt faire une annonce personnelle discrète, dit James d'un ton jovial.

Soit il a vraiment accepté son cancer, soit c'est un sacré bon acteur.

— Oui, c'est vrai. J'ai un cancer de la prostate qui évolue très lentement.

Il regarde Declan avec l'expression la plus proche de l'amour que je l'ai jamais vu avoir pour son fils.

— Et je voulais te le dire en privé, Declan, mais c'est comme ça que tu l'apprends.

Terry et Andrew semblent mal à l'aise sur leur chaise.

Oh. Alors Terry le savait aussi. Ma compassion pour Declan me pousse à me servir un autre verre de vin, parce que... eh bien.

Parce que je suis bien bourrée.

Declan se lève et regarde son père de l'autre côté de la table, déjà debout pour le toast avorté.

— Tu es malade ? Tu as besoin d'une chimiothérapie ? Et les médecins, qu'est-ce...

Les yeux de James se font doux et inquiets. Paternels.

— Je vais bien, fiston. Mon pronostic est très bon. Ce vieux schnock, dit-il en riant, échangeant un regard avec Jason qui me serre la gorge, sera là pour voir ses petits-enfants obtenir leur diplôme de fin d'études secondaires. Du moment que vous vous mettez au boulot, ajoute-t-il, en faisant un clin d'œil à Shannon.

La table se met à glousser poliment.

Ma mère et Shannon ont une chose en commun : quand elles sont nerveuses, elles se mettent à jacasser. Et ça a son importance, car ma mère, assise juste à côté de James, se tourne vers lui et lui dit :

— J'ai récemment fait une analyse sur les questions relatives au cancer de la prostate pour l'assurance maladie. De nouvelles recherches montrent que les hommes qui ont plus de vingt orgasmes par mois ont moins de chance d'avoir des cancers de la prostate.

Il sourit, la regardant comme s'il la voyait sous un nouveau jour.

— C'est une proposition ?

Ma mère prend la couleur de mon rouge à lèvres et marmonne dans son vin. Elle rougit. James se penche et lui touche l'épaule avec un geste qui me semble amical.

James n'est pas du style amical.

Mais les gens changent. Surtout quand ils n'ont pas le choix.

Je regarde Andrew.

— Vraiment désolé, murmurent de nombreuses personnes à la table.

Il est difficile de savoir qui dit quoi, car je ne peux pas boire du vin et écouter en même temps. Bien sûr, j'étais pom-pom girl au lycée et je servais de base à des formations de trois personnes, mais après six (ou sept ?) verres de vin, c'est déjà un miracle que je me souvienne de…

La main d'Andrew se pose sur mon genou.

Apparemment, mon corps se souvient de la façon dont il réagit à son toucher.

— Je peux te dire un mot ?

— Maintenant ?

— Oui. En privé, dit-il, la bouche en coin.

Je commence à ramper sous la table. Il me tire en arrière.

— Pas là.

— Oh.

Nous nous levons. Le sol est devenu *beaucoup* plus bas depuis que je me suis assise à table.

— Je sais que tu ne m'emmènes pas dehors, dis-je avec beaucoup plus de cynisme que je ne le devrais.

Il fait la grimace. Je me mords les lèvres pour me taire.

Il me dirige vers la chambre de Shannon et Declan.

— Oh, non, mon pote. Tu ne coucheras pas avec moi ici. M. Je n'ai pas le temps pour un coup rapide n'en aura pas.

J'adopte un ton moqueur qui me semble mérité lorsque l'ange perché sur mon épaule me murmure des mots doux à l'oreille, mais qui me semble diabolique lorsque le diable perché sur mon autre épaule m'incite à me taire et à me détendre.

— De quoi tu parles ?

Il semble vraiment perplexe.

Je plonge la main entre les seins. Il me regarde fixement. Je sors mon téléphone. Il sourit.

— Qu'est-ce que tu as d'autre là-dedans ?

— Pas des coups rapides.

Son visage se décompose. Je brandis mon téléphone devant son nez et je lui montre son dernier SMS.

Il fronce les sourcils.

— J'ai écrit *ça* ?

— Le texto provient de ton numéro de téléphone.

— Je suis un idiot.

Je ne cherche pas à le contredire.

Sa main chaude se presse entre mes omoplates alors qu'il regarde derrière nous et me guide vers le dressing de Declan. Il ferme la porte et se retourne, m'adressant un sourire qui fait fondre ma culotte inexistante. Et je crois bien que mon clitoris vient de s'embraser telle une bougie.

— Pas question, déclaré-je avant que mon corps puisse me court-circuiter. Hors de question de régresser.

— De régresser ?

— Toute cette relation a commencé dans des placards. On est

passés aux limousines, aux lits et aux restaurants. Je ne te laisserai pas nous ramener dans de maudits placards. Non, non, non et non.

Il regarde la moquette souple.

— Les placards peuvent être utiles.

— Pour ranger ses vêtements.

— Pour se réconcilier.

— C'est de ça qu'il s'agit ?

— J'essaie, Amanda.

Il s'approche de moi et nos chaleurs se mélangent. Ses paupières s'agitent et il soupire. C'est un son d'espoir.

— J'essaie vraiment.

— Moi aussi, avoué-je.

— Je suis désolé, dit-il, les mains sur mes hanches, tendues comme des rameaux d'olivier. Je me fiche que ton père soit en prison et j'aime bien ta mère. Je t'ai suivie cette nuit-là à la marina parce que je venais d'apprendre la semaine précédente que mon père avait un cancer et ça m'a fait réfléchir. Vraiment vraiment. Ça m'a fait réaliser que la vie est courte.

Il laisse échapper un petit bruit venant du plus profond de son âme.

— Même si je l'avais déjà appris il y a longtemps.

Je commence à ouvrir la bouche pour dire quelque chose sur sa mère, mais il continue.

— Quand je t'ai vue là-bas, je ne t'ai pas poursuivie pour te faire taire. Je t'ai suivie parce que, te trouver là, c'était trop gros pour être une simple coïncidence. Comme si le destin essayait de me dire quelque chose.

Oh.

— Ces deux dernières années, j'ai été stupide. Je pensais que tu n'étais pas mon style. J'ai vu Declan tomber amoureux de Shannon et j'ai écouté notre père dire à mon frère quel idiot il était de prendre un tel risque avec elle. Je vis une vie où tous mes risques sont concentrés dans mon travail. Pas dans ma vie personnelle.

— Pas de petite amie, dis-je.

Il secoue la tête.

— Jamais. C'est plus facile comme ça.

Mon cœur se serre comme si quelqu'un tirait sur un lien coulissant.

— Mais pas mieux.

Je m'étire pour trouver sa bouche, telle de la fumée cherchant à atteindre le ciel alors que je brûle pour lui. Il a le goût du bon whisky et des excuses, la bouche tendre et offerte. Ce baiser langoureux scelle le doux moment où tout ce qui vous semblait posséder des contours sombres et épais se révèle être une illusion d'optique que vous avez inventé par mégarde.

Je me fonds dans ses bras, mes lèvres deviennent les siennes, les muscles saillants de ses épaules sont désormais les miens, les courbes douces de ma taille font partie d'Andrew, son membre dur contre ma cuisse fait partie de moi.

Ou du moins, ce sera bientôt le cas.

Il sera bientôt en moi.

Pendant des semaines, j'ai eu envie de lui. J'ai rêvé de lui. Je me suis laissée aller à des récriminations, passant en revue les *et si,* et j'ai fouillé dans mes doutes comme une femme qui aurait perdu son alliance dans les poubelles. Ai-je gâché mon meilleur espoir de connaître l'amour parce que je ne peux pas supporter l'idée de l'abandon ? Andrew avait-il raison ? Son absence a-t-elle été un malentendu alimenté par les fantômes de mon passé ?

Shannon est la penseuse. Cela a toujours été le cas. Moi, je fais semblant d'écouter et j'agis ensuite pour remédier à ce qui ne va pas. L'esprit débridé par trop de raisins fermentés et d'adrénaline, mon sang épaissi par le manque et la proximité, je recule.

Il est temps d'agir.

— Si je couche avec toi, ce sera du sexe de haine, dis-je avant de froncer les sourcils.

Mais d'où ça sort, ça ? Je pensais que j'allais saisir sa boucle de ceinture, mais il est clair que mes mains et ma tête ont deux programmes différents.

— Il n'y a rien de mal au sexe de haine.

— Du sexe de haine *alcoolisé* que nous allons regretter tous les deux demain matin.

— Je pourrais regretter d'avoir bu, demain matin, Amanda, dit-il avec une voix remplie de nostalgie et d'urgence, mais je ne regretterais jamais, jamais d'avoir fait l'amour avec toi.

— Depuis combien de temps tu as prévu cette réplique ?

— Depuis que tu m'as embroché le cou avec ta fourchette.

— Tu aimes planifier les choses.

— Je suis très bon pour l'évaluation des risques.

— Et tu as déterminé…

— Qu'il n'y avait pas d'inconvénient à faire l'amour avec toi. Aucun.

— Pas étonnant que tu sois si doué pour les négociations professionnelles.

— Je suis encore plus doué dans la chambre.

— Et les placards ?

Il lève les mains pour englober mes seins et je m'abandonne à lui, ses pouces traçant des cercles autour de mes tétons qui semblent vouloir s'extraire du tissu de mon soutien-gorge pour être plus près de lui. On pourrait, bien sûr. Faire l'amour ici et maintenant, contre la rangée de cravates qui pendent comme des rubans sur une vigne. Sur le sol recouvert de moquette, au beau milieu du placard stérile et organisé.

Je pourrais lui dire que je suis désolée. Que j'ai mal interprété ce qui se voulait de bonnes actions. Il est effrayé et vulnérable, alors il crée une vie qui réduit les risques. Je comprends. Je peux m'y plier, même si cela signifie ne jamais sortir au soleil avec lui huit mois par an, aussi extrême que cela puisse être. Céder à son obsession d'éliminer les risques n'est pas nouveau pour moi.

J'ai passé la plus grande partie de ma vie à faire ça avec ma mère.

Maintenant, au moins, je sais pourquoi.

Le côté exponentiel ne me fait pas peur.

Toutes ces pensées se mélangent dans mon esprit comme une salade de mots, chacune ayant un sens propre jusqu'à ce qu'elles se fondent toutes. Il faut juste qu'il s'ouvre à moi, qu'il me dise ce qu'il ressent.

Et ce qu'il ressent pour *moi*.

Il serait si facile de dire oui au sexe en cet instant. J'aurais bien besoin de quelques minutes de passion éclatante pour me perdre en lui. J'ai le mot sur le bout de la langue, lequel glisse actuellement contre ses dents, s'élevant jusqu'au sommet de sa bouche alors que ses caresses bienvenues m'invitent à me demander pourquoi diable dire non. Ce *oui* rebondit de ma bouche à la sienne, puis à nouveau, et je suis sur le point de le libérer et de réclamer Andrew quand nous entendons :

Toc-toc-toc.

Andrew gémit.

— Vous faites l'amour dans mon *placard* ? dit Declan d'une voix qui indique clairement que nous n'avons en aucun cas la permission de faire l'amour dans son placard.

— Oui.

— Non.

Nous répondons simultanément, puis nous ricanons.

La poignée de porte s'agite.

— N'entre pas ! crie Andrew en s'empressant de se rajuster.

— Pourquoi pas ? Tu as peur que je voie Amanda nue ? On serait à égalité.

— Je ne suis pas un morceau de viande dont vous pouvez vous servir pour régler vos comptes ! m'écrié-je.

Andrew hausse les sourcils.

La poignée de porte cesse de trembler.

— Sortez d'ici. Maintenant. Vous êtes la demoiselle d'honneur et le témoin de ce mariage et vous vous comportez comme des adolescents en rut. Vous avez des responsabilités. Et pas seulement annoncer le cancer de papa à un tout groupe de personnes et violer sa vie privée.

— Et merde, siffle Andrew entre ses dents.

Il baisse la tête et soupire.

J'ouvre la porte et je tombe nez à nez avec un Declan McCormick très en colère.

— Écoute-moi bien, lui dis-je, en lui mettant le doigt dans la figure. Tu n'as pas à reprocher à Andrew le fait que ton père ne veuille pas partager des informations privées avec toi.

— Amanda…

Andrew saisit mon autre bras et essaie de m'arrêter.

— Tu *me* reproches ce qu'Andrew vient de faire ?

La voix de Declan est grave et dangereuse, comme un serpent enroulé qui se prépare à frapper.

— Non.

— On dirait bien.

— C'est ton interprétation.

Je sens qu'Andrew me regarde, bien que je ne puisse pas voir son visage. Je ne me bats pas pour lui ; il peut très bien le faire.

Je ne sais pas vraiment pourquoi j'affronte Declan. Six (sept ?) verres de vin, peut-être ? Est-ce que tout ce que je fais doit avoir un sens ? Tout le monde autour de moi a la permission tacite de l'univers d'agir de manière irrationnelle.

Peut-être que c'est mon tour.

Enfin.

Le visage de Declan montre exactement comment exsuder le pouvoir sans rien faire. Pas de mots. Pas d'expression. Pas de mouvement. Juste le souffle régulier d'un homme habitué à ce que le temps s'arrête pour lui pendant qu'il délibère.

Et ensuite :

— Pas maintenant. Je ne vais pas avoir cette conversation maintenant. Papa, dit-il, en regardant derrière moi et en croisant le regard d'Andrew, est en train d'essayer de sauver les meubles après la bombe que tu as lâchée. Tu lui dois, au minimum, la courtoisie d'être présent.

Et sur ces mots, Declan me claque la porte au nez.

Andrew me regarde.

Je le regarde à mon tour.

Il passe une main tremblante dans ses cheveux et demande :

— Je suppose qu'il n'est plus question de sexe maintenant ?

CHAPITRE 25

*L*e mariage est dans une semaine. L'heure est aux derniers préparatifs – ou pas – et à la perte de patience. Beaucoup de mots qui commencent par la lettre P.

Ce qui implique des hommes grincheux, beaucoup de vin et une mère de la mariée pareille à un colibri sous crack.

Nous sommes à nouveau dans l'appartement de Shannon et Declan, bien qu'il n'y ait pas de dîner chic à gâcher cette fois. Juste un assortiment d'en-cas, un peu de bière et de vin, et un tailleur venu d'Édimbourg pour veiller à ce que les hommes en smoking kilt soient à la hauteur. Marie a opté pour le look écossais moderne, avec des hommes en vestes courtes et en nœuds papillon, bien ajustés, et des kilts qui ont l'air plus compliqués à mettre et à porter correctement qu'un corset. Le look fait plus Famille royale que Highlander du XVIIIe siècle, Dieu merci.

Je vois des épées et des sporrans, des chaussettes spéciales et des chaussures étranges, et pour une fois, je suis soulagée de me contenter de la corvée familière de porter une robe de demoiselle d'honneur sans bretelles. Nous, les femmes, nous avons notre couturière de mariage, qui s'occupe de toutes les retouches de dernière minute et des petits ajustements qui rendent tout parfait.

— Non, Marie, je ne me teindrai pas les cheveux en auburn

pour le mariage, insiste Declan alors que le tailleur ajuste sa jupe… euh, son kilt.

Désolée. J'ai appelé ça une jupe devant le tailleur écossais et il a eu la même réaction que la fois où j'ai marché sur la queue de Chatoune.

— Mais tu porteras le smoking kilt, répond Marie.

— Bien sûr.

Declan désigne son corps. Il est vêtu d'un t-shirt blanc qui lui va très bien, du kilt en question, d'un sporran et de chaussettes en laine. Chaque vêtement fait l'objet d'un examen minutieux pour s'assurer que les costumes seront livrés comme prévu aux hommes au country Club de Farmington le jour J.

— Et l'épée ?

— Mamaaaan, dit Shannon sur le ton grave de l'avertissement.

— L'épée, c'est un peu trop, murmure le tailleur.

— En même temps, répond Declan, il faut bien que j'aie quelque chose sur quoi tomber quand je me ferai pousser par-dessus bord.

— Vous feriez mieux de prendre un Sgian Dubh.

Il le prononce *skin dou.*

— Un quoi ? demande Declan, tressaillant soudain lorsque l'épingle de son kilt se rapproche un peu trop de ses, hum… parties.

— Un petit couteau que vous pouvez cacher dans votre main et utiliser discrètement.

Le sourire qu'il échange avec Declan me fait peur.

— Vous pouvez causer plus de dégâts plus rapidement de cette façon et vous tirer d'affaire.

Marie met une main sur son cœur. Le bout de ses ongles est lilas, assorti à son ombre à paupières. Ses propres cheveux sont maintenant d'un riche auburn, bouclés grâce à une permanente. Elle est passée de blond platine à auburn si vite que c'en est déconcertant.

Mais encore une fois, qui suis-je pour parler de changement de couleur de cheveux ?

— J'essaie juste de veiller à ce que... euh, toi et Shannon ayez le meilleur mariage de tous les temps !

Elle renifle, clairement blessée. Ou faisant semblant d'être blessée. Maintenant qu'elle est devenue une Momzilla, c'est difficile à dire.

Elle jette au tailleur un regard cinglant. Il ne le remarque pas. J'ai la nette impression qu'il s'en ficherait éperdument s'il le remarquait, de toute façon.

Declan plisse les yeux. Shannon met la main sur son biceps et lui chuchote quelque chose à l'oreille. Il se tend, puis hausse un sourcil.

— Et je porterai le kilt comme il se doit, dit-il d'une voix ferme.

À mon tour, je regarde Shannon d'un air interrogateur. Elle a les joues rouges.

— Sans sous-vêtements ? gazouille Marie, frappant dans ses mains avec joie.

— Il s'avère que cela pourrait avoir des avantages auxquels je n'avais pas pensé, marmonne Declan.

Ce que je pensais être un ton de frustration ressemble de plus en plus à de l'excitation.

Prenez une chambre, tous les deux.

Andrew s'ébroue et regarde Shannon.

Puis il me regarde, moi. Tout le sang dans mon corps se fige, battant sur place, comme s'il tentait de décider de la suite des événements. C'est comme si mes globules rouges étaient devenus sensibles et conscientes, en accord avec la présence d'Andrew.

Chaque jour que dure l'organisation de ce mariage, nous poussant à être tous les deux dans la même pièce est une sorte de torture exquise. J'ai la respiration lourde. Il n'arrête pas de me regarder.

Que puis-je faire ?

Je le regarde à mon tour.

Et je l'imagine sans sous-vêtements.

Mon cœur se serre un peu chaque fois que je le vois. J'aimerais revivre cette nuit que nous avons passée au lit, après qu'il m'a retrouvée à la brasserie. Ce n'est pas le sexe qui me manque. C'est l'intimité. Nos discussions. La simplicité avec laquelle je peux me dépouiller de tout artifice, renouer avec mon essence et être moi-même en sa compagnie. Andrew semble avoir besoin d'une bonne dose d'authenticité en ce moment aussi.

Pourquoi la vie doit-elle toujours se mettre en travers du chemin ?

Je sais qu'il souffre après avoir dévoilé le secret de son père. Declan était furieux. Shannon m'a dit plus tard qu'il avait voulu changer de témoin, mais qu'elle l'en avait dissuadé. James et Declan ont eu une relation conflictuelle pendant des années, et pour Declan, c'était une façon de plus d'être détaché du monde, détaché de l'homme qui devait être son ancre.

Je sais, depuis la nuit où Andrew s'est ouvert à moi, que Declan n'est pas si loin de la base. La souche entre son père et son frère possède des racines profondes et pénétrantes.

Des racines qui s'enroulent autour du cœur d'Andrew, nourries par le sang et le déni.

Et me voilà, à lutter contre le réel et à travailler mon masque.

Mais une fois qu'on a goûté le vrai, le faux est difficile à avaler.

— Pourquoi diable porteriez-vous des sous-vêtements ? demande le tailleur, le visage rose vif.

Il a les cheveux noirs comme ceux de Declan, mais légèrement poivre et sel. Sa barbe est aussi épaisse que la queue d'un écureuil et ses yeux sont d'un bleu vif.

— Les couilles ont besoin de prendre l'air.

— Mes couilles ont besoin de beaucoup de choses, marmonne Andrew.

C'est la première fois que je le vois depuis le dîner. Nous y allons doucement. Et par *doucement*, je veux dire que ça ne mène à *rien*, si par « ça » vous voulez parler de cette relation.

Je ne suis personne. Et toi, qui es-tu ?

Je ne suis personne et je regrette vraiment de ne pas avoir fait l'amour avec Andrew dans ce placard.

Il avait raison.

Il m'a envoyé plusieurs SMS. Entre ses voyages à New York

et en Europe, et les détails de dernière minute à régler pour le mariage, sans compter une succession spectaculairement ennuyeuse de rendez-vous DoggieDate supplémentaires et mon deuxième cours de préparation à l'accouchement avec Josh, les dernières semaines ont été floues.

Pas un flou induit par le vin. Pire encore.

Un flou ambigu.

— À votre tour, dit le tailleur, M. MacNevin, à Andrew.

Hamish entre à ce moment, bouteille de bière à la main, et il tend le bras vers un bol de gâteaux apéro que quelqu'un a posé sur le comptoir de la cuisine. Je le vois grignoter des boules de fromage fluo et quelque chose de chocolaté.

Intriguée, je vais voir.

Et mon petit cœur explose de joie.

— Cheetos et bretzels enrobés de chocolat ! dis-je, applaudissant et m'en fourrant une poignée dans la bouche. Qui peut bien manger ça ?

— Toi, visiblement, dit Hamish avant de descendre sa bière.

Il grimace et regarde l'étiquette.

— Mon Dieu. C'est de la pisse. Les Américains ne boivent que de la pisse. Impossible de trouver une bonne blonde ici.

— Tu es en train de manger le casse-croûte préféré d'Andrew, dit Shannon, en ignorant Hamish.

La couturière, à genoux devant Shannon, est occupée à prendre ses mensurations, et Declan l'observe avec une fascination larmoyante.

Andrew fixe propre version de la couturière, à genoux avec le kilt et le sporran, et une très longue épingle de kilt qui pourrait, avec quelques centimètres de décalage, transformer ses testicules exposés en pelote à épingles.

J'avale ma bouchée et je prends ma propre bouteille de pisse coupée à l'eau.

Ou, comme nous autres, les Américains, l'appelons, de bière légère.

— Oh, bonjour ! dit Marie à Hamish, en louchant. Vous êtes le strip-teaseur ? Cette femme qui possède la société a dit qu'elle enverrait un grand et beau roux, mais…

— Tu te souviens de Hamish ? Mon cousin ? dit Declan d'un ton appuyé.

Marie met ses lunettes.

— Oh, oui. Hamish ! Vous ressemblez tellement à l'un des strip-teaseurs que j'ai testés pour l'enterrement de vie de jeune fille de Shannon que je ne vous ai pas reconnu.

Décortiquons cette phrase, voulez-vous ? Parce qu'il y a vraiment trop d'aberrations pour une phrase si brève.

— Des strip-teaseurs que tu as *testés* ? hurle Jason de l'autre côté de la pièce, où l'un des assistants de M. Mac-Nevin s'efforce de ne pas se crever l'œil avec l'épingle de son kilt.

— Tu organises mon enterrement de vie de jeune fille ? crie Shannon.

Elle se retourne et sa robe forme une flaque sous elle, révélant un étrange mélange d'un t-shirt rouge UMass et d'une jarretière écossaise.

— Jarretière, dit Declan, en bavant.

— Je ne l'ai pas *littéralement* testé, titre Marie.

— Si c'est le type du O, répliqué-je, alors boire ce shot de White Russian dans son nombril pendant qu'il appliquait de l'huile de lavande sur...

— MARIE !

— MAMAN !

— Je *travaillais* ! se défend Marie.

Elle se dirige vers la table de la cuisine et fouille dans des papiers, en marmonnant quelque chose pour elle-même à propos de tentes et de prévisions météorologiques.

— Jarretière, dit Declan, toujours en train de baver.

Shannon s'approche de lui et lui referme la mâchoire, en roulant des yeux.

M. MacNevin se tourne vers Hamish avec un air conspirateur.

— Est-ce qu'ils sont tous comme ça ?

— Comme quoi ?

— Tellement... américains.

— Eh oui.

Tous deux soupirent et émettent un drôle de grognement guttural.

Une bouffée de chaleur se fait sentir à la base de ma gorge, et pas parce que la couturière s'attaque désormais à moi. Elle me tend ma robe et je vais dans le vestiaire, la femme sur les talons. Nous essayons tout. Je dois donc enfiler les nombreuses couches de sous-vêtements, le corset, et enfin la robe et l'écharpe.

— Amanda, dit Holly, la couturière, en soufflant tandis qu'elle essaie de serrer le corset. Vous avez plus de poitrine que Dolly Parton.

Je baisse les yeux. Je n'ai pas besoin de regarder très bas, car mon menton frôle le haut de mes seins.

— Vous pouvez le desserrer ?

Holly n'est pas beaucoup plus âgée que moi, avec des mains fines de chirurgien qui bougent vite.

— Le corset, oui. Est-ce que ça vous va ? La plupart des Américaines détestent ne pas porter de soutien-gorge, et même des soutiens-gorges sans bretelles.

— Pas de problème.

— Mais les boutons de votre robe ne bougeront pas. Ils sont au maximum.

J'inspire profondément et je manque de m'étouffer avec ces airbags qui me font office de seins.

— Je vais m'évanouir avant le début de la cérémonie.

Elle tire sur sa longue tresse brune, me regardant sous différents angles.

— On pourrait essayer du Velcro.

— Du Velcro ?

Les yeux d'Holly parcourent la pièce comme si nous parlions de méthamphétamine. Marie ne sera pas contente.

— Ouais. Du velcro. Ne dites pas un mot à la folle, et…

— C'est comme ça que vous appelez Marie ?

Elle renifle.

— Le nom que lui donne MacNevin est bien pire.

Puis elle revient à ses affaires, touchant ceci et tirant cela.

— Je peux vous faire gagner quelques centimètres en déplaçant des boutons et en apportant quelques modifications. Je peux le cacher pour que personne d'autre ne le remarque. Qu'en dites-vous ?

— C'est du Velcro ou la mort par asphyxie.

Elle me regarde comme si ce n'était pas une réponse.

— Hum, du Velcro, bien sûr. Je n'ai pas vraiment le cas.

— En fait, si. Vous seriez surprise de savoir combien de mères de mariées trouvent qu'une possible asphyxie est parfaitement acceptable.

Sur ces mots, elle m'aide à m'extraire des diverses couches, me laissant l'intimité nécessaire pour remettre mes vêtements de ville. Je reviens ensuite dans la pièce principale. Holly me guide vers notre endroit, où elle fait quelques petits ajustements notamment de l'écharpe sur mon épaule.

Marie fait office de reine entourée de sa cour.

— Amanda, tu as commandé des chaises supplémentaires et ces voiles d'ombrage pour sièges des côtés ? Avec un millier d'invités en plein air, ça va être…

Andrew interrompt brusquement Marie.

— En plein air ?

Soit elle l'ignore, soit elle ne l'entend pas. On ne sait jamais avec Marie.

— …un cauchemar logistique pour s'assurer que tout est…

Sans se soucier d'avoir bousculé la pauvre assistante du tailleur en traversant rapidement la pièce pour se planter devant Marie, Andrew se dresse de toute sa stature, dominant Marie, qui relève lentement la tête comme si elle se rendait compte qu'elle est menacée par une bête qu'elle n'avait pas remarquée auparavant.

— Oui ? couine-t-elle.

— Le mariage se déroulera en *plein air* ?

— Oui ?

Sa voix monte dans les aigus, comme une question.

— Je pensais que le mariage avait lieu dans l'église où nos parents se sont mariés. Là où on a répété.

Ses narines se dilatent et son visage devient blanc. Je commence à avoir la chair de poule.

— Et qu'ensuite il y avait une réception en plein air, le soir.

Les yeux de Marie se tournent vers Shannon, qui observe l'échange tout en se rongeant les ongles. Declan est dans une petite pièce, sur le côté. On ajuste une partie de sa tenue qui requiert un minimum d'intimité.

— Hum, on l'a déplacé ?

Tout le visage de Marie se redresse, comme si elle demandait la permission.

— Il y a un défilé et une fête dans cette partie de la ville, et quand on a regardé le calendrier…

— Personne ne me l'a dit.

Les mots d'Andrew font taire la salle. Je ne vais pas ouvrir la bouche pour lui rétorquer que s'il avait été un tant soit peu attentif à la répétition, il l'aurait su.

Juste à ce moment-là, Declan entre dans la pièce. Une expression de panique inhabituelle se répand sur son visage comme un fantôme.

— Que se passe-t-il ?

— Un mariage en plein air ? explose Andrew.

Declan baisse les sourcils et ses yeux verts deviennent sombres lorsqu'il regarde Marie.

— Tu ne lui as pas dit ?

— *Tu* ne lui as pas dit ? lui renvoie-t-elle.

Elle se tourne vers Andrew.

— Mais tu étais à la répétition ! On a parlé de la logistique extérieure, et…

— Personne ne me l'a dit ! rugit Andrew.

Il se penche et essaie de défaire la série complexe de sangles et de tissus attachés à la taille. Je vois une épingle tomber et il tressaille, une traînée de sang sur le bras. Il finit par arracher le tout dans un spectaculaire spectacle d'automutilation, révélant un cycliste en dessous. Fou de rage, il se tient là dans son t-shirt blanc moulé, son cycliste, et avec un air si indigné qu'il semble être une autre personne.

Il regarde Terry, qui l'observe avec l'air impartial que seuls un grand frère ou une grande sœur peuvent avoir, et dit froidement :

— Tu peux être le témoin. J'en ai assez.

Ayant gardé ses épais bas de laine et ses chaussures de ville, il sort de l'appartement en trombe et, au lieu d'utiliser l'ascenseur, semble prendre les escaliers.

Nous nous regardons en silence, stupéfiants.

— Andrew a le tempérament de notre mère, murmure Terry.

J'aimerais savoir ce que cela signifie, mais Marie s'effondre sous mes yeux.

— Oh, mon Dieu, Shannon, il est sérieux ? Pourquoi refuserait-il de participer au mariage ? Que se passe-t-il ?

Je sors de la pièce en trombe, réussissant à faire environ trois mètres avant d'entendre un bruit alarmant de tissu déchiré, puis je sens quelque chose me tirer en arrière et je hoquette.

Le cri de la couturière est un cri de surprise, pas de douleur.

— Amanda ! dit-elle. Je suis vraiment désolée ! J'avais le pied sur votre écharpe !

Je libère mon cou et je cours vers l'ascenseur, martelant le bouton, comme si cela allait le faire arriver plus vite.

Le salon abrite un mélange de sanglots et de colère, de surprise et d'accusations. Toutes ces voix aux timbres et tonalités différents sont une souffrance auditive, et quand les portes de l'ascenseur s'ouvrent avec un léger *ding !* je suis soulagée d'entendre le brouhaha s'estomper, comme le choc d'une explosion inattendue.

La descente est glaciale. À la vitesse où Andrew courait, il pourrait bien gagner la rue avant moi, et s'il y parvient, il lui suffit de monter dans une limousine et de s'en aller.

Mais le fera-t-il vraiment ?

Il fait jour dehors. Il ne s'aventurera pas à l'air libre. Ça restreint mon périmètre de recherche. L'immeuble de Declan et Shannon dispose d'un centre de remise en forme, qui se trouve au sous-sol, et une piscine publique y est rattachée. Vélo d'appartement, tapis de course, poids libres…

Je n'y fais jamais d'exercice, mais il y a un jacuzzi pour douze personnes que nous utilisons fréquemment.

J'appuie rapidement sur le bouton de cet étage et j'espère ne pas me tromper.

Il sera beaucoup plus facile de le trouver que de savoir quoi lui dire. Il ne peut pas faire ça. Il ne peut tout simplement pas se retirer du mariage. Andrew est le meilleur ami de Declan. On veut avoir son meilleur ami à ses côtés lorsqu'on passe du statut de simple personne à celui de personne d'un *autre*. Il faut quelqu'un qui vous a vu traverser les différentes phases de votre vie et qui vous a vu devenir ce que vous êtes à présent, alors que vous vous tenez devant le reste du monde et que vous revendiquez votre identité.

Par le biais du véritable amour.

S'il y a bien un jour où Andrew devrait mettre de côté sa peur, c'est pour ce mariage. Douze ans, c'est trop long pour qu'il s'accroche encore à cette idée qu'il est trop fragile pour passer du temps à l'extérieur. Il se passe quelque chose de tellement irrationnel, tellement alimenté par toutes les émotions impulsives que nous développons lorsqu'un traumatisme survient, que je sens un détachement froid se former alors même que mon amour croissant – oui, mon *amour* – pour Andrew obscurcit mon jugement.

Lorsque les portes de l'ascenseur s'ouvrent, je sors dans le petit couloir devant le centre de remise en forme. Je suis dans un salon, avec des chaises recouvertes de cuir coloré, des tapis fournis aux motifs rappelant des ailes de papillon, et une série de distributeurs proposant diverses bouteilles d'eau enrichies en électrolytes.

On ne peut accéder au centre de remise en forme qu'avec une clé spéciale réservée aux résidents, alors je trouve une place face à l'escalier et j'attends.

Encore.

J'attends juste assez longtemps pour me demander s'il n'est pas préférable de remonter, quand je vois Andrew passer la porte donnant sur la cage d'escalier. Il est couvert de sueur, ses cheveux dégoulinent, son haut semble pâtir des suites d'un concours de t-shirts mouillés du spring break.

Ses yeux sont hagards et il évite de me regarder jusqu'à ce qu'il ne puisse plus s'en empêcher.

— Tu le savais ?

— C'est important ?

Alors que son poing frappe la porte, je vois douze ans de quelque chose qu'il ne peut nommer s'échapper de lui.

— Putain oui, c'est important, Amanda !

— Pour être honnête, je pensais que tu étais au courant. Tu étais là pendant la répétition. Je sais que tu étais très occupé par des questions professionnelles et que tu as passé beaucoup de temps sur ton téléphone, mais je pensais que tu avais décidé que ça ne te dérangeait pas et que tu étais prêt à prendre le risque et...

Je m'interromps soudain en haussant les épaules, son expression me poussant à un freinage d'urgence.

— Je serais un idiot incompétent au mieux, et un imbécile imprudent au pire, si je passais ne serait-ce qu'une heure dehors par une chaude journée de juillet, lors d'un mariage fleuri dans l'immense jardin du country club de Farmington, avec des gâteaux, des sucreries, de l'alcool et presque toutes les substances que l'on peut imaginer pour attirer les abeilles et les guêpes comme un fichu aimant mortel, dit-il froidement.

Au moins, il admet pourquoi il est contrarié par le fait que le mariage se déroule en plein air. C'est un progrès.

— Tu peux apporter des EpiPen. Les probabilités sont très, très faibles. Et Marie s'est même arrangée pour avoir une ambulance et des urgentistes sur place en cas de problème...

— Écoute-toi ! crie-t-il. Shannon est une imbécile ! Elle va briser le cœur de Declan !

— Quoi ? Non. Elle l'aime tellement, Andrew. Tellement, tellement. Elle ne ferait jamais...

— Ma mère, dit-il entre ses dents, n'aurait jamais pensé briser le cœur de mon père non plus. Mais elle l'a fait. Et elle a brisé Declan. Juste... brisé.

— Et *toi* ?

— J'aurais aimé qu'elle me brise ! dit-il d'une voix râpeuse, déraillant sur la fin.

Je vois sa gorge se contracter, l'émotion sous forme cinétique.

— J'aurais voulu qu'elle...

— Non, dis-je férocement. *Non.*

— Ça aurait été mieux que ce qui s'est passé ce jour-là ! Ce qui s'est passé après. As-tu la moindre idée, dit-il, la voix grave et crispée, comme une corde raide tendue entre douze ans plus tôt et le présent, de ce que c'est que de se réveiller à l'hôpital avec un frère choqué aux yeux hagards, un père enragé et une infirmière vous tenant gentiment la main quand on vous informe que votre mère est morte à cause de…

— Non, non, Andrew, ce n'était pas…

— À cause de *moi*.

Il l'a dit. La brusque sauvagerie de sa voix me donne l'impression que mon cœur a été arraché de ma poitrine par un ours et qu'il repose, battant, sur le sol entre nous.

Juste à côté du sien.

Je suis restée à ma place, à le regarder, à respecter son espace, mais l'instinct me pousse à bondir vers lui. Le toucher. Il est incroyablement chaud et glacial à la fois, la chaleur se dégageant de sa peau moite.

— Ta mère n'est pas morte à cause de toi !

Il émet un bruit sourd et se met à faire les cent pas. Au moins, il ne part pas. C'est déjà ça.

— Ta mère est morte à cause d'un accident horrible qui avait une chance sur un million de se produire, et qui est tellement injuste.

— On aurait pu l'éviter, crache-t-il.

— Comment ? *Comment* était-ce possible de l'éviter ? Tes parents ont fait tout ce qu'ils ont pu. Ils t'ont testé. Personne ne savait que tu avais la même allergie. Ta mère et ton père, Declan et toi, vous avez fait ce qu'il fallait…

— Même lorsque vous faites tout ce qu'il faut, les gens vous quittent quand même. Toi, mieux que quiconque, tu devrais le comprendre.

Je suis *frappée de mutisme*.

— Quand les gens me choisissent, leur vie s'effondre. Ils perdent tous ceux qu'ils aiment, poursuit Andrew, sa voix douce et calme, avec le naturel d'un adolescent.

Il se laisse tomber sur une chaise et se prend la tête entre les mains, les coudes sur ses genoux. Sa nuque est exposée, vulnérable. Une petite pointe de sueur assombrit la racine de ses cheveux, les faisant boucler à leur extrémité. Cela lui donne un air enfantin. Gamin.

Remarquablement innocent. Je peux voir l'adolescent qu'il a été. L'homme naissant. Si seulement je pouvais remonter le temps. Le temps est la seule chose que je ne peux pas réparer.

Il laisse échapper un long soupir, comme s'il chassait le passé, comme si les souvenirs passaient d'une vie à l'autre. Andrew se lève alors, si brusquement que mon regard passe de son cou à sa taille jusqu'aux lacets de ses chaussures, comme une série d'images fixes projetées sur un écran de cinéma à toute vitesse.

Alors que je me précipite vers lui, il se détourne. Le tissu est tendu sur ses larges épaules. Je regarde le t-shirt en coton blanc, sa façon de lui mouler les côtes et la taille, son aspect froissé, les plis du tissu décrivant des angles étranges, comme si le coton avait oublié comment écouter et se comporter.

Puis il me regarde d'un air blessé et abîmé, tiraillé.

— Ne me choisis pas, Amanda. Ne me choisis pas.

— Quoi ?

Soudain, cette conversation n'a plus rien à voir avec le mariage. Plus rien du tout.

— Tu m'as entendu. Ne me choisis pas.

— Je…

Les jambes engourdies, je me dirige vers lui. Tant de mots me viennent à l'esprit. J'aimerais tendre la main et effacer les plis d'inquiétude de son front. J'aimerais pouvoir guérir ses yeux, remonter le temps et bercer son âme, lui permettre de se caler sur le rythme de mon cœur. J'aimerais pouvoir respirer pour lui, juste assez longtemps pour qu'il puisse se reposer.

J'aimerais lui faire savoir que mon monde s'écroulera si je le choisis, mais pas pour les raisons qu'il a énoncées.

Et que je suis prête à faire face aux conséquences.

— Andrew, oh, Andrew, je suis amoureuse toi et je me fiche des guêpes ou des risques ou…

Il recule et secoue la tête, ses yeux d'une clarté ne pouvant venir que d'un profond abîme de désespoir.

Sa voix est pleine de regrets et de nostalgie.

— Je ne te *laisserai* pas me choisir.

Et sur ces mots, il tourne les talons, traversant le couloir en de longues enjambées déterminées. Mon cœur et mes yeux le perdent de vue.

Me laissant désemparée.

CHAPITRE 26

— *L*e problème avec la préparation de ce mariage, c'est que nous passons beaucoup de temps entre femmes. Trop de temps. Tant de temps que nos cycles ont fini par s'aligner.

Tel est le mensonge que je sers à Marie, qui vient d'arriver chez Amy pour se préparer à aller à la fête organisée par ses soins.

Vous vous souvenez que Marie a essayé de prendre en mains l'enterrement de vie de jeune fille et que nous avons trouvé une solution ?

Eh bien. Nous y voilà.

— Pauvre Shannon ! Mon bébé !

Marie fond sur une Shannon morose et souffrante, avec un niveau de compassion maternelle qui déclenche en moi une énorme culpabilité. Je n'aime pas mentir. Mais si cela permet de résoudre un problème…

— J'ai une semaine entière d'avance ! crie Shannon alors que nous lui apportons de la glace, des chips au sel et au vinaigre, de l'ibuprofène et des poches chauffantes remplies de lavande et de Xanax en aérosol.

(Je plaisante sur ce dernier point, mais ce ne serait pas *génial* que ça existe ?)

— Amy, Shannon, Carol et moi, on a toutes nos règles. Elles

ont toutes commencé aujourd'hui. C'est comme les lemmings, mais au lieu de sauter des falaises, on se jette sur les tampons, dis-je à Marie, dont le visage est écrasé par la compassion, avec ses yeux encadrés de cils irréalisables sauf pour un fabricant de dispositifs pour agrandir le pénis.

Ils sont *aussi* longs *que* ça.

— Comment est-ce possible ? gémit Marie. Ça semble tellement étrange.

Ma mère est derrière elle, à la porte d'entrée, et me lance un regard si sceptique qu'on pourrait aussi bien la rebaptiser Sherlock Holmes. Même Spritzy, suspendu à son avant-bras, roule des yeux.

Chatoune crache un avertissement à Spritzy, qui se met à trembler dans son sac et se cache.

— Ouais, dit ma mère. C'est statistiquement impossible, en fait.

Oh oh.

N'essayez jamais de duper une actuaire. Je n'avais pas prévu que ma mère participerait à cette orgie alcoolisée.

Elle s'approche de moi, m'enlace plus longtemps que d'habitude et me murmure à l'oreille :

— À quoi est-ce que vous jouez toutes ?

En m'extrayant à ses bras, je fais l'innocente, écarquillant les yeux et jouant la comédie à fond.

— Je ne sais pas de quoi tu parles.

Elle hausse un sourcil.

Hum. Elle me ressemble en ce moment.

— Vous voyez ? lance Marie alors que nous sommes assises dans l'appartement d'Amy, ressemblant à une équipe de roller-derby après l'effort, recroquevillées en position fœtale avec diverses poches chaudes ou froides apposées sur différentes parties de notre corps, gémissant de douleur. Cette stupide ménopause a enfin du bon !

Elle échange avec ma mère un regard qui me donne envie de m'arracher l'utérus et de les battre avec.

— Je ne peux pas manger tout ça ! s'écrie Shannon avant de

glisser une autre bouchée de glace au caramel entre ses dents. Je ne vais jamais rentrer dans ma robe de mariée.

— Ça ira, ma chérie, dit Marie avec compassion, en lui tapotant le bras. C'était impossible que tu y arrives de toute façon, alors j'ai demandé à la couturière d'ajouter des soufflets en prévision.

— QUOI ?

— En vingt-six ans que je suis ta mère, j'ai pu constater que tu as le même self-control qu'Agnès dans un cours de yoga pour mannequins de sous-vêtements masculins.

Ma mère s'éclaircit la gorge et demande, en rougissant :

— Vous proposez des cours de yoga pour les mannequins de sous-vêtements masculins ?

— Non, mais n'est-ce pas une *excellente* idée ?

Ma mère acquiesce.

— Je ferais davantage de sport si je le pouvais.

Marie rayonne.

— Je vais me tenir devant un millier de personnes dans deux jours et ressembler à une grosse baleine blanche à côté d'un dieu en kilt ! sanglote Shannon.

Je suis impressionnée. Elle va beaucoup trop loin dans son rôle d'actrice, mais elle semble duper Marie.

— Un dieu *milliardaire*, ajoute Amy.

— Ça n'aide pas ! rétorque Shannon.

Elle gratte le fond de son pot de glace et le martèle furieusement avec sa cuillère, comme si elle poignardait sauvagement Ben et Jerry.

— Ne sois pas bête, tente de l'apaise Marie. Le photographe est un expert de Photoshop. Tu ne ressembleras pas à une baleine. Je te le promets.

— Je ne veux pas que mes photos de mariage soient truquées !

— Pas truquées. Plutôt… améliorées.

— Mais c'est faux !

— C'est la réalité, Shannon, affirme Marie. Le faux est à la mode.

— Qu'est-ce que c'est censé vouloir dire ? Ça n'a aucun sens !

— Mange ta glace et attends que les cachets fassent effet, chérie.

Marie et ma mère mettent leur sac à main sur leur épaule et s'apprêtent à passer la porte.

— Où allez-vous ? demande Carol.

— À l'enterrement de vie de jeune fille de Shannon.

— Il n'y a pas de fête.

Marie et ma mère échangent un regard inquiet. Marie tapote un ongle contre ses dents de devant comme pour trouver le courage de parler.

— Crache le morceau, maman, dit Carol avec un soupir résigné. Je sens qu'on ne va pas être déçues.

— Ce n'est pas parce que vous avez toutes des utérus non coopératifs que Pam et moi devons passer à côté de tout ça !

— Utérus non coopératifs… On dirait le nom d'un groupe du Smith College, gémit Amy.

— Vous allez, dit lentement Shannon, les yeux encore fermés, la tête penchée contre le dossier du canapé, faire mon enterrement de vie de jeune fille sans *moi* ?

— Si tu insistes, ma chérie ! pépie Marie, ma mère et elle se précipitant vers la porte. On se fera un orgasme en ton honneur !

— Un quoi ?

— C'est une boisson. Un shot. Ne t'inquiète pas. Elle ne va pas vraiment… ils ne vont pas vraiment, tu sais…

Ma mère crache plus qu'une tondeuse à gazon qui se réchauffe.

— Mais Pam n'est pas mariée. Elle peut se lâcher autant qu'elle veut.

S'il y a un verbe qu'on ne peut pas associer à ma mère, c'est bien *se lâcher*.

Ma mère me fait un clin d'œil. Un clin d'œil !

Et sur ces mots, elles s'en vont, avec Spritzy comme mascotte. Ma mère a une lettre de son médecin qui certifie en quelque sorte que Spritzy est un chien d'assistance. Ce n'est pas vraiment le cas, mais l'en-tête calme généralement les gens assez rapidement. L'anxiété de ma mère face à la douleur de la fibromyalgie fait qu'elle a besoin d'avoir toujours Spritzy avec elle.

Je ne sais pas si elles vont pouvoir amener Spritzy à un enterrement de vie de jeune fille, mais…

Le téléphone de Carol vibre. Elle a reçu un texto. Elle le lit et laisse échapper un petit bruit d'incrédulité.

— Tout va bien avec Jeffrey et Tyler ? demande Shannon, le front plissé par l'inquiétude.

— Quoi ? Ça ? Oh oui. Papa les garde pour la nuit. Il va les emmener dans leur restaurant préféré et les gâter à mort.

— Tu as donné des boules Quiès à ce pauvre Jason pour supporter Chuck E. Cheese au moins ? demandé-je.

Carol sourit et ressemble soudain à Marie.

— On lui en a offert un paquet de douze à Noël dernier.

— Alors qu'est-ce qui ne va pas ?

— *Josh* vient de m'envoyer un texto me demandant où se trouve la fête.

— Josh ? Pourquoi Josh pense-t-il qu'il a été invité à mon enterrement de vie de jeune fille ? demande Shannon.

— Attends, laisse-moi enquêter.

Carol tapote sur son écran et nous attendons.

Et attendons.

Bzzzzz.

Elle lit le texto à haute voix :

— Ta mère m'a invité.

Nous restons toutes bouche bée.

— Il a un pénis ! Il ne peut pas venir à ma fête !

— Il aime les mêmes choses que nous.

— En plus, je suis presque sûre qu'Andrew l'a invité à l'enterrement de vie de garçon de Declan.

— Et il y aura des tas de pénis à ton enterrement de vie de jeune fille, gémit Carol.

— Pas le pénis de Josh ! Des pénis de strip-teaseurs !

— Dis-lui où se trouvent ma mère et Pam, dit Shannon avec une lueur dans les yeux.

Elle regarde Carol et soupire d'un air moqueur.

Carol tapote sur son écran.

— C'est fait. Josh dit qu'il gardera quelques poils de ventre de strip-teaseurs pour nous en souvenir.

— Beurk, dis-je, dégoûtée.

Pendant tout ce temps, Amy est restée devant la porte d'entrée, à regarder dehors. Elle se retourne, extrayant lentement ses longues boucles auburn de sa queue de cheval maladroite faite à la hâte.

— Elles sont parties. C'est bon.

— Ouf ! s'exclame Shannon. J'ai cru que j'allais devoir manger le pot entier et me rendre malade avant qu'elles s'en aillent.

— Tout ce numéro de « Je vais ressembler à une baleine dans ma robe » était génial ! Tu as vraiment géré, Shannon, lui dis-je.

— Je ne plaisantais pas, dit faiblement Shannon.

Carol nous regarde d'un air confus alors qu'Amy commence à se peigner les cheveux avec ses doigts et que Shannon prend un petit sac de sport et se dirige vers la salle de bain.

— Qu'est-ce que vous faites ?

Nous nous figeons toutes les trois. Amy a l'air mal à l'aise. Elle regarde dans ma direction. Il est clair que c'est moi qui vais devoir expliquer ce qui vient de se passer.

— On, euh... en fait, il y a bien un enterrement de vie de jeune fille.

— Je sais ! Maman l'a réservé dans ton dos et celui de Shannon et maintenant... oh...

Elle nous regarde d'un œil critique, comme si, nanoseconde après nanoseconde, elle comprenait notre plan.

Le silence s'installe tandis que j'essaie de trouver comment lui annoncer la chose.

— On a dupé maman, dit Amy sans détour. On a toutes fait semblant d'avoir nos règles pour ne pas assister à l'enterrement de vie de jeune fille parce qu'on savait que maman allait tout gâcher.

Le brownie dans la main de Carol se casse en deux. Chatoune est sur ses genoux et le morceau lui tombe sur la tête. Il le renifle comme si c'était une grenade à main, puis s'enfuit.

— Vous avez fait *quoi* ?

— C'était facile pour Amanda de faire semblant de souffrir, dit Amy, en s'approchant de moi et en me frottant le dos avec compassion. Elle est en mode rupture. C'est pire que le mode règles.

J'acquiesce.

Shannon revient dans la pièce en portant une tenue à paillettes clairement conçue pour passer du bon temps dans les pubs. Elle est d'un violet pâle, avec un brillant éclat argenté et un col bénitier. Rétro, style années 70.

— Ça veut simplement dire qu'Amanda peut boire de l'alcool dans le nombril d'un homme et ne pas s'inquiéter de se souvenir de son nom quand elle se réveillera à côté de lui demain matin, dit-elle avec un clin d'œil.

— Mais il ne m'offrira pas de latte breve, plaisanté-je, mortifiée de constater que de vraies larmes menacent de couler au moment où je prononce ces mots.

— Attendez. Attendez une seconde. Rembobinez, insiste Carol. C'est complètement... vous avez toutes fait *semblant* d'avoir vos règles pour piéger maman ? Ce n'est pas un peu cruel ?

— C'est un piège qui implique des strip-teaseurs à moitié nus, ajoute Amy.

Carol hésite.

— Je suppose qu'il y a pire.

— Amy doit avoir quelque chose que tu pourrais mettre, dit Shannon à sa grande sœur. Je suis désolée qu'on ne t'ait pas prévenue pour que tu puisses te préparer, ajoute nerveusement Shannon, ses mots sortant comme l'air d'une pompe à vélo. Mais tu ne sais pas mentir, Carol, et...

— Hé ! C'est faux ! Je suis une très bonne menteuse. Essaie de t'enfuir avec Todd et d'être mariée à ce crétin sans savoir mentir.

— Mais tu ne peux pas mentir à papa. Et il ne peut pas mentir à maman. On a dû limiter le nombre de personnes dans la confidence.

Shannon essaie de donner du volume à ses cheveux avec le peigne d'Amy, mais étant donné qu'ils ont la consistance des paniers en joncs de Pâques et les ondulations d'une règle, on dirait qu'elle coiffe des cheveux de maïs marron.

— Le nombre de personnes dans la confidence ? Et attendez une seconde. Ça veut dire qu'aucune de vous n'a ses règles en fait ?

Nous secouons la tête.

— C'est pas vrai ! *Moi* oui ! s'écrie-t-elle en serrant le coussin chauffant contre son ventre.

— Oh, non, marmonne Amy en signe de compassion.

— Et je suis la seule ici qui ne peut pas tomber enceinte ! râle Carol. Mais j'ai toujours mes foutues règles. Je suis entre vous trois et maman et Pam. Je suis coincée au milieu.

Je suppose que c'est une allusion au fait qu'elle s'est fait liga-turer les trompes après avoir eu son plus jeune fils.

Personne ne l'écoute alors que nous nous changeons, nous nous habillons et nous nous préparons pour une nuit en ville.

Carol bondit, soupire et prend de l'ibuprofène.

— Très bien. Qu'est-ce que je vais bien pouvoir trouver à me mettre dans le placard d'Amy ? Papa garde Jeffrey et Tyler pour la nuit.

Elle pose un pot de glace à moitié vide, lèche la cuillère et l'enfonce dedans.

— Autant s'amuser sans utiliser ma bouche.

Nous nous tordons pratiquement le cou en la regardant.

Elle nous sourit.

Et ressemble soudain trait pour trait à sa mère.

IL Y A BIEN LONGTEMPS, Shannon m'a dit qu'elle voudrait, pour son enterrement de vie de jeune fille, une salle privée dans un immense piano-bar avec des chansons et des strip-teaseurs. Il a été étonnamment facile d'engager des strip-teaseurs sachant chanter.

Alors que nous entrons dans la salle privée, un air familier de Billy Joel s'élève de deux pianos à queue qui se font face. Des rangées de tables ont été disposées devant eux.

Il n'y a pas de bar ce soir. C'est open-bar avec service à table, et tout est financé par Anterdec. La seule condition que James McCormick m'a imposée lorsque j'ai organisé l'enterrement de vie de jeune fille était que j'invite suffisamment d'employés d'Anterdec, de sous-traitants et d'employés des filiales pour que cela puisse passer en frais professionnels.

C'était facile.

La moitié des artistes masculins du O sont ici. J'ai invité l'assistante de Declan, Grace, et l'assistante d'Andrew. Shannon a invité un groupe de femmes avec lesquelles elle travaille au service marketing d'Anterdec.

Alors que nous nous installons à la table d'honneur, l'un des serveurs en tenue de cocktail pose sur la table une bouteille de champagne bien fraîche et un seau destiné à garder les bouteilles de vin au frais.

En fait, ce n'est pas un seau.

C'est une *auge*. Il faut deux serveurs pour soulever le seau rempli de glace et de bouteilles et le poser sur la table devant nous.

— Ça, c'est ce que j'appelle un service à table ! s'écrie une voix familière.

Shannon me regarde, comme si Satan lui-même venait de murmurer nos noms depuis les tréfonds de l'enfer.

Juste derrière nous.

Nous nous retournons lentement pour trouver une Marie *très* contente d'elle-même, tenant une bouteille de champagne ouverte, debout à côté de ma mère, qui semble être plus ivre que je ne l'ai jamais vue.

Et Josh se trouve derrière elles, nous adressant un regard amer.

Ma mère et Marie imitent étonnamment bien Edina et Patsy dans *Absolutely Fabulous*.

— Euh… disons Shannon et moi simultanément.

On dirait les hélices d'un bateau qui tourne à vide.

— Vous pensiez pouvoir être plus malines que nous, hein ? chantonne Marie, donnant un coup de coude à ma mère, qui tombe contre Josh, venant lui-même heurter un strip-teaseur de 1,80 mètre plus dénudé que la tête à demi chauve de Josh.

Ils forment une pile de dominos humains et alcoolisés.

Le strip-teaseur soutient Josh avec ses grandes mains épaisses et lui adresse un clin d'œil.

— La plupart des gens me glissent un billet de cinq dollars après m'avoir touché comme ça.

— Je… euh…

Josh s'agite, cherchant frénétiquement son portefeuille dans sa poche arrière.

— C'est bon. Les beaux gosses ont le droit de me toucher une fois gratuitement, dit le strip-teaseur, qui s'éloigne d'une démarche qui met en valeur tous les muscles de ses fesses.

Josh prend le champagne des mains de Marie et engloutit la moitié de la bouteille. Je fouille la pièce des yeux d'un air hagard à la recherche d'Amy et Carol, qui semblent se cacher.

— On, euh… On n'a pas essayé de vous la faire à l'envers.

Grillée.

Shannon roule des yeux et se lève, serrant à contrecœur Marie dans ses bras.

— Tu as gagné, maman. Tu as compris.

— Tu vois ? dit Marie avant de hoqueter et d'enrouler son bras autour de ma mère. Je t'avais dit qu'elles essaieraient de nous exclure, nous autres, les vieilles.

— En fait, j'avais compris, proteste ma mère.

Grace, du haut de ses soixante-dix ans, choisit ce moment pour apparaître, une Corona à la main.

— Marie ! Ravie de vous voir. Shannon a organisé une sacrée fête, hein ? Je préfère un autre type de modèles, mais une femme peut bien admirer la silhouette d'un homme sans vouloir coucher avec lui, pas vrai ?

Elle se tourne vers Josh et fait tinter sa bouteille de bière contre son champagne.

Josh et Marie échangent un regard horrifié.

— Je ne comprends pas ce qu'elle vient de dire, chuchote Josh.

— Moi non plus, dit Marie.

Josh prend la bouteille et la vide.

Je laisse à Marie le soin de faire les présentations. J'essaie d'entraîner Shannon à l'écart, mais avant que nous ne puissions nous échapper, Marie s'approche de nous, l'air indigné. Elle a abandonné Josh et ma mère. J'espère que quelqu'un aura l'idée de faire les présentations.

— Tu as invité Grace et essayé de nous laisser tomber, Pam et moi ? crache-t-elle.

— Grace n'est pas ma *mère*, gronde Shannon.

Littéralement. Comme un chien. Elle émet les mêmes bruits que doit faire Mr. Wiffles lorsqu'il est contrarié.

— Ça pourrait être ta grand-mère ! rétorque Marie.

— Elle travaille pour Anterdec ! C'est l'assistante de Declan depuis presque toujours et elle est comme une mère pour lui.

— *Je* suis comme une mère pour lui ! Si tu voulais inviter Grace, tu aurais dû m'inviter moi !

— MAMAN ! beugle Shannon, les yeux cernés de rouge, visiblement sur le point d'éclater. Tu t'es accaparé mon mariage et tu l'as transformé en un gigantesque bordel !

Marie pousse un petit cri terrifié, car Shannon jure rarement.

— Je n'ai jamais voulu d'un mariage sur le thème de l'Écosse. Je me fichais de Farmington, hurle Shannon.

Les pianistes hésitent entre jouer plus fort pour couvrir la dispute ou plus doucement pour écouter. Une petite foule constituée de collègues et d'amis de Shannon se forme autour des deux femmes.

— J'ai supporté les strings écossais. Le fait d'avoir un chat comme porteuse de pétales. Sans compter les statues grandeur nature en sucre filé de Declan et moi à côté du gâteau de mariage. Et la sculpture de glace. Et la vidéo de quatre-vingt-dix minutes qui prend nos vies et les transforme en une capsule temporelle. Cette histoire de diffusion streaming vidéo en direct, ça dépassait les bornes, mais est-ce que je me suis plainte ? NON !

La foule se resserre.

— Tout ce que je voulais, c'était une nuit. Une tradition. Un rituel qui serait le mien. Seulement le mien, exactement comme je le voulais, avec un tas de femmes avec lesquelles je pourrais me lâcher et faire la fête. Mais non. Il fallait que tu le détruises. Il fallait que tu gâches ça aussi. Pourquoi devrais-je m'inquiéter de t'avoir blessée en ne t'invitant pas, alors que tu ne te soucies pas de mes sentiments ?

Marie cligne des yeux, puis renifle, puis cligne à nouveau des yeux.

Shannon peine à reprendre son souffle. Son haut brille sous l'effet des lumières tamisées du club et ses seins se transforment en vagues brillantes.

— Tu as fini ? demande Marie d'une voix patiente.

— Oui.

Marie tend la main et tapote la joue de Shannon.

— Tout va bien, ma chérie, chuchote-t-elle. C'est *clair* que tu as tes règles et que ce sont les hormones qui parlent.

Sur ce, Marie s'approche d'un strip-teaseur allongé sur le dos sur une longue table, le corps couvert de petits shots gélifiés de vodka verte, et en engloutit un en sortant plus de langue que Chatoune léchant un bol de crème.

Je résiste à l'envie de remettre les yeux de Shannon dans leurs orbites.

— ELLE N'EST VRAIMENT PAS POSSIBLE ! hurle Shannon.

Ma propre mère s'approche et donne à Shannon une tape compatissante dans le dos, puis trébuche légèrement.

— T-tout va bien Shannon, chérie, dit ma mère. Tu savais que 9 % des mariées n'ont même pas d'enterrement de vie de jeune fille ?

Nous la regardons.

— Projet d'assurance d'un mariage, ajoute-t-elle en nous adressant un large sourire.

Cela lui enlève vingt ans, et je me vois en elle. Je ressemble plus à mon père, c'est donc une révélation.

— Et, dit-elle en s'approchant de Shannon pour lui chuchoter quelque chose à l'oreille, entre vingt-cinq et cinquante pour cent des mariés ne font même pas l'amour pendant leur nuit de noces

OK, maintenant je *sais* que ma mère est saoule.

Elle parle de sexe.

— Essaie de ne pas faire partie du lot, Shannon. Fais l'amour avec Declan. C'est normal de perdre sa virginité pendant sa nuit de noces.

— J'ai déjà perdu ma…

J'attrape Shannon et je laisse ma mère tituber jusqu'à Marie. Je ne veux pas connaître la suite. Je l'entends dire à Marie :

— Tu sais, je n'ai pas fait l'amour depuis sept ans…

Et c'est là que mes circuits grillent.

Attendez une seconde.

Je n'ai jamais vu ma mère sortir avec un homme.

Jamais. Et mon père est parti il y a vingt-deux ans.

Alors, qui a-t-elle… ?

Ce ne sont pas mes affaires. Ce ne sont pas mes affaires. Ce ne sont pas mes affaires.

Ce soir, je suis déterminée à ne pas boire. Du tout. J'ai bien trop consommé d'alcool ces derniers mois. Je suis normalement une personne qui boit deux à trois fois par mois. Shannon et Marie ont aussi fait des excès, et bien qu'un enterrement de vie de jeune fille soit l'endroit idéal pour se lâcher et se débrider, sans que je sache pourquoi, je fais toujours les choses à l'envers, alors autant rester sobre ce soir.

Quelqu'un doit bien garder un œil sur tout le monde, de toute façon.

Et c'est moi qui suis chargée de veiller au grain.

Au cours des heures qui suivent, nous nous égosillons et enchaînons Garth Brooks, Billy Joel, Snow Lion, une version décoiffante de la *Macarena*, et nous découvrons que Marie et ma mère connaissent toutes les paroles de *Paradise by the Dashboard Light*.

Même la partie imitant un commentateur de base-ball.

Après la fin de cette dernière chanson, il y a une courte pause. La pièce est si calme que mes oreilles bourdonnent. Shannon rit avec Grace et d'autres femmes d'Anterdec. Ma mère et Marie sont en train de glousser dans un box à propos de quelque chose qu'elles regardent sur le téléphone de Marie. Carol flirte avec un strip-teaseur qui a plus de tatouages que de peau. Amy danse sans musique. Toute seule, levant son verre au-dessus de ses cheveux auburn, elle ondule en silence.

— HÉ ! tonne une forte voix d'homme.

C'est, à ma grande surprise, Josh.

Josh, torse nu, allongé sur le dos sur une longue table de bar, le nombril rempli d'alcool.

Et Spritzy est sur ses abdominaux, léchant joyeusement la petite flaque.

Henry le strip-teaseur passe par là, me tape sur la tête et dit :

— J'ai déjà vu des trucs pervers, mais là…

— Enlevez-moi ce chien de là ! hurle Josh alors que ma mère récupère Spritzy sur son ventre et le fourre dans son sac à main.

— Digne de DoggieDate en effet, marmonne Carol alors qu'Henry lance à Josh une serviette de bar et qu'il se nettoie, en marmonnant quelque chose à propos du gaspillage de tequila.

Je me demande brièvement si la tequila est bonne pour Spritzy, mais je me dis que si ça devait poser problème, ma mère serait en panique et vu son sang-froid actuel, je suppose que la crise a été évitée.

La sono du bar commence alors à jouer… eh oui.

La chanson *The Dog Days Are Over* de Florence + The Machine. Henry me regarde depuis la stéréo et me fait un clin d'œil.

La danse d'Amy change de rythme et rapidement, la foule se perd dans le martèlement incessant de la mélodie, tapant des mains et frappant du pied en rythme.

Rester sobre pendant que tout le monde autour de vous boit est une sacrée expérience. Je suis telle une île.

Et puis je me retrouve à genoux pour un orgasme.

Eh oh, je parle de la *boisson*.

Après tout… *Un shot* ne peut pas faire de mal, pas vrai ?

Les strip-teaseurs proposent à chaque femme un orgasme en l'honneur de la mariée, et qui *suis-je* pour déshonorer ma meilleure amie ?

On pourrait même dire que je suis *obligé* d'accepter cet orgasme.

On pourrait dire ça.

La sensation de l'alcool et de la liqueur de café au fond de ma gorge me rappelle le « petit-déjeuner au lit » avec Andrew, les pitreries sous les draps et le breve du matin. C'est drôle de voir comment nous intégrons viscéralement les souvenirs à des événements physiques. Un parfum. Un son. Une texture. Une image. Nos sens stockent les souvenirs dans notre corps, tout comme notre esprit est une banque informatique remplie de souvenirs.

Et tandis que j'avale, à genoux et presque étalée sur le sol pour saisir le verre à shooter entre mes dents et avaler son contenu, mon corps et mon esprit travaillent de concert pour me rappeler ce que j'ai perdu.

Celui que j'ai perdu.

Quand Henry me propose un deuxième orgasme, je ne dis pas non.

Et cette fois, son nombril fait office de shooter.

— A-MAN-DA ! A-MAN-DA ! scande la foule.

Ils se mettent à marteler les tables en bois balafrées avec leurs shooters. On dirait cette chanson célèbre de Queen, celle que les gens chantaient aux matchs de football à l'époque où j'étais pom-pom girl.

C'est ce que ça me rappelle. Les projecteurs. L'amusement. Être le centre d'attention d'un divertissement très structuré qui répond à toutes les attentes du public.

Et je réponds à leurs attentes.

Six orgasmes plus tard, comme j'ai mal à la mâchoire ! Marie et ma mère sont assises à côté d'un des pianistes, glissant des billets dans une pinte et le suppliant de jouer *Freebird*.

D'autres femmes mettent encore plus d'argent en guise de pourboires pour qu'ils ne jouent *pas Freebird*.

— Allez, plaide ma mère. Si vous ne voulez pas faire *Freebird*, pourquoi pas *Dog and Butterfly* ?

— Pammy ! J'adore cette chanson ! couine Marie, en fourrant ce qui ressemble à un coupon gratuit pour un latte Starbucks dans la pinte à pourboires.

— Je déteste qu'on m'appelle Pammy, marmonne ma mère.

— Tu es ma nouvelle meilleure amie, Pammy !

Pendant ce temps, le pianiste les regarde avec une langueur amusée.

J'ai la nette impression qu'il a déjà vécu cela plus d'une fois.

— Je suis la mariée, alors c'est moi qui choisis la dernière chanson ! bafouille Shannon.

Je regarde la grande horloge derrière le bar, choquée qu'il soit déjà presque une heure du matin. J'ai perdu toute notion du temps à lécher le nombril d'un homme.

Poursuivez-moi en justice.

— *Imagine !* lance Shannon.

Toute la salle gémit à l'unisson.

— On va tous se mettre à pleurer si tu mets ça ! argumenté-je. Pourquoi pas quelque chose de plus gai ?

— *The Wreck of the Edmund Fitzgerald* ! suggère ma mère.

— Ce n'est pas plus gai, maman.

Ma mère me lance un regard irrité.

— Je sais !

Je chuchote quelque chose à l'oreille de Shannon et elle hoche vigoureusement la tête. Elle se dirige vers les pianistes, et en quelques secondes, les premières notes de *Brown Eyed Girl* de Van Morrison retentissent.

Et nous dansons, les yeux marron de Shannon hagards et ravis, alors qu'elle passe son avant-dernière nuit de célibataire entourée de femmes qui l'aiment.

Plus Josh, qui verse joyeusement des shots dans le nombril d'un type. Sauf que je ne suis pas sûre que ce soit un strip-teaseur…

Nous dansons jusqu'à ce qu'on nous mette dehors.

Puis nous vomissons.

Bon, techniquement, ma *mère* est la seule qui vomit. Il y en a toujours une dans chaque groupe qui va en boîte, et ce soir, c'est la femme qui m'a donné naissance.

— Je vais te tenir les cheveux, Pammy ! Parce que c'est ce que font les meilleures amies.

Marie va pour prendre le sac à main de ma mère.

— Ce ne sont *pas* ses cheveux.

— Quoi ?

Marie regarde le sac à main de ma mère en louchant.

Je soupire et j'attrape les cheveux de ma mère.

Ses haut-le-cœur mettent définitivement un frein à la nuit. Heureusement, je ne suis pas du genre à vomir en voyant quelqu'un le faire. Ma pauvre mère a un système qui n'est manifestement pas fait pour l'alcool, et je suis même surprise qu'elle ait bu ce soir. Nous n'avons pas d'alcool à la maison. Je ne l'ai jamais vue ne serait-ce que pompette.

— Je suis désolée, chérie, dit-elle en essayant de se ressaisir. Je crois que j'ai bu plus ce soir que pendant les vingt dernières années réunies. J'ai aussi touché plus d'hommes ce soir que durant les deux dernières décennies.

— Bravo Pammy ! lance Marie, en faisant un high-five à ma mère.

Elle se rate et se retrouve à plat ventre sur le sol, le sac à main serré dans son autre main.

Grandir, c'est réaliser que vos parents sont des êtres humains imparfaits qui ne sont que des versions de vos amis, avec vingt-cinq ans de plus. Cela signifie-t-il qu'il n'existe pas de véritables adultes ? Nous faisons tous semblant ?

— Pammy, tu dois apprendre à tenir l'alcool.

Marie se relève et brosse l'herbe de ses genoux.

— Quelque chose de vieux, quelque chose de neuf, quelque chose d'emprunté, quelque chose de craché, dit ma mère d'une voix chantante qui se transforme immédiatement en ronflement lorsque je la traîne dans la limousine ouverte et que je l'installe.

— Ce n'est pas ça, proteste Marie.

Elle suit ma mère et ne semble pas se rendre compte qu'elle s'est endormie.

Puis elle grimpe à l'intérieur et s'écrase sur le siège, sur les genoux de ma mère.

Shannon s'avance par-derrière. Carol est déjà dans la limousine, et Amy est – oh, mon Dieu, est-elle accroupie dans un coin, en train de faire pipi en public ? Je vais faire comme si je n'avais rien vu.

— Est-ce que ce sera nous dans quelques décennies ? demande Shannon, le bras sur mon épaule.

La main de Marie englobe le sein de ma mère au moment où Amy s'approche, ajustant sa jupe.

— Oh, il faut immortaliser ça, dit-elle, en plongeant la main dans son décolleté et en sortant son appareil.

Clic.

— Rien sur les réseaux sociaux ! la met en garde Shannon.

Amy arbore un air étrange. J'attrape instinctivement ses cheveux et je les tire en arrière.

— Qu'est-ce que tu fais ? dit-elle, en reculant.

— Tu n'avais pas l'air bien.

— J'essayais de décider si je devais dire quelque chose ou non.

— À propos de quoi ?

— À propos des réseaux sociaux.

Les yeux de Shannon se rétrécissent comme ceux d'un faucon.

— Crache le morceau.

Amy soupire.

— Jessica Coffin est venue.

— QUOI ?

— Ouais. On a demandé aux videurs de la mettre dehors, mais on ne sait pas ce qu'elle a vu.

— Je ne l'ai pas remarquée, dis-je.

La voix de Josh s'élève derrière moi.

— C'est parce que tous tes sens étaient accaparés par une montagne de muscles nommée Zeke.

— Qui ?

— L'homme qui t'a donné les orgasmes.

Nous hochons la tête comme s'il s'agissait d'une conversation normale.

— Vous avez vu Jessica tout à l'heure ? demande Josh, grisé par l'alcool. Elle a entendu une rumeur selon laquelle Andrew et Amanda sortaient ensemble.

Aoutch.

Sortaient.

— Si elle a pris des photos, je la tuerai, prévient Shannon.

— Vous voulez que je la hacke à nouveau ? demande Josh,

puis il met sa main sur sa bouche. Euh, je veux dire… *quelqu'un* devrait pirater son compte Twitter à nouveau.

Un léger ronflement s'échappe de la limousine. Le son est presque mélodieux, car ma mère et Marie alternent les notes. Je regarde Amy et Carol qui les encadrent. Josh est assis en face, regardant l'intérieur de la limousine comme si c'était le pont de l'U.S.S. Enterprise.

À ma grande surprise, Shannon s'approche de la vitre conducteur, dit quelque chose à un chauffeur que je n'ai jamais rencontré, et ferme les portes arrière, en tapant sur le capot comme une pro.

La limousine démarre.

— Qu'est-ce que tu fais ? demandé-je, en regardant les feux arrière devenir de fines pupilles rougeoyantes tandis que la voiture disparaît dans les rues sombres de la ville.

— Gerald arrivera dans dix minutes avec une autre voiture. J'avais juste besoin de, tu sais… respirer, dit-elle avec un soupir qui veut tout et rien dire.

— Tu veux que je te tienne les cheveux ?

— Haha. Non. Pauvre Pam.

— Je pense que ma mère vient de ruiner vingt ans d'abstinence en une nuit.

— Personne ne peut rivaliser avec ma mère en matière d'alcool, très clairement.

La voix de Shannon est mélancolique. Une brise fraîche se lève et je frissonne, saisie. J'ai la chair de poule. Les effets de l'alcool commencent à s'estomper et je me sens descendre en tourbillonnant, doucement, comme une feuille d'automne. Basculer en mode mièvre semble normal, vu la nuit que nous avons passée.

— Je pense que la dernière fois que ma mère est allée en boîte, ça devait être en 1991 ou quelque chose comme ça, m'émerveillé-je. Je veux dire, demander au pianiste une chanson appelée *Walk the Dinosaur* ? Sérieusement ?

Nous reniflons et ricanons jusqu'à ce qu'une autre rafale nous force à serrer les bras autour de notre taille en attendant.

— Ça va ? me demande-t-elle, tout en m'adressant un regard

m'incitant à dire toute la vérité, car elle me l'arrachera de toute façon.

— Non.

— Andrew te manque.

— Oui.

— Je suis vraiment désolée.

— C'est un connard.

— Ouais. J'aimerais pouvoir entrer dans son bureau et aligner tous les McCormick comme mes marionnettes et lui faire entendre raison comme l'a fait pour moi une certaine *personne* il y a deux ans.

— Tu n'aurais pas fait ça par hasard, hein ? demandé-je, paniquée. Parce que ce n'est pas la même chose que toi et Declan.

— Non, pas d'irruption dans son bureau. Ça, c'est plutôt ton style. Mais je lui ai parlé.

Eurêka.

C'est pour ça qu'elle a mis tous les autres dans la limousine.

— Et ?

Ma chair de poule n'a plus rien à voir avec le temps.

Le trouble s'insinue dans son expression.

— Andrew est terrifié. Il ne l'admettra jamais, mais c'est le fils qui fait tout ce que James veut. Dec dit qu'avant la mort de leur mère, Terry était le rebelle et Andrew était arrogant et insouciant. Il était fort en sport et c'est tout. Il l'ouvrait devant James parce que James le laissait faire. Il se dirigeait vers une carrière de sportif professionnel et la piqûre de guêpe a mis fin à tout ça.

— Qu'est-ce que ça a à voir avec moi ?

— Tu as déjà parlé à Andrew de ce qui s'est passé à son réveil ?

La conversation que nous avons eue la dernière fois que nous avons fait l'amour me revient soudain en mémoire.

— Oui.

— Comment James s'est énervé contre Declan en raison du choix qu'il avait fait ?

— Oui, dis-je, sentant ma propre colère monter en flèche.

— Et comme ça donne à Andrew l'impression qu'il est là

uniquement parce que Declan a fait un choix que James n'aurait peut-être pas fait lui-même, sur le moment.

Mon cœur s'arrête. Je ne plaisante pas. Nous ne pouvons pas survivre sans le passage du sang à travers les 95 000 km de vaisseaux sanguins de notre corps, nous apportant de l'oxygène et des nutriments, mais en entendant les paroles de Shannon, mon cœur manque un battement.

Juste un.

— Andrew ne pense quand même pas *réellement* que son père aurait préféré qu'il meure ?

— C'est tellement compliqué, gémit Shannon, qui commence à faire le cent pas. Non. Bien sûr que non. Il aime Andrew. Mais Dec m'a expliqué comment il s'est renfermé sur lui-même à cause de son propre traumatisme lié à l'événement, et comment James a mis Andrew en pension et qu'il a dû changer de sport, et comment Andrew lui a dit une fois – et il me l'a dit aussi – qu'il avait l'impression que lorsque leur mère l'avait choisi pour survivre, elle n'avait pas réalisé que ça détruirait leur famille.

— Oh mon Dieu. C'est ce qu'il m'a dit.

Elle s'arrête devant moi. Nous ressemblons probablement à des ratons laveurs galeux à l'heure qu'il est. Notre maquillage a coulé depuis longtemps et nos cheveux sont emmêlés comme des nids de pie. Je dois bien avoir une pince à cheveux et un shooter égarés là-dedans. Le haut disco de Shannon ressemble à du papier d'aluminium froissé, et ses yeux sont fatigués.

Si fatigués.

— Il ne te laissera pas le choisir, n'est-ce pas ?

J'acquiesce.

— Il s'est réveillé dans un monde où sa mère avait fait cet énorme sacrifice, mais il s'en est senti indigne. Andrew a passé les douze dernières années à essayer de compenser le fait que sa mère l'aimait tellement qu'elle a choisi de laisser James et ses garçons seuls pour son bien.

— Et James n'a jamais eu le choix, dis-je, la réalité me frappant.

Des phares apparaissent, puis se rapprochent, leur lueur épousant le virage pour rentrer dans le parking. C'est Gerald.

— Mlle Warrick. Mlle Jacoby. Bientôt Mme McCormick, ajoute-t-il avec un clin d'œil.

Shannon frissonne en montant.

— Allons d'abord chez Amanda, lui dit-elle dans l'interphone.

J'ai la tête entre les mains, submergée par la douleur aveuglante de ce qu'elle m'apprend.

— Andrew sait ce que ça fait de perdre une personne fragile.

— Hé, j'ai peut-être une allergie mortelle, mais fragile, c'est un peu trop, non ? grommelle Shannon.

— Honnêtement ? Non. Non. Ce n'est pas le cas. Andrew et toi êtes aux antipodes du spectre des risques sur ce point, Shannon.

Elle fronce les sourcils et ne dit rien.

— Il n'a pas peur de ce que je pensais.

— L'engagement ? demande-t-elle.

Je secoue la tête.

— Il a peur du cauchemar que sa mort laisserait derrière lui. La chance sur un milliard qu'il soit piqué, qu'il n'ait pas d'EpiPen sous la main et qu'il ne reçoive pas de soins médicaux et... le dilemme auquel Declan a été confronté est tellement ancré en lui que ce n'est plus possible. Je ne supporte plus d'y penser sans cesse. J'ai l'impression de tourner en rond, prise dans une boucle sans fin.

— Comme Andrew, soupire-t-elle. Comme Declan.

Je sursaute.

— Qu'est-ce que tu veux dire ?

— Ils ne peuvent pas, tu sais...

Nous sommes épuisées, et la tension des mois de préparation du mariage se lit dans ses épaules, les cernes sous ses yeux, et je l'entends à son ton émotif. Shannon est comme une corde de guitare trop tendue.

— Declan est toujours hanté par le fait qu'il n'a pas pu les sauver tous les deux. James est fou de rage que sa vie lui ait échappé de la sorte et de n'avoir rien pu contrôler.

— Et Andrew ?

— Je ne sais pas. Je pense qu'Andrew a le sentiment qu'il doit au monde de ne jamais se mettre en danger, ajoute-t-elle en baissant la voix.

— Pourquoi tu le fais, toi ?

— Pourquoi je fais quoi ?

— Tu vis comme une personne normale. Tu sors dans la nature. Tu laisses les abeilles t'approcher.

— Parce que je deviendrais folle si je devais passer ma vie à penser à tous les « si ». Ce n'est pas vraiment vivre.

— Pourquoi Andrew est-il incapable de le voir ?

Newton est assez proche du piano-bar, surtout à cette heure de la nuit, et le trajet touche à sa fin. Alors que Gerald emprunte mon allée, je suis rassurée par la vue des lumières allumées dans la maison. Ma mère est bien rentrée.

— Je suppose que c'est comme Declan et James. Je ne connais pas Terry assez bien pour savoir si c'est vrai pour lui, mais je sais que Dec et James sont incapables d'accepter qu'ils n'aient rien pu faire, qu'ils n'aient pas pu y remédier.

Remédier. Je connais bien ce mot.

— Et Andrew ?

— Je ne pense pas que ce soit la même chose, Amanda. Je pense qu'il a l'impression d'être un agneau sacrificiel. Comme s'il avait été sauvé sans avoir son mot à dire. Comme s'il devait vivre avec les conséquences de la décision de sa mère, tout en se disant que si un nouveau drame se produisait, le monde s'écroulerait autour de lui. C'est un sacré fardeau à porter.

Je ne te laisserai pas me choisir.

L'air s'épaissit, mes poumons me font l'effet de ballons humides tandis que j'ouvre la porte, la respiration sifflante. J'inspire de l'air frais si rapidement que je me sens mal. Trois respirations plus tard, je contourne la voiture et tout revient à la normale. Shannon me ramène chez moi et, sans un mot, se glisse dans la salle de bain du bas.

Ma mère ronfle légèrement sur le canapé. Je m'approche et je repositionne son bras plié pour qu'elle ne se réveille pas avec des douleurs au cou. Une épaisse couverture en laine polaire l'empêchera de prendre froid. Mais je ne peux pas empêcher la méchante gueule de bois qu'elle aura au réveil. Ça, elle devra le gérer seule.

Un bruit d'eau qui coule s'élève de la salle de bain, et je remarque un grand paquet plat. C'est une enveloppe de livraison avec un logo familier. Mon nom figure sur l'étiquette.

— Je n'ai rien commandé, marmonné-je, en faisant tourner la grande enveloppe mince entre mes mains.

Avec un soupir perplexe, je déchire la languette et j'en retire le contenu.

Et je laisse échapper un hoquet de surprise.

C'est un cadeau d'Andrew.

Fragile

C'est l'un des meilleurs albums de Yes et, à première vue, c'est une version originale, des années 1970, bien avant ma naissance.

Shannon arrive dans la pièce et me trouve, tenant le vinyle d'une main tremblante, fouillant dans l'enveloppe de l'autre. Mes doigts frôlent un morceau de papier. Je le récupère, en lui remettant l'album. Fronçant les sourcils d'un air interrogateur, elle reste néanmoins silencieuse et, comme si elle lisait dans mes pensées. Elle se dirige vers le tourne-disque de ma mère et y dépose l'album, plaçant l'aiguille sur la première chanson.

Roundabout commence, avec ses premières notes graves et enjouées, martelant mon sang comme un raz-de-marée causé par le largage rapide de nombreuses lunes dans l'océan.

Ma chère Amanda,

Régale-toi.

AJM

Elle lit par-dessus mon épaule et inspire fortement.

— C'est tout ? C'est tout ? Oh, Andrew…

JULIA KENT

La voix de Shannon me donne la permission de laisser couler les larmes, son exaspération et son indignation polie confirmant que les sentiments mitigés que je ressens sont la seule réaction possible à ce chaos.

— Pourquoi est-ce qu'il m'a envoyé ça ? Pourquoi maintenant ?

Je regarde l'emballage. Le paquet a été envoyé il y a plusieurs semaines. Depuis le Royaume-Uni. Oh. Un vestige du passé.

Tout comme tout ce qui concerne Andrew.

Un regard sur la pochette de l'album et Shannon sourit.

— *Fragile*, hein ?

Je me mets à pleurer.

— Tu veux que je reste ?

Je secoue la tête.

— Je vais bien. J'ai besoin d'être seule.

Reniflement.

Sauf que je ne suis pas seule. La musique se fait le talisman d'une chose que j'ai perdue, mais m'apporte aussi du réconfort, me rappelant un monde où je pouvais m'imaginer être avec quelqu'un sans me sentir obligée de prouver ma valeur. Un monde où je pouvais envisager d'ouvrir mon cœur sans être laissée pour compte.

Où je pouvais choisir l'amour.

Mais l'amour ne m'a pas laissé le choisir.

Shannon me serre dans ses bras en une étreinte ferme témoignant du changement qui se profile. Puis elle s'en va.

Un changement, même positif, reste toujours un changement.

Il déstabilise le monde que vous croyiez connaître et vous pousse à tout remettre en question.

Tout.

CHAPITRE 27

— *J*e commence vraiment à avoir des doutes sur ce mariage, annonce Shannon à personne en particulier alors que je débarque, avec un porte-gobelet débordant d'amour et de caféine.

Surtout de caféine, parce qu'en cette matinée précédant son mariage, Shannon s'est finalement transformée en mariée dingo, et je dois vraiment creuser profond pour trouver l'amour.

— Euh, la pièce est vide. Tu parles toute seule.

Je lui tends un gobelet en plastique blanc.

— Non, c'est faux.

Shannon fait un geste vers le bas.

En direction d'un tas de fleurs et de tissu écossais très en colère.

— Ce sont des décorations de table, lui dis-je, en lui jetant un regard méfiant. Tu parles à des objets inanimés. Tu as suffisamment dormi la nuit dernière ?

— Regarde de plus près.

La pièce maîtresse *bouge*.

— Oh, non, dis-je, bondissant en arrière dans un geste d'autodéfense, les paumes tendues en un geste de supplication.

Ce tas de tissu écossais et de fleurs, c'est *Chatoune*.

— Miaou.

C'est la première fois que Chatoune m'adresse la parole.

Il est *à ce point* désespéré.

Je me baisse pour le porter et il se blottit dans mes bras. Ou alors il m'utilise pour se frotter et tenter de s'extraire de l'atrocité qu'est sa tenue.

— Qu'est-ce qu'il porte ?

— Ma mère lui a mis un kilt écossais. Tu vois l'épingle ? Elle a demandé à M. MacNevin de fixer une épingle de kilt pour bébé pour…

— Attends un peu. Une épingle de kilt pour bébé ?

Elle hausse les épaules, deux de ses boucles longues et parfaites glissant sur son épaule nue.

— Je suppose que ça existe. Quoi qu'il en soit, ils ont pris le panier de la porteuse de pétales et ma mère l'a fait faire sur mesure pour Chatoune.

On dirait qu'il porte une selle avec deux paniers de chaque côté, remplis de pétales de rose.

— Ma mère dit qu'en marchant, les pétales se déverseront sur la soie blanche derrière lui, et c'est comme ça qu'il incarnera le rôle de porteuse de pétales.

Chatoune saute de mes bras, va se terrer dans un coin, se met en boule et renverse tous les pétales de rose sur le sol.

Puis il se redresse et leur pisse dessus.

— J'ai peur de ce qu'il peut faire quand tu lanceras le bouquet.

Shannon éclate en sanglots.

— Ma mère est en train de gâcher mon mariage ! se lamente-t-elle.

Je ne peux pas dire toutes les gentillesses habituelles que vous dites à votre meilleure amie dans ce genre de situation, parce qu'elle a raison.

— Eh bien, vous pouvez toujours vous enfuir, plaisanté-je.

— Declan essaie de se servir de toi maintenant pour m'atteindre ? dit-elle.

— Oh là, tout doux ! dis-je en levant les mains. C'était juste une blague !

— Désolée, renifle-t-elle, le mot semblant frêle et fragile dans sa bouche. Il a passé ce dernier mois à me supplier de m'enfuir avec lui et de laisser tomber cette stupide histoire de grand mariage.

— Vraiment ?

— En plus, il est en colère que je l'ai forcé à s'abstenir.

— Pendant un mois ?

Je serais en colère, moi aussi. Cela ne fait que quelques semaines pour moi et je suis assez grognon.

— Non. Trois jours.

— Oh. Pauvre chou.

Mon sarcasme est aussi épais que le sirop de moka dans son latte.

— Tu n'es pas très compatissante ! La demoiselle d'honneur est censée apporter son soutien à la future mariée.

Je lui montre les lattes que je lui ai apportés, des mochas de la plus grande taille proposée par Starbucks. Il y a plus de caféine là-dedans que dans le sang d'un étudiant de UMass le dernier jour des examens.

— Je te soutiens !

— Pas quand tu suggères de s'enfuir, gémit-elle. Je suis tellement tentée.

Toc-toc-toc.

Avant que je ne puisse ouvrir la porte, deux petits garçons fondent dans la pièce, de véritables paquets de nerfs aux membres incontrôlables.

— Tante Shannon ! crie Jeffrey.

Son zozotement a fini par disparaître. Il a presque dix ans maintenant, et il pousse comme une mauvaise herbe. Il se précipite vers elle, manifestement sans se soucier ou sans être conscient du fait qu'elle est en sous-vêtements, son corset lâche autour de sa poitrine et qu'elle montre plus de peau qu'une victime d'Hannibal Lecter.

L'étreinte de Jeffrey est totale, pleine d'amour et sans retenue.

Et cela fait pleurer Shannon encore plus fort.

— Pourquoi tu pleures ? Maman dit que c'est le plus beau jour de ta vie, tante Shannon !

Les mots de Jeffrey sont étouffés, car son visage est enfoui dans dix-neuf couches de mousseline, de taffetas et de laine.

Shannon pleure de plus belle. Si ses sanglots s'accentuent, son cerveau risque de lui sortir par les narines.

Le petit visage de Tyler apparaît de l'autre côté de la porte ouverte. Il est terriblement timide, mais quand il entre dans la pièce, il s'illumine à la vue de Shannon.

— Waouh !

Ce sont eux qui portent les alliances et ils sont habillés – vous avez deviné – en smokings kilt. Les chaussures que l'on porte traditionnellement avec les kilts, appelées Ghillie Brogues, ressemblent à des chaussures de ville sans languettes avec des lacets extralongs qui s'enroulent autour des chevilles des garçons. En fait, tous les hommes présents au mariage porteront les mêmes chaussures.

Chatoune frotte son côté contre le pied gauche de Tyler, lève la patte, et…

— Pas de chaton ! Non ! Arrêtez le chaton ! s'écrie Tyler en donnant un coup de pied au pauvre Chatoune qui l'envoie valser quelques mètres plus loin, déversant une cascade de pétales de rose dans tout le coin.

Chatoune retrouve rapidement son équilibre, mais le panier qu'on lui a attaché s'inverse, l'empêchant de marcher, plusieurs centimètres d'osier frottant sur le sol.

Il s'arrête et se couche sur le côté, comme une chatte allaitant ses petits.

— On ne donne pas de coups de pied aux animaux, Tyler ! crie Jeffrey.

— Je désolé ! Je désolé !

Le trouble de l'élocution de Tyler revient quand il est nerveux.

— Arrêtez le chaton !

C'est sa façon de dire : *Va-t'en.*

Carol déboule dans la pièce, analysant la scène avec l'œil exercé d'une mère de deux jeunes garçons.

— Tu as donné un coup de pied à Chatoune ?

Tyler enterre son visage dans la jupe de Shannon et ne dit rien.

Carol se tourne vers Jeffrey pour obtenir une réponse.

Il regarde Tyler, puis Shannon et moi, évaluant où se situe sa loyauté.

C'est alors que Jason arrive, sifflant et heureux comme il se doit, portant la moitié de son kilt et un t-shirt d'une entreprise d'outillage.

— Pourquoi Chatoune ressemble-t-il à un tauntaun mourant ?

— Tyler lui a donné un coup de pied, explique Jeffrey.

— Pas vrai ! pleurniche Tyler sous la jupe de Shannon, où il s'est réfugié.

— Pourquoi ?

— Parce que Chatoune allait lui faire pipi dessus, je pense. Regarde, grand-père. Toutes nos chaussures ont des lacets.

Le visage de Jason devient livide, puis rouge comme une betterave.

— Oh, merde. Tu as raison.

— Papa ! Surveille ton vocabulaire !

— Désolé, Carol.

— Merde, marmonne la jupe de Shannon.

Carol lance à Jason un regard exaspéré.

— Formidable ! Il a fallu deux semaines pour qu'il arrête de dire ce mot la dernière fois.

— Hé, Tyler, dit Jason à la jupe.

— Quoi ?

— Si je te donne des M&M'S, tu arrêteras de dire « merde » ?

— OK, marmonne-t-il en sortant.

— Merde ! crie Jeffrey.

Carol et Jason le dévisagent.

— Quoi ? S'il a le droit à des M&M's pour *ne pas* dire « merde », je me suis dit qu'en disant « merde », vous me donneriez aussi des M&M's pour que j'arrête.

Quand il sera grand, Jeffrey sera directeur de campagne politique.

Ou prêteur sur gages.

Je montre du doigt les cafés, et Jason et Carol me regardent avec reconnaissance en buvant leur latte. Je balaie la salle du regard. Le marié, son nouveau témoin et ses garçons d'honneur sont censés se trouver dans une aile de l'autre côté du bassin et de la cour où aura lieu la réception. Chaque aile comporte de grandes baies vitrées, qui ont été recouvertes d'épais rideaux. D'après ce que m'a dit Shannon, Andrew est là. Il refuse simplement d'être le témoin ou de sortir tant que la température n'est pas suffisamment basse pour réduire le risque de présence de guêpes ou d'abeilles.

Il a insisté pour qu'on lui confirme que l'ambulance était également bien présente.

Et il a planté des EpiPen partout.

J'espère qu'il en a un enfoncé bien profondément dans son arrière-train, parce que tant qu'à avoir un bâton dans le cul, autant que ça serve. Ma compassion pour sa peur complexe s'étiole en sachant qu'il n'est pas prêt à la surmonter pour le mariage de son propre frère.

— À quoi tu penses ? me demande Carol, interrompant mes pensées démoniaques. On dirait Chatoune.

— Oh. Hum... à rien.

Je secoue la tête et je bois le reste de mon mocaccino. Je ne suis pas fan des cafés sucrés, mais j'ai commandé en pilote automatique et me voilà qui laisse le sucre s'immiscer dans mon régal caféiné.

— Ça va ? demande-t-elle, inquiète. Je suis désolée pour Andrew.

— Je vais bien. Vraiment.

— Tu supportes d'être près de lui ?

— Pas de problème. Et toi, tu supportais d'être près de Todd après votre séparation ?

Elle rit par le nez.

— Il ne m'a jamais donné l'occasion de le découvrir.

Avant que je ne puisse m'excuser pour ma question irréfléchie, Jason beugle :

— CHATOUNE !

Il secoue son pied.

Le chat a l'air aussi désolé que Marie s'incrustant à l'enterrement de vie de jeune fille de Shannon.

— Merde ! ajoute Jason.

— Merde, répète Tyler, le mainate humain.

— Dix dollars et je le fais taire, dit Jeffrey en tendant la main.

Je lui tends l'argent et je les chasse, Tyler et lui, hors de la pièce. C'est le problème le plus simple que j'aurais résolu de toute la journée.

— Qu'est-ce que tu fais là, papa ? demande Shannon alors que Jason la prend dans ses bras dans une étreinte peu enthousiaste, car elle est à moitié nue. Tu devrais être du côté des hommes, en train de te préparer.

— Tout va bien là-bas. Hamish fait tourner une nouvelle bouteille de whisky, et Declan n'est pas encore là. Il n'y a que moi, James et Terry. Et Jeffrey et Tyler. On doit les compter avec les hommes, non ? ajoute-t-il en riant.

Pas d'Andrew.

— Hamish est en train de servir des shots ? Avant le mariage ?

Shannon n'est pas encore maquillée, alors elle saisit l'ourlet de la chemise de Jason et l'utilise pour s'essuyer les yeux. Cette proximité, le fait de savoir que Jason la laissera faire, me fait grincer des dents.

— Les gars ont besoin de reprendre du poil de la bête. La nuit dernière a été assez brutale.

— La nuit dernière ?

Shannon a passé les trois jours précédant le mariage chez Amy et n'a donc aucune idée que l'enterrement de vie de garçon a duré deux nuits d'affilée. Je le sais seulement parce que Hamish a appelé Amy hier soir, insistant pour que « Hamy et Amy » se voient pour discuter du positionnement correct des mains pour marcher dans l'allée.

Et sur d'autres parties de son corps.

Toujours gênant de mentionner un plan cul écossais formulé à trois heures du matin le lendemain.

Amy fait irruption, le visage écarlate. De la fumée sort par ses oreilles. Elle a sa robe à la main et porte un survêtement, mais ses cheveux sont propres et légèrement humides. Elle a une peau crémeuse, de longues boucles rouges et des yeux bleus brillants.

Amy a tout pour elle. Elle est intelligente, émotionnellement stable et magnifique.

— Comment va Hamy ? la taquiné-je.

Marie apparaît comme par enchantement.

— C'est un con ! Un vrai con ! Et quelle arrogance ! Mais sa rougeur n'est pas due à la colère.

— Est-ce qu'il a reconnu t'avoir proposé un plan cul ? demandé-je.

Marie est déjà au courant, et Jason vient de quitter la pièce pour aller voir les enfants. Il récupère Chatoune au passage, tenant le chat avec précaution à 30 cm de sa taille.

— Il dit que c'est *moi* qui l'ai appelée ! se lamente Amy.

— Quoi ?

— Il m'a dit qu'il était flatté, mais qu'il se souvient avoir reçu l'appel et que je suis mignonne, mais pas son genre.

— QUOI ? rugissons Marie, Shannon, Carol et moi, totalement indignées.

— Alors je l'ai remis à sa place, et vous savez ce qu'il a fait ?

— Quoi ? demandons-nous à l'unisson.

— Il a essayé de me convaincre de lui présenter Jessica Coffin.

— Pourquoi essaierait-il de faire ça ? demande Shannon.

— Il dit qu'elle est la mieux placée pour rendre les choses virales.

— C'est une vraie maladie, c'est vrai, marmonne Shannon.

— Je veux dire pour lui faire de la pub. Il ne supporte pas le fait d'être une célébrité en Europe et d'être inconnu aux États-Unis.

Shannon s'ébroue alors que Marie joue avec une de ses bouclettes. Défiant les lois de la physique, le coiffeur de Shannon a réussi à faire de ses cheveux marron, fins et raides des mèches magiques qui lui donnent l'air d'une princesse. Je pense qu'il doit y avoir une station d'épuration quelque part en ville où les ingénieurs se grattent la tête pour comprendre d'où sortent ces 300 kg supplémentaires de mousse, de gel et de laque pour cheveux.

Carol regarde dehors et voit Tyler se pencher, trempant sa

main dans le petit bassin à l'eau miroitante. Il est recouvert de nénuphars placés avec goût, et est à la fois décoratif et fonctionnel, comme Marie nous l'a indiqué lorsqu'elle a réservé. Pour le mariage, ils comptent le fermer, mais la barrière est encore ouverte.

— Je m'inquiète pour Tyler et ce fichu bassin, dit Carol d'une voix tendue.

— On demandera à quelqu'un de fermer la barrière, promet Marie.

— Alors, demande Amy distraitement en regardant entre deux rideaux un peu plus loin, tu es prête pour ta nuit de noces ?

Et les larmes de Shannon font leur retour.

— Est-ce que Declan a la gueule de bois ce matin ? Je veux le voir.

— Ça porte malheur, la réprimande Marie.

Elle demande à Shannon de fermer les yeux et sort un pinceau de maquillage de la taille d'une balayeuse.

— Je m'en fiche. Les seules fois où j'ai passé tant de temps sans lui, c'était pour ses voyages d'affaires, et je suis en train de craquer. Et s'il avait changé d'avis et voulait annuler le mariage et s'enfuir avec Jessica Coffin et faire de belles Barbie avec elle et épouser une femme qui sait qu'on ne boit pas de vin blanc avec du bœuf ?

— J'ai eu le trac le jour de mon mariage avec Jason, chérie, dit Marie en soupirant, posant tous ses accessoires de beauté pour prendre les mains de Shannon. Ça arrive à toutes les mariées.

— Je sais qu'il m'aime, dit Shannon alors que Marie la regarde avec tant d'amour dans ses yeux naturels et sans maquillage que c'est comme voir une mère regarder son bébé pour la première fois. C'est juste que…

Elle se jette sur Marie et toutes deux éclatent en sanglots, chacune respirant comme un remorqueur entraînant Shannon vers sa nouvelle vie.

Au même moment, un petit homme ressemblant à un troll portant une perceuse électrique couverte de poils entre dans la pièce et tape trois fois dans ses mains.

— Les fleurs pour la cérémonie !

Oh. C'est Jordan. Et il porte Muffin, qui est à présent recouverte de fourrure.

Marie lâche Shannon et se lance dans un 100 m qui lui vaudrait une médaille d'or aux J.O pour aller serrer Jordan dans ses bras. Son visage s'illumine tandis qu'il observe la pièce par-dessus l'épaule de Marie.

Jusqu'à ce qu'il me voie.

Est-ce qu'il me montre vraiment les crocs ? Ses incisives sont inhabituellement longues.

— Marie, roucoule-t-il. Rendons ce mariage encore plus beau avec mes créations.

Il entre alors en scène, présentant le bouquet de la mariée et le bouquet de réception, les fleurs pour les corsages, et expliquant avec force détails comment le marié et son clan arboreront diverses fleurs originaires d'Écosse, comme la primevère et la campanule, combinées à des roses blanches et à une touche de rouge, se mariant toutes avec le tissu écossais.

Alors que sur le papier (et sur Pinterest), cela me semblait être un affreux désastre criard, en vrai, ça fonctionne. L'ajout de personnes réelles et vivantes au plan fait une énorme différence.

Comme souvent.

— Plus qu'une heure ! couine Marie, pressant les couturières et les photographes.

Nous terminons de nous habiller, de nous pomponner, de nous maquiller et d'effectuer tous les rituels permettant de se présenter sous son meilleur jour à un mariage.

Comme promis, la couturière a fixé le dos de ma robe de sorte que, tant que je garde le corset assez lâche, et les ficelles attachées en un simple nœud coulissant, le velcro maintient le dos de la robe sans bretelles en place. Nous avons toutes les épaules à l'air, avec une écharpe en tissu écossais McCormick drapée sur l'une d'elles, et les robes touchent le sol malgré nos talons hauts.

Entre les sous-vêtements écossais (ne me demandez pas pourquoi), les ceintures écossaises, les rubans écossais dans nos cheveux et dans les fleurs, et les ongles écossais, on dirait en effet que le monstre du Loch Ness a ingurgité et vomi une bande de Highlanders. Hamish a raison.

Shannon est également exquise, et elle et Declan vont faire un tabac ensemble.

En parlant du marié, je ne peux pas m'empêcher de regarder de l'autre côté de la cour les rideaux fermés du côté des hommes.

Pas d'Andrew.

Va-t-il vraiment rester dans l'ombre, laissant la peur l'empêcher d'être en première ligne ?

— Il y a du monde ? demande Amy, en regardant par-dessus mon épaule.

— La moitié des invités semblent être déjà arrivés, ils sont en train de prendre place.

— Il est censé faire bon aujourd'hui pour le mois de juillet à Boston.

— Ce qui veut dire qu'une seule de nous quatre s'évanouira dans cette robe, gémis-je.

Je porte près de treize kilos de vêtements, des fonds de robe aux jupons en passant par l'épaisse laine écossaise, avec des écharpes et de la soie rouge et divers mélanges de coton tourbillonnant autour de moi. Je suis tellement alourdie que je dois faire très attention pour marcher avec mes talons hauts, en attendant que le bruissement de mes jupes, chargées de tant de tissu, rattrape mon centre de gravité avant de continuer.

Ça me force à marcher comme si j'étais dans un cortège nuptial.

Parfait.

— Amanda ! Oh, Amanda ! Tu es si belle !

Je me retourne en entendant la voix de ma mère. Mon mouvement différé manque de me faire basculer alors qu'elle me serre fort dans ses bras. Son étreinte est accompagnée d'un petit supplément, avec Spritzy qui lèche le dessous de mon sein. Je lui donne un coup de coude et le sac à main se balance légèrement. Il est fermement maintenu dans un grand sac avec d'épaisses poignées en cuir beige.

— Toi aussi !

Ma mère a clairement fait un effort ce matin, malgré la

douleur lancinante. Tous ces excès ont déclenché une crise de fibromyalgie, et je vois bien à son visage à quel point elle est fatiguée. Mais la robe beige qu'elle porte met en valeur sa silhouette et elle arbore un chignon à la française. Elle change de position et met Spritzy sur son autre bras, en grimaçant légèrement. Si vous ne connaissiez pas ma mère, vous ne vous rendriez pas compte qu'elle passe une matinée difficile.

— Ce sont les perles de grand-mère ? demandé-je.

Elle rayonne.

— Oui. Tu te souviens ?

— Je ne t'ai pas vue porter ça depuis le mariage de tante Jody quand j'étais au collège.

Elle triture le fermoir de la boucle d'oreille.

— C'est probablement la dernière fois que je les ai mises !

Jason et James arrivent, tous deux sur leur trente-et-un avec leur beau kilt écossais, l'épée suspendue à la hanche.

Ma mère siffle.

Jason rougit.

James non.

— Pam ! Content de vous voir ! Vous êtes magnifique, dit James en s'approchant de ma mère et en l'embrassant sur les deux joues.

La scène entière se déroule comme si quelqu'un avait appuyé sur un bouton de ralenti dans le couloir.

James embrasse ma mère.

Et il lui touche la hanche ? Avec sa paume ? Est-ce qu'il…

— James, dit ma mère d'une voix chaleureuse. Je suis contente de vous revoir.

— Auriez-vous des statistiques intéressantes à me communiquer pour améliorer ma vie ? demande-t-il avec un clin d'œil. Pourquoi pas concernant sur le mariage ?

Ma mère rougit et lève les yeux, comme si elle cherchait dans sa mémoire.

— Les hommes mariés vivent plus longtemps que les hommes célibataires. C'est tout ce que j'ai.

— Est-ce vrai pour les femmes aussi ?

Ma mère sourit et fait un signe de tête.

— Alors je suis heureux de savoir que mon fils et ma nouvelle belle-fille pourront passer plus de temps ensemble grâce au budget à sept chiffres que je consacre à cette journée !

Jason, qui boit une tasse de café servie par le traiteur, en pulvérise la poubelle à côté de laquelle il se trouve.

Alors qu'il se tourne vers James, l'air choqué, un cri à vous glacer le sang retentit en provenance de la salle où se préparent les femmes.

— TU AS
INVITÉ
JESSICA
COFFIN
À
MON
MARIAGE,
MAMAN ?

CHAPITRE 28

*J*ason, qui n'a pas vraiment le choix, se remet rapidement du commentaire de James sur le coût du mariage et se précipite vers le cri. Je regarde par la fenêtre et constate qu'en effet, Jessica Coffin est bien présente, un mur de longs cheveux blonds et raides fixé au cœur d'un démon.

J'abandonne ma mère et James, et je pars à la poursuite de Jason, et par *poursuite* je veux dire que je cours comme un paresseux transporté par un escargot.

Cette robe est si lourde qu'à la fin de la journée, lorsque je l'enlèverai, je m'envolerai à coup sûr dans les nuages.

Marie et Shannon se font face à présent, la mariée criant si fort à quelques centimètres du visage de sa mère que c'est comme assister à un déversement de rage pure de l'une à l'autre. Je jurerai qu'un arc électrique tricolore fuse des yeux de Shannon vers le cœur de sa mère. Le cycle est si complet, leurs cris si synchronisés qu'il y a une certaine magie à tout cela, un côté mélodieux qui me pousse à me figer et à écouter.

Pendant ce temps, Steve, l'ex-petit ami de Shannon, est dehors, occupé à mater le cul de Jessica et à faire semblant de lui parler, tout en prenant des canapés des mains des serveurs.

En homme courageux, Jason s'interpose entre Shannon et Marie, qui tentent chacune de le ramener vers le côté obscur.

Declan arrive précipitamment au moment où Shannon craque et ramasse le bouquet de la mariée, le bras en arrière comme un lanceur de base-ball, visant directement sa mère.

— Tu n'oserais pas ! crie Marie.

— Ah tu crois ça ?

Declan a traversé la pièce et tient désormais le coude de Shannon avec une grâce qui donne l'impression d'une mise en scène.

— Tu ne peux pas voir la mariée avant le mariage ! le réprimande Marie.

Ses cheveux sont en bataille et aplatis sur un côté, et les neuf couches de mascara qu'elle utilise pour avoir des cils plus longs que les cheveux de la plupart des gens ont coulé sur son visage.

— Ah, vraiment ? crie-t-il.

— Tu ne *peux pas* !

Sa voix perd deux octaves, comme si les chiens de l'enfer avaient été chassés de ses cordes vocales. Muffin et Spritzy se mettent à aboyer. On se croirait dans les *101 dalmatiens*, et Marie ressemble à Cruella en personne, mais au lieu de collectionner des chiots, elle collectionne le tissu écossais.

Jason la fait rapidement sortir de la pièce, en jetant à Declan un regard qui signifie *Je pense que ce n'est que le début*. Ils finiront par mettre en place un protocole. Mais pour l'instant, nous en sommes tous à notre première expérience.

Shannon est pliée en deux, son corset desserré, ses boucles soigneusement coiffées répandues sur son visage comme des sentinelles en formation tortueuse. Elle s'assied sur une chaise et éclate en sanglots comme si c'était la fin du monde.

Marie essaie d'entrer dans la pièce, mais je la bloque avec la porte, l'utilisant comme un bouclier à moitié fermé.

— Qu'est-ce que tu fais ?

— Je protège ma meilleure amie.

Je ferme la porte en entier et reste plantée là, consciente que je dois faire office de videur au mariage de ma meilleure amie pour la protéger de…

Sa mère.

On en est arrivé là.

Quarante-cinq minutes avant la cérémonie.

— Qu'est-ce que tu fais là ? demande Shannon, sa voix exprimant un mélange d'horreur et de soulagement.

Declan se met à genoux et la regarde, les yeux remplis du genre d'amour après lequel la plupart des gens courant pendant trois existences.

— Je t'ai entendue crier. Qu'a fait Marie cette fois ?

— Elle a invité Jessica Coffin au mariage.

Une série d'émotions inhabituelles défilent sur le visage de Declan.

— Pourquoi elle ne laisserait pas tomber une bague dans ton café pour que tu l'avales pendant qu'elle y est ?

— Je sais ! Elle a invité la femme qui a failli détruire notre relation et qui me harcèle en ligne à assister au jour le plus important de ma vie.

— Chérie, ce n'est pas *ça* le jour le plus important de ta vie. Ce n'est que le premier jour d'une longue série de jours qui seront, si j'ai mon mot à dire, tous les jours les plus importants de ta vie. Jusqu'au jour où nous mourrons ensemble, bien après nos quatre-vingt-dix ans, après t'avoir donné le meilleur orgasme de *tous les temps*.

Sa façon de la regarder lorsqu'il s'adresse à elle revient à regarder l'amour se matérialiser.

Elle renifle et rit, tout en gloussant et en s'agitant.

— C'est une sacrée liste de choses à faire avant de mourir, Declan.

— Je ne recule jamais devant un défi.

Il la relève et l'embrasse sur la tempe. Elle laisse échapper un soupir tremblotant, puis se met à pleurer doucement.

— Je ne veux pas de ça, chuchote Shannon.

— Tu ne veux pas m'épouser ?

— Oh, mon Dieu, oui, je veux t'épouser ! Mais tout ça ? Cette mise en scène pompeuse ? Non ! Ma mère a complètement pris le dessus et peu importe à quel point j'essaie de m'y opposer, je ne suis pas de taille à lutter.

Il la tient dans ses bras pendant qu'elle pleure, puis dit d'une voix grave et déterminée :

— Parfois, la seule façon de gagner est de ne pas jouer.

— Quoi ?

— Abandonner. Se coucher.

— Notre mariage n'est pas une partie de poker !

— Un peu, pourtant, Shannon, insiste-t-il. Est-ce comme ça – il désigne d'un geste la pièce et l'extérieur – que tu imaginais notre mariage ?

— Certainement pas.

— C'est ce que tu veux ?

— Et *toi* ?

— Non. Mais je fais avec parce que je t'aime.

— *Je* ne veux rien de tout ça ! J'aurais été heureuse de me marier sur l'une des Harbor Islands avec seulement ma famille et mes amis proches ! Ou de m'enfuir avec toi à Vegas !

— Les deux sont toujours possibles. Qu'est-ce que tu préfères ?

Declan met la main dans la poche de sa veste de smoking et sort son téléphone.

— On peut être partis dans vingt minutes.

— Quoi ? Tu plaisantes ?

— Tu me connais. Je ne plaisante pas quand il s'agit de faire quelque chose pour toi.

Avec le recul, je suis presque certaine que Shannon aurait refusé de s'enfuir si les choses ne s'étaient pas déroulées de la façon suivante.

Marie se met à tambouriner sur la porte, insistant pour qu'on la laisse entrer et expliquant l'importance de Jessica Coffin dans la haute société et le fait que Shannon doit apprendre à mettre de côté les petits différends pour servir des intérêts supérieurs…

À ce même moment, Jessica se déplace suffisamment pour être visible par les fenêtres donnant sur la cour, en train de discuter avec l'ex-petit ami de Shannon, Steve.

Et sa mère, Monica.

— Est-ce que c'est *Steve* ? rugit Declan en repérant l'ex, d'une voix si puissante qu'il fait trembler une tasse de café vide sur une table. Ta mère a invité STEVE ?

— Mon Dieu, gémit Shannon. J'abandonne. J'abandonne tout simplement.

Elle se tourne vers moi alors que je pèse de tout mon poids contre la porte, les doigts en sueur, l'articulation du pouce douloureuse à force de bloquer la poignée de la porte pour empêcher Marie d'entrer.

Mes yeux dépassent le trio à l'extérieur et je vois un autre visage en face, regardant à travers la vitre de l'aile des hommes.

Andrew.

Il est *là*. Mon corps est pris d'une excitation douloureuse, la conscience de notre impossibilité à être ensemble juxtaposée au bonheur que je ressens quand je le vois. L'association de ces deux émotions me laisse dans un état perceptif, les bords des objets dans mon champ de vision un peu trop lumineux.

— Qu'est-ce que je dois faire, Amanda ? m'implore Shannon, son visage exprimant la tristesse et la peur.

Je dois régler ça.

Je veux régler ça.

Je devrais régler ça.

Mais je ne *peux pas* régler ça.

Andrew avait raison. Ce n'est pas à moi d'y remédier.

— C'est à toi de décider, ma belle.

J'échange un regard avec Declan qui montre clairement que j'ai choisi les bons mots.

— Je t'aime, et je suis prête à mentir pour toi. Je suis prête à bloquer une porte pour toi. Je suis prête à tenir Jessica pendant que tu lui arraches ses extensions capillaires, mais je ne peux pas décider pour toi.

Elle regarde à l'extérieur la triade de distorsion destructrice.

Elle se retourne vers la porte, qui se déforme sous la force des coups de Marie.

Puis, les yeux rivés sur Declan, elle dit :

— Fais-le. Je me fiche du comment, mais je veux qu'on s'échappe. Maintenant. Je ne vais pas me laisser ridiculiser par Jessica Coffin le jour où je suis censé être le centre d'attention *dans le bon sens du terme*. Ma mère est allée trop loin.

— Je t'apporterai toute l'attention dont tu as besoin, déclare Declan en l'embrassant.

En l'espace de quelques secondes, il donne des ordres au téléphone.

— Tu vas vraiment t'enfuir de ton propre mariage ? Comme dans *Le Lauréat* ? m'émerveillé-je.

Elle balaie la pièce du regard, puis jette un œil à l'extérieur avant de regarder son propre corps.

— Ce n'est plus vraiment mon mariage, pas vrai ? Ma mère se l'est totalement approprié. Declan marque un point. Parfois, la meilleure façon de se battre est de partir.

— D'abandonner ?

— Non. Juste… de ne pas s'engager. Elle a fait de tout ça un spectacle qui n'aurait même pas besoin de moi ou de Declan pour avoir lieu. On pourrait découper nos silhouettes dans du carton et les mettre sur roues, et il lui faudrait une heure pour remarquer la différence.

Je ne peux pas m'empêcher de rire tristement.

— Tu penses que ça marcherait vraiment ? demande Shannon avec un tel espoir que je ris de plus belle.

— Si c'était le cas, Amy, Carol et toi auriez déjà essayé.

Declan me regarde avec sérieux.

— Tu serais prête à mentir pour nous ?

— Mentir ?

— Je pense que j'ai une bonne couverture pour notre évasion.

— Pour justifier que vous échappiez à votre propre mariage de mille invités ? Ça a intérêt à être une sacrément bonne histoire.

Il me murmure son plan à l'oreille.

J'ai soudain l'impression d'être une hyène en plein travail.

— Tu *quoi* ?

— Marie y croira. Jouons sur sa plus grande faiblesse. Donnons-lui ce dont elle rêve, explique Declan.

Ce qu'il m'a chuchoté me laisse pantoise. Il est impossible que ce plan fonctionne. Impossible.

Je regarde dehors et je vois que Jessica s'est éloignée de Steve et Monica, et qu'elle prend maintenant des photos de tout, puis pianote sur son téléphone. Pas besoin de se demander où tout ça va atterrir. Probablement sur divers réseaux sociaux avec des hashtags qui suivront Shannon pendant des mois.

#Ennemiedesbêtes me laisse aussi un goût amer.

— Je vais le faire. Je vais mentir. Mais tu es dingue de penser que Marie va gober ça.

— Ne dis pas un mot. Joue le jeu. Fais semblant juste assez longtemps pour qu'on puisse s'échapper. Fais-moi confiance, dit Declan d'un ton si autoritaire que je n'ai pas vraiment le choix.

Je lui fais confiance.

— Il y aura un moment après notre départ où elle essaiera de t'arracher la vérité. Ne cède pas, m'exhorte-t-il.

C'est irréel.

— Vous êtes sérieux ? Vous abandonnez votre propre mariage ?

Shannon rayonne. Elle rayonne ! Elle a l'air plus heureuse que je ne l'aie vue depuis près d'un an.

Et Declan est désormais chargé d'une mission.

Elle se dirige vers moi et le bruit sourd de la porte. Marie propose des compromis, quelque chose à propos d'arrêter les visites de sex-shops si on sort de là.

J'embrasse Shannon sur la joue et lui chuchote :

— Vas-y. Je suis là et je veillerai à limiter les dégâts.

Et sur ces mots, je lâche la poignée de la porte.

Marie entre comme une furie dans la pièce, débraillée, suivie d'un Jason très désorienté.

— Marie ! Tu es là !

Declan la prend dans ses bras et l'enlace avec force, puis lui plaque un baiser sur chaque joue qui le fait ressembler à James.

— On se demandait ce qui t'était arrivé. Allez, viens ! Il y a un mariage qui attend. Tu dois t'activer !

— Je… quoi ?

Jason lance un regard sournois à Declan.

— On est en retard ! La cérémonie commence dans quarante minutes. Il faut suivre le programme, ajoute Declan, en faisant un clin d'œil discret à Shannon.

— Qu'est-ce qu'il... c'est lui qui... je ne retardais rien ! bafouille Marie.

— Alors, on se bouge ! Il donne une fessée à Marie, émettant un son qui se répercute jusqu'à Pinterest.

Puis il sort de la pièce.

Avec l'assurance d'un chef.

LA CÉRÉMONIE COMMENCE comme tout mariage se déroulant ce même samedi de juillet aux États-Unis. Le traditionnel pianiste se met à jouer, invitant les convives à prendre place. Depuis la baie vitrée, je repère des groupes familiers assis le long des cinquante rangées de vingt chaises blanches, décorées de fleurs festives amoureusement créées par Jordan. Le thème écossais est évident.

Les rangées sont divisées en deux par l'allée et, alors que les placeurs conduisent les invités vers leur siège, les deux clans étant mélangés, le mariage prend une beauté et un ordre qui lui sont propres.

Il y a des parents éloignés de Shannon qui viennent du Midwest. Les élèves du yoga de Marie sont également là, tous ensemble. Agnes porte une magnifique robe rouge vif avec un chapeau attaché à ses bigoudis qui semble dater de l'époque Jackie Kennedy. Corrine est assise à côté d'elle dans une tenue inspirée de Coco Chanel. Une tonne d'employés d'Anterdec parsèment la foule. Quelques amis de lycée. Greg, sa femme, Josh et... est-ce l'un des strip-teaseurs du piano-bar qui l'accompagne, en costume ?

Et des centaines et des centaines de personnes que Shannon et Declan ne connaissent pas.

Declan se trouve devant l'autel avec le pasteur, Terry à côté de lui. James est au premier rang, et je vois ma mère juste derrière lui, à côté de Jessica Coffin, qui admire Spritzy et parle avec animation à ma mère innocente, qui semble inviter Jessica à prendre des photos.

Formidable. C'est comme demander à Dorothy Parker d'écrire un poème sur vous.

Quelqu'un pose Chatoune par terre au fond du grand jardin, en plein centre de l'allée qu'il doit emprunter. Comme un lion, il décrit de grands pas lents, scrutant la foule, regardant à gauche, puis à droite, comme pour dire :

— *C'est bien. Braves sujets.*

Puis il feule.

Puis un chien aboie.

Ensuite ? Cinq minutes de ma vie s'évanouissent.

Muffin échappe aux bras de Jordan et bondit sur les genoux de tous les invités de sa rangée, fonçant sur Chatoune, qui considère le coup porté par un mini Chihuahua de 900 grammes visiblement atteint de psoriasis comme une attaque contre sa souveraineté.

Le chat et le chien roulent pêle-mêle et se rapprochent de nous, et plusieurs invités se lèvent pour chercher à identifier la source du grabuge. Les pianistes, bénis soient-ils, continuent à jouer.

— Chatoune ! grogne Jason, essayant de déterminer l'endroit exact de l'affrontement Muffin-Chatoune.

Du coin de l'œil, je vois ma mère accourir avec James.

Les aboiements et les crachements masquent les ordres humains, puis un sac à main animé se fraye un chemin dans la mêlée.

— Ne fais pas de mal à ma Muffin, vilain chat ! crie Jordan alors que Muffin mord la patte arrière de Chatoune.

La laisse de Muffin s'emmêle dans le panier de fleurs, liant les deux animaux dans une sorte de bondage interespèces qui sonne tout simplement *faux.*

— Attention au kilt ! crie Marie.

Spritzy, qui est si serré dans le sac à main que seule sa tête en sort, jappe et aboie jusqu'à ce que Chatoune l'attaque. La laisse de Muffin les entraîne tous les trois dans un énorme désordre.

Ils passent juste devant moi, et je laisse tomber mes fleurs et me penche, courant presque à la manière d'un ours pour les rattraper, sans voir l'imposant crochet métallique encastré dans une énorme jardinière de ciment.

Le joyeux étalage de pivoines et de géraniums – un éclair de rouge, de blanc et de violet – se brouille lorsqu'une partie de ma robe se prend dans le crochet. Dans le même temps, je vois deux chiens et un chat furieux rouler à travers la barrière ouverte du bassin et tomber dans l'eau.

J'essaie de courir plus vite, mais dans ma panique, je ne fais que tirer et tirer encore, me battant contre la force qui me retient, déterminée à atteindre les animaux, qui sont en train de couler. L'un de mes talons se détache et ma cheville part sur le côté, me faisant perdre l'équilibre tandis que tout mon poids bascule et que je tombe.

CRAAACCC

Je me lève et je cours jusqu'au bord du bassin, regardant l'eau qui s'agite, puis je me fige en sentant une brise fraîche à des endroits normalement couverts.

Des milliers de hoquets et des centaines de rires s'élèvent comme des bulles dans une piscine.

Je suis nue jusqu'à la taille.

Complètement nue.

En public.

— Amanda ! crie ma mère.

Sa voix semble venir de sous l'eau. Deux mille yeux sont braqués sur moi, des yeux qui traversent la cour pour se frayer un chemin jusqu'à ma peau. Les gens clignent des yeux à la manière de phares et produisent des bruits de gnomes. Quelqu'un m'a écorchée vive, a gratté toute ma peau, ne laissant que les vaisseaux sanguins et les tendons, la graisse et les muscles, la chair et les os exposés à la critique et au catalogage du monde entier, à la condescendance et à la honte.

Pire encore.

On me regarde, puis on détourne les yeux. La foule me juge en silence. Sans commentaire. Sans explication.

Rester figée sur place revient à prolonger l'humiliation. Le nuage d'horreur s'attarde sur moi comme la tempête que toutes les villes craignent et qui finit par arriver.

Jessica Coffin brandit son téléphone et tape sur son écran.

Encore et encore et encore.

Il n'y a qu'une seule chose que je puisse faire pour l'instant.

Je saute dans l'eau pour sauver les petits mammifères qui ne peuvent pas se sauver eux-mêmes.

M'enfoncer jusqu'à leur niveau n'est pas un problème. Retenir mon souffle l'est. J'ai oublié de prendre une énorme bouffée d'air avant de plonger et je sens maintenant le poids de cette erreur alors que près de 15 kg de robe m'entraînent vers le fond, toujours plus bas, jusqu'à une boule de poils en furie.

Le problème, c'est la laisse de Muffin. Si je parviens à la démêler, je peux faire remonter les animaux à la surface.

Mes poumons brûlent du besoin de respirer.

Je lutte contre l'instinct.

Fermant les yeux, j'essaie d'ignorer la douleur provoquée par les griffes des animaux sur mes avant-bras tandis que j'essaie de les séparer. L'eau est chaude et salée, et non chlorée. Un collier – pas de laisse. Une deuxième tête avec un collier – pas de laisse. Des dents s'enfoncent dans ma main et je la secoue.

Mes poumons sont pris de spasmes.

Je finis par trouver le collier de Muffin et je détache la laisse, la poussant vers la surface. Une poignée de secondes seulement s'est écoulée, vingt grand maximum, mais je ne peux en supporter davantage.

Le panier de Chatoune s'est emmêlé dans la laisse de Muffin, leurs corps sont impossibles à démêler, et l'un d'eux me mord encore.

Des taches noires commencent à remplir ma vision, et pourtant mes yeux sont fermés.

La simplicité sereine de ce monde sous-marin contraste fortement avec la calamité qui règne au-dessus, et alors que mes mains ralentissent et trouvent la laisse, la démêlant pour permettre à Spritzy de s'éloigner, je parviens à pousser Chatoune vers le haut et ressens une profonde sérénité.

Ils sont libres.

J'agite mes jambes de toutes mes forces, pour que mon corps remonte à la surface. Il est temps pour moi aussi d'être libre.

Les animaux remontent vers la surface, agitant l'eau, mais pas moi. Je mets les mains à ma ceinture, à la recherche des crochets et des boutons permettant de défaire mes jupes. Je rencontre un maillage de dentelles et de métal, de boutons et de tissus, l'ancien combiné au nouveau dans le souci du beau.

J'agite les jambes.

J'essaie de respirer.

Je lutte contre l'impulsion.

La panique me gagne. Mes mains s'agitent frénétiquement tandis que je m'efforce de réfléchir à l'organisation de ma propre remontée, aux actions à entreprendre pour retrouver mon oxygène chéri, pour remonter à la surface et simplement respirer.

Pour respirer et *exister*.

Et puis j'inhale de l'eau, mes muscles trop puissants pour que je lutte davantage.

Il y a un moment où l'instinct l'emporte sur la raison.

Un bruit d'eau à la surface me laisse espérer que quelqu'un a récupéré les animaux, et je me mords les lèvres pour ne pas respirer à nouveau. Ma poitrine devient concave, je suis en train de perdre la lutte pour retenir mon souffle.

Mes doigts tâtonnent, puis des bras forts m'agrippent, me saisissant par les épaules avec une sensation de déchirement qui fait hurler mon cou. L'un des bras de l'étranger se glisse sous mes aisselles nues, appuyant contre mes seins tandis que le second bras de l'étranger s'agite dans l'eau pour nous faire remonter à la surface.

Enfin.

De l'air.

Il m'a libérée.

— Accroche-toi au bord. Accroche-toi au bord, m'exhorte une voix d'homme.

Il agite ses jambes dans l'eau, restant à côté de moi, une main sur la mienne tandis qu'il guide mes doigts vers le rebord de ciment arrondi. Mes mains tremblent, mais sont encore fonctionnelles.

— Appelez les secours ! crie-t-il à la foule, que je ne peux ni voir ni entendre, mais que je sais être là.

Toussant et crachant de l'eau, j'essaie de respirer. J'ai l'impression que des morceaux de pneus fondus pendent de ma trachée, et je n'arrive pas à tousser assez fort pour évacuer l'eau. Un nénuphar géant me couvre l'épaule, et alors que j'arrive enfin à faire passer un mince filet d'air dans ma gorge, je réalise que je suis toujours torse nu.

En public.

— Amanda, s'il te plaît, dis quelque chose, dit Andrew, qui se trouve être mon sauveur.

Trempé, il est à mes côtés, me tenant la main, ses cheveux noirs dégoulinants formant comme des plumes autour de son front. Sa chemise blanche est accrochée à ses épaules ; c'est la seule partie de lui que je peux voir.

— Oh, mon Dieu, s'il te plaît, dis quelque chose.

Ma vision commence à se préciser, la noirceur s'estompe, à présent circonscrite aux bords de mon champ de vision, comme une ombre ne sachant pas comment se comporter.

— Chatoune.

C'est tout ce que ma gorge enrouée parvient à prononcer.

— On les a ! beugle James en réponse. Ces trois petites pestes vont bien, grâce à toi !

Je tremble, essayant toujours de respirer, lorsqu'un urgentiste en uniforme se penche et me tend la main.

— Oh, non, dis-je en baissant la tête.

Je suis nue. Je déplace une main pour me recouvrir, mais je commence à couler à nouveau.

Andrew enroule un bras autour de ma taille et me soutient, son poing serré autour du tissu épais de mes jupes mouillées. Il regarde l'urgentiste.

— Vous avez un couteau ?

— Un couteau ?

— Une lame. N'importe quoi. Pour découper sa robe.

Quelques secondes plus tard, l'homme tend un couteau à Andrew, qui détache le tissu écossais en laine. Il glisse le long de mes jambes comme une sirène qui perdrait sa queue.

Je prends une profonde inspiration et je tousse. Les respirations suivantes sont plus régulières. Les mains d'Andrew passent sur mon visage, mes épaules, mon dos et ma taille, en une suite interminable de gestes qui semblent moins destinés à vérifier mon état qu'à vérifier que je suis hors de l'eau et en sécurité, et que je suis vraiment là.

Vraiment là.

Attendez un peu.

Il est vraiment là.

— Tu es dehors ! hoqueté-je.

— Et toi, tu es folle ! dit-il d'un ton implacable qui ne souffrirait aucune contestation. Mais quelle idée de sauter dans le bassin !

Sa voix tremble avec une sorte d'agonie post-traumatique qui me fait grimacer. D'une main bienveillante, il me tient par la taille, battant de ses jambes musclées pour moi. De l'eau salée coule dans mes yeux, me faisant encore plus pleurer.

— Pour sauver le chat et les chiens, croassé-je.

— Tu as failli *mourir*. Ne refais plus jamais, *jamais* ça ! Mais qu'est-ce qui t'est passé par la tête ?

J'entends une cassure dans sa voix, puis une inspiration profonde, et il commence à respirer fort, ses yeux plongeant dans les miens comme si le seul moyen de me garder en vie était de me regarder.

Il ne peut pas s'empêcher de me toucher. Ses coups de pied réguliers nous maintiennent à flot, mes propres jambes trop faibles pour bouger. Je m'accroche au bord de la piscine, une main trop endolorie pour saisir quoi que ce soit. Je la regarde et je vois des marques de crocs. Elle gonfle à une vitesse alarmante. L'eau salée qui clapote me fait souffrir le martyre. Mon torse est plaqué contre la froide mosaïque de carreaux. Une empreinte de ce motif restera probablement gravée à jamais sur mes seins et mon ventre.

— Mais je ne suis pas morte. Et c'est grâce à toi, dis-je en appuyant mon front contre le bord.

Si j'en avais l'énergie, je le regarderais. J'en dirais plus. L'adrénaline qui m'a poussée à me démener sous l'eau s'écoule hors de moi comme si l'osmose était à l'œuvre, l'eau aspirant toute ma concentration. Je suis trempée, ma main me lance et je suis nue devant d'autres personnes et oh, mon Dieu, Andrew est là avec moi.

Ma mère tient un Spritzy mouillé pendant que James donne un morceau de fromage au chien.

— Il est sorti de derrière la baie vitrée comme une fusée humaine quand tu as sauté, Amanda. Il ne s'est arrêté que pour arracher sa veste de costume et ses chaussures, il a sauté, est passé par-dessus la clôture en fer noire et…

L'émotion la rattrape.

— James a récupéré les animaux avec l'épuisette et les a ramenés au moment où Andrew a plongé.

— Tu es dehors, répété-je. À la lumière du jour. En plein mois de juillet.

Le visage d'Andrew est à quelques centimètres du mien et il est clairement perturbé. Son corps vibre avec une telle puissance qu'il crée de petites vagues qui s'éloigne de lui. L'eau est aussi chaude que dans un bain, et il n'est même pas 16 heures. Je sais donc qu'il ne tremble pas de froid.

— Je savais que cette robe risquait de t'entraîner au fond de la piscine. De te *noyer*.

Il arrive à peine à prononcer ce dernier mot.

— Comment ?

— J'ai fait des compétitions de natation. On s'entraînait avec des vêtements lestés. Je savais, à la seconde où tu as sauté, que tu étais condamnée. Et mon cœur a failli s'arrêter de battre sur le coup, Amanda.

Il appuie son front contre le mien.

— Je suis sorti en courant et j'ai plongé par pur instinct.

— Tout comme moi pour sauver les animaux.

Tant de pensées me traversent l'esprit alors que je flotte, son corps me protégeant, me maintenant ancrée contre le rebord de la piscine pour que je puisse reprendre mon souffle. Mais je suis incapable de faire la différence entre mon propre air et celui d'Andrew, entre l'eau et mon corps, car je baigne dans la chaleur de sa proximité. Ce qu'il vient de faire m'indique que je peux le choisir, après tout.

Il ne m'a pas seulement sauvée moi.

Il s'est sauvé *lui-même*.

De lents applaudissements s'élèvent au loin, puis s'intensifient quand Jessica Coffin s'y met, d'autres personnes se joignant à elle, sans se rendre compte du sourire sarcastique sur son visage qui prouve que ses applaudissements sont loin d'être flatteurs. Le téléphone portable brandi, elle ne cesse de prendre des photos de la scène.

Chatoune se frotte contre sa jambe, désormais débarrassé de tous ses vêtements humains et du panier.

Et il pisse sur ses talons à lacets.

Elle crie.

Je m'en fiche.

Mon menton commence à bouger, appuyé sur mes mains.

— Merci pour l'album de Yes, murmuré-je, comme si je parlais à l'eau. Et, tu sais, pour m'avoir sauvé la vie.

— De rien pour les deux, dit-il d'un air à la fois amusé et incrédule. Mais je n'ai pas besoin de tes remerciements. Promets-moi juste que tu ne recommenceras pas.

Il me prend dans ses bras du mieux qu'il peut tout en agitant les jambes dans l'eau. Il sent le sel et la douleur, son odeur est un phare que je dois suivre.

— Je ne peux pas promettre de ne plus écouter *Roundabout*, dis-je en secouant la tête.

Il se mord la lèvre inférieure en me tenant. Mes mots sont étouffés contre son épaule humide. Sa joue gratte mon visage.

— Je vois que tu commences à te remettre, dit-il d'un ton goguenard. On va te sortir d'ici, dit Andrew doucement, sa main forte éloignant la mienne du bord de la piscine, me poussant vers les escaliers pour sortir.

— Je suis nue, chuchoté-je. En public.

La plupart des invités ont la décence de ne pas me fixer, mais je sens de nombreux regards braqués sur moi, et les murmures et les gloussements de la foule ressemblent au bourdonnement d'abeilles au loin.

— Je sais, dit-il d'une voix basse et douce.

Son ton laisse entendre qu'il est désolé de cette atteinte à ma pudeur, et je trouve ça charmant.

— Je me suis senti tellement mal pour toi quand j'ai vu ta robe se déchirer. Ton pire cauchemar.

Je lève le bras et je passe mes doigts dans ses cheveux mouillés, le regardant droit dans les yeux. Dans son sourire, je vois les vestiges de sa prompte réaction. Ses yeux inquiets sont vides, portant l'écho de la panique qui s'est dissipée et qui l'a poussé à passer outre à son propre instinct, lui aussi.

Pour *moi*.

— C'est ton pire cauchemar aussi, dis-je en regardant le gâteau, les fleurs, tout le jardin.

— Non.

— Non *quoi* ?

— Être dehors et risquer une piqûre de guêpe n'est plus mon pire cauchemar, Amanda.

— Alors qu'est-ce que c'est ?

— Te perdre.

Ma respiration s'accélère en l'entendant, la chaleur de son corps et le doux soulagement d'être avec lui en cet instant, dans un moment si sombre, me maintenant à flot. Je flotte sous l'effet de son sacrifice, de ma liberté retrouvée, du sentiment d'avoir affronté ma peur ancrée et d'avoir survécu malgré cela.

Je me sens aimée grâce à cela.

Il caresse ma joue d'une main, battant toujours des pieds, l'eau s'agitant contre mes jambes couvertes de bas.

— Amanda, je…

— Si vous avez fini avec votre… – Marie fait un signe de la main – quel que soit le nom que vous lui donniez, nous aimerions reprendre, vous savez, le mariage géant qui se déroule ici même avec les milliers de personnes qui vous regardent tous les deux, l'héroïne et le héros !

Les gens mitraillent la scène avec leurs téléphones. Les flashs des photographes professionnels crépitent ici et là.

Formidable.

Je suis nue en public *et* il y aura des preuves.

Mais je m'en fiche.

Je me retourne vers Andrew.

— Tu te souviens de ce premier rendez-vous sur le rooftop de Consuela ?

— Oui.

— Tu m'as demandé quelle était ma plus grande peur.

— Oui.

— J'ai menti, avoué-je.

Sauf erreur de ma part, M. Andrew James McCormick, PDG d'Anterdec Industries et nageur de compétition, a les larmes aux yeux. La lumière du soleil les fait briller, ses iris marron étincelants.

— Ah oui ?

— Ma plus grande peur, c'était que notre relation ne soit pas réelle.

— Oh, dit-il.

Ce mot comme un soupir de douleur, comme si je lui avais transpercé le cœur.

— Je veux que ce soit réel avec toi, Amanda. Plus que tout au monde. Je pensais que mon absence au mariage serait préférable pour tous. Je n'ai jamais voulu forcer Declan à avoir ma vie entre ses mains. Je n'ai jamais voulu te mettre dans une position où…

Il s'interrompt, submergé par l'intensité de ses propos.

— …où tu saurais ce que c'est que de voir son monde se révéler plus fragile que prévu, et de voir tout ça s'effondrer sans pouvoir l'arrêter.

Fragile.

— Je sais.

Je pleure à présent. Mes mots sortent sans filtre, mes pensées s'emballent alors que tout ce que je ressens pour lui se précipite hors de moi.

— Je sais pourquoi tu es parti. Je ne savais pas comment y remédier.

— Te voir tout risquer à l'instant et – oh, mon Dieu – m'a fait comprendre que le plus grand risque n'est pas de mourir. Ce n'est même pas de rester pour ramasser les morceaux.

Il écarte les cheveux de mon visage, son pouce sur ma pommette, sa main me stabilisant toujours.

— C'est de ne pas essayer.

Je commence à frissonner de façon incontrôlable.

Andrew enlève sa chemise, s'enfonçant sous la surface de l'eau. En remontant, il m'éloigne de quelques centimètres du bord de la piscine, puis guide une de mes mains vers la manche mouillée.

— Aïe ! crié-je.

Je regarde ma main. Elle est gonflée, couverte de vilaines griffures, et l'endroit qu'il a touché présente deux marques de morsures nettes.

L'horreur se lit sur son visage, ses cheveux mouillés et plaqués contre son front.

— Tu t'es débattue pour libérer les animaux sous l'eau pendant qu'ils te faisaient ça ? demande-t-il d'un ton incrédule.

Je hausse les épaules. Mais comme je frissonne, j'ai l'air de trembler. Tous ses mots me traversent l'esprit dans une sorte de brouillard. J'aimerais parler, le toucher, le sentir et passer chaque minute éveillée avec lui, mais toute mon énergie s'échappe de moi à une vitesse alarmante. Bien trop rapidement.

Il prend la chemise et cache ma nudité avec. Doucement, il m'écarte du bord de la piscine et me serre dans ses bras, mes seins écrasés contre sa chemise mouillée. La chaleur se déverse de lui comme de l'amour liquide, pile à la bonne température. J'arrête de trembler et je pousse un long soupir de soulagement reconnaissant.

Andrew rit, sa gorge en pleine action, ses yeux pleins – oserais-je le dire ? – d'amour.

— Est-ce que ça, dit-il en fixant mon haut en coton trempé, c'est assez réel pour toi ?

Et puis il m'embrasse avec tant de passion que ça me semble très, *très* réel.

— Je t'aime, dit-il contre ma nuque. Je ne pensais pas pouvoir ressentir ça pour quelqu'un, et j'ai été stupide de penser que je devais t'épargner la douleur liée au risque d'être avec moi. Ce que je n'avais pas réalisé, c'est que la douleur d'être loin de toi était pire que la douleur de te perdre. Je ne t'épargnais pas en m'éloignant. J'étais en train de nous faire souffrir tous les deux.

Il me regarde, le visage rempli d'une gravité naissante.

— Je t'aime aussi, Andrew. Vraiment, murmuré-je, étonnée de la puissance de ces mots.

Lorsqu'il m'embrasse, je ressens le même calme qu'il y a quelques minutes sous l'eau, mais au lieu de lutter pour ne pas respirer, j'ai l'impression d'avoir inhalé tout l'air du monde et d'avoir absorbé chaque parcelle d'amour.

— Mais dans quel état est la demoiselle d'honneur ?! hurle Marie. Elle est inutile maintenant ! Carol, tu es sa doublure. Va là-bas !

Carol semble totalement perdue et Andrew nous ramène au bord du bassin aux nénuphars où une volée de marches permet de remonter. Shannon se tient à côté de Declan, et tous deux nous font signe. Le visage de Shannon se fend d'un sourire de joie pure qui rayonne dans la cour tel le faisceau d'un phare. Elle s'éloigne de lui et se dirige vers moi.

— Suis-moi, me dit Andrew, gardant ma poitrine plaquée contre lui, montant lentement et avec régularité les quelques marches nous permettant de sortir de l'eau.

L'urgentiste se précipite vers moi, jetant une épaisse couverture en laine sur mes épaules, m'offrant enfin un peu de pudeur.

— Je ne peux pas te perdre à nouveau, Amanda. Je suis vraiment désolé, dit Andrew alors que l'urgentiste me pose des questions et s'occupe des morsures et des égratignures sur mes bras.

L'antiseptique qu'il pulvérise me pique, mais comparé à la piscine d'eau salée, c'est le paradis.

— Tu ne me perdras pas. Jamais.

Nous échangeons un sourire que j'ai attendu de donner toute ma vie.

Ma mère m'écrase avec un câlin de côté.

— Amanda ! Je n'arrive pas à croire à quel point tu as été courageuse !

Elle se tourne vers Andrew, les yeux rougis par les larmes.

— Et toi !

Elle prend Andrew dans ses bras sans lui demander son avis.

Il hausse les sourcils en me regardant par-dessus son épaule, mais il lui rend son étreinte.

Spritzy est à mes pieds, léchant mes orteils toujours couverts de bas.

— M. McCormick ! M. McCormick ! crie Jordan qui accourt portant une chaussette de laine mouillée.

Attendez un peu.

C'est Muffin.

Andrew, James, Declan et Terry se tournent tous vers le petit homme qui s'approche de James.

— Merci beaucoup, M. McCormick, d'avoir sauvé ma précieuse Muffin ! Vous avez été si courageux d'utiliser cette épuisette et de la sortir de sa tombe aquatique. Je vous suis à jamais redevable.

Puis il s'incline et prend la main de James, embrassant sa bague.

— Quoi ?!

Je suis sur le point d'exploser. Jordan entend probablement mon exaspération, car il tourne lentement la tête vers moi, les yeux exorbités, le regard dur et moralisateur.

Andrew essaie de ne pas rire, mais je sens que son corps est parcouru de petits soubresauts.

— Hashtag ennemiedesbêtes, me chuchote-t-il à l'oreille, me serrant affectueusement la main.

Je grogne en retour.

— Vous !

Les doigts de Jordan sont longs, comme ceux d'un chirurgien, et lorsqu'il me montre du doigt, je me sens comme une sorcière accusée lors d'un procès à Salem au XVIIe siècle.

— Vous avez encore essayé de tuer ma Muffin.

— Il n'est pas sérieux, marmonné-je. Aïe ! couiné-je lorsque l'urgentiste met quelque chose qui pique sur la morsure.

La douleur physique ne me détourne pas de l'indignité d'être à nouveau injustement accusée.

Jordan se tourne vers James, rouge d'indignation.

— Pendant notre rendez-vous, elle a jeté des pierres sur le

petit chien de ma mère ! Et maintenant elle a essayé de noyer Muffin !

— Elle a *sauvé* votre chienne ! dit Andrew qui se lève pour confronter Jordan, qui tremble autant que le mini Chihuahua de sa mère à présent.

Je lève ma main valide et force Andrew à se rasseoir sur la chaise à côté de la mienne.

— Il n'en vaut pas la peine. N'essaie même pas de le raisonner.

— Attends, s'interrompt Andrew. Rendez-vous ? Il a bien dit *rendez-vous* ? Tu es sortie avec *lui* ?

— Oui. Pour le travail.

Le fou rire qu'Andrew avait retenu jusqu'alors éclate enfin, son corps plié en deux, son torse glorieux dénudé et son dos exposé alors qu'il laisse *tout* sortir.

— Et… halète Andrew, moi qui m'inquiétais de…

Son fou rire est communicatif et me gagne à mon tour, notre rire exprimant plus que le soulagement. Nous célébrons avec joie notre résolution tacite de vivre à fond chaque minute et de profiter de ce que la vie nous offre. Plus de suppositions. Plus de peur.

Pas alors que nous sommes ensemble.

Et puis il m'embrasse langoureusement, un baiser si passionné et merveilleusement délicieux que la douleur que je ressens s'estompe en présence de tout son être.

En plein soleil.

Au mois de juillet.

Alors que Jordan serre la main de James et s'incline à nouveau, je l'entends dire :

— Je serai ravi de m'occuper du mariage de votre prochain fils pour vous remercier de votre courage, mais *elle* devra rester loin de ma Muffin.

Je suis sur le point de révéler le fond de ma pensée à Jordan quand un puissant *flap-flap-flap* se fait entendre au loin dans le ciel. Nous levons tous la tête en direction du son.

Un hélicoptère noir sans aucune inscription descend vers la

pelouse, le bruit des pales donnant l'impression de découper l'air en morceaux, comme si le son lui-même se faisait hacher. Le visage du pilote reste indiscernable tandis que l'hélicoptère s'approche. Ce n'est pas un hélicoptère Anterdec, et pourtant, sur toutes les images que j'ai vues de l'hélicoptère du président des États-Unis d'Amérique, il y avait toujours un sceau circulaire dessus. Un signe.

Une identification.

Declan prend congé de son père et de ma mère, avec qui il discutait, et s'avance vers nous d'un air déterminé. Marie se fraye un chemin à travers la foule, alarmée.

— Que se passe-t-il ? s'écrie-t-elle.

Il faut élever la voix, car l'hélicoptère est tout proche et le moteur toujours en marche.

Declan se penche vers elle pour lui glisser quelque chose à l'oreille.

Ses yeux s'écarquillent d'exaltation et elle plaque ses mains sur sa bouche.

— Non !

— Si ! lance-t-il.

— Tu… il… *Il* est là ? s'écrie Marie, abasourdie. Ça va sauver le mariage ! Personne ne se souviendra qu'Amanda était nue maintenant !

— Je m'en souviendrai, crie Andrew.

Ma mère rougit.

— Mais ils se souviendront que le président des États-Unis est venu à mon – euh votre – mariage ! S'il vous plaît ! S'il vous plaît ! crie Marie, essayant d'attirer l'attention de la foule. Le président des États-Unis est dans cet hélicoptère ! Il va assister au mariage !

— On doit d'abord aller lui parler ! crie Declan à Marie, d'une voix suffisamment forte pour que je l'entende malgré le bruit des pales.

Il extrait Shannon du groupe de personnes tournant autour du bassin.

Et ils s'éloignent d'un pas décidé. La robe de Shannon est balayée par le courant d'air, sa traîne lourde est soulevée du sol, les petites touches écossaises ruinées par la puissance de l'air.

Shannon et Declan échangent un regard interrogateur, un bref *Tu es sûre ?* qu'ils confirment tous deux par le même hochement de tête déterminé.

Marie les chasse, ses poignets battant l'air comme des fusils.

— Allez ! Allez-y ! Bien sûr que vous devez aller le saluer. Oh mon Dieu !

Elle se tourne vers moi, surexcitée.

— Dis-moi que Jessica Coffin voit ça ! supplie-t-elle. Et Monica Raleigh !

— Monica qui ?

— La mère de Steve !

— Oh.

— Je parie qu'elle n'arrivera jamais à faire venir le président des États-Unis au mariage de Steve ! Elle se vante de connaître un sénateur d'État. Ha ha !

Shannon et Declan m'ont mis dans la pire position possible. Alors qu'ils se dirigent tous les deux vers l'hélicoptère, je sais ce qu'ils vont faire.

Andrew, le bras autour de moi pour maintenir la couverture sur mes épaules, se penche et dit :

— Ils s'enfuient pour un mariage éclair à Vegas. C'est délicieux à regarder. Marie est sur le point de se prendre le karma de cinq vies en pleine face.

Tout ce que je peux faire, c'est m'appuyer sur son épaule et y rester.

Et grimacer.

Declan monte à bord en premier, le vent soulève son kilt et oh, doux Jésus, il a clairement joué le jeu. Je pensais que Shannon exagérait quand elle parlait de la taille de euh... l'ego de Declan, mais elle disait la vérité.

Toute la vérité.

La longue et épaisse vérité.

Je tends la main vers la cuisse d'Andrew et je remonte, rencontrant sa chair molle qui me confirme que... hum lui aussi a opté pour l'expérience authentique. La vérité n'a jamais été aussi...

— C'est une invitation ? crie-t-il, sa main glissant sur mes côtes alors que je m'empresse de rattraper la couverture qui glisse.

Immédiatement, il la remet en place, m'enveloppant de façon protectrice dans le seul objet qui m'empêche de me retrouver à nouveau nue en public. Je presse sa cuisse et il embrasse ma tempe, sa joue contre moi, son corps se détendant.

— Monsieur le Président ! crie Marie, en agitant son éventail écossais.

Derrière nous, je vois Jason traverser l'herbe en direction de Marie, avec les pas fermes et réguliers d'un guerrier, Chatoune dans les bras.

Shannon grimpe dans l'hélicoptère et la suite se produit si vite qu'il me faudra un mois pour la reconstruire correctement.

L'hélicoptère commence à prendre de la hauteur, la traîne de Shannon suspendue à quelques mètres de la porte ouverte donnant sur la zone passagers. Declan se penche pour l'attraper et Marie se met à courir, ses talons hauts rendant la chose difficile.

L'hélicoptère remonte de 1,5 mètre. Puis de trois. Il s'arrête, faisant du surplace pendant quelques secondes.

— Où allez-vous, Monsieur le Président ? crie-t-elle, son trot se transformant en un galop que je n'ai pas vu depuis mes cours d'équitation chez les scouts en CM1.

J'enfouis mon visage dans la poitrine d'Andrew.

— C'est douloureux à regarder ! m'écrié-je.

— Elle le mérite, crie Andrew en retour.

Je me retourne. Je suis comme tous ces badauds. Je sais que je ne devrais pas regarder, mais la curiosité prend le dessus. De toute façon, je vais en entendre parler toute ma vie. Autant assister réellement à la scène pour connaître la vérité avant qu'elle ne soit déformée.

L'hélicoptère remonte de 60 cm, alors que Marie atteint l'endroit où il se trouvait, ses chaussures plantées dans les profondes rainures de l'herbe verte où le train d'atterrissage était posé.

— QU'EST-CE QUE VOUS FAITES ? crie-t-elle. OÙ EST LE PRÉSIDENT ?

Declan adresse un sourire victorieux et éclatant à Marie et

lui fait un signe de la main, comme s'il était le prince de Galles. La tête de Shannon apparaît derrière lui et elle crie :

— Je t'aime !

— Quoi ? crie Marie. Où est le président ? J'ai un siège pour lui ici, juste à côté de moi !

Et Shannon répond par un mot.

Un mot simple et bouleversant.

— FUGUE ! crie-t-elle alors que l'hélicoptère prend de la hauteur.

Marie fixe le ciel, un masque d'horreur naissant sur le visage.

Mon cœur se déchire devant la douleur de Marie.

Jusqu'à ce que je me retourne et que je vois Jessica Coffin, la tête penchée, tapotant furieusement sur son téléphone, souriant comme le Joker.

— OÙ ALLEZ-VOUS ? crie Marie, sautant comme si elle pouvait attraper le bord inférieur de l'hélicoptère. REVENEZ !

Alors que l'hélicoptère prend de la hauteur et commence à avancer, s'éloignant vers l'ouest, Jason rejoint Marie. Il observe l'hélicoptère, sa main en visière, puis regarde Marie, qui agite son poing en l'air.

Les pales ne produisant plus de bruit assourdissant, il est de nouveau possible de l'entendre.

— UNE FUGUE ? ILS NE PEUVENT PAS S'ENFUIR ! RAMÈNE-LES ICI, JASON ! ILS RUINENT MON MARIAGE !

Jason essaie très clairement de concilier ce qu'il vient de voir avec la crise de colère de sa femme, Momzilla.

— C'est mieux que ces émissions de télé-réalité ringardes, chuchote Andrew.

— Saviez-vous, commence ma mère, sa voix portée par le vent comme si elle s'adressait à quelqu'un près d'elle.

Je me retourne et vois qu'elle parle à Carol, Terry et James.

— Saviez-vous que les personnes qui s'enfuient pour se marier ont douze fois plus de chances de divorcer que celles qui organisent un mariage d'au moins deux cents invités ?

— Je me suis enfuie, s'écrie Carol.

— Elena et moi avons eu plus de deux cents invités à notre

mariage et avons été heureux pendant plus de vingt ans, dit James avec un soupir de nostalgie.

— Je me suis enfuie, admet ma mère, en me regardant d'un air nerveux. Et on sait comment ça a fini.

Je regarde l'hélicoptère qui s'éloigne dans le ciel. D'une certaine manière, je ne pense pas que cette fuite rentre dans une catégorie statistique, cependant. Shannon et Declan constituent leur propre déviation standard. Ou deux.

— ANDREW !

La voix de Marie fend l'air comme un boulet de canon. Je ne l'ai jamais vue aussi en colère. Même pas la fois où, au lycée, nous avions été renvoyées pour avoir mélangé les lettres de la pancarte de l'école. Les félicitations adressées à l'équipe de hockey s'étaient transformées en félicitations aux camarades poilus.

Andrew ouvre de grands yeux comme s'il était victime d'une expérience humaine impliquant un dispositif maintenant ses paupières ouvertes.

— Quoi ? Pourquoi moi ?

— JE VEUX QUE TU FASSES VENIR L'HÉLICOPTÈRE D'ANTERDEC TOUT DE SUITE. TOUT DE SUITE. TOUT DE SUITE, TOUT DE SUITE, TOUT DE SUITE.

— Je suis désolé, Marie. L'hélicoptère est actuellement en Amérique centrale pour livrer des fournitures médicales dans le cadre d'une mission humanitaire d'entreprise.

— CE N'EST PAS UNE EXCUSE. ON A DES PROBLÈMES PLUS IMPORTANTS À RÉGLER ICI. RAPPELLE-LE.

Marie beugle à présent.

— Chérie, dit Jason, en essayant de l'apaiser. On ne peut rien y faire. Shannon et Declan ont décidé qu'ils voulaient s'enfuir et...

— NE T'AVISE PAS DE ME DIRE ÇA ! JE NE COMPTE PAS MANQUER LE MARIAGE DE MA FILLE. JE N'AI PAS PASSÉ LA DERNIÈRE ANNÉE DE MA VIE À CHERCHER DES STRINGS ÉCOSSAIS POUR ÇA !

Jason lance un regard appréciateur au postérieur de Marie.

— Des *strings* écossais ?

Andrew glisse sa main sur mes fesses.

— Des strings écossais ? chuchote-t-il.

— Il fallait que ce soit assorti.

— Et pourquoi ne pas vous passer de sous-vêtements, comme nous sous les kilts ?

— On a essayé ! Marie n'a rien voulu savoir. Elle a dit que si on n'avait pas de couilles, on devait porter des sous-vêtements.

— *Tu* as des couilles, dit Andrew. Plus grosses que celles de la plupart des hommes.

Je ne peux pas le contredire.

— Mais pas que les miennes, ajoute-t-il.

— JASON ! APPELLE LA POLICE ET SIGNALE UN ENLÈVEMENT !

— Shannon n'a pas été kidnappée, Marie, dit-il avec un soupir de lassitude.

— MON MARIAGE A ÉTÉ KIDNAPPÉ !

— Oh mon Dieu.

Jason plonge la main dans son sporran et en sort un rouleau d'antiacides à moitié vide. Il ôte soigneusement l'emballage et fourre tous les cachets dans sa bouche en une seule fois.

Vous voyez ? Le Xanax en aérosol, c'est une bonne idée, pas vrai ?

— OÙ VONT-ILS ? crie Marie, folle de rage.

J'aurais vraiment aimé qu'elle engage cet éléphant et son dresseur après tout, parce qu'un pistolet tranquillisant pour animaux serait pratique en ce moment.

James, ma mère et Jason lèvent tous les mains en geste d'ignorance.

Carol et Terry boivent du champagne près de la fontaine. Les traiteurs semblent avoir compris qu'il n'y aura pas de véritable cérémonie de mariage en raison de la fuite soudaine des mariés, et ils servent donc la nourriture.

Hamish se tient à côté d'Amy, ses jambes sexy de footballeur à moitié nues, son kilt s'arrêtant à ses genoux et Agnès est par terre, penchée pour... euh ? Est-ce qu'elle fait du yoga ? Pourquoi une femme de 90 ans ferait-elle du yoga à un mariage, en tenue habillée ?

Son chapeau rouge glisse sous les jambes de Hamish et elle lève le bras, touchant son kilt. Hamish baisse la tête, levant un sourcil d'un air consterné.

— Il ne porte rien, Corrine !

Agnès lève le pouce en direction de sa vieille amie. Corrine avance en boitant et sourit à Agnès.

— Je te dois dix dollars, ajoute Agnès avec un soupir résigné.

— Attends. J'ai une idée pour qu'on soit quittes, dit Corrine, en récupérant dans son sac à main un poudrier, ses genoux faisant un bruit sinistre lorsqu'elle se penche. Prends ça, ouvre le miroir et incline-le comme ça…

— Les Américains sont tellement bizarres, grogne Hamish.

Mais il ne bouge pas.

Andrew passe devant moi, soucieux de préserver ma pudeur, et se penche pour me donner un baiser. Pouvoir le toucher, le goûter, ces retrouvailles remplissent mon cœur de…

— ARRÊTEZ ÇA ! TU DEVRAIS ÊTRE AU TÉLÉPHONE POUR NOUS RÉSERVER LE JET DE L'ENTREPRISE ! crie Marie à Andrew.

Ses mèches recouvertes de laque s'échappent de ses cheveux, comme si sa coiffure avait été moulée dans une usine et qu'on avait emboîté les lames comme un plancher Pergo. Clic. Clic. Clic.

Et que quelqu'un venait de tout détacher.

— Pour aller où ?

Marie nous fixe, Andrew et moi, ses yeux n'étant plus que deux fentes, tel un serpent.

— VOUS ÊTES AU COURANT TOUS LES DEUX !

Mon cœur se met soudain à battre la chamade, comme si quelqu'un jouait au handball dans ma poitrine.

Vous vous souvenez quand j'ai dit qu'Andrew avait des tics ? Eh bien, moi aussi, apparemment. Mes yeux se tournent vers Carol, qui explique en haussant le ton à Jeffrey que ce n'est pas parce que je suis allée « nager » que Tyler et lui peuvent faire de même.

Marie suit mon regard et, bien qu'elle ne soit pas nécessairement la plus futée du lot, elle comprend instantanément la signi-fication de mon coup d'œil, manifestation de mon subconscient.

— Ohhhhhhh, nooooooooooon. Pas à Las Vegas ! Pas comme Carol et Todd. Dites-moi qu'ils ne se sont pas enfuis à Vegas, gémit-elle, sa voix baissant de plusieurs tons.

Le changement de volume est déconcertant.

— Ils ne se sont pas enfuis à Vegas, dit Andrew d'une voix de robot, puis il prend mon visage entre ses mains et m'embrasse à nouveau.

La sensation de sa bouche contre la mienne et la texture de son souffle sont délicieuses.

— ORDONNE AU JET DE L'ENTREPRISE DE NOUS Y CONDUIRE.

Et voilà qu'elle recommence.

— Où ça ? demande Andrew, sa bouche toujours sur la mienne. Oh, et Marie ? On est un peu occupés.

Des rires hystériques jaillissent d'elle comme des clowns sortant d'une voiture dans un cirque.

— OCCUPÉS ? OCCUPÉS ? TU ES OCCUPÉ À PELOTER AMANDA ET JE SUIS OCCUPÉE À RECOLLER LES MORCEAUX DE CE…

— On essaie de se réconcilier ! grince Andrew, visiblement contrarié par son interruption.

— RÉCONCILIEZ-VOUS À VEGAS ! crie-t-elle en tendant la main pour arracher à Jason un Chatoune très humide et très en colère, avant de s'éloigner, son écharpe écossaise se prenant dans les pieds de sa chaise.

Andrew me regarde en haussant les sourcils.

— Vegas ? Pourquoi *voudrais-je* aller à Vegas ?

— Du sexe de réconciliation à Vegas ? demandé-je.

Il saisit son téléphone.

— Tu as un don pour les mots.

FIN…jusqu'à Vegas…

. . .

ET EN PARLANT DE VEGAS, vous vous demandez ce qui se passe dans cet hélicoptère alors que Declan et Shannon s'échappent de leur propre mariage ?

∽

QUI A BESOIN d'une équipe du SWAT pour échapper à son propre mariage ? Moi.

Ma Momzilla nous a pris en otages de notre propre cérémonie, alors Declan et moi avons décidé de nous marier à l'ancienne, comme tout le monde.

En faisant appel à son équipe de sécurité privée, en nous envolant en hélicoptère juste avant la cérémonie pour ensuite prendre le jet de son entreprise, direction Las Vegas.

Le mariage de l'année de Boston est sur le point de se transformer en vulgaire cérémonie privée dans une chapelle avec Elvis.

Jusqu'à ce que le témoin crache le morceau et que ma mère, mon père, mes sœurs, ses frères, ma demoiselle d'honneur, mon ami Josh, et même mon chat Chatoune, rappliquent tous.

Je ne peux pas gagner, n'est-ce pas ?

Oh. Attendez. J'ai déjà gagné.

L'amour l'emporte sur tout.

Même ma famille de tarés.

∽

DÉCOUVREZ *LE MILLIARDAIRE SE MARIE*, le prochain tome de la série best-seller *Un milliardaire sinon rien* classée au New York Times et célébrée par USA Today. Declan a convaincu Shannon de fuir leur propre mariage quelques minutes avant le début de la cérémonie, mais les aventures délirantes ne font que commencer. Lorsque la mère de la mariée parvient à faire avouer leur destination au témoin sous la torture, cette joyeuse bande de fous furieux suit les futurs mariés à Las Vegas dans cette comédie romantique de Julia Kent.

LE PREMIER BAISER D'ANDREW
ET AMANDA

*S*cène bonus
Chronologie : pendant *Un Milliardaire sinon rien,* tome 4

Note de Julia Kent : Voici une SCÈNE BONUS ! Lorsque j'ai écrit *Un PDG sinon rien*, j'ai commencé par l'histoire des deux « baisers dans le placard » d'Amanda et Andrew, mais j'ai ensuite supprimé les scènes. Voici leur tout premier baiser. Si vous êtes triste d'avoir terminé l'histoire d'Andrew et Amanda, voilà qui devrait vous apporter un peu de réconfort. Bonne lecture !

Declan McCormick ne s'en tirera pas comme ça.

Pas tant que mon cœur battra.

Je suis cachée derrière une fausse plante en plastique géante, chez Anterdec Industries, en attendant qu'Andrew McCormick – le petit frère de Declan – termine un rendez-vous. Ensuite, ce sera mon tour.

Mon tour de déverser la colère impie d'une meilleure amie en mission pour aider à réparer une injustice.

Je suis une réparatrice. C'est dans mon sang. J'arrange les choses pour les gens (et pas dans le genre des Soprano – je suis bien plus douée que la mafia…). Avec une mère dont l'anxiété est telle qu'à côté, les TOC sont de la rigolade, et un travail qui dépend entièrement de ma capacité à améliorer le service client d'entreprises (le poste que tout le monde adore), inutile d'expliquer pourquoi je compte forcer Andrew McCormick à me révéler pourquoi son frère se comporte comme un connard.

Attendez une seconde. Et si je rembobinais ? Laissez-moi vous donner un peu de contexte. Le petit ami de ma meilleure amie, Declan McCormick (ouaip, le vice-président du marketing d'Anterdec, célibataire le plus en vue de Boston et qui se comporte actuellement comme un beau connard) vient de la larguer dans la plus spectaculaire démonstration de comportement masculin dont j'ai été à moitié témoin.

(Et seulement parce que je suis curieuse. Hé. Je suis une réparatrice, vous vous souvenez ? Ça ne compte pas comme écouter aux portes si vous avez de bonnes intentions.)

Lorsqu'une femme rompt avec un homme, soit 1) elle arrête comme par magie de répondre ses appels et attend qu'il se mette à le harceler pour lui dire qu'il est trop accro à elle et que ça ne marchera pas, 2) elle l'invite à s'asseoir avec une grande maturité et lui explique pourquoi tout est de sa faute à lui, soit 3) elle lui prépare douze semaines de plats qu'elle congèle, lave tout son linge et… n'a jamais le courage de le larguer.

Je pense que je suis venue au monde sur la base du scénario numéro 3, parce que ma mère et mon père avaient une relation fondée sur une apathie mutuelle, mais que mon père avait toujours des vêtements propres. Jusqu'à ce qu'il parte quand j'avais cinq ans.

Mais je m'éloigne du sujet. Revenons à Declan McCormick Le Connard. Il devrait officiellement changer de nom.

Comment les *hommes* rompent-ils avec nous ?

Ils ne le font pas.

Ils ne disent jamais : « Ça ne marche pas entre nous, alors je préfère rompre avec toi ». Au lieu de cela, ils fixent notre décolleté avec un peu plus d'intensité que la normale. Comme s'ils le mémorisaient. Comme s'ils avaient besoin de graver nos seins dans leur mémoire parce que l'accès libre à ces derniers est sur le point d'être révoqué, comme ces gens dans les buffets à volonté qui surchargent toujours leur assiette avant la fermeture du buffet.

C'est ensuite qu'ils commencent leur travail de sape. Avec de petites insultes pour que vous vous sentiez mal dans votre peau et pensiez que personne d'autre ne voudra plus jamais de vous. Pour vous tenir en haleine. Pour vous donner l'impression que vous ne pouvez être qu'avec ce type qui vous a complètement manipulée.

Mais je m'égare. Là, je ne parle plus de Declan et Shannon… Parce que Declan n'a rien fait de tel. Je dois être juste envers lui, même si c'est un connard. C'est le connard d'ex de Shannon et comme il reste une lueur d'espoir qu'ils se remettent ensemble, je dois être impartiale. Juste.

Objective.

Surtout en confrontant le frère du Connard. J'ai envoyé plusieurs e-mails à Andrew McCormick pour lui faire part de mon formidable plan pour remédier à tout ce gâchis. C'est un plan d'une beauté si extraordinaire qu'il devrait être encadré et exposé au Smithsonian Museum du Génie d'Amanda.

Ou il devrait figurer dans une chronique de Dan Savage sur la façon de faire entendre raison à l'ex petit ami de votre meilleure amie.

Mais mon plan ne peut pas fonctionner sans Andrew McCormick.

Qui ignore mes e-mails.

Vous ne pouvez rien résoudre si on vous ignore.

— Qu'est-ce qui cloche chez ton idiot de frère ? m'écrié-je en faisant irruption dans le bureau d'Andrew McCormick, frustrée par le prétendu rendez-vous qui m'a forcée à poireauter si longtemps.

En plus, vous avez déjà eu à vous cacher derrière une plante qui sent les testicules en plastique pour éviter que votre meilleure amie ne vous voie ? Chaque femme a ses limites.

Si Shannon me trouve ici, je suis morte. La seule chose qui soit pire que de se faire larguer par un connard de façon froide-ment ambiguë, c'est que votre meilleure amie vous sauve en confrontant son frère et en utilisant sa famille pour régler le problème.

Ces derniers mois, j'ai travaillé avec Anterdec dans une certaine mesure, mais je n'avais jamais mis les pieds dans le bureau privé d'Andrew McCormick. La pièce est *immense*. Les fenêtres sont si grandes et la vue sur l'océan si belle qu'en tenant un dossier devant vos yeux pour cacher le sommet des bâtiments, vous pourriez penser que vous êtes en mer.

Je me retiens de le faire parce que je ne veux pas avoir l'air d'une folle. Le mantra de ma mère résonne dans mon esprit : *N'attire pas l'attention sur toi, Amanda.*

Hum.

Difficile d'éviter ça quand on fait irruption à l'improviste dans le bureau d'un futur PDG, mais je n'ai pas besoin d'aggraver la situation.

— Qu'est-ce que Terry a encore fait ? soupire-t-il. Je lui ai dit qu'il ne pouvait pas légalement épouser deux femmes à la fois, même à Vegas…

— Pas ce frère-là ! Declan !

Mais je suis soudain très intriguée par cette petite anecdote concernant Terrance McCormick, le seul frère qui ne travaille pas pour leur père, James.

— Rien ne cloche chez Declan, déclare-t-il, déplaçant des papiers sur son bureau comme si c'était moi la folle.

Il jette de petits regards en coin à mes seins.

Andrew pourrait-il être plus condescendant ? Il me regarde avec ennui, comme si j'étais un parasite, et son lever de sourcils m'exaspère au plus haut point. Ses bras croisés sur ses pectoraux qui gonflent uniformément, de haut en bas, à la façon d'un métronome. Les tendons de ses bras, recouverts de discrets poils sombres. Il est si… suffisant. Tellement… irrésistible.

Attendez, non ! *Irritant.* Pas irrésistible.

Qu'est-ce que je fais là déjà ? Ce n'est pas tout d'essuyer la bave…

Ah oui. Shannon. Shannon et son connard d'ex… pas-ex… peu importe comment vous appelez Declan. Steve détient le titre officiel de connard d'ex de Shannon, je dois donc trouver autre chose pour Declan. Le connard d'ex-milliardaire sonne bien.

Le connard de trouduc milliardaire sonne encore mieux.

— Tu n'as jamais entendu parler des textos ? Tu ne sais pas que ça se fait de prévenir au lieu de faire irruption dans le bureau de quelqu'un ? Je suis occupé.

Andrew porte des vêtements de sport et boit une bouteille d'eau enrichie en électrolytes hors de prix. Ouaip. Occupé. C'est cela.

— Je t'aurais bien envoyé un texto, mais le seul mot qui me venait à l'esprit était « Connard » et je me suis dit que tu n'apprécierais pas.

— Ce ne serait pas la première fois, marmonne Andrew.

L'approche directe est vraiment la meilleure.

— Ton frère se comporte comme un vrai connard avec Shannon et lui brise le cœur, craqué-je.

Andrew devrait être indigné. Il faut qu'il réagisse. Il doit comprendre la gravité de la situation.

Mais non.

— Peut-être aurait-elle dû y penser lorsqu'elle a prétendu être ta femme et qu'elle a menti à Declan, dit-il d'un ton morne, en regardant fixement mes seins, et non mes yeux.

Qu'est-ce qu'il a, ce type ? Ma poitrine me trahit, confondant ma colère avec l'excitation, et soudain une rougeur recouvre la base de mon cou. Je ressemble à une actrice porno qui rougit.

Laissez-moi vous expliquer la partie « ta femme ». Je ne suis pas homo. Pas plus que ma meilleure amie Shannon. Nous sommes des clientes mystères, ce qui, si vous faites également partie de ce petit cercle, explique *tout*.

Vous ne l'êtes pas ? Oh.

— Menti ?

Je saisis le seul mot qui perce le champ de force soudain qui nous entoure, m'empêchant de me concentrer sur autre chose que ses cheveux ondulés, sombres et humides, ses yeux noisette scintillants qui soufflent le chaud et le froid…

— Elle lui a menti, dit-il d'un ton neutre, blasé et désinvolte, comme s'il était en mode *Ballec* et moi *OMG*.

— Ma meilleure pote n'a pas menti !

— Ta meilleure poitr… je veux dire ta meilleure *pote* a très clairement menti.

Sa bouche est imperturbable, mais ses yeux s'agitent.

Je renifle. Il regarde mon décolleté comme s'il était sur le Titanic en train de couler et qu'il s'agissait de dispositifs de flottaison.

Je le regarde *vraiment* pour la première fois, et j'ai le souffle coupé.

— Pourquoi tu portes un cycliste ? sifflé-je.

Il est si moulant que je peux dire non seulement qu'il est circoncis, mais qu'avec suffisamment de temps, je pourrais probablement découvrir quel obstétricien l'a fait d'après la technique utilisée.

Il passe calmement une main dans ses cheveux légèrement humides et m'adresse un sourire en coin.

— Je viens de terminer mon cours de fitness.

Une mèche en désordre barre son front. Ses yeux brillent sous ses sourcils épais. La chaleur et la vapeur qu'il dégage font bouillir mon être intérieur. L'immense bureau semble soudain si petit. Si exigu. Un peu trop intime.

— Du vélo ? Je suis restée cachée derrière une fausse plante-araignée qui sent la pisse de gnome pendant quarante minutes, le temps que ton rendez-vous se termine, et pendant ce temps tu faisais du *vélo* ?

Il m'adresse un regard vide, comme si cela allait m'intimider et me pousser à m'incliner devant lui.

Hum.

Mon Dieu, il a des yeux magnifiques. Marron foncé avec une touche de miel et de petites paillettes d'ambre autour de ses pupilles. Ses cheveux humides sont imperceptiblement bouclés, et il est légèrement essoufflé, le teint rougi par l'effort. Il est en sueur et dégage un parfum masculin frais qui me donnerait presque envie de faire de l'exercice moi aussi.

Presque.

— Tu ne t'es pas douché à la salle ? m'étranglé-je, réalisant qu'*il* me regarde en train de le fixer.

Et il n'y a pas de décolleté à lorgner chez lui.

Il montre du doigt un vélo d'appartement dans le coin.

— Je ne vais pas à la salle. Le coach vient ici.

Il fait un geste vers une porte.

— La douche est là-dedans.

Il a de nouveau ce sourire en coin, et ses yeux se dirigent vers...

Ouaip.

— Tu sais que mes yeux sont là-haut, dis-je avec insistance.

Il les regarde.

— Ils sont très jolis.

— Merci.

Attendez un peu. Je ne peux pas me laisser distraire par un homme en sueur, sexy et aux notes musquées qui fixe mon décolleté.

D'accord, je *peux* l'être. Il faudrait être de marbre pour ne pas être distraite.

Une réparatrice. Tu es une réparatrice, me rappelé-je alors qu'il sort de derrière son bureau. Il fléchit les cuisses et ses muscles sont si affûtés que ses tendons ressortent. Le tracé de ses jambes me rappelle les collines ondulantes de la Toscane. Mon voyage en France quand j'étais étudiante me revient en mémoire, le souvenir d'une équipe de cyclistes professionnels de Rome se joignant à notre groupe et comment Gian et moi nous sommes embrassés au sommet de la tour Eiffel, le vent...

— Tu sais que mes yeux sont là-haut, imite Andrew, d'une voix grave et éraillée, comme un animateur radio présentant *L'Heure de l'amour* un samedi soir à une heure du matin.

Je sursaute.

Je regardais son paquet. En même temps, difficile de me le reprocher. Avec un cycliste comme ça ?

Je le regarde fixement. Dans les yeux, cette fois.

— Pourquoi Declan la met-il à l'écart ? C'est l'allergie aux piqûres d'abeilles, c'est ça ?

Andrew regarde vers la droite, puis baisse les yeux. Son corps se tend. Il est troublé et fait des efforts incommensurables pour le cacher.

— Je sais tout à ce sujet. Te concernant. Et ta mère aussi. Avec des guêpes, pas des abeilles, mais… je suis vraiment désolée. Mais ce n'est pas une raison suffisante pour que Declan rompe avec elle. Et tu ignores mes e-mails concernant mon plan, alors je…

Nos regards se croisent et cette fois, il ne cache rien.

— Declan est idiot d'être tombé amoureux d'une femme qui a le même problème que notre mère. Mais on ne peut pas choisir de qui on tombe amoureux.

Il rit, légèrement, par le nez, puis cligne férocement des yeux, comme pour chasser un souvenir qui n'a pas sa place en cet instant.

— Et pour le tout-puissant Dec, je dois dire que tomber amoureux, c'est assez inattendu. Il a passé toute sa vie d'adulte à essayer de prouver à notre père qu'il ne méritait pas sa colère. Il a dû faire un choix impossible.

Je pense que c'est la plus longue série de mots qu'Andrew m'ait jamais dite depuis que je le connais.

Et le tout en me regardant dans les *yeux*.

Mes seins, en revanche, ont probablement entendu plus de paroles de sa part…

— Pourquoi Declan ne le dit pas simplement à Shannon ? Il lui dit que la rupture est due au fait qu'elle n'est pas elle-même, mais c'est un écran de fumée, dis-je, en essayant de rester concentrée sur la conversation.

Son cycliste est incroyablement distrayant.

Mais ce qu'il révèle l'est encore plus.

— J'ai lu ton plan.

Oh. Je vois. Il veut jouer au jeu de la diversion. Aucun problème, je maîtrise. J'en ai pratiquement écrit les règles.

— Vraiment ? Pourquoi tu ne m'as pas répondu ?

— J'étais trop occupé à en rire.

Je sens mon visage rosir.

— C'était mignon. Attentionné. Je ne pense pas que Declan se laissera prendre au jeu, mais je veux bien essayer. Je vais mettre Terry et mon père dans la confidence. Mon père est prêt à tout, tant que ça peut lui donner une longueur d'avance dans le secteur.

Il effectue distraitement un geste de la main, désinvolte et autoritaire.

— Je m'en charge.

— Mais, et pour Declan ? Il ne peut pas simplement être honnête avec Shannon ?

Andrew plisse les yeux. Son visage se transforme lorsqu'il réalise qu'il a peut-être affaire à quelqu'un d'un peu plus tenace qu'il ne le pensait.

— Tu penses connaître toute l'histoire, mais ce n'est pas le cas, dit-il d'une voix crispée.

Je prends la liberté de m'asseoir sur le fauteuil face à son bureau. Sa veste de costume est drapée sur le dossier, et quand je la déplace, l'odeur de son eau de Cologne vient me chatouiller le nez. C'est une odeur très différente, qui contraste fortement avec l'odeur qu'il dégage après le sport. J'apprécie les deux.

Je l'apprécie, *lui*.

Je suis vraiment dans la merde.

— Alors, explique-moi, exigé-je.

— Pourquoi ?

— Pourquoi quoi ?

— Pourquoi devrais-je te dire quoi que ce soit ?

— Parce que Shannon mérite mieux.

— Mieux que mon frère ?

Il hausse un sourcil et s'assied sur le bord de son bureau, à l'opposé de moi, puis il descend une bouteille d'eau enrichie en électrolytes. Lorsqu'il penche la tête en arrière, sa mâchoire ressort. Les muscles de sa gorge sont si gracieux quand il avale. Je suis hypnotisée. Je ne peux pas détourner le regard. Andrew Mc-Cormick est un très beau spécimen du sexe opposé et, bien que je sois une fausse lesbienne pour les besoins de mon travail, je suis présentement une femme hétérosexuelle à cent pour cent.

— Elle… euh… quoi ? déglutis-je, ma bouche si sèche qu'elle émet un drôle de bruit.

Il me lance un regard amusé.

— Tu as un chat dans la gorge ?

Une image de Chatoune me vient à l'esprit.

— Non.

— Et comment ça, Shannon mérite mieux ?

Sa peau reprend une couleur normale, la chaleur de l'exercice s'estompe, s'évaporant à mesure que son corps refroidit. La peau sombre de ses jambes reprend une couleur plus pâle là où s'arrête son cycliste. Je balaie son corps des yeux, observant l'intérieur de ses cuisses toniques, ses groupes de muscles saillants et étirés.

— Elle mérite une explication. Declan la met à l'écart et au lieu d'être franc et honnête, il est juste...

Je reste sans voix quand Andrew saisit à deux mains l'ourlet de son t-shirt et l'enlève d'un geste si gracieux qu'il pourrait tout aussi bien en faire un micronuméro pour le Cirque du Soleil.

Il est torse nu.

— Ça ne te dérange pas ? Il fait vraiment chaud, dit-il, un coin de sa bouche se retroussant.

Je commence à me dire que venir ici était une très, très mauvaise idée.

Et qu'une très très vilaine Amanda est en train de s'extraire de l'abîme de mon âme, cherchant à toucher cette très très mauvaise idée d'homme.

Mais bon sang, quelle vue. La sensation de chaleur et d'onctuosité que procure la présence de tant de muscles. Tant de lignes tracées dans le marbre, avec ces tendons saillants comme des câbles d'acier. Je suis incapable de détacher les yeux de son corps, et mon cœur bat si fort qu'on croirait que ma libido vient d'effectuer un développé couché.

Et elle pèse *très* lourd en ce moment.

Depuis des mois, je lutte contre le charme envoûtant de cet homme. Je ne vais pas mentir. Le fait d'avoir une raison, aussi minime soit-elle, de faire irruption dans son bureau pour le voir en face à face m'a galvanisée. Les circonstances sont loin d'être idéales – personne ne veut voir sa meilleure amie dévastée par son seul et véritable amour – mais si cela signifie être seule avec

Andrew, surtout un Andrew en sueur, vibrant et puissant, alors c'est un bonus.

— Euhhh… prononcé-je lentement, la langue pâteuse.

Andrew pivote légèrement, se tournant pour prendre une autre bouteille d'eau sur son bureau, et ce faisant, ses obliques se contractent et…

Je ferme les yeux.

Il est à moitié nu devant moi et je n'arrive pas à réfléchir.

— Declan lui a donné une explication, dit Andrew.

Ses mots sont tranchants comme le fil d'un rasoir. Ses yeux me transpercent, même si les miens sont fermés. Je sens son regard sur moi, comme la lumière du soleil par une journée très ensoleillée.

— Ça ne suffit pas.

— Ça ne suffit pas – attends. Tu as les yeux fermés ?

Je ne le vois pas, mais j'entends la confusion dans sa voix, assortie d'un brin d'amusement.

— Oui.

— Pourquoi ?

— Un problème avec mes lentilles de contact.

— Aux deux yeux ?

— Mmm hmmm.

— Est-ce que tu veux que je remette mon t-shirt ? Je te mets mal à l'aise ?

Je suis sur le point de répondre – bien que je n'aie aucune idée de ce que je devrais dire – quand j'entends la voix de Shannon, forte et claire, juste devant le bureau. Je n'arrive pas à saisir tous les mots, mais on dirait qu'elle pose une question à l'assistante de James sur un compte.

— C'est Shannon ! sifflé-je en me levant brusquement.

Mon bras heurte la jambe d'Andrew et je le pousse légèrement en arrière. Pour retrouver son équilibre, il surcompense et s'élance en avant.

Mon visage se retrouve soudain contre son torse, et l'un de ses bras s'enroule autour de ma taille alors qu'il glisse depuis le bureau, se mettant debout.

Je pourrais lui lécher le mamelon, me dis-je. Je ne saurais jamais

JULIA KENT

pourquoi, à ce moment précis, cette pensée m'est venue à l'esprit.

La panique me gagne, m'intimant de m'enfuir. Je recule, j'attrape son bras et je le pousse vers la première porte que je vois, la claquant derrière nous. Le noir absolu jette un voile sur ma réalité, et l'odeur des crayons et de l'encre me prend le nez.

Nous sommes dans ce qui semble être le placard de son bureau.

Toc-toc-toc.

Quelqu'un frappe à la porte du bureau d'Andrew.

— Andrew ?

C'est bien Shannon. Aucun doute là-dessus. Je respire fort, mes oreilles me picotent, le sang afflue alors que j'essaie d'assimiler le fait qu'elle est à quelques mètres. Si elle me surprend, elle va me tuer. J'ai proposé de jouer le rôle de médiatrice avec Declan, et de chercher à identifier le problème. Elle a réagi comme si on avait dit à Chatoune qu'il serait déguisé en Hello Kitty pour Halloween.

Être prise en flagrant délit ne présagerait donc rien de bon pour notre amitié.

Un souffle chaud me chatouille l'oreille.

— Tu traites tous tes clients comme ça ? demande Andrew, sa voix suggestive et douloureusement proche.

Ma peau picote quand je réalise que je suis appuyée contre lui, ma paume contre sa cuisse épaisse, dure et nue. Le placard est petit, et un mince rai de lumière brille sous la porte.

— Chuuut.

J'essaie de retirer ma main, mais en me déplaçant, je perds pied et je glisse contre lui, comme s'il était une barre et que j'étais une danseuse.

L'instant d'après, je ne sens plus son souffle chaud sur mon épaule.

Parce que sa bouche recouvre la mienne et que je le goûte.

— Andrew ? On est censés avoir une petite réunion sur The Fort ?

Les mots de Shannon parviennent jusqu'à ma conscience, mais rapidement, la proximité fascinante d'Andrew me submerge, le contact enivrant de sa peau contre la mienne, alors que son baiser bascule de l'opportunisme au besoin pur me faisant perdre le contrôle. Mes mains remontent le long de la montagne qu'est son dos. Son corps est mince et musclé. Il passe ses doigts dans mes cheveux pendant qu'il me mange la bouche.

Sa façon de plaquer ses lèvres contre les miennes révèle tellement de possibles, la subtilité de tous ses regards insistants et en coin ces derniers mois culminant en une folle série de baisers qui font du flirt une certitude.

— Oh, mon Dieu, Amanda, murmure-t-il entre deux baisers, le placard se transformant en un espace rituel de sensualité, nos corps se pressant l'un contre l'autre, libérant un désir refoulé qui se déroule et s'étend pour combler le vide entre nous.

— Je ne savais pas, murmuré-je dans la brume sensuelle qui se forme au fil des secondes.

Je ne sais pas vraiment ce que j'entends par là, mais les mots prennent tout leur sens quand sa bouche se plaque à nouveau contre la mienne, notre admiration mutuelle exprimée par des jeux de langues et des soupirs, de petits bruits passionnés qui s'ajoutent à tant d'autres.

Ce petit placard est sombre et caverneux, nos corps dominant l'espace, le sien dominant le mien dans une étreinte sensuelle motivée par quelque chose de bien plus fort que ce que j'imaginais. Sa langue appuie contre mes dents, ses lèvres explorant questions et curiosités, mon propre corps réagissant sous les caresses fiévreuses d'un type qui est clairement, totalement hors limites pour moi.

— Pff. J'en étais sûre. Il m'a posé un lapin.

Le ton sec et irrité de Shannon est suivi du *clac* de la porte extérieure du bureau qui se referme avec une brutalité qui me fait sursauter, mais Andrew ne s'arrête pas.

Dieu merci.

— Je voulais faire ça depuis si longtemps, ajoute-t-il, son souffle chaud contre ma joue.

Mes mains frôlent son corps, les yeux fermés pour laisser à mes doigts le soin de le découvrir. Je ne compte pas laisser passer cette occasion.

Nous sommes piégés dans un placard de notre plein gré, et pourtant nous ne pouvons pas nous arrêter de nous embrasser. Rien ne nous retient ici.

Pourtant, tout me retient fermement en place, mon corps en voulant toujours plus.

Puis, tout à coup, tout s'arrête dans un éclat de lumière féroce lorsque la porte du placard s'ouvre et que j'atterris dans le bureau d'Andrew. Ma bouche picote du contact avec ses lèvres, ma peau brûle de son toucher, mon cœur décrit mille danses d'espoir et de joie, de peur et de liberté.

— Elle est partie. C'était moins une.

Andrew traverse la pièce et ouvre une autre porte. Le reflet brillant de la lumière sur la porte d'une douche montre bien qu'il a une salle de bain privée. Il saisit une serviette au dos de la porte et semble se forcer, enfin, à me regarder.

Je m'éloignerais presque, tant il a l'air renfermé. Pas tout à fait froid, mais je frissonne, juste une fois, comme si un doigt froid passait de mon épaule à mon poignet.

— Ça m'a fait plaisir de te voir, Amanda. Tu connais la sortie. C'est un ordre.

Mon esprit ondule comme un parachute crevé, entraîné dans une descente inattendue. La panique me gagne, désynchronisant tous mes organes jusqu'à ce que les battements asynchrones se transforment en une absence de signal, et que du bruit.

— Attends ! m'écrié-je. Où tu vas ? C'est tout ? Tu m'embrasses comme ça et… tu t'en vas ?

Il ferme presque la porte de la salle de bains. Presque. Je vois qu'il cherche à en finir en fermant la porte, mais il lutte contre son instinct pour la garder ouverte. Il est tiraillé entre trop de forces, l'une lui disant *oui*, l'autre lui disant *non*.

Le problème, c'est que je ne sais pas quelle question tourne en boucle dans son esprit. Est-ce que je souhaite un oui ou un non ?

Alors qu'il s'arrête, dos à moi, ses muscles bougeant avec la puissance tempérée d'un homme habitué à la retenue, je me rends compte que mes chances de l'interroger diminuent rapidement.

— Qu'est-ce... qu'est-ce que c'était que ça ? Ce baiser, ce... ? soupiré-je, d'un ton mêlant gémissement et supplique.

Explique-moi, le supplié-je en mon for intérieur. Je ne prononce pas ces mots, mais la question est claire. *J'ai besoin de savoir.*

Ses épaules se soulèvent lorsqu'il inspire, une main appuyée contre le montant de la porte.

Puis, d'un ton si grave que je l'entends à peine – mais je l'entends quand même – il dit d'une voix basse, mais déterminée :

— Ce n'était rien.

Clac.

La porte se referme. Mon cœur bat une, deux, quatre, dix fois, puis j'entends le bruit caractéristique d'une douche qui coule.

Il vient de le faire.

Il vient de faire *quoi* ?

Rien. *Rien ?*

Il a fait beaucoup plus que rien.

Alors pourquoi ai-je l'impression d'avoir tout perdu ?

Et puis la porte s'ouvre à nouveau. Il sort de la salle de bain, tenant d'une main une serviette autour de ses hanches. Trempé, comme s'il était entré dans la douche et avait changé d'avis, il se précipite vers moi d'un air déterminé, puis s'arrête à soixante centimètres de moi, les yeux flamboyants.

— Ce n'était pas rien.

— Sans blague.

— Mais je ne sais pas ce que c'était.

— Moi non plus.

Il dégouline sur la moquette de son bureau. Les minuscules gouttelettes d'eau donnent au tapis une couleur sombre, comme des larmes roulant sur des joues et venant éclabousser une chemise.

— Tu peux supporter la confusion ?

Je reste sans voix.

— Quoi ?

— Tu peux supporter la confusion ?

Il répète les mots lentement et clairement, comme si mon *Quoi ?* indiquait que j'avais mal entendu.

J'ai bien entendu. Je n'arrive pas à croire qu'un homme me pose ce genre de question.

— Mais qu'est-ce que ça veut dire ?

Je crois bien que je viens de rugir.

Sans un mot de plus, il tourne les talons et regagne la salle de bain. Le verrou de la porte s'enclenche et je me rends compte que, que cela me plaise ou non, il ne me laisse pas le choix.

C'est parti pour la confusion.

Quoi que ça veuille dire.